A ESCURIDÃO DE KYOSHI

A ESCURIDÃO DE KYOSHI

F.C. YEE COM O COCRIADOR DE
AVATAR: A LENDA DE AANG
MICHAEL DANTE DIMARTINO

Tradução
Paloma Blanca Alves Barbieri

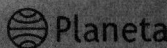

Esta é uma obra de ficção. Nomes, personagens, lugares e incidentes são produto da imaginação do autor ou usados de maneira fictícia. Qualquer semelhança com pessoas reais, vivas ou mortas, estabelecimentos comerciais, eventos ou locais é mera coincidência.

© 2022 Viacom International Inc. All Rights Reserved.
Nickelodeon, Nickelodeon Avatar: The Last Airbender and all related titles, logos and characters are trademarks of Viacom International Inc.
© Editora Planeta do Brasil, 2022
Copyright da tradução © Paloma Blanca Alves Barbieri
Título original: *The Shadow of Kyoshi*
Publicado em 2020 pela Amulet Books, selo da ABRAMS.
Todos os direitos reservados. Nenhuma parte desta publicação pode ser reproduzida, arquivada em sistema de busca ou transmitida por qualquer meio, seja ele eletrônico, fotocópia, gravação ou outros, sem prévia autorização do detentor dos direitos.

Preparação: Bárbara Prince
Revisão: Tamiris Sene e Bárbara Parente
Diagramação: Vivian Oliveira
Projeto gráfico: Adaptado do projeto gráfico original
Capa: Brenda E. Angelilli
Adaptação de capa: Beatriz Borges
Imagens de capa: Jung Shan Chang

Dados Internacionais de Catalogação na Publicação (CIP)
Angélica Ilacqua CRB-8/7057

Yee, F. C.
   A escuridão de Kyoshi / F. C. Yee, Michael Dante DiMartino; tradução de Paloma Blanca Alves Barbieri. - São Paulo: Planeta do Brasil, 2022.
   304 p. (Coleção Avatar, a lenda de Aang)

   ISBN 978-85-422-1962-3
   Título original: *The Shadow of Kyoshi*

   1. Literatura infantojuvenil norte-americana I. Título II. DiMartino, Michael Dante III. Barbieri, Blanca Alves

22-5571   CDD 028.5

Índice para catálogo sistemático:
1. Literatura infantojuvenil norte-americana

 Ao escolher este livro, você está apoiando o manejo responsável das florestas do mundo

2024
Todos os direitos desta edição reservados à
Editora Planeta do Brasil Ltda.
Rua Bela Cintra, 986 – 4º andar
01415-002 – Consolação
São Paulo-SP
www.planetadelivros.com.br
faleconosco@editoraplaneta.com.br

Esta é uma história que eu conto muito em conversas e entrevistas, mas quero preservá-la para a posteridade registrando-a aqui. Durante um tempo, em que eu não sabia o que queria fazer da vida, e antes mesmo de escrever um livro, pensei em me tornar roteirista de TV. Para ingressar nesse meio, é preciso demonstrar habilidades escrevendo um *spec script*, ou seja, um roteiro especulativo, como um episódio de um programa já em exibição – isto é, uma *fanfic*. Eu tinha acabado de assistir à temporada do Livro Dois de *Avatar – a lenda de Aang* quando escrevi um roteiro de especulação no qual Sokka, descontente por não ser um dominador, decide encontrar um mestre para treiná-lo. No meu roteiro, ele aprende a lutar usando Wing Chun e alguns equipamentos (fazendo uma análise, o resultado teria sido muito parecido com o da personagem Asami).

Partindo disso, eu jamais imaginei que, no futuro, criaria obras legítimas que integrariam o universo Avatar. Do fundo do meu coração, tenho de agradecer a vocês, fãs, por isso. Vocês mantiveram seu amor por este universo durante mais de uma década, e, como fã e autor, o que eu mais desejo é poder incrementar ainda mais essa diversão. Estes livros são dedicados a vocês. Muito obrigado a todos.

Com carinho,
F. C. Yee

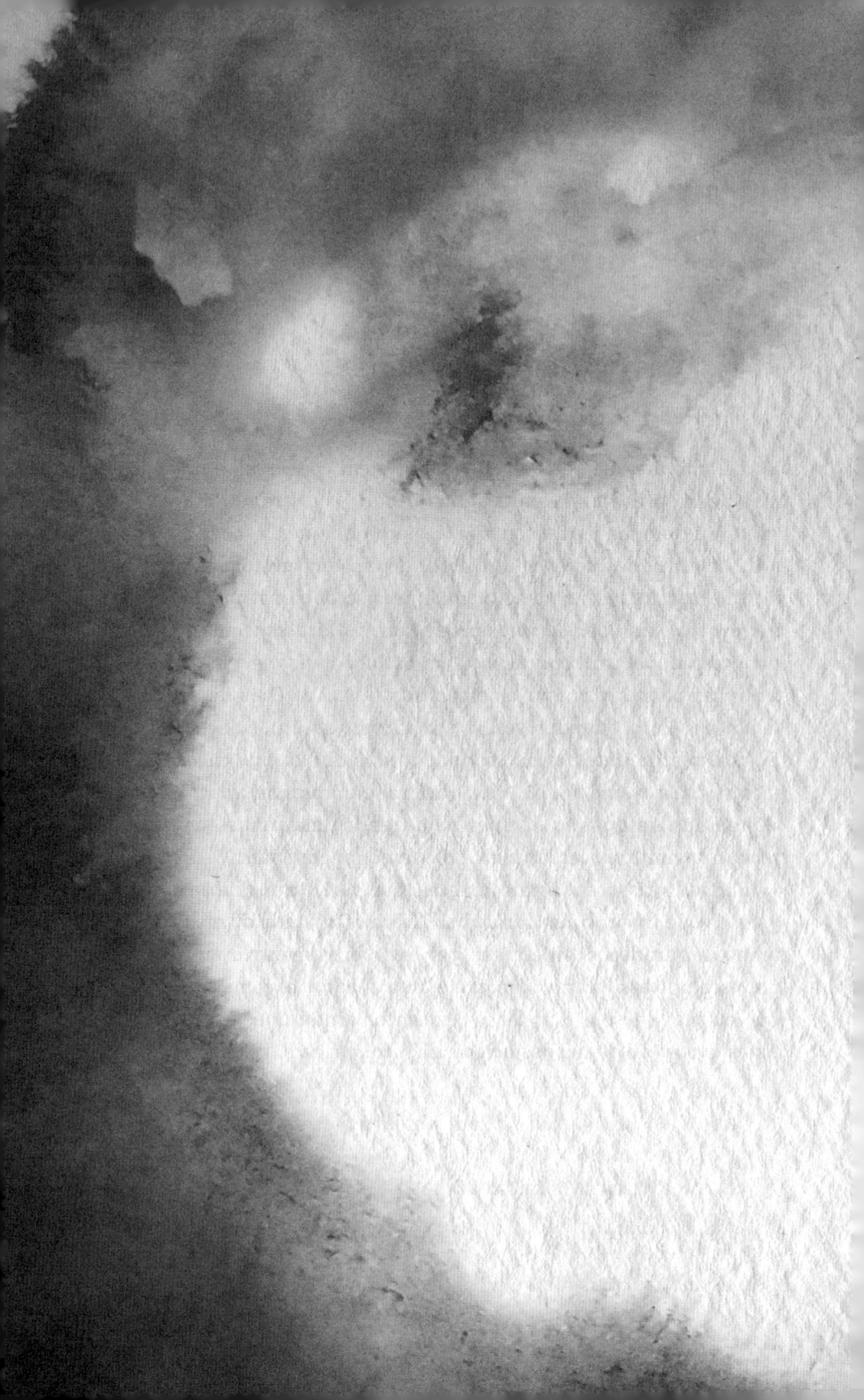

PRÓLOGO

— GAROTO!

Yun arranhou o próprio pescoço, fazendo o sangue escorrer. A sensação de gosma e dentes permanecia em sua pele.

— Garoto! Pare de choramingar!

Ele se lembrava de Jianzhu acendendo o incenso. Lembrava-se do cheiro adocicado que entorpecia seu corpo. Era veneno de arraia-viva, seu treinamento lhe dizia. Ele havia acabado de começar a tomar algumas doses com o Sifu Amak.

Yun piscou e tentou reconhecer o local que o cercava. Suas mãos estavam cobertas por um musgo molhado e poroso, em vez de cheias de poeira da cidade de mineração. Ele estava em um mangue. O céu tinha aspecto acinzentado.

O garoto rastejou pelo lugar, a gosma do pântano se agarrando a seus tornozelos. Os troncos das árvores desfolhadas se retorciam e se erguiam alto como colinas, formando claras silhuetas. Cercado de um emaranhado de galhos, um enorme olho brilhante o encarava.

Era o olho que havia lhe falado antes. O mesmo olho que havia dito que ele não era o...

Uma dor terrível e familiar atingiu seu estômago, fazendo-o se curvar. Seus braços mergulharam na água do pântano. A paisagem ao redor começou a tremer, não por causa da dominação de terra, mas por um motivo mais duro e incontrolável.

Ele não era... Ele não era nada.

A água rasa dançava, como gotas de chuva em um tambor, jorrando de gêiseres. Na margem, a água se chocava com as árvores, fazendo-as colidir umas nas outras, como os chifres de animais em um combate. Yun bateu a cabeça contra o chão, tal como um estudante se curvando diante de seu mestre.

Jianzhu. Sua mente gritava aquele nome, como o som estridente de uma flauta quebrada. O garoto continuou batendo a cabeça contra o chão imundo de lama. *Jianzhu*.

— Pare com isso, seu pirralho miserável! — o olho rosnou. Apesar de furiosa, a criatura se afastou, com medo dos surtos agoniados do garoto. O chão se comprimia e tremia, como o batimento cardíaco de um homem prestes a morrer, batendo cada vez mais forte antes do impacto final.

Yun *queria* que isso parasse. Ele queria que a angústia passasse. Doía tanto ver tudo pelo que ele havia lutado se desfazer. Aquilo o estava destruindo por dentro.

Então deixe sair.

Um sussurro saiu de sua boca. Não vinha do olho. Nem de Jianzhu.

Coloque a dor para fora. Coloque-a em outro lugar.

Em outra pessoa.

Na mesma hora, uma fenda se abriu sob seus pés. O buraco começou sob a água e estendeu-se até a margem, como um relâmpago rasgando o céu. O chão se partiu, liberando toda a tensão acumulada em uma repentina explosão cataclísmica.

E então... calmaria.

Yun conseguia respirar de novo. Ele conseguia ver. O tremor havia se acalmado, a tensão fora dissipada numa longa lesão no solo, formando uma ferida na paisagem. A água do pântano penetrou no ferimento, cobrindo uma profundidade que ele sabia que não deveria explorar.

Depois de liberar toda aquela tensão, as coisas ficaram muito mais claras para Yun. Ele usou esse momento de calmaria para olhar em volta. O bosque lamacento não se parecia com nenhum outro que ele já tivesse visto. A luz fraca do céu não vinha de nenhum sol aparente. O lugar era um reflexo nebuloso de uma paisagem real, pintado com uma tinta bem aguada.

Eu estou no Mundo Espiritual.

Yun se afastou do desfiladeiro diante de si, evitando ser arrastado pela correnteza. Ele se virou e dirigiu-se à margem, segurando as raízes expostas de uma árvore que se assemelhavam a couro. O ar tinha cheiro de enxofre e podridão.

O Mestre Kelsang havia lhe contado sobre o Mundo Espiritual. Deveria ser um lugar bonito e selvagem, cheio de criaturas inimagináveis. Mas o reino dos espíritos era um espelho criado pelos visitantes e um reflexo de suas emoções, uma realidade moldada a partir da projeção intangível do seu espírito.

Yun flexionou os dedos e pôde senti-los normalmente. Ele se perguntou se aquele monge gentil já havia explorado um pântano horrendo como aquele. Os dois nunca chegaram a conversar sobre o que aconteceria se alguém entrasse no Mundo Espiritual enquanto ainda estivesse vivo.

O ruído de galhos o assustou e o lembrou que ele não estava sozinho. O olho. A criatura o observava com cuidado da escuridão da floresta e o cercava com seus tentáculos translúcidos que, como Yun bem sabia, eram cravejados com dentes humanos. Ele havia sentido sua mordida na montanha, quando o olho provou seu sangue.

Pânico atingiu o seu coração. Yun sabia que estava postergando a própria morte. Ele tentou se lembrar de como Jianzhu havia chamado o espírito.

— Chefe... Vaga-lume?

O olho se aproximou de repente, ocupando o espaço entre duas árvores próximas. Yun se assustou e caiu para trás sobre os cotovelos. Ele havia cometido um erro. Uma importante barreira invisível fora quebrada quando aquele nome foi pronunciado em voz alta, e agora ele estava mais conectado e vulnerável do que nunca.

— Eu me chamo assim — disse o espírito. A pupila do Chefe Vaga-lume moveu-se com aborrecimento, a íris se estreitando. Seu olhar parecia sondar Yun. — Agora, criança, acredito que você me deva seu nome.

Como um idiota, Yun havia se transformado no camponês dos contos folclóricos do Reino da Terra, o pobre trabalhador ou lenhador que foi amaldiçoado ou devorado. Ele só conseguia pensar em como seria seu fim. Seria esfolado, provavelmente, e depois absorvido pelo musgo.

— Meu nome é Yun. — Suas mãos estavam suadas de medo. Em alguns daqueles contos, o garoto estúpido conseguia sobreviver graças à sua coragem. Yun já era uma presa, então, sua única chance seria se tornar uma presa interessante. — Eu... Eu...

Porém, sua atitude não o estava ajudando. Toda a astúcia que ele mantinha sob pressão e que havia impressionado o Senhor do Fogo, o Rei da Terra, os chefes das Tribos da Água e os Mestres Abades dos Templos do Ar, havia desaparecido. Talvez o Avatar Yun tivesse a confiança necessária para se safar daquela situação, mas essa pessoa não existia mais.

O Chefe Vaga-lume se moveu por entre as árvores e Yun soube que iria morrer se não dissesse algo logo. A mente do garoto viajou para seu passado, para o momento em que seu destino estivera nas mãos de outra pessoa.

— Eu gostaria de ser seu aluno! — ele exclamou.

Seria possível um único olho parecer surpreso? A floresta ficou em silêncio, exceto pelo barulho da água caindo.

— Eu... me ajoelho perante o senhor como um mero viajante espiritual procurando respostas — disse Yun. Ele se ajoelhou para que sua postura desse mais ênfase às suas palavras. — Por favor, ensine-me os caminhos do Mundo Espiritual. Eu lhe suplico.

O Chefe Vaga-lume soltou uma gargalhada. Como não tinha pálpebras que pudessem se fechar, a esfera olhou para cima em sinal de diversão.

— Garoto, você acha que isso é um jogo?

Tudo é um jogo, Yun pensou, tentando conter seu nervosismo. *Vou enrolá-lo até quando eu puder. Eu consigo sair dessa.*

Não havia mais Avatar Yun. Ele teria de voltar a ser "Yun, o vigarista".

— Não pode me culpar por querer obter respostas com um espírito mais sábio que os próprios sábios. — *Quando em dúvida, lisonjeie seu inimigo.* — Os melhores sábios do Reino da Terra não conseguiram identificar o Avatar por dezesseis anos. E o senhor o fez em questão de segundos.

— Humf, depois da longa batalha que Kuruk e eu travamos, seria impossível não reconhecer o espírito do meu oponente. Mesmo de dentro dos meus túneis, eu consegui sentir Jianzhu trazendo a reencarnação dele. Tinha de ser um de vocês.

Os ouvidos de Yun se animaram com a palavra *túneis*.

— Você tem rotas para o mundo terrestre? Mais de uma?

O Chefe Vaga-lume riu novamente.

— Eu sei o que você está fazendo — zombou —, e não me impressiona. Sim, eu consigo criar passagens para o mundo dos humanos. Não, você não vai me enganar ou me convencer a mandá-lo de volta. Você não é a ponte entre humanos e espíritos, garoto. Você é uma pedra que precisava ser removida do caminho. A parte impura do minério. Eu experimentei seu sangue, e você não é nada. Não é nem digno desta conversa.

O olho se aproximou.

— Eu posso notar o quão chateado você está com a verdade — disse a esfera, em um tom mais suave. — Não fique. Quem precisa ser Avatar? Você vai encontrar seu propósito e sua própria imortalidade. Uma vez que eu me fortaleça com seu sangue, uma parte de sua essência vai existir em mim, para sempre.

O problema de qualquer jogo era que, cedo ou tarde, o oponente poderia querer parar de jogar. O Chefe Vaga-lume disparou na direção de Yun, espiralando pela floresta, seus tentáculos de gosma se agarrando e estraçalhando as árvores como se ele estivesse passando por uma cortina de miçangas.

— Agora, seja grato! — o espírito rosnou. — Porque estamos prestes a nos tornar um só.

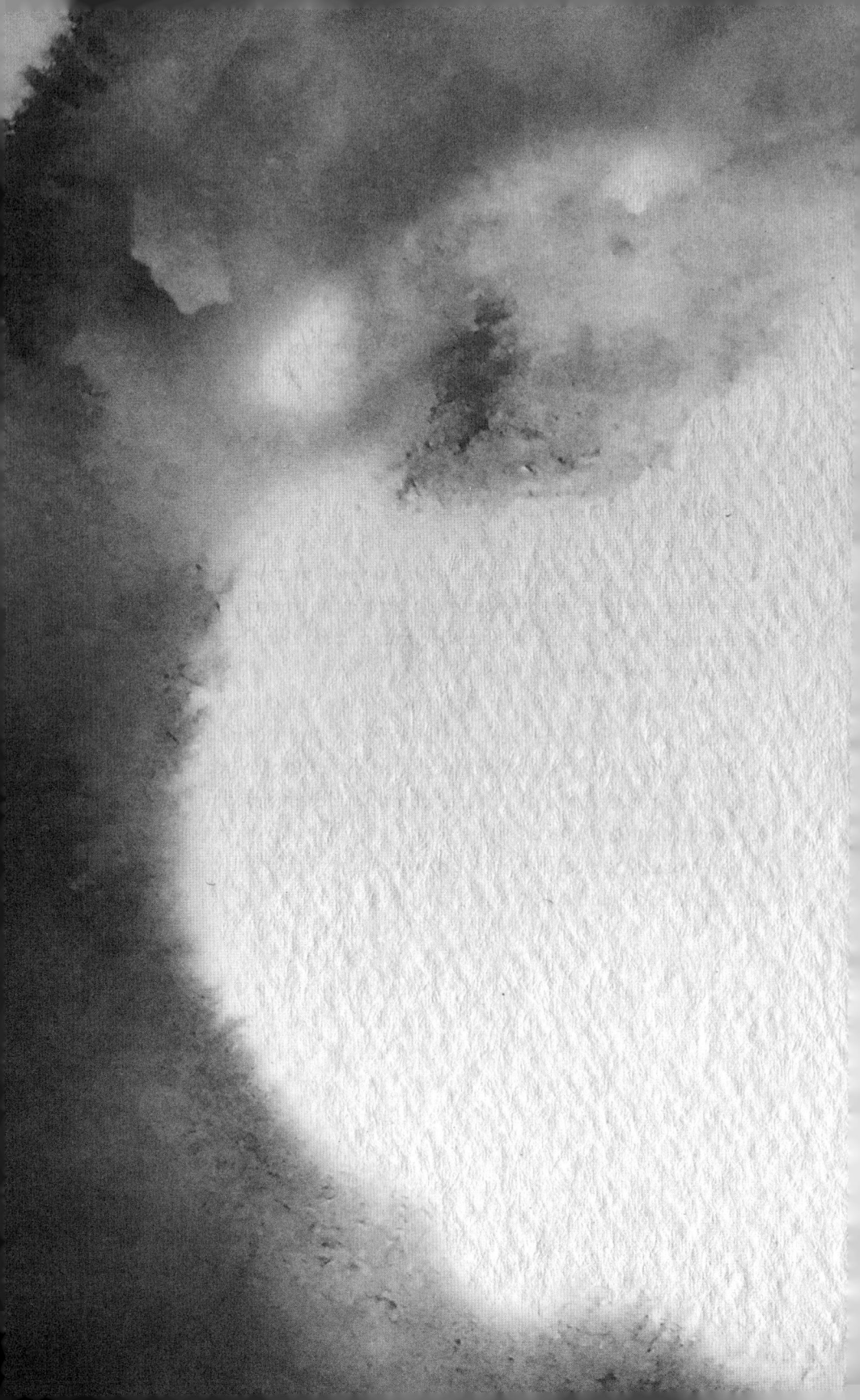

ASSUNTOS INACABADOS

O IRMÃO PO disse a Kuji certa vez que a espada *dao* simbolizava "a coragem de todos os homens" e que, segurando aquela lâmina afiada, capaz de partir seus inimigos ao meio com facilidade, ele se sentiria mais corajoso.

Mas Kuji não se sentia nenhum pouco corajoso enquanto vigiava a porta empunhando sua espada com as mãos suadas. A lâmina dela também não parecia nada resistente. Era um exemplar enferrujado que poderia se despedaçar se fosse manejado com muito vigor. Como o membro mais jovem da Tríade da Asa Dourada, ele precisara esperar no fim da fila enquanto as armas, uma a uma, eram entregues. E sua espada fora retirada do fundo do barril.

— Agora você é um soldado de verdade, hein? — Alguém havia brincado na época. — Não um mercenário como o resto de nós.

O Irmão Po estava parado ao lado da entrada, segurando seu pequeno machado, a arma favorita dos lutadores experientes da Tríade. Ele parecia calmo por fora, mas Kuji podia ver seu pomo de adão subindo e descendo repetidamente conforme o homem engolia. Ele agia da mesma forma quando apostava alto no Pai Sho.

Se existia um lugar onde Kuji se sentia protegido, era no território de sua gangue – Loongkau era praticamente uma fortaleza. Olhando pela superfície, Loongkau não parecia ser nada diferente de outros distritos vizinhos no Anel Inferior de Ba Sing Se. A parte visível do bairro se elevava em vários andares como um cogumelo brotando, desafiando a gravidade e a arquitetura.

Mas era um fato conhecido que, abaixo da superfície, o complexo se estendia ilegalmente, camada por camada. Cada nível fora cavado sob o anterior sem nenhum planejamento concreto ou preocupação com a segurança, sendo sustentado apenas por suportes improvisados de madeira velha, tijolos e pedaços de metal enferrujados. Ainda assim, Loongkau se mantinha firme e sólida, possivelmente por interferência dos espíritos.

Por dentro, o bairro era um emaranhado de esquinas e curvas, escadarias e becos vazios. Aglomerados de casas miseráveis se espremiam nas ruas, estrangulando-as cada vez mais. Loongkau estava repleta de armadilhas naturais, tais como a sala em que Kuji e Po estavam, e essa era uma das razões pelas quais os homens da lei nunca entravam ali.

Pelo menos até aquele momento.

O chefe havia recebido um aviso de que a fortaleza da Asa Dourada seria atacada naquele mesmo dia. Todos os irmãos deveriam ficar a postos até a ameaça passar. Kuji não sabia que tipo de inimigo poderia deixar seus superiores tão nervosos. Afinal, o Anel Inferior não dispunha de homens da lei suficientes para sitiar Loongkau.

De qualquer maneira, eles tinham um bom plano. Qualquer um que tentasse chegar aos andares mais baixos teria de cruzar uma passagem bem estreita que corria pela sala em que estavam. Kuji e Ning poderiam dar conta do invasor facilmente, dois contra um.

Além disso, era improvável que acontecesse qualquer conflito ali, Kuji se lembrou. O piso acima estava protegido por Gong Cortador de Gargantas, o melhor assassino do chefe. Gong conseguiria caçar e matar um lagarto-mangusto em seu próprio ninho. O número de cabeças que ele havia cortado poderia encher um celeiro...

Um estalo veio do piso superior. Nenhuma voz o acompanhou. A pequena sala, que antes era uma fortaleza a protegê-los, parecia uma caixa confinando-os, como se fossem animais.

Po gesticulou com seu machado.

— Vamos ouvi-los descendo as escadas — ele sussurrou. — É aí que atacamos.

Kuji inclinou a orelha na direção indicada. Ele estava tão desesperado para ouvir qualquer sinal de aproximação que perdeu o equilíbrio e tropeçou. Po revirou os olhos.

— Não faça barulho — murmurou Po.

Po mal terminara de falar quando alguém voou pela porta da frente, quebrando as dobradiças, e colidiu com Kuji. Ele gritou e tentou atacar o invasor com sua espada, mas o melhor que conseguiu foi acertá-lo na cabeça com o cabo. Po segurou o invasor e ergueu seu machado para atingi-lo, porém deteve seu golpe no último segundo.

Era Gong Cortador de Gargantas, inconsciente e ensanguentado. Seus punhos estavam torcidos para o lado contrário, e os tornozelos, atados com seu fio de garrote.

— Irmão Gong! — gritou Po, contrariando as instruções que acabara de dar. — O que houve?

No lado oposto da parede à qual eles deviam estar prestando atenção, um par de braços com manoplas atravessou os tijolos. Eles estrangularam o pescoço de Po por trás, silenciando-o. Kuji observou os olhos de seu superior se encherem de terror um pouco antes de o homem ser puxado através da parede sólida.

Kuji encarou o vazio, perplexo. Po era um homem grande e, num piscar de olhos, fora levado como se fosse a presa de uma águia-corvo. O buraco por onde ele desaparecera estava completamente escuro.

Do lado de fora da sala, o chão de madeira rangia sob o peso de uma pessoa que vinha caminhando, como se o completo silêncio fosse uma capa que o inimigo pudesse usar e descartar como quisesse. O arrastar de botas pesadas se aproximava mais e mais.

A luz suave que vinha da porta foi bloqueada de repente, e uma figura alta, extremamente alta, entrou. Uma linha fina de sangue escorria de seu pescoço, como se sua cabeça tivesse sido decapitada e colocada de volta. Um vestido de seda verde ondulava abaixo da ferida. Seu rosto estava pintado de branco e nos olhos havia faixas vermelhas monstruosas.

Tremendo, Kuji ergueu sua espada. Ele se movia tão lentamente que parecia estar nadando na lama. A criatura o observou balançar a arma, seus olhos fixos no metal, e, de alguma forma, Kuji soube que ela seria capaz de detê-lo. Caso assim o quisesse.

A lateral da espada atingiu o ombro de seu oponente. Houve um estalo, e uma dor repentina atingiu a bochecha de Kuji. A espada havia se partido, ricocheteando em seu rosto.

Era um espírito. Tinha de ser. Era um espírito que podia atravessar paredes, um fantasma que conseguia sobrevoar o chão, uma besta imune a lâminas. Kuji largou o cabo da inútil espada quebrada. Uma vez, em sua infância, sua mãe havia lhe dito que invocar o Avatar poderia protegê-lo do mal. Kuji sabia que ela inventava histórias, mas isso não significava que não podia acreditar nelas agora. Naquele momento, ele acreditou nessa história mais do que em qualquer outra coisa em que já tivesse acreditado na vida.

— Que o Avatar me proteja! — sussurrou enquanto ainda conseguia falar. Ele caiu de costas e se arrastou para o canto da sala, sendo totalmente coberto pela longa sombra do espírito. — Que Yangchen me proteja!

A mulher-espírito o seguiu e aproximou seu rosto vermelho e branco do dele. Um humano teria julgado Kuji ao vê-lo se acovardar daquela forma. Mas o frio desprezo nos olhos dela era pior do que qualquer piedade ou zombaria sádica.

— Yangchen não está aqui agora — disse a mulher-espírito, com uma voz forte e autoritária que teria sido bela de ouvir se não estivesse carregada de indiferença. — Eu estou.

Kuji soluçou quando uma mão grande e poderosa segurou seu queixo com o polegar e o indicador. O toque era gentil, mas forte o suficiente para arrancar seu queixo se ela quisesse. A mulher ergueu o rosto dele.

— Agora me diga onde posso encontrar seu chefe.

O pescoço de Kyoshi coçava terrivelmente. O garrote fora revestido com vidro moído e, embora tivesse evitado que ela fosse degolada, pequenos fragmentos afiados ainda irritavam a sua pele. Ela merecera isso, por seu descuido. O homem da gangue que tentara atacá-la era ágil, mas não tanto quanto os membros da companhia da qual ela fizera parte em seus dias de *daofei*.

Por falar nisso, ela estava se arriscando ao não incapacitar o garoto como fizera com os outros. É que ele a fazia se lembrar de Lek. A maneira como seu rosto jovial tentava demonstrar uma máscara de dureza, a necessidade óbvia de aprovação dos irmãos mais velhos. A bravura ingênua e idiota. Ele era novo demais para andar com uma gangue nas favelas de Ba Sing Se.

Sem mais exceções hoje, Kyoshi disse a si mesma enquanto caminhava sobre destroços e entulhos. Ela ainda tinha o hábito de comparar meninos e meninas que tinham a mesma idade que a sua, e isso a fazia pegar mais leve com eles, o que era perigoso. Certamente, ninguém lhe dirigiria a mesma bondade só por ela estar se aproximando dos dezoito anos. O Avatar não podia se dar ao luxo de ser uma criança.

Kyoshi passou por um corredor um pouco mais largo que ela. A pouca iluminação do local vinha de pequenas rachaduras que atravessavam as paredes. Como cristais fluorescentes eram caros e velas ofereciam risco de incêndio, a luz era uma regalia em Loongkau. Redes de canos pingavam acima de Kyoshi, tamborilando no ornamento dourado que ela usava sobre a cabeça, apesar do ambiente apertado. Kyoshi aprendera a levar em conta os centímetros a mais que o adorno adicionava à sua altura, e ter de se inclinar era algo a que já estava acostumada desde a infância.

O odor humano se espalhava pelos corredores, era uma mistura de suor e tinta úmida. Ela já podia imaginar o tipo de cheiro que os andares mais baixos reservavam. O bairro abrigava mais pessoas do que qualquer outro no Anel Inferior, e nem todos os moradores dali eram criminosos.

Loongkau era um refúgio para os mais pobres. Pessoas que já não tinham para onde ir se instalaram ali e abriram os próprios negócios, ganhando a vida como catadores de lixo, comerciantes de bugigangas, médicos ilegais, vendedores de lanches de procedência duvidosa, entre outras coisas. Eram cidadãos comuns do Reino da Terra tentando sobreviver à margem da lei. Era o povo dela, de certa forma.

Os limites sombrios do bairro também abrigavam um tipo mais violento de grupo, como gangues em ascensão no Anel Inferior cujas associações aumentavam com o declínio dos *daofei*. Eram bandidos que não podiam mais ser vistos no interior e que fugiam para se esconder em Ba Sing Se e em outras grandes cidades, misturando-se com a população e camuflando-se entre os mesmos cidadãos que eles haviam brutalizado no passado.

Essas pessoas não eram o povo de Kyoshi. Na verdade, muitos deles estavam fugindo *dela*. Porém, como era provável que muitas das casas estivessem abrigando moradores assustados e que não tinham nada a ver com a missão dela, Kyoshi controlava suas ações. Usar dominação de terra ali, além de destruir boa parte do local, causaria um grande colapso e machucaria inocentes.

O bairro se abriu em uma pequena área de comércio. Kyoshi passou por uma sala cheia de barris, de onde vazava uma tinta brilhante – uma tinturaria caseira –, e por uma barraca de açougueiro que estava vazia, exceto pelas moscas zumbindo. Jianzhu possuía anotações sobre a situação política e econômica de Ba Sing Se, e seus moradores eram referenciados como empreendedores. Curiosamente, esses registros também mencionavam que o terreno onde Loongkau fora construído possuía algum valor devido à sua importante localização no Anel Inferior. No passado, mercadores do Anel Central tentaram comprar o território e despejar os moradores, mas seus planos falharam por causa do perigo que as gangues representavam.

Kyoshi parou perto de um barril cheio de bagaços de manga. Este era o ponto onde queria chegar. Ela dominou alguns pedaços de rocha e os agrupou em um pequeno disco, subindo sobre ele. Então, cruzou os braços em frente ao peito para se manter protegida na plataforma criada.

Antes de prosseguir, notou um pequeno objeto no canto. Era um brinquedo, uma boneca feita de trapos retirados do vestido de uma bela dama. Alguém no bairro havia realmente se esforçado para costurar uma boneca para sua filha, usando um tecido proveniente do Anel Superior.

Kyoshi ficou olhando o brinquedo até que piscou, lembrando-se do motivo de estar ali. Então, pisou com força sobre o bloco de rocha.

A pequena plataforma de terra, que estava sendo mantida por sua dominação, ficou tão sólida quanto a ponta de uma broca. Ela penetrou o chão de barro e cheio de pedaços de madeira apodrecidos, descendo tão rápido que suas entranhas se reviraram. Kyoshi mergulhou no chão, perfurando cada andar até chegar ao seu destino.

Os manuais táticos de Jianzhu indicavam que, durante confrontos em espaços fechados, a maioria das mortes acontecia em portas e escadas. Por isso, Kyoshi decidira evitar esses locais e abrir o seu próprio caminho. Ela contou quatorze andares – mais do que havia estimado – até alcançar uma sala cujo chão era muito mais sólido. Havia chegado ao fundo de Loongkau.

Ela desceu da plataforma, com poeira e restos de alvenaria caindo de seus braços, e olhou em volta. Não havia paredes ali, apenas colunas que sustentavam todos os andares acima. *Então Loongkau tem um salão de festa*, ela pensou ironicamente. O espaço vazio era semelhante às salas de entretenimento de nobres ricos como Lu Beifong. Havia um ambiente como esse na mansão do Avatar, em Yokoya.

Era possível enxergar o lugar por completo, uma vez que as paredes estavam adornadas com pedaços de cristal. Parecia que toda a iluminação do bairro fora reservada a esta única sala. Havia ali apenas uma mesa, tal como uma ilha de madeira no vazio. Atrás dela, estava um homem que não havia desistido de suas pretensões desde que Kyoshi o vira pela última vez.

— Olá, Tio Mok — disse. — Já faz um bom tempo, não é mesmo?

Mok, que fora o segundo em comando da gangue *daofei* dos Pescoços Amarelos, arregalou os olhos, surpreso. Kyoshi era como uma maldição da qual ele não conseguia se livrar.

— Você! — exclamou o homem, nervoso e encolhendo-se ligeiramente atrás do móvel, como se aquilo pudesse protegê-lo. — O que está fazendo aqui!?

— Ouvi boatos sobre um novo chefe que se instalou em Loongkau e me soou muito familiar. Então eu vim investigar. Ouvi dizer que seu grupo se denomina como "Triângulo" agora... Estou certa? Algo com três lados. — Kyoshi estava tendo dificuldade para acompanhar tantas gangues. Os *daofei*, que estavam se infiltrando nas cidades, agora mantinham seu costumeiro sigilo e sua tradição no reino dos pequenos crimes.

— Tríade da Asa Dourada! — gritou ele, enfurecido pelo desinteresse dela em seus costumes. Mas Kyoshi já não se importava nem um pouco com os sentimentos de homens como Mok. Ele podia esbravejar o quanto quisesse.

O som de passos apressados tornou-se alto. Os homens dos andares intermediários, por onde Kyoshi havia passado direto usando seu "atalho", entraram na sala, cercando-a. Eles seguravam machados, cutelos e adagas. A gangue de Mok costumava usar armas estranhas quando perambulava por regiões rurais, mas, aqui na cidade, decidiram abandonar as espadas de nove anéis e os martelos de meteoros por armas simples que pudessem ser escondidas na multidão.

Sob a proteção de mais de duas dúzias de homens, Mok ficou mais tranquilo.

— Bem, garota, o que você quer? Além de dar um oi para seus velhos camaradas?

— Quero que todos se rendam, entreguem suas armas, desocupem o local e dirijam-se até um tribunal para julgamento. O mais próximo fica a sete quarteirões daqui.

Vários fora da lei caíram na gargalhada. O canto da boca de Mok se curvou para cima, com desdém. Kyoshi até podia ser a Avatar, mas ela estava em menor número e encurralada em um espaço fechado.

— Nós recusamos — disse Mok, fazendo um movimento exagerado com as mãos.

— Muito bem. Nesse caso, eu só tenho uma pergunta. — Kyoshi olhou ao redor da sala. — Todos os seus homens estão aqui?

Os membros da Tríade se entreolharam. O rosto de Mok inflou de raiva, avermelhando-se como uma fruta ao sol.

Não era insolência da parte de Kyoshi, mas uma questão de praticidade. Seu instinto de organização e eficiência vindo à tona.

— Se não, posso esperar até que todos cheguem — explicou ela. — Não quero ter de voltar e verificar cada andar.

— Destruam-na! — gritou Mok.

Os homens a atacaram de todas as direções. Kyoshi pegou um de seus leques. Usar os dois teria sido um exagero.

Kyoshi passou por cima dos corpos, que gemiam de dor. Notando um dos membros da Tríade totalmente imóvel, ela o cutucou com a bota até ver sinais de respiração.

O manto de Mok havia se perdido na confusão. Ele conseguiu se erguer da cadeira por alguns centímetros antes que Kyoshi colocasse a mão em seu ombro, empurrando-o de volta no lugar.

— Não precisa se levantar ainda, Tio. — Ele podia ser uma antiga inimizade, mas ainda era mais velho que ela.

Uma mistura de raiva e medo tomou conta de Mok, e Kyoshi conseguia senti-la em sua mão.

— Então você vai me matar a sangue frio como fez com Xu. Que você seja despedaçada por relâmpagos e várias facas por assassinar seus irmãos de juramento.

Kyoshi se sentiu incomodada, mais do que deveria, ao ouvir Mok a chamando de assassina. Ela e Xu Ping An tinham concordado em duelar, e o homem tentara matá-la já na primeira oportunidade. Além disso, logo que conseguira obter vantagem, ela dera a seu oponente uma chance de se render. Mas o antigo líder dos Pescoços Amarelos mostrara estar além da salvação.

Ainda assim, nas noites em que não conseguia dormir, Kyoshi se lembrava de Xu. Aquele homem vil infectava seus pensamentos, impedindo-a de sonhar com as pessoas que amava. Ela pensava em Xu, no peso da morte dele em suas mãos e em como, no final da luta, havia *decidido* o destino dele.

Ela afastou esse pensamento.

— Vale de tudo no *lei tai* — disse. Justificar o ato em voz alta lhe deu a sensação de estar engolindo a contragosto um remédio amargo e ineficaz. — Eu não vou matá-lo. Você e seus homens dominaram essa fortaleza rápido demais para uma gangue do interior que passou a maior parte da vida intimidando fazendeiros. Imagino que haja alguém em Ba Sing Se o ajudando, e quero saber quem é.

Mok assumiu uma postura bem firme. Um *daofei* de verdade nunca entregava informações para as autoridades, mesmo que isso o beneficiasse.

— Se acha que vou lhe contar isso, garota, você está... *Ahhhhh!!*

Com um forte aperto de seus dedos, Kyoshi o lembrou que as coisas haviam mudado desde a última vez que tinham se visto. Ela apertou seu braço até que ele entendesse isso.

— Foi alguém do Anel Central! — Mok exclamou assim que parou de gritar de dor. — Nós nos comunicamos por mensageiros, então não sei o nome da pessoa!

Kyoshi o soltou e deu um passo para trás. Ela esperava que ele nomeasse algum criminoso do Anel Inferior, alguém que talvez tivesse jurado lealdade a ele no passado. O Anel Central era composto de mercadores e acadêmicos. Algo não estava se encaixando.

Mok tocou seu ombro dolorido e se afastou da mesa.

— Wai! — gritou em direção à porta atrás de si. — Agora!

Em sua distração, Kyoshi havia se esquecido do terceiro em comando dos antigos Pescoços Amarelos. Antes que ela pudesse reagir, a porta se abriu, revelando uma emboscada.

O Irmão Wai surgiu, com uma faca erguida e um rosnado nos lábios. Ele não estava usando a máscara de couro que cobria seu nariz decepado; sem ela, seu rosto tinha uma aparência de caveira. Wai fora um homem ágil e perverso em seus dias como membro dos Pescoços Amarelos, e continuava sendo.

Porém, quando viu que o invasor era Kyoshi, usando sua vestimenta e maquiagem completa, ele engasgou e se deteve no meio do caminho. Wai era uma das poucas testemunhas que a tinha visto em seu Estado Avatar, e tal experiência havia intimidado o espirituoso homem. Ele deu um passo atrás, dando passagem para ela, o que quase derrubou o irmão, e caiu de joelhos. A faca que havia apontado para Kyoshi segundos antes foi colocada aos pés dela, como uma oferenda.

— Ah, qual é?! — Mok gritou, vendo Wai colocar a cabeça no chão em reverência à Avatar.

Kyoshi saiu da construção. O dia havia ficado mais claro e quente. Um esquadrão de oficiais da paz, guardas uniformizados de Ba Sing Se, esperava por ela, alinhados em filas à direita e à esquerda. Os homens mais jovens, que nunca tinham visto a Avatar, encararam Kyoshi emergindo da escuridão. Um deles derrubou seu cassetete e se atrapalhou ao tentar recuperá-lo.

Kyoshi passou pelos guardas, ignorando os sussurros e mal percebendo as reverências, até estar diante do capitão Li. Era um homem de rosto pálido que vinha executando seu trabalho por tempo demais, a aposentadoria sempre adiada pelas dívidas de jogo.

— O cerco está montado — disse o capitão a Kyoshi, com um chiado característico de quem fuma cachimbo. — Nenhum problema até agora.

A maioria dos cidadãos do Anel Inferior seguia a vida normalmente, ignorando a presença dos homens da lei, mas Kyoshi via algumas pessoas assistindo com falso desinteresse, provavelmente olheiros de outras organizações criminosas. Trabalhar com o capitão Li era o mesmo que violar os votos *daofei*. E ela havia jurado à sua Irmã Kirima, sob uma lâmina sustentada pelo Irmão Wong, que nunca se tornaria uma ferramenta da lei.

Mas era Li quem vinha sendo sua ferramenta, seu informante, não o contrário. Ele lhe provia as informações de que precisava para resolver seus negócios inacabados com Mok, além de limpar a bagunça que ela fazia.

— O local não oferece perigo? — perguntou Li, levantando seu elmo para limpar a testa com a manga da blusa.

— Os membros da Tríade foram derrotados e estão prontos para ser levados — respondeu Kyoshi. — Você deveria chamar um médico.

— Cuidarei disso — disse Li, com um desinteresse que deixava claro o quanto se importava com a sugestão. Ele levou os dedos aos lábios, dando um assovio. — Vamos, rapazes! Tirem os vermes de lá!

Os guardas se apressaram para dentro da construção, livres para andar em segurança agora que Kyoshi havia limpado o local. Ela esperou pacientemente para ver os resultados de seu trabalho. A Tríade da Asa Dourada precisava ser exibida e catalogada na luz do dia, na frente de todos. Vê-los sendo arrastados como sacos de batata provavelmente acabaria com o mistério por trás deles. Assim esperava.

Ela ouviu gritos e um som de luta vindo do interior de Loongkau. Dois oficiais arrastavam um homem que não estava entre os membros da Tríade que a haviam atacado. Ele estava vestido com roupas simples, mas usava um par de óculos, que caiu de sua cabeça. Devia ser um joalheiro ou um alfaiate para ter investido em um acessório tão caro.

Uma bota esmagou os óculos antes que Kyoshi pudesse dizer qualquer coisa. Com horror, ela observou outro grupo de oficiais surgir, empurrando uma mulher pelo pescoço. Nos braços dela, uma criança chorava. O homem, que já não enxergava tão bem sem seus óculos, ouviu o choro e começou a se agitar ainda mais nos braços dos guardas.

Eles não eram membros da Tríade. Eram uma das famílias pobres que moravam ali.

— O que seus homens estão fazendo? — Kyoshi gritou para Li.

Ele pareceu confuso com a pergunta.

— Livrando-se dessa gentalha. Tem gente querendo dar um fim a esse lugar há muito tempo. — Ele hesitou. — Você... quer parte da comissão nisso? Se quiser, vai ter de falar com o meu contato do Anel Central.

O Anel Central. Naquele momento, ela entendeu tudo.

Alguém com planos grandes e lucrativos para Loongkau queria expulsar os moradores dali, mas precisava de uma desculpa para isso. Essa pessoa havia permitido que a Tríade tomasse o local para fazer com que a lei e o Avatar se envolvessem, e então subornara o capitão Li para despachar tanto os inocentes como os criminosos daquele distrito.

— Parem com isso! — exclamou Kyoshi. — Parem agora mesmo!

— Ah, não! — Li respondeu, fingindo lamentar. — Sinto muito, Avatar, mas só estou fazendo o meu trabalho. Por direito, eu posso desocupar as instalações de criminosos, se necessário.

— Mamãe! — Foi o grito da garotinha que colocou um ponto-final na discussão. — Papai!

Kyoshi puxou seus leques e os abriu. Ela ergueu fragmentos de terra abaixo da camada empoeirada, onde o barro era úmido e maleável. Blocos do tamanho de punhos foram arremessados para a frente, atingindo a boca e o nariz de Li e seus oficiais, prendendo-se à pele deles como focinheiras.

Os guardas soltaram a família e levaram as mãos ao rosto, mas a dominação de terra de Kyoshi era forte demais para repelir. Li caiu de joelhos, seus olhos perdendo foco.

Kyoshi tinha algum tempo antes que eles sufocassem até a morte. Ela guardou seus leques e foi lentamente de guarda em guarda, tirando as bandanas que usavam na cabeça e checando o emblema do Reino da Terra estampado nos tecidos.

As insígnias de cada oficial de Ba Sing Se possuíam um número de identificação, uma prova da grande burocracia que existia nas grandes cidades. Apesar de estarem quase desacordados, os guardas entenderam o motivo para Kyoshi ter arrancado suas faixas e as guardado no próprio bolso. Era uma garantia. Bastaria uma visita a um escritório administrativo para descobrir a identidade deles. Ela poderia encontrá-los facilmente depois. A maior parte dos cidadãos de Ba Sing Se sabia dos boatos. Eles tinham ouvido as histórias sobre quem a Avatar Kyoshi era e o que fazia aos seus inimigos.

Li ficou por último. O homem já estava ficando roxo quando Kyoshi chegou até ele. Depois de tirar a insígnia de sua bandana, ela deixou a focinheira de terra cair de sua boca, fazendo o mesmo com os outros. O esquadrão de Li caiu de joelhos, ofegante. O capitão caiu de lado, esforçando-se para respirar.

Ela se curvou sobre o oficial, mas, antes que pudesse dizer qualquer coisa, ele lhe revelou um nome, esperando clemência. O homem realmente não tinha escrúpulos.

— O nome dele é Wo! O homem de quem recebo ordens é o ministro Wo!

Kyoshi precisou fechar os olhos para não deixar transparecer sua frustração. Provavelmente havia uma dúzia de ministros chamados Wo em Ba Sing Se. Essa informação não significava nada para ela. A cidade era muito grande. O Reino da Terra era vasto. Era impossível dar conta de tanta corrupção.

Ela respirou fundo.

— Eis o que você vai fazer, capitão — falou ela o mais calmamente que podia. — Vai limpar este lugar retirando somente os membros da Tríade, e mais ninguém. Então, vai providenciar papel e um pincel. Quero que me escreva uma confissão completa, detalhando quem é esse Wo e todo o suborno que você aceitou dele. Cada moeda. Está me ouvindo, capitão Li? Eu vou checar. Quero que escreva essa confissão com toda a sua alma.

Ele assentiu. Kyoshi se endireitou para ver a mulher e sua filha encarando-a com olhar assustado. Ela começou a se aproximar de ambas para verificar se estavam machucadas.

— Não toque nelas! — O homem que havia perdido os óculos se colocou entre Kyoshi e sua família. Com sua quase cegueira, ele não tinha como perceber sua intenção de ajudar. Ou talvez tivesse, mas achava que mesmo assim ela representava um perigo para sua esposa e filha.

Ao longe, mais espectadores se agrupavam. Eles sussurravam uns para os outros, como sementes de novos rumores começando a criar raízes no solo. A Avatar não só havia arrancado os ocupantes de Loongkau, como lançara sua ira insaciável sobre os oficiais do Reino da Terra.

Os olhares dos cidadãos e da família assustada fizeram a pele de Kyoshi formigar; era uma sensação que homens corruptos, como Li ou Mok, jamais seriam capazes de provocar nela. Vergonha. Vergonha pelo que havia feito. Vergonha por quem era.

A maquiagem cobria o rubor de suas bochechas e o franzir de sua testa. Ela deu um último tapinha significativo em Li e, então, deixou Loongkau na mesma lentidão com que havia chegado ali. Era como uma estátua impassível retornando a seu altar. Mas a verdade era que, por debaixo da tinta, Kyoshi se sentia como alguém fugindo da cena do crime, seu coração ameaçando se despedaçar.

O CONVITE

AS PESSOAS normalmente reclamavam do longo tempo que se levava para atravessar Ba Sing Se, o que era causado pela dificuldade de passar pelo aglomerado de pessoas. Mas isso não era um problema para Kyoshi. Multidões costumavam lhe dar passagem, tal como a grama frente à brisa.

No entanto, havia um atalho que ela podia explorar também. Dominando a água e usando uma jangada improvisada, seria possível subir pelos canais de drenagem que vinham do Anel Superior até a zona agrária para irrigação. Era um caminho mais rápido, se a pessoa conseguisse suportar o cheiro.

Kyoshi chegou ao Anel Central durante o anoitecer. Apesar de as construções serem bem organizadas e estarem devidamente numeradas, ela teve dificuldade para encontrar seu destino em meio à uniformidade de construções brancas com telhados verdes. Seu caminho a conduziu por pontes tranquilas, que cruzavam canais de fluxo suave, por casas de chá exalando perfume de jasmim, e por árvores que derramavam suas pálidas pétalas rosadas pelas calçadas. Quando era criança, vivendo pelas sarjetas de Yokoya, Kyoshi costumava imaginar o paraíso exatamente como o Anel Central de Ba Sing Se. Limpo, silencioso e com fartura de alimentos em todo lugar que se olhasse.

Enquanto limpavam as calçadas, os donos dos comércios lhe dirigiam um olhar surpreso, porém logo voltavam ao trabalho. Ela passou por um grupo de estudantes que usavam vestes escuras; eles se entreolharam e se cutucaram ao vê-la passar, mas não temeram ao ser encarados por ela. Pessoas confortáveis com seu estilo de vida não costumavam se sentir ameaçadas. Elas sequer conseguiam imaginar algum perigo espreitando à sua porta.

Kyoshi sumiu de vista ao entrar numa rua lateral e mais escura. Ela abriu uma porta sem identificação com uma chave que mantinha em seu cinto. O corredor onde entrou era tão cheio de curvas e escadas quanto Loongkau, só que muito mais limpo. Terminava com uma passagem que levava a um quarto simples no segundo andar, mobiliado apenas com uma cama e uma escrivaninha. O pequeno cômodo era uma das várias propriedades ao redor das Quatro Nações que Jianzhu havia deixado para Kyoshi, e servia como um local seguro para ela habitar quando não quisesse anunciar sua presença à equipe do Rei da Terra. Após desafivelar e retirar suas manoplas, ela as jogou na cama enquanto cruzava o espaço.

Em seguida, afundou na cadeira e largou sobre a mesa as bandanas que havia pegado dos guardas, as insígnias retinindo sobre a superfície como o prêmio de um jogo de azar. Ela foi mais cuidadosa ao remover seu cocar. Uma brisa balançava seus cabelos soltos, vinda da janela que lhe dava uma ampla visão do pôr do sol no Anel Inferior, em toda a sua vastidão e pobreza, com as cabanas e os barracos marrons se estendendo sobre a terra como couro secando ao sol.

Era uma paisagem incomum, pois muitas das casas do Anel Central não tinham vista para o Anel Inferior. Os comerciantes e as pessoas do mercado financeiro que moravam nesse distrito pagavam para não ter de olhar um cenário tão desagradável.

Seus dedos se moveram automaticamente, organizando as insígnias em pilhas. Ela sentiu o peso da exaustão. Hoje, havia acrescentado outra dificuldade à sua missão. Teria de fazer outra visita a Loongkau para garantir que os moradores estavam seguros em suas casas. Também precisaria seguir as informações de Li, ou então o capitão e seus apoiadores achariam que bastaria esperar a poeira baixar para poderem retomar suas atividades ilegais.

Ela sabia que aquela era uma batalha perdida. Em uma perspectiva geral, derrubar um único homem da lei desonesto em Ba Sing Se seria o mesmo que tirar uma gota do oceano. A menos que...

A menos que transformasse Li e quem o subornou em exemplos. Ela poderia machucá-los de tal forma que se espalharia a história sobre o que a Avatar faz com aqueles que exploram os indefesos para seu próprio ganho.

Seria rápido. Seria eficiente. Seria brutal.

Jianzhu teria aprovado.

Kyoshi bateu as mãos contra a mesa, derrubando as insígnias. Ela se pegou mais uma vez com a mesma mentalidade de seu falecido "benfeitor". Era como se ouvisse as palavras dele em sua própria voz, os dois se comunicando da maneira unificada que os Avatares supostamente faziam com suas encarnações anteriores.

Ela abriu uma gaveta e tirou uma toalha que estava dentro de uma pequena tigela com uma loção especial. Então, esfregou o pano umedecido com força no rosto, tentando limpar a sujeira que o cobria, assim como a maquiagem.

Um arrepio de repulsa percorreu suas costas ao se lembrar de como tinha sufocado Li com a mesma técnica que Jianzhu usara nela. Kyoshi deveria abominar aquilo, conhecendo exatamente a sensação de morrer lentamente enquanto seus pulmões sufocavam. Ao lidar com Li, ela vestira a pele de Jianzhu tão facilmente quanto fazia com suas roupas.

Roupas que, aliás, *também* tinham sido um presente dele.

Kyoshi bateu os punhos na mesa novamente e ouviu a madeira estalar. Parecia que cada passo que dava como Avatar a levava a uma direção errada. Kelsang nunca teria considerado a violência como política. Ele teria feito o possível para oferecer um destino melhor aos moradores de Loongkau e do Anel Inferior, de modo que eles mesmos pudessem resistir à dominação da Tríade e à exploração do Anel Central. Ele teria lhes dado voz.

Isso era o que Kyoshi deveria fazer. No fundo, era o que Kelsang havia feito por ela, a criança abandonada que ele encontrara em Yokoya. Era a atitude correta a se tomar, e seria mais eficaz a longo prazo.

Mas isso levaria tempo. Muito... muito tempo.

Uma batida veio de fora.

— Entre — disse Kyoshi.

Um jovem com vestes esvoaçantes nas cores laranja e amarela, típicas dos Nômades do Ar, abriu a porta.

— Você está bem, Avatar Kyoshi? — perguntou o monge Jinpa. — Eu ouvi uma batida e... *Ahh!*

A pilha de cartas que ele estava segurando voou pelos ares. Kyoshi fez um movimento circular com a mão, em uma dominação de ar, sustentando os papéis dentro de um pequeno tornado. Jinpa se recuperou da surpresa e pegou as cartas do fundo do vórtice, refazendo sua pilha, mas agora toda desalinhada.

— Desculpa, Avatar — ele disse após recuperar a correspondência. — Fiquei surpreso com o seu, hmm... — Ele gesticulou para seu próprio rosto em vez de apontar rudemente para o dela.

Ela não tinha terminado de limpar a maquiagem. Então provavelmente parecia uma caveira com metade da pele arrancada, tal como as figuras que apareciam nos livros médicos. Kyoshi pegou a toalha para terminar de se limpar.

— Não se preocupe com isso — respondeu, enquanto passava o pano no rosto, tomando cuidado para não deixar a loção encostar nos olhos.

Sem dar ouvidos ao seu comentário, Jinpa ainda parecia preocupado.

— E o seu pescoço está sangrando.

Sim. Também tinha isso. Com a mão livre, ela abriu um leque e apontou-o para o garrote ainda enrolado em sua garganta. Sob a força de sua dominação de terra, os cacos de vidro em sua pele se soltaram e reuniram-se em uma massa flutuante, que caiu no chão assim que ela mudou seu foco para um jarro próximo.

Uma pequena quantidade de água serpenteou para fora do recipiente e se enrolou no pescoço de Kyoshi. Era fresca, reconfortante e aliviava a coceira da ferida. Jinpa a observou cuidando de si mesma, preocupado e horrorizado com seus primeiros socorros grosseiros e autoadministrados.

— A água curativa não deveria brilhar? — perguntou.

— Nunca consegui fazer isso — respondeu Kyoshi.

As bibliotecas da mansão em Yokoya estavam cheias de livros extensos sobre o uso da dominação de água com finalidade medicinal, mas Kyoshi nunca tivera tempo suficiente para ler todos nem um professor adequado para ajudá-la. Ela lera o máximo de textos que pudera de qualquer maneira, e as feridas que vinha acumulando em sua posição como Avatar lhe deram muitas oportunidades para praticar em si mesma a arte da cura.

Kyoshi fizera um juramento. Não importava o quão limitado fosse seu conhecimento, ou quão falha fosse sua técnica, ela nunca mais ficaria parada ao ver alguém com quem se importava ser maltratado.

Ela jogou a água de volta no jarro e passou um dedo sobre as marcas deixadas em seu pescoço. *Se eu continuar nesse ritmo, vou acabar parecendo a colcha de retalhos de Tia Mui.* Era possível esconder a cicatriz com maquiagem ou usando uma gola mais alta. Mas as queimaduras em suas mãos, cortesia de Xu Ping An, a lembravam de que estava ficando sem partes do corpo para ferir e encobrir.

— Quais são as novidades? — perguntou.

Jinpa se sentou e pegou uma das muitas cartas endereçadas à Avatar, cujo selo já fora rompido. O monge tinha esse privilégio. Durante a primeira visita de Kyoshi como Avatar ao Templo do Ar do Sul, ele a ajudara constantemente com assuntos relacionados a planejamento e comunicação, de modo que os anciões o designaram oficialmente como secretário dela. Sem a sua ajuda, ela teria ficado completamente sobrecarregada.

— "O governador Te informa humildemente que a população do vilarejo de Zigan vem crescendo e que agora possui uma nova escola e clínica de ervas, ambas gratuitas para os habitantes mais pobres da cidade" — Jinpa leu em voz alta. — Humm. A família Te não é conhecida pela generosidade. Eu me pergunto o que deu no jovem Sihung.

O que mais seria. Te Sihung fora o primeiro oficial do Reino da Terra a saber que Kyoshi era o Avatar, e logo depois de ter sido salvo por ela durante um ataque *daofei* em sua mansão. Após ter se revelado, Kyoshi deixara claro para Te que ele ainda devia sua vida a ela, e que continuaria a observá-lo. Saber que seu poder não o tornava imune às consequências parecia ter reforçado tanto a compaixão de Te como sua capacidade de governar.

Era raro receber boas notícias nos dias de hoje.

— Qual é a próxima? — ela perguntou a Jinpa, esperando novas informações.

Os lábios dele se comprimiram.

— O resto das cartas são pedidos de audiência dos nobres, que você já rejeitou ou ignorou.

— Todas? — Ela olhou para a pilha alta de papéis e franziu a testa.

Jinpa deu de ombros.

— Você rejeita e ignora vários nobres. As pessoas do Reino da Terra são muito persistentes.

Kyoshi lutou contra a vontade de incendiar a pilha de correspondência. Não era preciso ler todas as mensagens para saber que cada uma exigia um parecer favorável da Avatar em assuntos de negócios, política e dinheiro.

Mas, após comparecer a algumas dessas reuniões, ela aprendera o que acontecia nelas. Toda vez que Kyoshi aceitava um convite inofensivo para participar de um banquete, presidir uma cerimônia espiritual, celebrar um novo canal ou uma ponte, seu anfitrião, o governador ou o maior proprietário de terras – que muitas vezes era a mesma pessoa – a encurralava em uma conversa paralela, implorando por sua ajuda em assuntos materiais. Eles nunca teriam incomodado Kuruk ou a grande Yangchen com questões desse tipo, mas Kyoshi era um deles, não era? Ela entendia como os negócios eram feitos no Reino da Terra.

E ela ajudava. O que não significa que gostasse. Sábios que haviam negado sua condição de Avatar, apesar da última vontade e do testamento de Jianzhu, nobres que haviam alegado trapaça depois de vê-la mover a água e a terra acima da cabeça deles, de repente se tornaram verdadeiros admiradores ao perceber que ela poderia ajudá-los a obter mais riqueza e poder nas infinitas hierarquias do Reino da Terra. O Avatar poderia estabelecer onde ficava a fronteira de uma província e qual governador poderia reivindicar impostos de uma rica terra cultivada. O Avatar poderia escoltar uma frota comercial com segurança ao longo de sua rota, protegendo a vida dos marinheiros, mas principalmente garantindo um lucro enorme para seus mercantes. Não poderia?

Kyoshi logo aprendeu a ignorar tais pedidos e se concentrar no que ela conseguia resolver usando as próprias mãos.

— Essas mensagens podem esperar — disse. Secretamente esperava que a pilha de correspondência se transformasse em pó se ela soasse fria e autoritária o suficiente.

Jinpa deu a ela um olhar gentil, mas repreendedor.

— Avatar... se me permite dizer, é importante que você participe da alta sociedade ao menos um pouco. Não pode continuar afastando a liderança do Reino da Terra para sempre.

O Reino da Terra não tem liderança, pensou Kyoshi. *Ajudei a matar a pessoa mais próxima de um líder que ele tinha.*

— Seus deveres como Avatar vão além de ser uma dominadora poderosa — continuou ele. — Você livrou o interior do reino dos maiores grupos de bandidos e é impressionante que tenha conseguido rastrear esse Mok e impedi-lo de machucar mais inocentes. Mas você está apenas se vingando de criminosos que já enfrentou no passado. Isso é o melhor que pode fazer pelas Quatro Nações? Sem mencionar os riscos que essas missões representam para sua segurança pessoal.

— É o que eu sei fazer — respondeu Kyoshi.

E é a única forma de eu me assegurar de que estou fazendo o que é certo.

Eles tinham tido essa conversa antes, várias vezes, mas Jinpa nunca se cansava de lembrá-la. Ao contrário dos outros Nômades do Ar que ela conhecera, que valorizavam o distanciamento do mundo, ele a pressionava constantemente a se envolver com as pessoas que a procuravam para explorá-la. O monge não era muito mais velho que Kyoshi, tinha pouco mais de vinte anos, então era estranho quando ele falava como um tutor de política tentando guiar um aluno rebelde.

— Em algum momento, você terá de assumir mais responsabilidades — disse Jinpa. — O Avatar cria ondulações no mundo, querendo ou não.

— Isso é um ditado entre seus amigos misteriosos sobre os quais você não me conta? — ela retrucou.

Ele apenas deu de ombros para aquela tentativa desajeitada de mudar de assunto. Esse era outro ponto frustrante sobre Jinpa. O monge não a confrontava como Kirima ou Wong faziam. Ele tinha muito respeito por ela, algo que seus antigos companheiros nunca demonstraram, mesmo depois de descobrir sua identidade como Avatar.

Kyoshi se perguntou o que aconteceria se o monge conhecesse os demais membros da Companhia Ópera Voadora. Ela conseguia imaginá-lo oferecendo ajuda para todos abandonarem o estilo de vida *daofei*. Eles provavelmente tentariam roubar o bisão dele.

Só havia uma coisa que poderia convencê-la a falar com os sábios.

— Nenhuma das cartas menciona...

— Mestre Yun? Infelizmente, não. Ele ainda não apareceu.

Kyoshi exalou um longo sopro por entre os dentes. Durante o tempo em que todos pensavam que Yun era o Avatar, ele concentrara esforços para se envolver com a elite do Reino da Terra. O que significava que tais pessoas eram as únicas que conheciam o rosto dele. Sem a pista de alguém que o reconhecesse, encontrar Yun no Reino da Terra era como procurar uma única pedra em um poço de cascalho.

— Vamos tentar aumentar a recompensa novamente — sugeriu Kyoshi.

— Não sei se isso vai ajudar — disse Jinpa. — As figuras influentes do Reino da Terra perderam o prestígio após a identificação errônea do Mestre Yun. Se eu estivesse no lugar deles, não iria querer que o garoto ressurgisse. Preferiria fingir que toda essa história nunca aconteceu. Ouvi dizer que Lu Beifong proibiu qualquer pessoa em sua casa, incluindo convidados, de mencionar Jianzhu ou seu discípulo.

Para um simples Nômade do Ar, era estranho como Jinpa tinha acesso a certas fofocas políticas, embora muitas delas fossem verdade. *Maldito Lu.* Como apoiador de Jianzhu, Kyoshi considerava Beifong tão culpado quanto ele pelo erro na identificação do Avatar, mas o patriarca continuava a negar qualquer responsabilidade nesse assunto.

Ela implorara pessoalmente a Lu Beifong para ajudá-la a encontrar Yun, esperando que o velho tivesse algum sentimento familiar por ele. Em vez disso, Lu revelara com frieza que a carta enviada por Jianzhu aos sábios do Reino da Terra, na qual proclamava que Kyoshi era o Avatar, também dizia que Yun estava morto. Entre as palavras finais de Jianzhu e o testemunho confuso de Kyoshi sobre o incidente em Qinchao, Lu escolhera acreditar no que era mais conveniente para ele. No que lhe dizia respeito, o escândalo estava resolvido. Uma vitória para o *jing* neutro.

Jinpa lhe dirigiu um sorriso de simpatia.

— Ninguém está pedindo para você desistir de sua busca pelo falso Avatar, mas talvez...

— *Não o chame assim!*

A repreensão ecoou pela sala. Pensar na facilidade com que Yun fora abandonado, primeiro por Jianzhu, depois por Lu e o resto do Reino da Terra, deixava Kyoshi em seu limite. Jinpa evitou o olhar dela, abaixando a cabeça. No silêncio constrangedor, ele começou a bater o pé nervosamente. Ela não precisava de dominação para sentir tremores através do chão.

— Enviarei a descrição do Mestre Yun para os principais postos de controle — disse ele. — O trabalho desses oficiais é checar nomes e aparências. Eles prestarão mais atenção do que os demais.

Era uma boa ideia. Melhor do que qualquer uma que Kyoshi tivera até então. Por isso, sentiu-se duas vezes pior por perder a paciência com o monge. Ela precisava se desculpar por sua explosão, precisava parar de agir assim se quisesse ter uma amizade com Jinpa.

Mas Kyoshi tinha medo do que as amizades costumavam lhe custar. Ela fora um perigo para todos os companheiros que já tivera. E ainda não conseguia se livrar das lembranças de um Nômade do Ar que lhe trazia alegria, acalento e lhe despertava sorrisos.

— Faça isso — disse Kyoshi, secamente.

Jinpa assentiu. Então fez uma pausa, como se estivesse se perguntando como abordar o próximo assunto.

— Não abri todas as cartas. Mas uma delas veio por um mensageiro especial.

— Metade das cartas que recebemos vem por um "mensageiro especial" — zombou Kyoshi. Entregas pomposas com envelopes carimbados com os dizeres *Urgente* e *Deve ser visto somente pelo Avatar* em tinta verde vibrante eram truques comuns que os sábios da Terra usavam para chamar sua atenção.

— Esta é genuinamente especial. — Jinpa enfiou a mão em seu manto e tirou um tubo com uma mensagem que estava guardando.

A tinta era vermelha.

O tubo de metal resistente estava ornamentado com chamas douradas. Em contraste com os móveis sóbrios do quarto, a caixa de pergaminhos parecia uma brasa em uma floresta, ameaçando pegar fogo. Vários selos de cera protegiam a abertura.

Jinpa passou o tubo para ela com as duas mãos, como um objeto de reverência.

— Eu acredito que seja do próprio Senhor do Fogo, Zoryu.

Sua primeira correspondência direta de um chefe de Estado. Kyoshi nunca conhecera o Senhor do Fogo, tampouco ele lhe havia escrito antes. Seu único contato com o governo da Nação do Fogo fora por meio de um emissário que a visitara em Yokoya, logo após a notícia de sua condição de Avatar. O ministro bem-vestido a vira dominar um pouco de todos os quatro elementos, assentindo com a cabeça quando cada um era verificado. Ele saudara Kyoshi, ficara para jantar e partira para sua terra natal na manhã seguinte, indo relatar a nova situação. Ela se lembrava de ter apreciado a falta de pesar que o estrangeiro demonstrara, em comparação com seus compatriotas.

Romper os selos e abrir aquela correspondência era como avariar um artefato histórico. Kyoshi fez o possível para manter a forma original da cera, desenrolando o pergaminho que estava dentro.

A mensagem ia direto ao ponto, desprovida dos floreios que os oficiais do Reino da Terra utilizavam para bajulá-la. O Senhor Zoryu precisava da ajuda da Avatar em um assunto de importância nacional. Se ela viesse visitar o palácio real, como sua convidada de honra, no próximo Festival de Szeto, um feriado importante nas Ilhas do Fogo, ele poderia explicar pessoalmente.

— O que diz? — perguntou Jinpa.

— É um convite para visitar a Nação do Fogo. — Seria como uma estreia no cenário mundial. Ela engoliu o nervosismo que, de repente, se instalara em sua garganta.

Vendo sua hesitação, Jinpa juntou as mãos, suplicando.

— É exatamente disso que estou falando, Avatar. As Quatro Nações não deixarão que você se mantenha afastada para sempre. Por favor, não me diga que, de todas as pessoas, você pretende ignorar logo o Senhor do Fogo.

Kyoshi refletiu sobre aquilo. Ela duvidava que o governante da Nação do Fogo desperdiçaria seu tempo com um pedido frívolo de ajuda. E suas frustrações com o próprio país já a estavam incomodando além do que conseguia aguentar. Uma mudança de cenário poderia ser bem-vinda.

— E é um feriado festivo — acrescentou Jinpa. — Você pode até se divertir. Você *tem* permissão para se divertir de vez em quando, sabia?

Um Nômade do Ar apelando para a diversão como último argumento. Era algo realmente incomum.

— Pode responder ao Senhor do Fogo que estou honrada em aceitar o convite dele — disse ela. — Começaremos a planejar a viagem amanhã. Acho que não consigo lidar com mais negócios por hoje.

Jinpa curvou-se solenemente, escondendo sua satisfação pela Avatar estar, enfim, assumindo suas responsabilidades.

— Ninguém precisa de descanso mais do que o Avatar. — Ele saiu do quarto em direção ao escritório que haviam montado corredor abaixo.

Sozinha, Kyoshi encarou o papel cor de creme, em silêncio. Ela não havia mencionado a Jinpa a parte da carta que a inclinava a fazer tal visita.

Havia uma informação muito específica no final da mensagem do Senhor do Fogo. A ex-diretora da Academia Real tinha voltado para casa depois de uma longa convalescença em Agna Qel'a, capital da Tribo da Água do Norte. Assim como sua filha. Talvez fosse do interesse do Avatar reencontrá-las, já que as três eram conhecidas em Yokoya. Elas certamente desejavam vê-la.

Conhecidas. Kyoshi não sabia que era possível sentir alívio e angústia ao mesmo tempo. Mesmo que ainda não estivesse na Nação do Fogo, ela já conseguia ver quem estava esperando por ela: a chama ambulante de puro calor e desafio. Em meio ao momento de escuridão e exaustão, uma luz brilhante surgia.

Rangi.

Kyoshi dobrou cuidadosamente o papel e o guardou em suas vestes, perto do coração acelerado. Apesar dos votos de seu secretário, ela não conseguiria dormir direito esta noite.

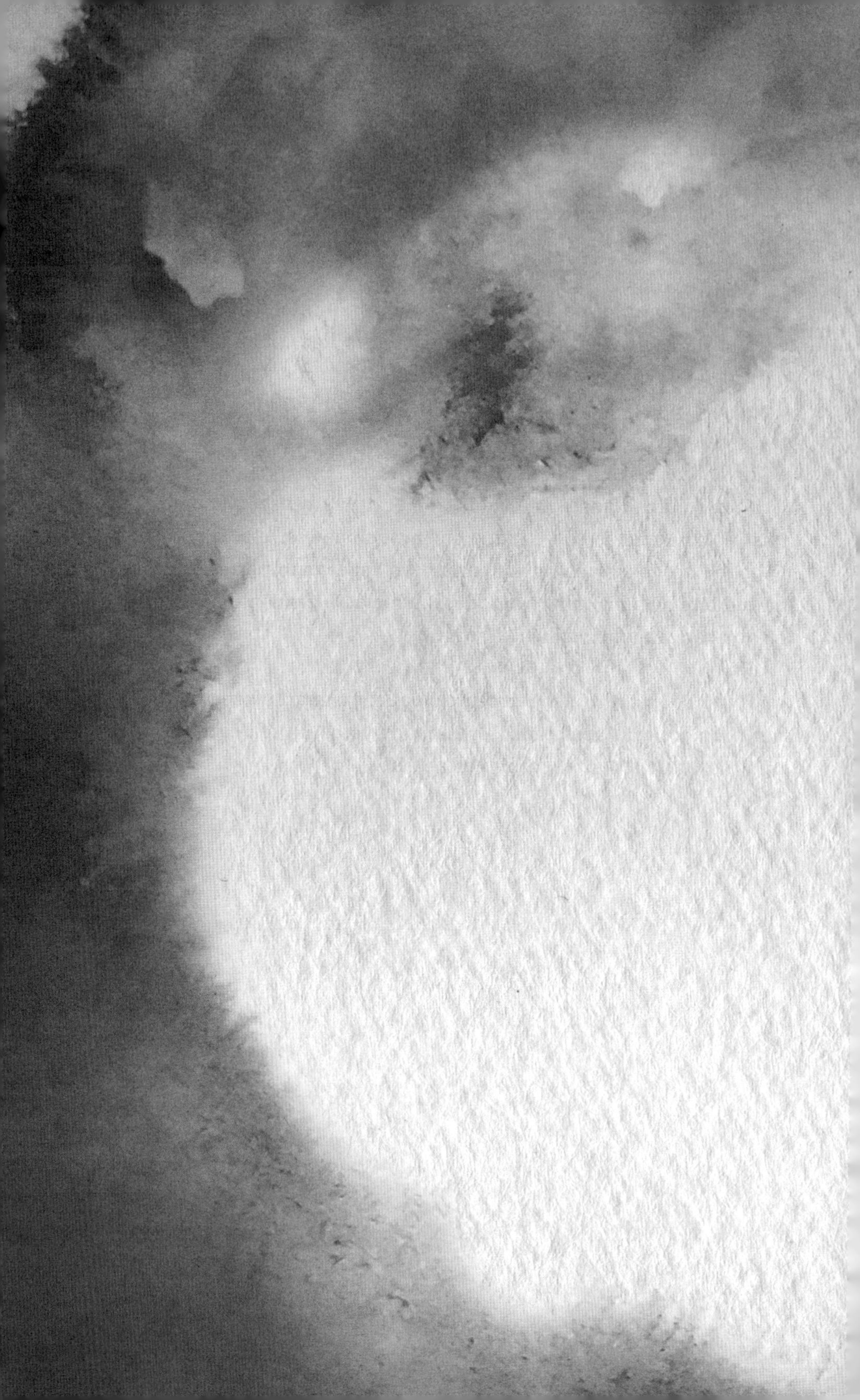

VIDAS PASSADAS

O BISÃO DE JINPA, Ying-Yong, tinha apenas um metro e meio de altura em vez dos habituais dois. Quando mais novo, ele fora atacado por um predador e perdera sua pata dianteira esquerda. Já adulto, a lesão fazia com que ele se inclinasse para o lado levemente ao voar, então, de vez em quando, Jinpa tinha de puxar as rédeas com suavidade na direção oposta para manter o curso.

Kyoshi havia se acostumado a viajar em Ying-Yong. O bisão de Kelsang, Peng-Peng, estava ocupado criando os próprios filhotes no Templo do Sul, o que era uma aposentadoria merecida. Além disso, Kyoshi nunca esperara que a convivência entre as duas fosse permanente. Peng-Peng podia tolerá-la, e até gostar dela, mas apenas um Nômade do Ar conseguiria fazer uma parceria duradoura com uma dessas grandes feras.

Ela e Jinpa voaram um pouco mais baixo do que o normal a caminho da Nação do Fogo, passando perto das águas verdes do Mar de Mo Ce, onde o ar era quente e fácil de respirar. O bom tempo contribuiu para um voo tranquilo. Nuvens escassas pairavam no céu azul, fornecendo pequenos bolsões de sombra para eles se refrescarem.

Uma das coisas de que Kyoshi mais sentia falta daqueles dias após sua fuga de Yokoya com Peng-Peng eram esses pequenos momentos de viagem. A maioria das pessoas pensaria que flutuar em um bisão, sentindo a brisa no rosto, era algo tranquilizante, mas, para Kyoshi, a melhor parte de voar num bisão era outra. Voar dava a ela a sensação de estar fazendo o melhor que podia, para variar, pois não havia meios mais rápidos para se deslocar do que usando um bisão voador.

Uma bolsa começou a deslizar de uma ponta da sela para a outra. Jinpa puxou as rédeas mais uma vez, fazendo Ying-Yong se endireitar. Kyoshi pegou a bagagem e a prendeu firmemente.

— Ele está bem? — ela perguntou. — Não precisa descansar?

— Não, ele está ótimo — respondeu Jinpa. — Apenas se distraiu com um cardume de enguias aladas. Não foi, garotão? Quem é um menino preguiçoso e distraído? — Ele deu a Ying-Yong uma carinhosa coçada atrás da orelha. — Mas se você quiser parar, há um bom lugar à frente, um local histórico interessante. É uma pequena ilha onde dizem que a Avatar Yangchen realizou seu primeiro ato de dominação de água. Quer ver?

Ela queria, honestamente. Kyoshi tinha profunda curiosidade sobre um dos maiores Avatares da história, seu antecessor de duas gerações atrás. Yangchen era a mulher que tinha feito tudo certo. Era o Avatar que, até hoje, era invocado pelas pessoas para proteção e sorte. Kyoshi desejava que pudesse aprender a liderança de Yangchen. Ela se daria por satisfeita se tivesse o conhecimento do grande Avatar do Ar, que obteve êxito em manter o mundo em equilíbrio e harmonia.

Ela pretendia estudar ainda mais sobre o trabalho de Yangchen na próxima vez que voltasse a Yokoya. Devia haver materiais úteis nas grandes bibliotecas da mansão. Agora, porém, estava com pressa.

— Não precisamos pousar. Vou dar uma olhada de cima.

— Claro, Avatar. Eu aviso quando chegarmos.

Kyoshi se recostou em seu assento. A carta dentro de sua jaqueta roçou de leve contra o tecido, mas teve um forte impacto contra seus nervos.

Ela não se comunicava com Rangi fazia muito tempo. Falcões mensageiros tinham dificuldades para lidar com o frio extremo do norte, onde sua mãe Hei-Ran estava se recuperando. Como o novo Avatar, Kyoshi estava sempre viajando. A mansão onde a dominadora de fogo estava era tão longe da Tribo da Água do Norte quanto possível. Parecia que o mundo havia conspirado para mantê-las separadas e sem se comunicar.

Kyoshi queria pensar em outra coisa. Ou falar com outra pessoa. Ainda achava difícil manter uma conversa casual com Jinpa, e uma sela de bisão era um assento grande e vazio demais para uma só pessoa. Ela já havia se acostumado a brigar por espaço com pelo menos outras quatro pessoas, empurrando os ombros, reclamando de quem estava com mau hálito por comer alimentos picantes.

Depois de um tempo, ela sentiu Ying-Yong fazendo outra curva, mais forte dessa vez.

— Então... onde fica essa ilha? — perguntou a Jinpa enquanto se equilibrava agarrada ao corrimão. O mar era como um lençol plano, tornando impossível esconder qualquer porção de terra.

Jinpa sobrevoou a região em círculos e examinou a água.

— Hmm. Os livros que li diziam que o local era bem aqui. Mas não vejo nada além daquela mancha escura sob a superfície.

— Olha, se não encontrarmos, podemos simplesmente ir. Não é importante...

KYOSHI.

Ela gritou quando sentiu uma dor dilacerante atravessar sua cabeça. A dor turvou sua vista, fazendo-a enxergar apenas um borrão. Suas mãos amoleceram e soltaram a sela. Kyoshi tombou sobre a beirada e caiu do bisão, ouvindo vozes chamando seu nome.

O tormento permaneceu durante toda a queda. Era como se adagas perfurassem sua cabeça, de um lado a outro. A dor foi percorrendo toda a sua espinha dorsal, dilacerando seu corpo. Ela mal percebia quão rápido e de que altura estava caindo.

KYOSHI.

Um homem com uma voz profunda a chamou, suas palavras cortadas pelo vento que passava pelos ouvidos dela. Não era Jinpa.

KYOSHI.

O choque com a água fria e salgada do oceano foi um alívio para aquela agonia. Ela não tinha ideia de onde estava. Seus membros boiavam sem peso. Quando abriu os olhos, não sentiu nenhuma ardência ou incômodo.

Do azul infinito, uma figura flutuou na frente dela, refletindo seus movimentos lentos na água, tão prisioneira quanto ela. A forma era nebulosa, como uma pintura mergulhada em um rio, mas ela sabia quem era a aparição vestida com peles da Tribo da Água.

Avatar Kuruk.

— KYOSHI, PRECISO DA SUA AJUDA...

A voz do predecessor de Kyoshi no ciclo Avatar era muito mais alta na água, seu elemento nativo. Ela trovejou entre seus ouvidos.

— KYOSHI... VOCÊ DEVE... NÃO POSSO... ISSO PODE PASSAR...

Uma mão mergulhou através da aparição de Kuruk, dissolvendo-a por completo. Em seguida, agarrou as lapelas de Kyoshi e a puxou em direção à superfície. A água salgada, que não a havia incomodado até aquele momento, penetrou em seus olhos, vingativa. Esquecendo-se de que continuava abaixo da superfície, ela se engasgou ao buscar por ar e teve sua garganta inundada. O feitiço de Kuruk que estava impedindo-a de se afogar havia se quebrado agora.

Jinpa lançou-se em direção à luz ondulante do sol, segurando Kyoshi firmemente com uma mão. A princípio, ela tentou ajudá-lo, nadando para cima. Levou um tempo embaraçosamente longo até se lembrar de que era uma dominadora de água e que estava cercada por esse elemento. Com um rápido levantar de seus braços uma bolha foi criada, levando ambos para a superfície.

Eles irromperam no ar e esvaziaram seus pulmões, que estavam repletos de água. Kyoshi tossiu até conseguir respirar mais uma vez. Ying-Yong flutuava próximo ao mar, rosnando de preocupação.

— Você está bem? — Jinpa gaguejou. — Está machucada?

— Estou bem — disse Kyoshi. A dor de cabeça havia se dissipado no oceano. — Só perdi o equilíbrio e caí.

— *Só caiu?* — Jinpa estava visivelmente nervoso. O monge até levantou a voz. E *franziu a testa* para ela.

— Foi Kuruk. — Kyoshi apertou a cabeça para abafar o latejar persistente. Sua dominação os poupou da necessidade de boiar sobre a água. — Ele estava tentando me dizer algo.

— Avatar Kuruk? Você... você se comunicou com o Avatar Kuruk? Parecia que estava tendo um ataque!

— Geralmente não é tão ruim assim. Não foi tão doloroso nas últimas vezes.

O queixo de Jinpa caiu tanto que quase chegou ao mar.

— Esses episódios já aconteceram antes e você não me contou? Kyoshi, a comunicação entre um Avatar e suas vidas passadas deveria ser uma experiência sagrada, não uma convulsão que põe em risco sua vida!

Kyoshi fez uma careta. Ela sabia. Sabia exatamente quão deficientes eram suas conexões espirituais. E descobrira isso do jeito mais difícil.

Aquele Avatar da Tribo da Água havia se manifestado para ela uma vez no Templo do Ar do Sul, tendo a ousadia de pedir sua ajuda antes de se dissipar com a mesma rapidez. Kyoshi ficara totalmente confusa, sem saber o que fazer com tal visão.

Mas a experiência a lembrara de que tinha acesso a um tesouro valioso na forma de suas vidas passadas. Uma vasta riqueza de experiência e sabedoria estava ao seu alcance, se ela pudesse dominar o próprio espírito.

Kyoshi tentara se conectar às gerações anteriores do ciclo meditando em lugares sagrados do Templo do Ar do Sul, em santuários do Reino da Terra, dedicados aos grandes Avatares como Yangchen e Salai, além de belos lugares no topo de montanhas e próximos a rios. Ela não esperava que fosse fácil. Havia lido que os espiritualistas levavam a vida inteira para adquirir as habilidades de meditação, transe e iluminação. Assim, estava preparada para ser saudada pelo silêncio do fracasso quando tentou se comunicar com suas encarnações anteriores.

Mas ela não estava pronta para receber essas aparições confusas e aleatórias de Kuruk.

E *apenas* de Kuruk.

Todas... as... *vezes*.

O resultado de suas meditações era sempre o mesmo. Ela se concentrava em seu interior, tentava se conectar com o passado e encontrava a forma distorcida do Avatar da Água dizendo palavras sem sentido. A aparição dele era tão certa quanto o fato de que uma pedra atingiria o fundo de um poço ao ser atirada. Kyoshi tentara decifrar seu pedido misterioso, mas qualquer conexão que ambos compartilhavam não era forte o suficiente para ajudá-la a entender.

Sem falar que, na maioria das vezes, as sessões a machucavam de alguma forma. Foi por isso que ela nunca pediu a um sábio que já esteve no Mundo Espiritual para guiá-la na meditação. Temia a mesma reação de Jinpa se alguém a visse falhar tão dolorosamente. Um Avatar que lutava para se conectar às suas vidas passadas era uma coisa, mas um Avatar que vivia sendo rejeitado e agredido em suas tentativas era outra. Kyoshi não precisava que questionassem ainda mais sua legitimidade.

A certa altura, ela parou de tentar se conectar com seu predecessor. Não era a maior admiradora de Kuruk de qualquer maneira, e se ele era a única vida passada, em mil gerações, disposta a fazer contato com ela, poderia muito bem viver sem isso. Mas, às vezes, o antigo Avatar resolvia aparecer de forma espontânea.

— Não é grande coisa — disse ela a Jinpa. — De vez em quando, tenho uma visão de Kuruk, ou ouço a voz dele. Mas nunca entendo o que está tentando dizer.

Jinpa não podia acreditar que ela estava falando aquilo como se estivesse fazendo um comentário qualquer sobre o clima.

— Kyoshi — disse ele, pedindo a tranquilidade de seus ancestrais para não desmoronar e chorar pela inaptidão dela —, se um Avatar do passado tem uma mensagem para você, geralmente é de extrema importância.

— Está bem! — ela gritou. — Na primeira chance que tivermos, encontraremos um grande mestre iluminado para me ajudar a falar com Kuruk! Agora, podemos focar em nossa *outra* missão prioritária? Ou você pretende consertar tudo o que há de errado comigo de uma só vez?

O olhar de mágoa e decepção no rosto do monge confirmou algo: que além de ser uma péssima Avatar, ela também era uma mestra ruim para seu secretário, uma que não apenas gritava, como o insultava. Nem mesmo Jianzhu teria falado com seus empregados daquela forma. Ela tinha esperança de que, por saber como era estar do outro lado, seria melhor naquilo.

E Jinpa acabara de salvá-la de um afogamento. Se ela estivesse usando suas roupas pesadas e as manoplas, em vez de uma peça leve de viagem, poderia ter afundado rápido demais para ser salva.

— Desculpa — disse ela. — Jinpa, eu sinto muito. Não tenho o direito de falar assim com você. — Ele teria se dado melhor com Yun. Os dois se tornariam amigos facilmente e jogariam Pai Sho o tempo todo. — Eu... Eu gostaria que você estivesse servindo a um Avatar mais digno.

O pedido de desculpas dela não parecia ser bem o que ele estava esperando, mas o monge concordou, com seu sorriso gentil de sempre. Jinpa subiu nas costas de Ying-Yong e começou a torcer suas vestes molhadas. Kyoshi suspirou e mergulhou o rosto abaixo da superfície novamente, desejando que a vergonha fosse embora.

De repente, ela viu algo sob a água que a deixou tensa.

A mancha escura que Jinpa tinha visto de cima era um atol naufragado em ruínas, uma ilha destruída pelo que parecia ser uma dominação poderosa. O inundado recife estava rachado e cheio de buracos, com pedaços de terra enormes espalhados como bolas de gude. Além disso, as faixas de coral haviam sido alisadas por uma forte e inimaginável dominação de água.

Kyoshi reconheceu bem as marcas de destruição. Aquela era a ilha de Yangchen. Era o mesmo lugar aonde Kuruk fora com seus companheiros para poder entrar no Estado Avatar pela primeira vez. Talvez eles não soubessem que o local estava associado a Yangchen. Ou talvez tenham escolhido o lugar para receber assistência espiritual do grande Avatar do Ar. Mas Kuruk, em seu lapso de controle, destruíra o atol e o afundara sob as ondas.

Um local sagrado para Yangchen e os Nômades do Ar se fora por causa do descuido dele. Enquanto voltava para a sela, Kyoshi tentou manter a mesma calma que Jinpa aparentava. Pensamentos ruins estavam passando por sua cabeça, então, quanto menos ela se concentrasse em Kuruk, melhor.

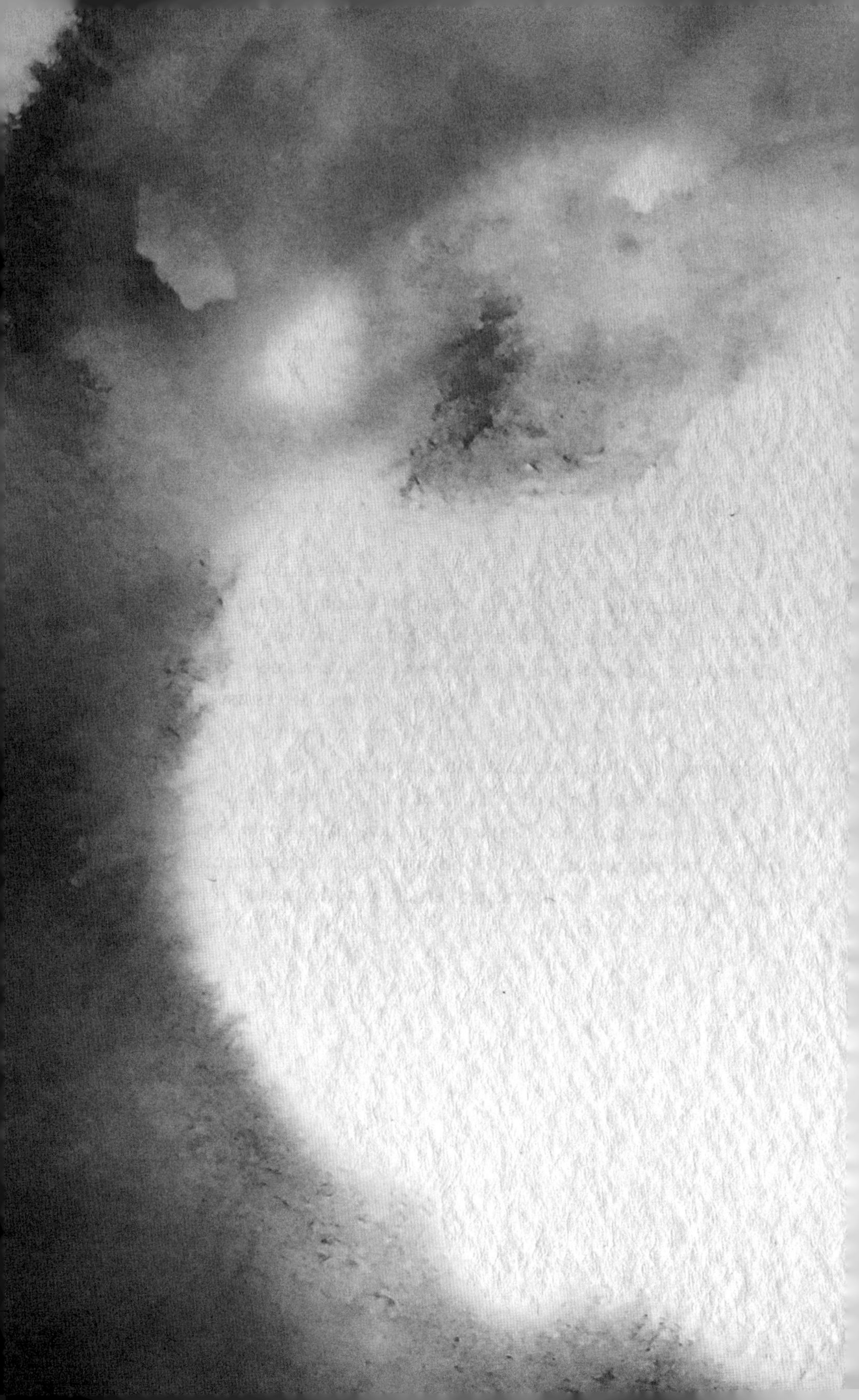

A REUNIÃO

ERA ESTRANHO pensar que se aproximar de uma série de vulcões ativos faria com que eles se sentissem melhor, mas ali estavam os dois, chegando à Nação do Fogo.

Jinpa sabiamente evitou as nuvens de fumaça nociva que emanavam dos picos ativos, mas direcionou Ying-Yong sobre a região térmica, subindo e descendo pelo ar aquecido em um percurso divertido e sinuoso. Foi o suficiente para fazer Kyoshi se esquecer dos problemas e sorrir.

Aglomerados de assentamentos podiam ser vistos em ilhas menores, que formavam grande parte na região litorânea, e alguns poucos mais acima nas montanhas, onde pastagens planas e fazendas de chá se destacavam nas encostas. O arquipélago formava uma espécie de cauda, direcionando-os até a capital, cuja terra se abria para formar o Porto do Primeiro Lorde.

Eles voaram mais baixo para ver a cidade construída em torno do maior porto da Nação do Fogo, onde a população já se preparava para a celebração. Fileiras de lanternas vermelhas cruzavam as ruas. Em alguns pontos, eram tão numerosas que chegavam a obscurecer completamente as carroças e calçadas abaixo. O estalo agudo dos vendedores martelando suas barracas de madeira preenchia o ar. Kyoshi avistou um beco com um carro alegórico inacabado, em cima do qual uma equipe de dançarinos praticava movimentos rigorosamente sincronizados.

— Parece que se trata de uma celebração bem séria — disse Kyoshi. Secretamente, ela desejava poder estar lá, entre seus companheiros plebeus, para as festividades, em vez de ter de cumprir sua função estatal. Com certeza haveria menos pressão.

— Você sabe como é o povo da Nação do Fogo — Jinpa falou, enquanto acenava para um bando de crianças em cima de um telhado, todas emocionadas por verem um bisão voando. — São sérios até o momento em que resolvem se soltar.

Eles deixaram a Cidade do Porto para trás e continuaram sobrevoando a encosta da cratera que dominava a grande ilha. Árvores e trepadeiras agarravam-se às superfícies íngremes e rochosas, e a umidade se tornava pesada como um cobertor.

— Devemos parar aqui e anunciar nossa chegada? — Jinpa perguntou. Ele apontou para as torres de vigia feitas de pedra localizadas na beira do vulcão inativo.

Kyoshi balançou a cabeça. O nervosismo crescia em seu peito, como a água ameaçando transbordar de uma represa.

— A carta dizia que deveríamos ir direto ao palácio.

Os guardas de armaduras pontiagudas os avistaram sem demonstrar qualquer reação em seus rostos imóveis. Ying-Yong se aproximou da beira da cratera, e a capital da Nação do Fogo se revelou como a explosão de fogos de artifício.

Cidade da Cratera Real. A casa do Senhor do Fogo e dos nobres mais notáveis do país. Enquanto Ba Sing Se demonstrava seu poder pela extensão de seu território, a Cidade da Cratera revelava seu *status* na forma de pontas de lanças. Torres erguiam-se no ar, roçando as construções vizinhas de telhados vermelhos. Para Kyoshi, elas lembravam as plantas, que se estendiam cada vez mais alto competindo pela luz do sol.

Várias lagoas brilhantes se estendiam pela planície da cratera, sendo uma muito maior que as outras. Kyoshi havia esquecido seus nomes oficiais, mas, fora da Nação do Fogo, eram frequentemente chamadas de a Rainha e Suas Filhas, conhecidas por sua beleza cristalina. Diziam que nenhum barco poderia perturbá-las, sob pena de morte, mas Kyoshi agora sabia que era apenas um boato bobo. Barcaças repletas de lanternas remavam pelas superfícies espelhadas, preparando o festival.

No centro da cratera ficava o palácio real, de aparência severa e sem graça. Estava cercado por um grande anel de pedra que deixaria exposto qualquer um que se aproximasse a pé das torres de vigia. Apenas dentro dos muros um jardim ousava criar raízes, e era tão ralo quanto a barba de um jovem. Kyoshi sabia que era provavelmente uma medida de segurança para evitar que ladrões e assassinos passassem de árvore em árvore sem ser notados.

Tendo resolvido as preocupações com a defesa do local, o palácio em si chamava atenção pela grandeza. Uma torre central apontava para o céu, ladeada por dois templos dourados com excessivos beirais alongados, o que dava aos telhados um aspecto de garras animalescas. Parecia mais um grande santuário do que uma residência. Seus telhados íngremes serviam para dificultar a ação de quem quisesse se esgueirar pela cobertura.

Kyoshi se esbofeteou mentalmente quando percebeu que estava analisando uma possível invasão à casa do Senhor do Fogo. Os velhos hábitos da Companhia Ópera Voadora brotavam de sua cabeça como sementes depois da chuva.

— Você sabe onde devemos pousar? — Jinpa perguntou, interrompendo seu devaneio. — Estou um pouco receoso de voar por cima do muro. Suponho que haja artilharias preparadas e prontas para serem lançadas a qualquer momento.

— Pare no portão principal, mas não muito perto — respondeu.

Como ex-serviçal, Kyoshi sabia que pessoas de classe alta gostavam que seus visitantes entrassem em suas residências de maneira apropriada, para ser impressionados, ou intimidados, por uma exibição bem-feita de cultura e poder. E a família governante da Nação do Fogo era a classe mais alta que existia.

Ying-Yong pousou na via que cruzava o anel de pedra. Eles desmontaram do bisão e percorreram a pé o resto do caminho até a entrada. No chão, o bisão andava mancando por causa da sua única perna dianteira, o que dificultava a permanência dos viajantes sobre a sela. A bagagem cairia de seus ombros se não estivesse bem amarrada.

Eles chegaram ao portão de ferro fortemente reforçado e inflexível. Não havia vãos, aberturas ou outros meios para mostrarem sua chegada. Kyoshi se perguntava se deveria bater quando um barulho de metal quebrou o silêncio constrangedor. Em algum lugar lá dentro, as engrenagens de maquinaria pesada se chocaram, gemendo com a fricção. O portão se moveu, não para fora ou para dentro, mas para cima.

Uma garota estava do outro lado, sendo revelada aos poucos, como se vê-la toda de uma só vez fosse demais para qualquer mortal. A paisagem da Cidade da Cratera e do palácio real imaginada por Kyoshi não se comparava ao esplendor que estava sendo revelado diante dela naquele momento.

O portão terminou sua jornada agonizante com uma pesada batida metálica. O corredor à sua frente estava iluminado com tochas, mas nenhuma delas brilhava tanto quanto o par de olhos de bronze que observavam Kyoshi da cabeça aos pés. Apesar de usar a armadura de um oficial de alto escalão, só que com menos espinhos e abas salientes e mais detalhes dourados, Rangi parecia a mesma de sempre. O cabelo negro havia crescido até o seu comprimento habitual. Sua postura era tão rígida e obstinada quanto Kyoshi se lembrava.

A dominadora de fogo ainda mantinha um ar de inquestionável superioridade. Os padrões de Rangi eram inatingíveis para qualquer um. Apenas alguns segundos de silêncio foram suficientes para fazer o Avatar estremecer.

Os piores medos de Kyoshi afloraram diante daquela garota. Tempo suficiente havia passado para que Rangi se tornasse apenas uma ex em sua vida. Ex-professora, ex-guarda-costas, ex-... tudo.

O silêncio do momento foi quebrado por um barulho estranho que Kyoshi tinha ouvido apenas uma vez. Era Rangi rindo e se engasgando ao mesmo tempo.

A dominadora de fogo desabou, apoiando-se na parede mais próxima, e ofegou como se estivesse se segurando desde a abertura do portão.

— Eu tive de correr até aqui... cruzando todo o lugar... para impressioná-la com minha recepção — ela ofegou. — Devo estar fora de forma.

O medo deixou o coração de Kyoshi, dando-lhe espaço para voltar a bater.

— É assim que você se comporta agora?

Durante todo o tempo em que se conheciam, na maioria das vezes em que se encontraram Rangi ficava esperando por Kyoshi bem antes do horário combinado, ou então aparecia de repente e no último minuto. Saber que a dominadora de fogo simplesmente corria para chegar aos lugares a tempo estragou um pouco esse mistério.

Rangi sorriu e assentiu enquanto recuperava o fôlego.

— Pelo menos eu não preciso me preocupar com cidadãos nos observando agora. O único ponto cego nas defesas daqui fica exatamente neste lugar, logo abaixo do portão. O que significa que eu posso fazer isto.

Ela estendeu a mão e puxou Kyoshi para dentro da muralha, dando-lhe um beijo abrasador.

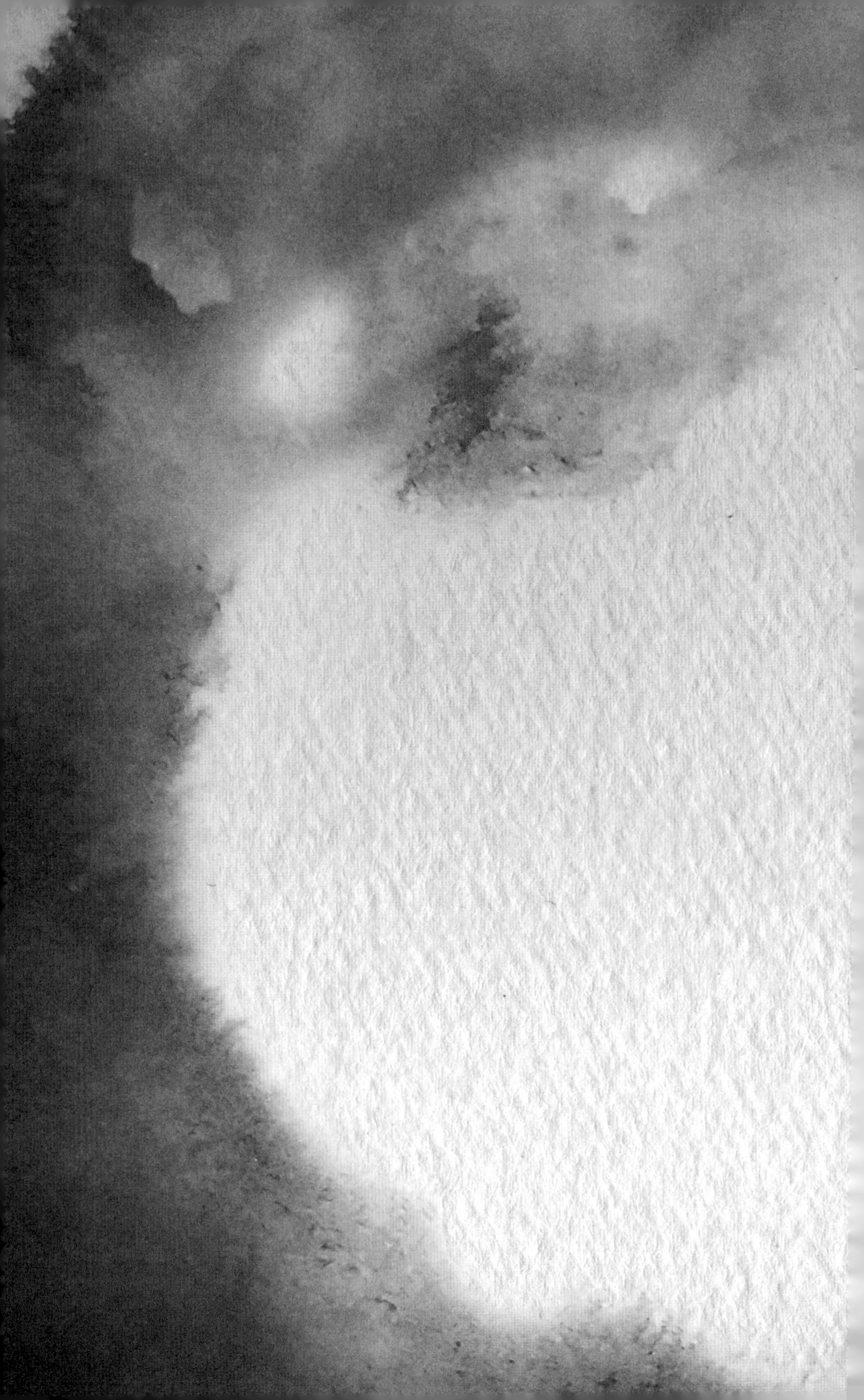

DIPLOMACIA CULTURAL

KYOSHI ESQUECEU onde estava. E por que estava ali. Toda a razão desapareceu diante do calor dos lábios de Rangi. As duas se perderam uma na outra.

E então, no que pareceu a Kyoshi uma atitude cruel, Rangi interrompeu o momento, dando um passo para trás.

— Bem-vinda à Nação do Fogo, Avatar — disse, assumindo sua costumeira postura profissional. Ela rearrumou uma mecha de cabelo que tinha saído do lugar, agindo como se não tivesse deixado Kyoshi desnorteada usando apenas sua boca.

A Avatar ainda sentia as pernas fracas e estava atordoada demais para responder.

— Senhorita Rangi — disse Jinpa, cumprimentando a anfitriã. Ele fez uma reverência, pressionando a palma das mãos no estilo dos Nômades do Ar. — É bom finalmente conhecê-la.

Kyoshi corou sem querer. Jinpa sabia quem era Rangi, mas ela não queria que seu secretário tivesse testemunhado um momento tão íntimo. *No primeiro dia de sua primeira visita à Nação do Fogo*, ela podia imaginá-lo documentando para a posteridade, *a Avatar beijou inapropriadamente o amor de sua vida na entrada do lugar mais fortificado do mundo.*

— Irmão Jinpa. — Rangi o saudou com uma simpatia que raramente mostrava a alguém. — Sinto-me honrada com sua presença.

O bisão pode ficar aqui na entrada do portão enquanto vocês me acompanham. Os responsáveis pelos estábulos são treinados para cuidar dos animais de todas as nações. — Ela se inclinou e lhe deu uma piscadela. — Além disso, eu avisei que os faria sofrer se tratassem mal o seu companheiro.

Jinpa riu até notar um olhar de Kyoshi que lhe dizia que Rangi não estava brincando. Sua risada morreu. Ele voltou até Ying-Yong e afrouxou suas rédeas.

— *Seja um bom menino e fique aqui* — Kyoshi o ouviu sussurrar no ouvido do bisão, o que fez o animal soltar um ronco de lamento. — *Sim, eu sei que ela é assustadora. Mas vou ficar bem.*

Depois que Ying-Yong foi tranquilizado, Kyoshi, Rangi e Jinpa seguiram pelo túnel que visivelmente fora projetado para matar pessoas. Pequenos buracos perfuravam as placas de ferro que revestiam o local, aberturas projetadas para a passagem de flechas ou rajadas de fogo. O chão era sólido, mas oco, indicando uma queda repentina caso os defensores puxassem uma alavanca.

Uma única tosse ecoou pelo corredor antes de ser interrompida à força. Não veio deles. Se atrás de cada buraco havia um soldado, então uma tropa inteira os observava passar.

Kyoshi olhou nervosamente ao redor do túnel, que mais parecia uma garganta de ferro, até que eles alcançaram o outro lado do muro, chegando a uma praça pavimentada que atravessava o jardim. A natureza rígida da vegetação não causava nenhum efeito tranquilizante. Um único ministro esperava por eles, com uma expressão infeliz, vestindo as sedas vermelhas e pretas de uma autoridade civil. Parecia ser o tipo de pessoa que era difícil de agradar.

— Avatar Kyoshi — saudou o homem. Uma profunda reverência fez o longo bigode grisalho pender de seu rosto. — Eu sou o Chanceler Dairin, historiador-chefe do palácio. Em nome do Senhor do Fogo Zoryu, estendo as saudações de nosso país.

— A honra é minha, chanceler — disse Kyoshi. — Onde está o Senhor do Fogo? A mensagem dele indicava que temos assuntos importantes para discutir.

O rosto de Dairin assumiu uma expressão ainda mais descontente.

— Ele está... indisposto no momento. Você verá o Senhor do Fogo Zoryu à noite.

A saudação que recebeu foi mais rude do que Kyoshi esperava. Embora, para ser justa, ela não pudesse criticar ninguém por falta de diplomacia.

Rangi se intrometeu para diminuir o constrangimento.

— Acredito que o primeiro item da agenda seja a visita ao palácio, chanceler — disse ela. — Kyoshi não para de falar sobre o quanto está ansiosa para aprender mais com um dos maiores estudiosos de Avatar do mundo.

A bajulação foi como enfiar doce na boca de uma criança zangada. Dairin só não mostrou o quão satisfeito ficou para não parecer bobo diante do grupo.

— Claro — concordou ele, franzindo a testa com força. — Garanto-lhe que será uma experiência *muito* longa e interessante. Por aqui, por favor.

~

Kyoshi e os outros caminharam de modo solene pelos poderosos corredores, como seus predecessores haviam feito desde a unificação das Ilhas do Fogo. Os grandes salões do palácio estavam vazios. Viam-se apenas os funcionários, que os observavam enquanto saíam de seu caminho; guardas e servos se afastando para não ofenderem a visão da Avatar com sua presença. Kyoshi conhecia muito bem *esse* truque. Dava a ilusão de calmaria, sendo que a manutenção de uma mansão tão grande exigia caos e numerosos ajudantes, como os soldados de um exército.

Enquanto caminhavam fingindo estar a sós, Dairin mostrou obras de poesia e política dos Avatares do Fogo, em pergaminhos preservados dentro de caixas transparentes. Kyoshi assentiu educadamente enquanto observava joias e grampos de cabelo dourados usados em suas vidas passadas, mantidos em alcovas para exibição.

Nenhum brinquedo, ela notou. Mas havia muitas espadas *jians*, *daos*, punhais gravados. As relíquias de cada nação tinham suas próprias características, e as do Fogo e do Ar não poderiam ser mais diferentes.

Jinpa fez perguntas a Dairin, esperando pelas respostas como um estudante ansioso, os dois ligeiramente ultrapassando Kyoshi e Rangi.

A piscadela furtiva que o monge deu a Kyoshi por cima do ombro a fez perceber que ele estava propositalmente criando uma oportunidade para as retardatárias conversarem a sós.

Kyoshi realmente precisava dar-lhe um aumento. Na verdade, ela não pagava nada a Jinpa, pois o monge a servia por algum dever autoimposto para com o Avatar. Mesmo assim, ele merecia um aumento.

— Como está a sua mãe? — Kyoshi sussurrou para Rangi. A última vez que ela vira Hei-Ran, a mulher estava entre a vida e a morte.

— Bem o suficiente para querer falar com você esta noite, na sua recepção — respondeu Rangi.

Como se essa visita não fosse estressante o suficiente. Ainda assim, a recuperação de Hei-Ran era uma bênção. Isso explicava a tranquilidade de Rangi e sua disposição em continuar exatamente de onde pararam.

— Então, quem é esse Dairin? — perguntou Kyoshi. — Eu pensei que havia um ministro especial da Nação do Fogo encarregado de lidar com os assuntos do Avatar.

— Deveria haver. Também não sei por que Dairin foi o único oficial enviado para cumprimentá-la. Talvez Lorde Zoryu esteja tendo problemas com seu pessoal, mas não ouso perguntar. Embora eu tenha alguns privilégios por causa da minha conexão com você, sou apenas um primeiro-tenente aqui no palácio.

Kyoshi quase riu. "Apenas" um tenente, um posto que muitos adultos da Nação do Fogo lutaram e não conseguiram alcançar. Essa atitude de Rangi de sempre querer superar as expectativas era uma das muitas características dela de que Kyoshi sentira falta.

— Fale-me do seu secretário. — Rangi inclinou a cabeça, apontando para Jinpa.

O que havia para falar?

— Ele faz parte de algum tipo de clube secreto de Pai Sho e às vezes não age como um Nômade do Ar. Eu não o entendo completamente. Mas ele tem sido um bom...

— E chegamos na Galeria Real de Retratos — disse Dairin em voz alta, parando de repente.

Kyoshi quase colidiu com o chanceler e Jinpa, o que só foi evitado graças a Rangi, que agarrou a parte de trás de sua túnica. Ela podia imaginar as notícias desse desastre se espalhando pela Nação do Fogo. Algo como "Avatar cai sobre toda a sua comitiva".

O chanceler não notou o quão perto esteve de ser atropelado. Ele olhou para as paredes com puro orgulho emanando de suas feições.

— Eu poderia passar dias aqui e nunca me cansaria disso — disse o homem.

A reverência realmente fazia jus ao local. A sala de retratos era uma das obras de arte mais imponentes que Kyoshi já tinha visto. Pinturas dos Senhores do Fogo adornavam um lado da galeria, indo do chão ao teto, triplicando seus tamanhos reais. Envoltos em vermelho e preto e envoltos em auras douradas, os governantes da Nação do Fogo olhavam para o público como se fossem uma raça de gigantes.

Mesmo para um visitante de primeira viagem como Kyoshi, era perceptível que aquele tipo de obra levava anos para ser finalizado. O retrato do falecido Senhor do Fogo Chaeryu, a obra mais recente na galeria, não estava completo. Moldes nas cores dourada e laranja que ainda não tinham sido usados espalhavam-se pelo fundo da sala, perto de seus pés.

Rangi cutucou Kyoshi para que ela olhasse para o outro lado da galeria. Em frente aos Senhores do Fogo estavam os Avatares do Fogo, pintados em igual tamanho e grandeza. Eram de tirar o fôlego. Esses retratos estavam mais distantes uns dos outros. Como havia aproximadamente um Avatar do Fogo para cada quatro Senhores do Fogo, embora as lacunas não estivessem perfeitamente padronizadas, Kyoshi compreendeu que as imagens de seus antecessores formavam uma linha do tempo que se estendia pelo corredor.

Todos pararam diante do Avatar Szeto, retratado com seu comprido chapéu de ministro, sua marca registrada. Enquanto a maioria das figuras pintadas, tanto Avatares como Senhores do Fogo, segurava uma bola de fogo em uma das mãos, Szeto ostentava um ábaco, representado com tantos detalhes meticulosos quanto as chamas ou armas empunhadas por seus compatriotas. Cada miçanga do instrumento de contagem foi cravejada com uma pérola de verdade, e elas estavam organizadas em um cálculo cujo resultado era um número auspicioso.

Na outra mão, o Avatar segurava um carimbo, desenhado de forma gigantesca como uma licença artística. Era improvável que o objeto real fosse tão grande, ou que tivesse sido esculpido em cinábrio sólido, como mostrado na pintura. Se o carimbo de Szeto fosse realmente daquele tamanho, sem dúvida cobriria o que estivesse escrito no papel que o Avatar tentava aprovar.

— Aqui temos o homônimo do nosso festival — disse Dairin. — A Nação do Fogo tem uma grande dívida com este homem.

— O senhor poderia me contar mais sobre o Avatar Szeto? — Kyoshi perguntou. — Receio não saber tanto sobre ele quanto deveria.

O chanceler pigarreou, preparando a garganta para uma longa palestra.

— Durante os anos de infância de Szeto, a Nação do Fogo estava à beira do colapso, atingida por pragas e desastres naturais — disse ele. — A ira dos espíritos era grande, e o Senhor do Fogo Yosor não tinha força suficiente para impedir a separação que se instalava entre os antigos territórios dos clãs.

— Os clãs? — questionou Kyoshi.

Dairin suspirou, percebendo que também teria de esclarecer outro assunto histórico.

— Cada casa nobre da Nação do Fogo descende de um dos antigos senhores da guerra, que viveram no período anterior à união do país. É por isso que os clãs nobres mantêm certos direitos, como o governo de suas ilhas de origem e a conservação de suas tropas. Durante o reinado do Lorde Yosor, os clãs colocaram seus guerreiros uns contra os outros, devastando as terras em tentativas fúteis de obter poder e recursos. Muitos historiadores, inclusive eu, opinam que, sem a intervenção de Szeto, as Ilhas do Fogo teriam se dividido, voltando aos dias sombrios de Toz, o Cruel, e de outros senhores da guerra de antes da unificação, que causaram tanto sofrimento ao nosso povo.

Kyoshi ficou surpresa com a semelhança entre essa história e a revolta dos Pescoços Amarelos. Trabalhando como serviçal, ela sempre ouvia que a Nação do Fogo era um modelo de harmonia e eficiência, um contraponto às confusas políticas do Reino da Terra. Mas a era de Szeto não acontecera há tanto tempo assim.

Com grande interesse no assunto, ela se adiantou às perguntas de Jinpa dessa vez.

— O que ele fez para resolver a situação? — perguntou.

— Ele se candidatou a um emprego — respondeu Dairin. — Ainda que fosse um Avatar, tendo suas necessidades materiais atendidas e seus decretos cumpridos, Szeto assumiu um cargo no governo como ministro da corte real, estando tecnicamente sujeito às mesmas regras e regulamentos dos outros funcionários. Ele passou a trabalhar no capitólio, atrás de uma mesa. Além disso, insistiu que sua carreira progredisse no ritmo das suas conquistas, pois não queria ser promovido no lugar de seus superiores apenas porque era o Avatar.

— E isso ajudou? — perguntou Kyoshi, incrédula.

— Acabou sendo uma estratégia brilhante — respondeu Rangi. — Em vez de sair atendendo às emergências por toda a nação, ele concentrou seus esforços em um único local, propagando sua influência a partir dali. Szeto era um burocrata, contador e diplomata extremamente capacitado. E como ele estava trabalhando com a família real, não havia diferenciação entre a autoridade legal e espiritual no país. Suas vitórias eram compartilhadas pelo Senhor do Fogo.

Dairin assentiu, satisfeito por ver que os jovens estavam sendo ensinados adequadamente sobre o passado de sua nação.

— Uma vez que foi promovido a Grande Conselheiro, o Avatar Szeto conseguiu acabar com as hostilidades entre casas nobres rivais. Seguiu-se uma paz duradoura, e ele continuou servindo seu país com dignidade e excelência.

— Ele também pôs fim à depreciação das moedas — completou Rangi. — Isso resgatou a economia que estava à beira do desastre.

— Um dos pergaminhos que vimos anteriormente dizia que ele foi responsável por criar o primeiro programa oficial para prover os pobres em tempos de fome — disse Jinpa.

— E o mais importante: ele manteve registros de tudo o que fez — concluiu Dairin. O chanceler enxugou o canto do olho como que por hábito, como se tivesse sido levado às lágrimas no passado ao pensar em Szeto, e agora repetisse instintivamente a ação. — Verdade seja dita, o Avatar Szeto foi um ideal para nós, oficiais, e um exemplo brilhante dos valores da Nação do Fogo. Eficiência, precisão e lealdade.

Kyoshi olhou com nova admiração para o homem severo e de rosto comprido, em cuja homenagem eles estavam ali para comemorar. Ela gostou desse tal Szeto. Ou dessa versão de si, por assim dizer. Ética no trabalho e habilidades de organização eram características que respeitava. Ela deveria ter tentado se comunicar com ele, em vez de se concentrar em Yangchen com tanta frequência.

Dairin graciosamente permitiu que cada um se dirigisse à peça de arte que mais lhe interessasse. Kyoshi vagou até o retrato do Lorde Chaeryu novamente. Saber mais sobre ele poderia ajudá-la a conquistar a confiança de seu filho, o atual Senhor do Fogo Zoryu.

Kyoshi tentou interpretar a pintura. O tema retratado com Chaeryu parecia ser a vegetação. Ela podia ver maços de talos de arroz, uma recompensa da colheita. Havia um contorno a lápis indicando um ponto que ainda precisava ser pintado, um arranjo detalhado de flores com duas delas se destacando no vaso. Uma grande camélia ofuscava uma peônia alada menor.

Aquilo chamou a atenção de Kyoshi. Ela sabia pouco sobre a organização dos arranjos de flores da Nação do Fogo, mas a forma como elas estavam dispostas normalmente seria desaprovada. Na vida real, a planta maior teria bloqueado a luz do sol da menor, fazendo-a murchar.

— Chanceler — disse ela —, eu tenho uma pergunta sobre essas flores.

Dairin ficou tenso ao ouvir a palavra *flores*. Ele correu para o lado de Kyoshi com feição de pavor, sem esperar que ela fizesse a pergunta, e olhou freneticamente para os moldes de pintura que estavam ali, como se esperasse algum tipo de revelação desagradável.

Ele levou mais tempo do que Kyoshi para perceber os contornos a lápis, mas, quando se deu conta, sua reação foi evidente. O chanceler ficou branco e trêmulo, e gotas de suor se acumularam em seu nariz.

— *Não fale disso com ninguém além do Senhor do Fogo* — murmurou Dairin, baixinho.

— Como assim? — Kyoshi o ouvira claramente, mas não entendera aquele tom de urgência em sua voz.

O chanceler bateu palmas. O barulho agudo assustou Rangi e Jinpa, que admiravam outras pinturas.

— O passeio acabou! — declarou. Seus olhos fitaram a entrada da galeria, temendo o espaço vazio. — Avatar, minhas desculpas por tagarelar tanto quando você deve estar cansada de sua jornada. Vou mostrar-lhe as suas acomodações agora mesmo.

Os pisos e as paredes dos aposentos do Avatar no Palácio do Fogo estavam tão adornados com antiguidades e obras de arte que o espaço poderia ser confundido com um pequeno museu. Pelo resto de sua estada, Kyoshi poderia desfrutar de paisagens pintadas em cinábrio, esculturas vermelhas de pássaros enfeitados e tapeçarias tecidas com fios de carmim. A vermelhidão esmagadora tornava difícil estimar o tamanho do cômodo. O quarto onde ela ia dormir parecia tão grande quanto o andar de baixo de Loongkau.

— Sinto que estou olhando diretamente para o sol — disse Jinpa. Ele pressionou as palmas das mãos contra os olhos e piscou.

— Demorei um pouco para me acostumar com tanto vermelho de novo — comentou Rangi. Ela se sentou em um canto, onde parecia haver uma grande plataforma elevada, e balançou suavemente. O quadrado acolchoado escarlate, largo o suficiente para performar um *lei tai*, era a cama. — Em Agna Qel'a também é assim, só que em vez de vermelho é gelo. Você precisa de óculos especiais para passar pelos pontos mais brilhantes, ou então a neve pode cegar.

A menção do norte fez as entranhas de Kyoshi se apertarem. Era um lembrete de quão longe Rangi tinha viajado para buscar tratamento na Tribo da Água para o envenenamento de sua mãe, além de um aviso de como os assuntos do Avatar poderiam roubar seu tempo em um piscar de olhos. Kyoshi ainda não fora ao Polo Norte. Ela teve sorte que Rangi não ficou com raiva dela por não visitá-la.

Ela pensou em mencionar a ação enigmática de Dairin na galeria, mas não o fez, não porque ele havia pedido isso, mas porque ela e Rangi tinham assuntos mais importantes sobre os quais conversar.

Kyoshi virou-se para Jinpa.

— Você pode nos dar um tempo a sós? — ela pediu ao monge, apontando para a porta.

— Não tão rápido — disse Rangi. — Seu relatório, por favor, Irmão Jinpa.

O monge deu um passo à frente como um recruta em seu primeiro dia de treinamento e se dirigiu a ela diretamente, ignorando Kyoshi por completo.

— Ela não está comendo direito, apesar das minhas constantes advertências.

— Humm. — Rangi apertou os lábios em desaprovação. — Ela é teimosa mesmo.

— Ei! — reclamou Kyoshi. — Não falem de mim como se eu não estivesse aqui!

Jinpa continuou a pontuar outras queixas que tinha dela, dobrando os dedos, um a um, para contá-las.

— Ela quase não dorme. Eu sempre a encontro desmaiada, tarde da noite, em cima de um livro, mapa ou manual. Não descansa o suficiente para se recuperar de seus ferimentos. Também insiste em responder pessoalmente a relatos aleatórios de violência em todo o Reino da Terra! Você tem noção de como é difícil gerenciar a agenda dela desse jeito?

Apesar dos medos que já tinha em relação a esta visita, Kyoshi não estava preparada para este cenário, ou seja, para ver seu secretário e sua guarda-costas mancomunados contra ela.

— Vocês dois estão se correspondendo pelas minhas costas?

— Só foi uma vez — disse Rangi. — Enviei uma carta para Jinpa junto com seu convite. Era a única maneira de me certificar de que você estava se cuidando. E, aparentemente, não está.

— Não está — confirmou Jinpa. — Muito pelo contrário, na verdade. Eu até arriscaria dizer que ela está procurando intencionalmente as situações mais perigosas e se envolvendo nelas sem se preocupar com a própria segurança!

— Isso não é verdade!

— Ah, então suponho que você tenha cortado seu pescoço por acidente! — exclamou Rangi. Uma carranca profunda tomou conta de suas feições. — Não pense que não notei suas novas cicatrizes. É como se você estivesse manchando de propósito as partes do seu corpo que eu mais gosto.

Jinpa enxugou os olhos; o desabafo o deixara emocionado.

— Ela é *muito* difícil — disse ele, fungando um pouco.

Rangi se levantou da cama e deu um tapinha nas costas do monge.

— Eu sei. Eu sei que ela é. Ela consegue ser terrível. Você fez um trabalho heroico cuidando dela, mas estou aqui para ajudá-lo agora.

— Eu sou *a Avatar*! — gritou Kyoshi, como um último recurso desesperado para se proteger de mais julgamentos. — Não uma criança indefesa!

A maneira como ela bateu o pé fez com que sua mensagem não fosse levada a sério. Rangi e Jinpa se entreolharam. *Será mesmo? Acho que não.*

A cabeça de Kyoshi doía. Ela passara longos meses levantando muros ao redor de si mesma, construindo no Reino da Terra uma reputação de alguém com quem não se brinca. Mas levou menos de uma hora na Nação do Fogo para Rangi derrubar aquelas paredes e convidar Jinpa a entrar.

O sorriso crescente de Jinpa lhe dizia que essa era a vingança dele, uma vingança gloriosa e envelhecida como um bom vinho que esperava pelo momento perfeito para ser aberto. Sua vingança por todas as vezes em que ela lhe ordenou que parasse de falar sobre seus ferimentos ou ignorou seus lembretes para guardar os livros e descansar um pouco. Kyoshi finalmente descobriu o que achava do monge que estava sempre a seu lado, cuidando dela com graça e compaixão. Ele era um dedo-duro!

— Você não pode falar de mim assim! — Kyoshi bufou, apontando o dedo para Jinpa. No código *daofei*, os delatores eram punidos com raios *e* facas. — Lembre-se de que sou sua chefe!

— Pode até ser, mas é *ela* quem claramente está no comando. — Ele inclinou a cabeça careca para Rangi, alegre por descobrir um novo método de lidar com a Avatar. — Se é preciso gritar para manter você saudável, que seja. Pode me bater com uma pena e me chamar de frango-porco.

— Saia — retrucou Kyoshi.

Jinpa compartilhou outro sorriso malicioso com Rangi enquanto saía pela porta. *Olhe só para ela, tentando ser durona. Que adorável.*

E então, de repente, pela primeira vez em muito tempo, Kyoshi e Rangi estavam a sós.

Estar ali com Rangi era como ter um desejo atendido por um espírito antes de estar pronta. Kyoshi sentiu que precisava escolher suas palavras com cuidado ou então sua bênção desapareceria.

Rangi a ajudou com isso.

— Como estão as coisas na mansão? — perguntou baixinho a dominadora de fogo. Ela morara lá ao lado de Kyoshi. Yokoya também fora sua casa, pelo menos até aquela noite em que as duas fugiram juntas na tempestade.

— Menos movimentada. — A mansão não era mais o lugar vibrante e agitado que havia sido durante os dias de serviçal de Kyoshi. Grande parte da equipe tinha se demitido imediatamente depois que os investigadores do Rei da Terra encerraram o caso do envenenamento. Como a nova dona da propriedade, Kyoshi não os substituíra, pois não queria administrar uma grande quantidade de funcionários, o que deixou os corredores vazios e os jardins abandonados. Os aldeões evitavam a solitária mansão e a chamavam de lugar de azar. — Tia Mui ainda está lá, fazendo o que pode. Não sei por que ela ainda não foi embora.

— Por *você*. — Rangi parecia aflita e frustrada, como se um ferimento antigo que ainda não tinha cicatrizado tivesse sido cutucado com muita força. — Tia Mui está tentando apoiá-la, Kyoshi.

Ela ia falar mais sobre o assunto, mas decidiu deixar para outro dia. Seu próximo tópico precisaria de todo o tempo que elas ainda tinham. Por um momento, as duas olharam para os mesmos fios vermelhos entrelaçados no tapete.

Mais uma vez, Rangi falou primeiro.

— E Yun?

Uma das promessas que Kyoshi tinha feito antes que Rangi embarcasse em um navio com destino aos confins gelados do norte foi que ela encontraria seu amigo, não importando o que custasse. A declaração saíra entre lágrimas e abraços tão apertados que os ombros de Kyoshi doeram por dias. As testemunhas desse momento foram os estivadores e marinheiros que ziguezagueavam ao redor delas no píer, resmungando consigo mesmos.

Porém, na extensão do Reino da Terra, a força de sua promessa se dissipara. Ela aprendera rapidamente que, sem nenhuma informação, *era* impossível encontrar uma única pessoa nas profundezas do maior continente, mesmo uma tão famosa quanto Yun. Além disso, não tinha um shírshu para rastrear o cheiro dele, nem trigramas espirituais para identificar sua localização. Perguntar aos plebeus, nas aldeias onde ela esteve a fim de cumprir seus deveres de Avatar, se eles viram um dominador de terra em particular se mostrara uma estratégia ridícula. *Mão cinza? Claro, meu primo tem um problema de pele assim.*

Olhando para trás agora, Kyoshi via que suas ações foram reduzidas a tentativas patéticas de escrever cartas para sábios que não tinham intenção de ajudar. E por que eles iriam? Lu Beifong não era o único que preferia acreditar que Yun estava morto.

— Achei que se pudesse descobrir como ele sobreviveu, isso me daria uma pista — disse Kyoshi. — Mas todas as histórias que ouvi de pessoas sendo levadas por espíritos eram contos populares, e nenhuma delas sobreviveu. Eu não tenho uma explicação de como ele voltou. — Ou de por que ele mudou.

Ela esfregou os olhos. A dor de reviver seus fracassos tornava difícil de enxergar.

— A informação mais lógica que encontrei foi o relato sobre um espírito que possuiu o filho de um governador provincial durante a dinastia Hao. O documento dizia que um pássaro-dragão voou através de seu corpo, alterou sua aparência física e deu a ele habilidades incomuns.

— Será que essa é a resposta? — Rangi perguntou. — Talvez as pessoas tocadas por espíritos possam atravessar facilmente as fronteiras entre o Mundo Espiritual e o reino humano.

— É difícil dizer. O texto não mencionava a travessia entre os mundos. Apenas dizia que o menino criou penas e um bico quando o pássaro-dragão voou através dele. Yun não parecia fisicamente diferente quando o vi em Qinchao. Mas, por dentro, ele não era o mesmo de antes. Isso eu sei.

Kyoshi sentiu vontade de gritar naquela câmara vermelha. Isso foi o melhor que tinha conseguido fazer por seu amigo. Uma velha história e um palpite maluco. Ela não podia fingir na frente de Rangi. Todo o peso de seus esforços inúteis caiu sobre seus ombros.

— Kyoshi... você já considerou que ele pode ter seguido em frente?

Ela olhou para Rangi, confusa.

— Seguido em frente?

— Sem a gente. — Rangi engoliu em seco, as palavras a machucando ao pronunciá-las. — Pelo que você me contou, acredito que ele não queira ser encontrado.

A dominadora de fogo ergueu a mão para interromper o protesto de Kyoshi.

— Pense nisso. Yun poderia ter tentado entrar em contato com o Avatar de inúmeras maneiras. Ele conhece os sábios do Reino da Terra e poderia ter deixado uma mensagem. O fato de você ainda não ter ouvido falar dele quer dizer algo.

Kyoshi até podia aceitar que os nobres do Reino da Terra lavassem as mãos quando o assunto era Yun. Mas não esperava essa atitude de Rangi. Como ela podia fazer isso?

— Você está falando em esquecê-lo — disse Kyoshi, em curtas respirações. — Apagá-lo, como Lu Beifong e o resto dos sábios querem fazer. *Como Jianzhu queria fazer.*

— Não, Kyoshi, não é isso. Estou falando em deixar nosso amigo voltar por livre e espontânea vontade, e não quando *nós* quisermos. Quero que as pessoas com quem me importo tenham um momento de paz, em vez de ficarem obcecadas uma pela outra.

Rangi continuou:

— Você disse que ele estava saudável quando o viu. Então acho que não precisamos nos preocupar com a sobrevivência dele. Alguém tão talentoso quanto Yun pode se virar bem em qualquer lugar do Reino da Terra. Eu apostaria minha honra que ele vai aparecer quando estiver pronto, e quando o fizer, nós o repreenderemos por seu afastamento.

Com a convicção de um novo juramento, Rangi ainda declarou:

— E, depois, nós três vamos voltar para Yokoya e comer o maior banquete que Tia Mui já preparou. *Esse* deve ser o nosso plano.

Kyoshi forçou um sorriso. Jianzhu. A casa de chá em Qinchao. Como Yun havia feito tudo aquilo e ainda escapado das garras daquele espírito infernal para surgir mais uma vez à luz do dia. Ela, Rangi e Yun poderiam resolver aquela confusão, contanto que ainda estivessem lidando com seu velho amigo.

Ela queria que os três ficassem juntos novamente, como antes de a verdadeira identidade do Avatar romper um dos lados do triângulo. Queria os velhos tempos de volta, mais do que qualquer outra coisa no mundo. Mas, no fundo, estava com medo de nutrir tais desejos. Kyoshi raramente conseguia o que desejava.

Rangi percebeu que não estava conseguindo acalmá-la. Então decidiu seguir por um caminho diferente. Ela se aproximou de Kyoshi, balançando os quadris.

— Sabe, ainda faltam algumas horas até a festa começar. — Sua voz ficou calorosa e ofegante. Ela estendeu a mão e passou o polegar e o indicador levemente sobre a lapela da túnica de Kyoshi. — Eu tenho uma ideia para distraí-la de seus problemas até lá.

Um sorriso bobo se espalhou pelo rosto de Kyoshi. Ela se inclinou para que Rangi pudesse roçar os lábios contra sua orelha.

— *Treinamento de postura* — sussurrou Rangi. Seu leve toque nas roupas de Kyoshi de repente se transformou em um puxão. Em um movimento rápido, ela chutou os pés da Avatar, fazendo-a flexionar os joelhos.

— Tem ideia de como foi fácil desequilibrar você no portão?! — Rangi gritou. — Você não está praticando! Confiei que você se manteria alerta na minha ausência, mas eu estava errada!

Kyoshi gaguejou em desânimo.

— Mas... achei que estávamos...

— O que fazemos quando ninguém está nos observando define quem somos! — Rangi parecia determinada a recuperar aqueles meses de exercícios perdidos, de uma forma ou de outra. — Vinte minutos sem pausa, ou iniciaremos seu treinamento do zero! Você vai ter de fazer agachamentos com a molecada de dez anos da Academia! É isso o que quer? Hein?

Quando a queimação começou a se espalhar por suas pernas e parte inferior das costas, Kyoshi percebeu seu erro ao ir até ali. Encontrar-se com Rangi significava ter de lidar com a pessoa mais cruel e durona que ela conhecia – o Sifu dominador de fogo do Avatar.

— Mais baixo! — Rangi gritou.

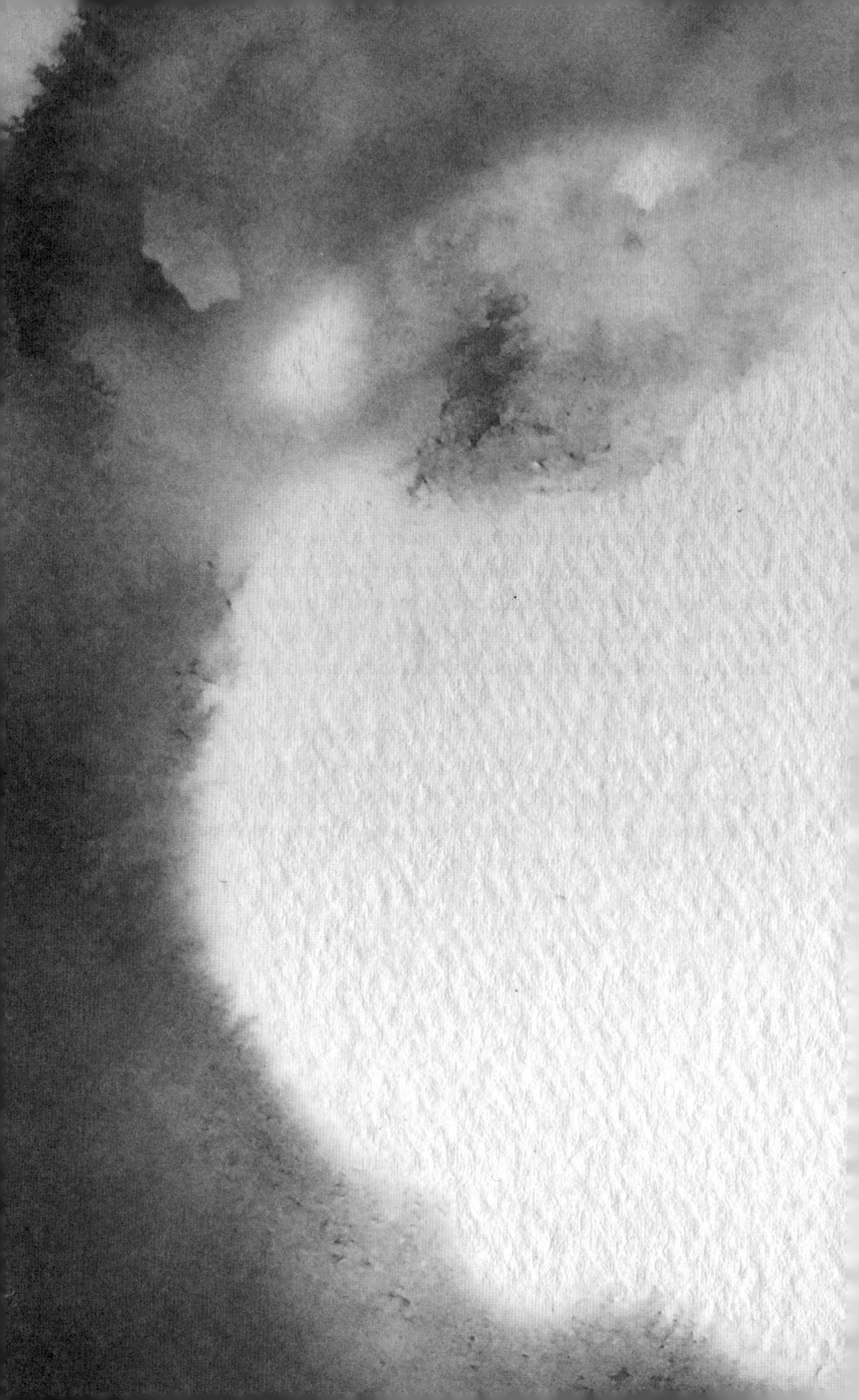

A PERFORMANCE

KYOSHI SAIU do vestiário sentindo-se mais preparada para os desafios que estavam por vir. Ela ficara mais habilidosa em colocar as muitas camadas de suas roupas, podia vesti-las sem ajuda. Ao entrar no quarto, apertou seu cinto como se estivesse afivelando um escudo.

Rangi esperava por ela em uma cadeira estofada, parecida com um trono.

— Você fez modificações — disse ela, observando na roupa de Kyoshi cores um pouco diferentes do que se lembrava.

— Fui remendando o tecido original, mas chegou uma hora que ficou muito danificado. Escolhi novas cores de que gostei e troquei algumas peças. — Apesar da má reputação de Kyoshi, os melhores alfaiates de Ba Sing Se se empolgaram por uma chance de vestir a Avatar. Afinal, seria uma publicidade gratuita.

Ao receber Kyoshi, Rangi não deixara de notar um detalhe que a fez franzir a testa.

— No entanto, você manteve o forro de cota de malha. E está ainda mais reforçado.

O comentário foi de pesar. Kyoshi podia ver os pensamentos passando pela cabeça de Rangi. *Em quais tipos de perigo você tem se colocado sem mim?* Ela tentou dizer algo que pudesse afastar a preocupação da amiga.

— Segurança em primeiro lugar?

Rangi suspirou.

— Kyoshi, é mais do que isso. Você é a convidada de honra esta noite. Poderia usar as melhores vestes do mundo, mas, em vez disso, escolheu as mesmas roupas com as quais luta. Esta é uma recepção pequena e informal com apenas alguns convidados pessoais do Senhor do Fogo Zoryu. Você não está indo para a batalha. Não precisa estar constantemente em guerra.

Kyoshi se lembrou da última vez que se permitira relaxar completamente. Ela poderia reviver cada detalhe, muito facilmente.

Tinha sido uma tarde ensolarada no vilarejo de Zigan, que parecia ainda mais iluminada pelo fato de ter sobrevivido e dispersado a ameaça dos Pescoços Amarelos. Suas mãos recém-curadas cheiravam levemente a ervas. Kyoshi andava pela rua lado a lado com a dominadora de fogo.

E Lek.

Ela se perguntava constantemente quais eram os sentimentos de Rangi sobre aqueles dias, se o tempo que passaram com a Companhia Ópera Voadora era importante ou insignificante como um trapo velho que poderia ser descartado. Durante a festa, Rangi mencionaria os demais mestres de dominação de Kyoshi? Será que suas façanhas na cidade *daofei* de Hujiang e seu ataque ilícito à mansão do governador Te dariam uma história divertida? Ou ela fingiria que sua gangue nunca existira? Aquela jornada certamente não durara tanto tempo assim.

Kyoshi limpou a garganta, afastando a amargura da voz.

— Suponho que você não vá me deixar usar minhas manoplas.

— Claro que não. Nós lhe daremos algumas luvas se você quiser, mas, aqui, suas mãos não causarão nenhuma surpresa. Metade dos convidados desta noite tem cicatrizes de duelo escondidas sob suas roupas.

— Você não tem. — A pele de Rangi estava intacta em todos os lugares que Kyoshi tivera a sorte de ver.

Rangi bufou.

— Isso é porque eu não perco meus duelos.

Ela se levantou da cadeira e girou, balançando suas vestes para poder inspecionar a bainha. Rangi usava um vestido formal de seda que lhe dava a aparência elegante de um estame emergindo de uma flor de pétalas vermelho-sangue. Ela parecia mais linda do que um jardim depois de uma chuva refrescante.

— Sei que parece frívolo e desnecessário, mas as aparências importam aqui no palácio — disse Rangi. — Os nobres da Nação do Fogo indicam por meio das vestes sua afiliação e classificação no clã. Nossos pares atribuem significados e intenções à escolha de roupas.

Ela alisou um vinco na saia de Kyoshi.

— Nas profundezas do Reino da Terra, ninguém estava nos observando. Foi assim que nos safamos com metade das travessuras que fizemos. Aqui na Nação do Fogo, *todos* estão observando. Quero que você se lembre disso. Todos. Estão. Observando.

O estômago de Kyoshi doeu com o estresse crescente.

— Então, isso não é o mesmo que ir para uma batalha — afirmou ela. — É pior.

Rangi não discordou.

— Vou deixar passar desta vez, mas, à medida que as festividades avançarem, você deve escolher vestes diferentes. E nem preciso dizer: sem pintura no rosto durante o feriado.

Kyoshi ia protestar, mas Rangi a cutucou no peito.

— A tinta é para ser usada em serviços com nossos irmãos e irmãs por juramento — sussurrou ela, seus olhos brilhando com as lembranças. — Não para se misturar entre os fiéis e pessoas que não entendem o Código.

Kyoshi a encarou. Então, lentamente, ela envolveu a pequena menina em seus braços e a beijou na testa. Rangi a apertou de volta com força.

Não deveria haver dúvidas na mente de Kyoshi. A dominadora de fogo até podia não ter feito o juramento oficial, mas os membros da Companhia Ópera Voadora eram seus amigos também. E para Rangi, amigos eram tão sagrados quanto sua honra. Kyoshi ficara tanto tempo sem a parceira que quase esquecera como era bom estar em sua companhia. Rangi a tornava humana novamente, equilibrada e inteira.

— É melhor você se satisfazer com isso agora — murmurou Rangi, enquanto Kyoshi roçava seus lábios contra os dela. — Quando estivermos em público, você *não pode* tocar minha cabeça, meu rosto ou cabelo.

Mas essas eram as partes favoritas de Kyoshi.

— Sério? Você sempre deixou.

Rangi se desvencilhou de Kyoshi e arrumou seus grampos de cabelo.

— Isso porque no Reino da Terra ninguém se importava, mas, aqui, tocar a cabeça de alguém que não é da sua família é um dos gestos mais desrespeitosos que existem. É melhor evitar tocar em qualquer pessoa em geral, inclusive em mim. Eu desgosto disso tanto quanto você, mas como estamos dentro do palácio, temos de seguir o decoro.

Ela olhou para Kyoshi com desconfiança, tendo recebido da Avatar muitos beijos no couro cabeludo devido à diferença de altura.

— Eu falo sério. Sem toques do pescoço para cima.

— Está bem, está bem!

Alguém bateu na porta do quarto.

— Avatar, senhorita Rangi, é hora de ir — chamou Jinpa. Com seu tom de voz cuidadosamente calculado, era óbvio que ele estava tentando dar às duas o máximo de privacidade possível. Elas se juntaram ao monge no corredor.

Jinpa havia escolhido a versão tradicional das vestes dos Nômades do Ar, que se prendiam em um ombro e deixavam o outro descoberto. O braço e a lateral de seu torso ficavam expostos numa abertura que ia até a cintura, revelando um surpreendente conjunto de músculos no jovem esguio.

— O que foi? — Jinpa disse diante do silêncio delas. — Pastoril demais?

Rangi deu de ombros.

— Normalmente as pessoas não vêm sem camisa ao palácio real, mas deve haver exceções para um traje nacional. Então tudo bem.

Kyoshi estava feliz por seus leques não terem sido alvo de comentários. Eles estavam pendurados no cinto, o que era aceitável para as tendências de moda da corte, a menos que ela batesse em alguém com o objeto tão pesado. Ironicamente, no passado, Kyoshi os considerara menos úteis do que uma lâmina. Agora, ela precisava da segurança que eles proporcionavam, dada a missão assustadora que vinha pela frente.

Ela exalou com os dentes cerrados.

— Certo. Vamos encontrar o Senhor do Fogo.

— Vocês dois são uns inúteis — murmurou Kyoshi entre os lábios, fazendo o possível para direcionar sua ira igualmente entre Rangi e Jinpa, que se sentaram sobre os calcanhares, um de cada lado dela. — Estão demitidos.

— O Senhor Zoryu jurou que seriam de vinte a trinta pessoas, no máximo! — Rangi disse com um sorriso tenso. — Uma pequena reunião!

— *Isso parece uma pequena reunião para você?*

Mais de quinhentos pares de olhos dourados encararam a Avatar e seus companheiros quando eles subiram em um palco elevado, que fora erguido com uma agilidade inacreditável nos jardins outrora vazios que eles avistaram sobre Ying-Yong. Parecia que toda a nobreza da Nação do Fogo estava presente, em pé, observando Kyoshi com toda a atenção.

Ao lado, em uma longa fileira, percussionistas batiam seus bastões contra tambores do tamanho de tonéis de vinho. Outros músicos tocavam seus *Erhus* com tal ferocidade que uma pilha de arcos destruídos jazia atrás deles. Eles jogavam os arcos quebrados sobre os ombros e tiravam outros de aljavas que estavam próximas sem perder o ritmo. A velocidade e a intensidade marcial da música estavam em desacordo com a postura calma e quase meditativa dos ouvintes. Kyoshi não saberia se eles estavam gostando se não fosse pelos leves acenos de aprovação que flagrou, aqui e ali, dos membros da corte mais próximos dela.

Ela deveria ter percebido desde o início que havia algo de errado. O Chanceler Dairin os emboscara do lado de fora de seus aposentos e os levara por uma série de passagens instáveis, explicando que houvera uma mudança de última hora na programação. Agora, ali estavam eles, sendo ensurdecidos e honrados na mesma proporção.

Tendo ajudado em alguns grandes eventos em seus tempos de serviçal, Kyoshi sabia que os anfitriões só faziam eventos como aquele se tivessem algo a provar. Mas não havia razão para o Senhor do Fogo se sentir inseguro, a menos que pensasse que ela o estava avaliando pelo luxo da festa. Ela garantiria ao Senhor Zoryu que aquele tipo de recepção era desnecessário, isso se conseguisse se aproximar dele.

Naquele momento, o Senhor do Fogo estava bem distante, do outro lado do mar de nobres, aninhado em uma plataforma que espelhava à de Kyoshi. Ao longe, ela só conseguia distinguir as ombreiras dourada e preta da armadura real que ele usava sobre as vestes, além de algumas de suas características mais proeminentes. Kyoshi podia dizer que o Senhor do Fogo era um jovem de queixo pontudo e uma testa alta, e nada mais por enquanto. Continuar analisando-o dali teria sido rude, e as pessoas em volta notariam.

Para tornar a situação ainda mais desconfortável, ela avistou Lu Beifong por lá. O velho estava sentado perto da multidão, em um banquinho dobrável, cercado por um pequeno grupo de sábios do Reino da Terra. Pelo que Kyoshi percebeu, eles pareciam ter sido escolhidos a dedo, apenas com base no critério de quem mais desgostava dela.

— Desculpe, Avatar — disse Jinpa. Ele se ajeitou, ainda de joelhos, não acostumado com a posição, que era diferente da forma como os Nômades do Ar se sentavam para meditar. — Nenhuma das minhas fontes indicou que haveria uma delegação do Reino da Terra. Vou tentar evitar que eles a incomodem com pedidos mesquinhos.

A apresentação musical terminou de forma brusca, com os músicos gritando a plenos pulmões em uníssono. Os que tocavam sentados ficaram em pé, com os braços abertos, e os percussionistas seguravam suas baquetas sobre a cabeça como bandeiras de vitória. Eles se mantiveram nessa posição por um momento, respirando pesadamente.

A multidão respondeu com aplausos educados que terminaram de forma igualmente abrupta. Se os artistas ficaram desapontados com a resposta silenciosa, não demonstraram. Eles começaram a guardar seus instrumentos sem dizer uma palavra enquanto os nobres reunidos se voltavam uns para os outros. A música ensurdecedora foi substituída por murmúrios.

— É isso? — Kyoshi perguntou, seu tom de voz se elevando em meio à conversa. Ela olhou para trás e viu Dairin gesticulando para que os três descessem da plataforma. Eles se juntaram ao chanceler no térreo. — O que acontece agora? — perguntou a Avatar ao Chanceler.

— De acordo com a etiqueta das festas no jardim do palácio, agora vocês devem... *se misturar,* indo em direção ao Senhor do Fogo — orientou Dairin, tão nervoso quanto Tia Mui antes de um banquete. Seu bigode se mexeu com a tensão. — Ele fará o mesmo. Isso permite que vocês dois se encontrem de forma natural, como duas folhas flutuando na mesma direção acima de um lago. Essa forma de recepção é uma das maiores honras que a família governante pode conceder a um convidado. Ficar ao seu lado está além da minha posição.

— Tudo bem — disse Kyoshi. A mensagem era clara. — Devo ir falar com o Senhor do Fogo. Entendi.

— Não! — Rangi exclamou, já sabendo o que Kyoshi pretendia fazer. — Você não pode ir direto até o Senhor Zoryu, isso seria rude com os outros convidados. — Atrás da plataforma, ela rapidamente ajustou as lapelas e a faixa de Kyoshi e tirou fiapos e pólen do jardim de sua roupa.

— Então tenho de conversar com todos com quem eu cruzar pelo caminho?

— *Não!* Apenas com aqueles que têm *status* suficiente para isso!

Kyoshi estava ficando desesperada.

— Como vou saber quem são?

— Aqueles com o direito de se aproximar do Avatar apresentarão aqueles que não tem tal direito — disse Rangi. — Lembre-se, na Nação do Fogo, uma pessoa com classificação mais alta sempre introduz uma de classificação mais baixa. A apresentação é o ponto crucial que definirá o tom do resto da conversa.

Ela viu a ansiedade no rosto de Kyoshi.

— *Você* pode se dirigir diretamente a quem quiser sem nenhuma introdução, inclusive ao Senhor do Fogo. Ser saudado pelo próprio Avatar é uma grande bênção. Mas recomendo *fortemente* que reserve essa honra para o Senhor Zoryu. Jinpa e eu estaremos ao seu lado, mas não poderemos falar a menos que a situação permita.

Era tanta coisa para lembrar.

— Eu vou morrer aqui, não vou? — gemeu Kyoshi.

— Não se preocupe, Avatar — disse Jinpa. Ele deu um passo à frente e ajustou os ombros. — Eu já cometi uma falha com você esta noite como seu secretário. Não vai acontecer novamente.

Apesar de sua bravura, Jinpa foi o primeiro a abandoná-la. Ao entrarem na multidão, um pequeno círculo de pessoas interessadas em conhecer um Nômade do Ar rapidamente o isolou do grupo. Aparentemente, falar com um dominador de ar era um dos objetivos da maioria dos convidados.

Ela e Rangi precisaram deixá-lo para trás, enquanto o monge tentava responder às perguntas sobre o Templo do Ar do Oeste e sua arquitetura invertida bastante incomum. Kyoshi assumiu que ele estava improvisando muitos dos detalhes da parte interna do local, visto que o Templo do Oeste abrigava apenas freiras.

Sua posição de Avatar impedia as pessoas de se aproximarem dela, mas não de examiná-la. A multidão fez questão de manter uma distância respeitosa, criando uma pequena bolha que se deslocava com Kyoshi e Rangi no centro. Isso só deixava ainda mais evidentes os olhares por cima dos óculos, as encaradas de canto de olho e as pausas na conversa enquanto elas passavam.

Foi profundamente inquietante. Kyoshi sentiu sua pulsação subir, e nem mesmo o *jing* neutro conseguia acalmá-la. Ela teve de se distrair observando-os de volta, tomando notas mentais da mesma forma que fazia em suas patrulhas em territórios perigosos.

Aquela foi a primeira vez que ela viu tantos cidadãos de alto escalão da Nação do Fogo reunidos em um só lugar. Os nobres daquele país tinham um estilo mais discreto em comparação aos do Reino da Terra, escolhendo padrões em vermelho para suas vestes. As peças largas nos ombros pareciam a maneira mais comum de expressar suas associações. Ela podia ver sutis símbolos geométricos impressos nas faixas de tecido, ou simples representações de flores e animais nativos.

Uma imagem que ela notava constantemente era a camélia, representada em pequenos arranjos, em grandes desenhos assimétricos ou estampada em bordas delicadas. Ao menos um quarto dos participantes usava essa imagem de alguma forma. Percebendo que estava em menor número ali, os pelos do pescoço de Kyoshi se arrepiaram, antes que conseguisse reprimir a preocupação. Mas ela estava entre a nobreza da Nação do Fogo, e não em um beco pronta para ser atacada pelos homens da Tríade. A flor devia ter uma ligação com a partida de Chaeryu, como ela vira na galeria, e as pessoas deviam estar usando-a por respeito.

Servos passavam por elas com a suavidade de nuvens, oferecendo aperitivos tão apimentados que os aromas quase fizeram Kyoshi espirrar. Havia espetinhos de cauda de hipopótamo-boi, rolinhos de laranja kumquat oceânica e porções de peixes de todos os tipos, de águas próximas às ilhas e de rios tão distantes que teriam de vir embalados em gelo.

Kyoshi se recusou a comer, por causa dos nervos. Essa era uma grande mudança desde que ela se tornara Avatar: agora recusava comida. A Kyoshi mais jovem teria dado um soco no nariz dela por isso.

Rangi observou algumas das travessas passarem.

— Isso é estranho.

"Isso é estranho" agora era o lema oficial da viagem.

— O que foi? — perguntou Kyoshi.

— Não há cogumelos. Eles são uma iguaria tradicional no Festival de Szeto. Os cogumelos crescem em abundância aqui, por isso simbolizam uma boa colheita. Não os vejo em lugar nenhum.

— E daí?

Rangi se virou para ela com expressão de grande preocupação.

— Kyoshi, este é o palácio real. Se não temos cogumelos aqui, ninguém mais no país os tem. Este não é um sinal auspicioso para o feriado.

O leve biquinho em seus lábios, que ela estava falhando em disfarçar, era adorável. Rangi sempre se esforçava tanto para esconder suas fraquezas, como se "gostar de certas coisas" não fosse profissional. Saber que sua amiga tinha uma "quedinha" por aquele tipo de comida em particular a fez querer apertá-la com força. Na próxima vez que as duas visitassem Yokoya, ela pediria à equipe da cozinha para encontrar alguns cogumelos e cozinhá-los da mesma maneira que faziam na Nação do Fogo.

— Avatar. — Um grasnido veio de algum lugar perto da barriga de Kyoshi.

Ela olhou para baixo e viu Lu Beifong fazer uma reverência. Apesar de a idade tê-lo confinado a um assento do outro lado da multidão durante a apresentação musical, ele aparecera na frente dela como se tivesse aprendido a pisar sobre a poeira como a Companhia Ópera Voadora. O velho devia querer tratar de alguma transação. Só os negócios o faziam agir tão rápido.

— Mestre Beifong — saudou Kyoshi, assentindo levemente. Lu ocupava uma posição tão alta na hierarquia do Reino da Terra que só estaria abaixo do próprio rei, então aquele encontro provavelmente estava dentro das regras de decoro —, é... bom ver você. Como estão seus netos?

Um grande símbolo do javali voador fora bordado no manto de Lu em uma tentativa de adequá-lo aos costumes dos clãs da Nação do

Fogo, mas ficara aquém do bom gosto. Com seus dedos ossudos, Lu pegou um fio de seda que se desprendia do animal costurado e fez uma careta. Pelo visto, algum alfaiate ia perder o emprego.

— Numerosos e pouco promissores — disse ele, jogando o fio no chão. — O que eu não daria para um líder nato nascer na minha família, ou uma criança com talento para números. Eu até ficaria contente com um dominador de terra meia-boca neste momento. Da maneira como as coisas estão caminhando, o nome Beifong corre o risco de cair no esquecimento.

— Como se as crianças devessem atender às necessidades dos pais — disse Kyoshi, as palavras saindo automaticamente por entre os dentes. Lu e os outros sábios sabiam apenas que ela era órfã e se contentavam com essa informação. O leve chute de Rangi contra a parte de trás de seu pé a fez desconfiar que provavelmente estava ficando vermelha, demonstrando sua raiva. *É por isso que preciso da maquiagem*, pensou Kyoshi.

— Sim, bem colocado — Lu respondeu. Ele gesticulou para outro homem do Reino da Terra ao seu lado. Era mais jovem, na casa dos quarenta, e obviamente tentara combinar sua roupa verde e amarela com a de Lu. — Este é o governador Shing da província de Gintong.

O acompanhante de Lu não perdeu tempo com sutilezas. Ele se aproximou impacientemente, quase empurrando um serviçal que tentava servir pequenas garrafas de vinho de ameixa.

— Avatar, tenho uma queixa. A desinformação que você semeou entre meu povo, durante sua última visita às minhas terras, prejudicou o funcionamento da lei e da ordem.

Kyoshi percebeu a forma como os olhos de Lu brilharam. *Bons líderes não põem lenha na fogueira. Eles não causam perturbações.* O velho sábio valorizava a estabilidade acima de tudo, e as recentes escapadas de Kyoshi pelo Reino da Terra não se encaixavam em sua definição de conduta apropriada para um Avatar.

Kyoshi vasculhou suas notas mentais. A província de Gintong ficava perto de Si Wong, um cerrado poeirento e improdutivo, difícil de cultivar. Mas isso não significava que alguém não pudesse tentar explorá-lo.

— Ah — disse ela —, governador Shing. Agora eu lembro. Você comprou terras a preços baixos de camponeses que não podiam cultivar seus campos por causa dos ataques dos *daofei*, forçando-os a trabalhar para você como funcionários contratados nas fazendas que costumavam ser deles.

A exatidão de suas palavras surpreendeu os dois homens mais velhos. Ela não deveria contar tais fatos desagradáveis em voz alta e em companhias tão refinadas. Deveria apenas soltar indiretas, chegar devagar ao assunto, bicá-lo como um pequeno pássaro se alimentando.

— Humm — Lu murmurou. — Essa história é um pouco diferente da que você me contou, Shing. Você me disse que estava pagando um bom dinheiro para manter suas terras livres de bandidos.

— *Eu* cuidei dos *daofei* naquela região — disse Kyoshi. — E assim que terminei o trabalho, ordenei que as propriedades fossem devolvidas para os antigos donos, os de antes de a gangue Garras de Esmeralda aparecer em Gintong. Desfiz o problema e suas raízes.

— Eu tinha contratos de compra daquelas terras! — esbravejou Shing. — Eu as comprei legalmente! Tenho toda a documentação!

Kyoshi pensou por um momento. Aqui era onde um Avatar antigo, habilidoso em diplomacia como Szeto ou Yangchen, poderia oferecer algo em troca para acalmar os ânimos do governador e preservar as aparências. Mas ela não conseguia imaginar uma compensação adequada. Por que Shing, um homem poderoso, mereceria explorar uma situação e ficar mais rico à custa de seus cidadãos?

As palavras seguintes saíram de seus lábios com facilidade.

— Bem, governador, já que você valoriza tanto os termos de negócios, posso lhe enviar a conta com o valor por ter pacificado sua província. Dados os resultados, meu custo seria o equivalente aos suprimentos e salários necessários para um exército de médio porte. Aliás, eu precisaria do pagamento imediatamente, à vista.

Atrás dela, Kyoshi percebeu Rangi tentando não rir a todo custo. Shing estava com cara de que precisava chupar um sapo de madeira.

— Essas são as táticas de uma vigarista! — gritou o governador. — Quando disseram que você era uma criminosa, eu não acreditei nos rumores, mas pelo visto...

— Shing! — repreendeu Lu. — Preste atenção em como você fala com a Avatar. Não estamos em nossa pátria.

O governador de Gintong murchou com a repreensão de Lu. Houve uma pausa desconfortável. As pessoas mais próximas assistiam com entusiasmo mal disfarçado àqueles homens barulhentos do Reino da Terra discutindo entre si.

Lu suspirou e balançou a cabeça. Ele não esperava por aquele desfecho.

— Receio ter de me retirar mais cedo das festividades — disse apenas.
— Foi um prazer.

Ele voltou para a entrada do jardim. Shing o seguiu, alguns passos atrás, de alguma forma parecendo muito pior do que o homem idoso à sua frente. Kyoshi podia imaginar facilmente Shing sendo cortado do círculo de influência de Beifong depois desta noite, não por qualquer obrigação moral, mas por ser um mau investimento, por ser alguém que tinha contado o lado errado da história do Avatar, e envergonhado o Reino da Terra fora de suas fronteiras. Era possível que ela tivesse acabado com a carreira do homem para sempre.

Uma vez que estavam sozinhas novamente, Rangi limpou a garganta e se inclinou.

— Por mais que eu ame ver você incendiar as pessoas verbalmente, tenha um pouco mais de cuidado. Se essa mesma conversa fosse entre dois cidadãos da Nação do Fogo, muito provavelmente teria terminado com um Agni Kai.

Kyoshi sabia que ela não estava brincando. A Companhia Ópera Voadora costumava provocar Rangi impiedosamente sobre honra e outros valores da Nação do Fogo em sua viagem pelo Reino da Terra, mas isso porque ela era a única dominadora de fogo em centenas de quilômetros. Aqui, Kyoshi e Shing eram forasteiros. A atmosfera sufocante a fazia perceber que, aqui, nenhuma interação, por menor que fosse, seria insignificante.

— Isto não é um jogo — Rangi a lembrou. — É uma festa no jardim. Há muito em risco.

— Farei melhor da próxima vez — disse Kyoshi.

— Ótimo — exclamou Rangi, encolhendo-se. — Porque aí vem minha mãe.

A DIRETORA

A CHEGADA DE HEI-RAN foi acompanhada por um silêncio entre a multidão. Os nobres de baixo escalão se afastaram para dar passagem à mulher que havia ensinado suas filhas. Alguns deles prestaram continência, o que era um lembrete de que a mãe de Rangi também fora uma das maiores comandantes militares do país. Ela retribuiu os gestos com olhares e acenos.

Kyoshi engoliu em seco. Aquele seria um encontro com uma pessoa influente e rígida, pronta para julgar e eliminar de sua presença aqueles que considerava indignos.

Hei-Ran se aproximou lentamente, apoiando-se em uma bengala. Ela não se preocupara em se vestir com elegância. O uniforme sério que usava realçava seus movimentos deliberados. A seu cabelo preto se misturavam fios grisalhos e crespos.

Ela parecia mais velha. Agora finalmente parecia a mãe de Rangi em vez de sua irmã gêmea. Mas a chama em seus olhos continuava lá, tão clara e penetrante como sempre.

Kyoshi fez uma reverência, apenas para escapar do olhar da mulher por um momento.

— Estou alegre por vê-la com boa saúde, diretora — saudou ela.

— E um pouco surpresa, não é? — respondeu Hei-Ran.

Kyoshi ficou tensa. Ela tinha feito a cara errada. Novamente, era por isso que precisava de sua maquiagem: para esconder as nuances de expressões que não conseguia controlar.

Hei-Ran ignorou o próprio comentário.

— Não precisa fingir. Eu também não consigo acreditar que estou viva. Eles são milagreiros, os curandeiros da Tribo da Água. — Ela suspirou, infeliz. — Mal posso dominar o fogo agora. É como ser criança novamente, ter de aprender o básico e recuperar minhas forças. Uma punição adequada, dado o que eu fiz Yun e você passarem.

Kyoshi estremeceu. Uma professora de dominação de fogo do calibre de Hei-Ran ficando sem suas habilidades parecia uma perda trágica para o mundo inteiro.

— Ainda não descobri quem foi o responsável pelo crime que você sofreu — disse Kyoshi. Na opinião dela, os inspetores oficiais haviam abandonado o caso prematuramente. Eles não encontraram registros ou mensagens sobre o motivo de tantos membros influentes do Reino da Terra terem se reunido em Yokoya naquele dia, o que já era suspeito. — Mas eu juro, não vou deixar passar em branco.

A dor percorreu o rosto de Hei-Ran.

— Kyoshi, foi ele. Foi Jianzhu.

Demorou um pouco até que ela entendesse. O antigo ódio de Kyoshi, acalmado havia muito tempo, brotou mais uma vez. Ela se virou para Rangi, que lhe acenou com a cabeça, sombriamente.

— As vítimas em Yokoya eram inimigos dele, que apareceram para derrubá-lo como mestre do Avatar — explicou Hei-Ran. Sua voz estava tensa e rouca. — Ele me envolveu e envolveu a si mesmo no crime. Se foi por confusão ou para afastar suspeitas, nunca saberemos.

Kyoshi fechou os olhos e agarrou um de seus leques. Havia levado tanto tempo para os erros e as ações monstruosas do passado pararem de assombrá-la, e agora tudo voltava novamente. Talvez aquilo nunca acabasse.

Uma realidade diferente estava fora de alcance, uma em que Kelsang estava vivo, Hei-Ran nunca fora envenenada e Lek ainda estava de mau humor em uma casa de chá decadente na Baía Camaleão, desejando um bisão.

— Sinto muito — disse Kyoshi. — Se eu tivesse sido capaz de criar uma chama quando você me testou...

Relembrar seu fracasso na frente de Hei-Ran doeu ainda mais, considerando o quanto Kyoshi gostava de dominar o fogo nos dias de hoje. O domínio do elemento nativo de Rangi fluía mais facilmente agora. Kyoshi pensava muitas vezes naquela bolinha inflamável que ela não conseguira acender. Às vezes, isso a levava às lágrimas, pois não podia deixar de pensar em tudo o que teria sido salvo se não fosse sua fraqueza naquela época.

— Eu sinto muito — repetiu ela.

Hei-Ran deu uma risada curta e áspera.

— *Você* sente muito. *Você* está se desculpando *comigo*. — A indomável ex-comandante começou a tremer. Ela pressionou os dedos nos olhos com tanta força que parecia estar tentando arrancá-los. Rangi foi para seu lado em um instante, segurando-a.

Os espectadores ficaram tão surpresos quanto Kyoshi com a demonstração de emoções. Mas Hei-Ran se recompôs antes de derramar qualquer lágrima. Kyoshi tinha a sensação de que aquela fora a maior demonstração de vulnerabilidade que a mulher jamais faria.

— Kyoshi, *eu* é que preciso me desculpar — declarou Hei-Ran sem nenhuma falha na voz. — Sinto muito pelo que fiz com você. E pelo que permiti que Jianzhu fizesse com você e Yun. Eu poderia ter colocado um fim no que estava acontecendo. Poderia ter visto as coisas claramente se quisesse de fato enxergá-las. Nunca vou poder consertar isso.

Kyoshi olhou para a mão de Rangi no cotovelo da mãe. Era um simples gesto, o mais leve toque, mas fez Kyoshi se lembrar de quando colocara os braços ao redor de Kelsang uma vez, enquanto o amigo chorava em um iceberg por causa dos erros que havia cometido. Era difícil perceber, dadas suas expressões severas e inflexíveis, mas ali estava uma mulher devastada pela culpa, sendo consolada e apoiada por sua filha amorosa.

— Sua recuperação já é um bom começo — disse Kyoshi.

Hei-Ran olhou para ela, intrigada.

— Para pagar sua dívida comigo — esclareceu a Avatar. — O que eu exijo de você, diretora, é que continue com boa saúde. Não aceitarei menos do que me é devido.

— Kyoshi, não é hora para piadas.

— Ela não está brincando, mãe. — O sorriso de Rangi transbordou de amor pelas duas. — Ela é simplesmente assim. Agora engula seu orgulho e aceite o decreto da Avatar.

Hei-Ran riu novamente, embora não houvesse alegria no som. Depois, deu um tapinha na mão da filha.

— Estou bem. Vá procurar Sifu Atuat. Preciso de um momento a sós com Kyoshi.

Rapidamente, Rangi saiu para procurar quem quer que fosse esse tal de Atuat. Hei-Ran se recompôs e olhou de forma intimidadora para Kyoshi. Como a mulher conseguia fazer isso, considerando sua baixa estatura perto dela, era um mistério.

— Kyoshi, quero que você saiba de uma coisa. — A voz de Hei-Ran perdeu o resquício de emoção e se transformou em um sussurro frio e inabalável. — Eu o mataria. Eu o mataria pelo que ele fez com você, Kelsang, Yun e minha filha. Quero que você saiba disso, Kyoshi. Quero que acredite. Se ele estivesse aqui, agora, eu mataria Jianzhu na frente de toda esta multidão.

A relação entre Kyoshi e Hei-Ran se consolidou como aço sendo temperado, endurecendo e se fortalecendo. Sua verdadeira reconciliação com a mãe de Rangi se deu naquele momento, e não em meio a desculpas chorosas e públicas.

— Eu também — disse Kyoshi.

— Boa menina. — Hei-Ran olhou na direção em que sua filha tinha ido. — Rangi... ela é bondosa. Nenhum problema ou dificuldade poderá mudar isso nela. O que significa que haverá lugares aonde ela nunca irá, lugares que são proibidos para ela. Você pode precisar visitá-los em nome da minha filha, para protegê-la e para proteger os outros.

Kyoshi ainda tinha dificuldades com as ações que deveria tomar como Avatar em defesa da paz e do equilíbrio do mundo. Mas quando se tratava de proteger Rangi, ela se transformava em um ser diferente, como um animal, pequeno e vulnerável, mas que poderia se tornar cruel se ameaçado. Ela pensou cuidadosamente no que diria a Hei--Ran, sendo honesta em cada palavra.

— Eu sei exatamente o que fazer com quem ousar machucar sua filha.

Os lábios de Hei-Ran se comprimiram em uma linha. Kyoshi sabia que isso era o mais próximo de um sorriso de aprovação que a mulher daria. Elas olharam uma para a outra em mútuo acordo.

O silêncio foi quebrado por alguém que, acidentalmente, empurrou o cotovelo de Kyoshi.

— Não me lembrava se você gostava de vinho de ameixa ou licor de sorgo — disse uma mulher baixa e corpulenta de túnica azul para Hei-Ran, em uma voz alta e penetrante. Ela segurava um copo em cada mão, ameaçando derramar os líquidos de cores diferentes. — Então trouxe os dois.

Rangi se aproximou como se estivesse perseguindo a mulher da Tribo da Água no meio da multidão, em vez de apenas a procurando.

— Kyoshi, esta é a Sifu Atuat — disse a dominadora de fogo. — Ela é a melhor curandeira do norte. Cuidou pessoalmente da recuperação de minha mãe. Nós a trouxemos como nossa convidada de honra em agradecimento. Ela será tratada como parte de nossa família enquanto estiver aqui.

Hei-Ran afastou de seu rosto os copos oferecidos.

— E eu ainda sou sua paciente, Atuat. Então não devo beber. Os outros médicos disseram que isso atrasaria minha recuperação.

— Os outros médicos são uns covardes — disse Atuat. — Se seus órgãos começarem a falhar, posso simplesmente reviver você como fiz antes.

Ela se virou para Kyoshi, como se tivesse notado a Avatar apenas naquele momento.

— Sou muito habilidosa — disse, sem modéstia. Parecia ser uma questão de grande importância para ela que Kyoshi entendesse os fatos. — Quando a diretora chegou ao meu hospital, parecia um cadáver envolto em uma mortalha vermelha. Para salvá-la, eu a peguei direto do bolso da própria Morte.

Kyoshi ficou se perguntando se a boa doutora já não estava bêbada demais. Mas não estava. Ela era apenas... daquele jeito.

— Você deve ser uma das melhores dominadoras do mundo, independentemente do elemento.

Atuat levantou um dedo, enquanto bebia um dos copos que havia trazido para Hei-Ran.

— Eu sou — disse ela. — Mas você sabia que as mulheres em Agna Qel'a não podem aprender a dominação de água para fins de batalha?

Kyoshi não sabia disso sobre a capital da Tribo da Água do Norte, mas não importava; Atuat ia continuar falando de qualquer maneira.

— Pois eu digo que são os homens que não têm permissão para aprender a curar *comigo*. Qualquer idiota pode socar alguém com água. *Eu* restabeleço a saúde das pessoas que estão morrendo usando a água, permitindo que vivam por mais algumas décadas.

Hei-Ran revirou os olhos.

— Não a bajule — disse ela para Kyoshi, com a franqueza de quem fala de um amigo. — Atuat já é arrogante o suficiente sem receber elogios do Avatar.

Aquilo era surpreendente. A ex-diretora da Academia Real, e mãe de Rangi, chamando alguém de arrogante. Kyoshi olhou com mais atenção para a mulher que era o foco de tal descrição. Atuat era um pouco mais jovem do que Hei-Ran e se parecia com Tia Mui do pescoço para baixo, mas alguns traços em seu rosto e seus olhos azuis-claros tornavam-na familiar para Kyoshi.

Rangi notou e decidiu esclarecer.

— Sifu Atuat é irmã do Mestre Amak — explicou.

Então era isso. O ânimo de Kyoshi mudou. Ela não era nem um pouco próxima do misterioso e desonroso mestre de dominação de água, mas estava lá quando ele morreu, esfaqueado nas costas pela dominação de Tagaka, a rainha pirata. Com tanto sangue manchando seu passado, talvez Kyoshi realmente fosse amaldiçoada, como diziam em algumas partes do Reino da Terra.

— Sinto muito pelo seu irmão — disse ela.

Atuat suspirou.

— Obrigada. Amak nunca teria um fim pacífico, para dizer a verdade. Mas ele morreu protegendo as pessoas. Isso é bem mais honroso se comparado ao que ele fazia antes.

Hei-Ran achou melhor mudar de assunto.

— E onde está seu amigo dominador de ar? — perguntou ela a Kyoshi e Rangi. — Eu gostaria de conhecê-lo.

Kyoshi esticou o pescoço, tentando localizar Jinpa. A multidão em volta dele estava ainda maior. O monge abriu os braços em total concentração, prestes a realizar uma dominação de ar que aprendera no Templo do Sul. Ele levitou alguns centímetros do chão sem causar uma catástrofe nas proximidades. Kyoshi já levitara bem alto uma vez involuntariamente, enquanto estava no Estado Avatar, mas ela não conseguiria fazê-lo em circunstâncias normais.

Jinpa dissera que esse truque de festa fora supostamente inventado por Kuruk. Exigia muita habilidade, mas não tinha qualquer utilidade. Quando ele voltou ao chão, seu público de nobres aplaudiu o feito exatamente da mesma maneira que fizera com a performance musical desenfreada.

Kyoshi percebeu que Jinpa estava se divertindo em sua exibição. Ele não tivera uma pausa real durante todo o tempo em que a servia.

— Alguém gostaria de tentar? — perguntou ele, indicando que poderia levantar um voluntário.

— Eu! — gritou Atuat. Levantando a saia para não tropeçar, ela marchou apressada em direção ao Nômade do Ar.

Hei-Ran franziu o nariz, um gesto de frustração que ela compartilhava com Rangi.

— Juro, é como ter uma irmã que não sabe se comportar — murmurou. Ela foi mancando atrás de sua curandeira, sem se despedir de sua filha e de Kyoshi.

O chocante lapso de boas maneiras da diretora aqueceu o coração de Kyoshi. Ela gostava de Sifu Atuat e de seu efeito sobre Hei-Ran.

Rangi parecia compartilhar do mesmo sentimento.

— Às vezes, acho que ter uma amiga a curou mais do que qualquer outro remédio — disse.

— Ela sabe sobre nós?

— Claro. Não era sobre isso que vocês duas estavam conversando? Ela não lhe disse algo como *"é melhor você tratar minha filha direito, senão..."*?

Kyoshi supunha que aquilo fizera parte da conversa, de forma indireta. Mas decidiu não mencionar os detalhes.

— Avatar Kyoshi. — Uma voz profunda e confiante soou atrás dela.

Ela se virou para ver um jovem pomposo envolto em ouro e preto. Seu cabelo estava preso para trás, o que deixou sua testa grande mais proeminente, e o queixo pontudo estava bem barbeado.

Finalmente. Kyoshi usou uma expressão de boas-vindas que, assim esperava, transmitia a quantidade certa de respeito por um chefe de estado estrangeiro. Esta era a apresentação que ela podia fazer por si mesma, sem precisar esperar por terceiros.

— Senhor do Fogo — disse. — Obrigada por sua graciosa hospitalidade. — Enquanto se arrumava em seus aposentos, ela praticara várias vezes o que diria. Pela forma como a multidão se calou, ela percebeu que todos a observavam. — Cheguei à Nação do Fogo há pouco tempo, mas já estou impressionada com o esplendor natural de seu país, e especialmente com a habilidade de seus artesãos.

— Ah, então você já visitou a galeria? — disse ele, sorrindo. — É o nosso orgulho nacional.

Kyoshi sentiu um leve puxão em sua roupa. Ela ignorou. Estava se saindo bem e não queria perder seu ímpeto.

— Eu visitei. Se me permite dizer, você se parece muito com seu falecido pai, Lorde Chaeryu. Que seu reinado sobre a Nação do Fogo seja tão glorioso quanto o dele.

Um chute forte na sua panturrilha quase a fez cair.

— *Kyoshi!* — A voz de Rangi era como um grito estrangulado. — *Este não é o Senhor do Fogo Zoryu!*

HISTÓRIA ANTIGA

A MULTIDÃO CONGELOU. Os serviçais congelaram. O sol parou momentaneamente de brilhar. Nem mesmo os corpos celestes já tinham visto um erro tão colossal em suas mil vidas assistindo ao Avatar.

— Devo me apresentar — disse o homem que Kyoshi confundira com o Senhor do Fogo. — Meu nome é Chaejin. O Senhor do Fogo Zoryu é meu meio-irmão mais novo.

Kyoshi olhou em volta, desesperada, em busca do verdadeiro Zoryu. Ela o avistou, abrindo caminho pela multidão em sua direção, ultrapassando os próprios guardas. Pôde confirmar que era ele pelo seu coque, algo a que deveria ter se atentado antes. Nele, estava o adorno na forma de uma chama com cinco línguas. Decididamente, o adorno não estava no cabelo do homem de pé diante dela.

Kyoshi fez uma careta. Era como se os irmãos tivessem se vestido de forma parecida a fim de confundi-la. As vestes de Chaejin eram cortadas ao estilo da armadura real, e o brocado de ouro que pendia de seus ombros era de um tom que ela pensava ser reservado para o Senhor do Fogo e sua família imediata.

— Perdoe pelo meu engano — murmurou. Ela nunca tinha ouvido falar de Chaejin antes e não tinha ideia de onde ele se encaixava na hierarquia da corte.

— É compreensível. Linhagens reais podem ser confusas. Meu pai era o Senhor do Fogo Chaeryu, mas ele nunca se casou com minha mãe. Nós fazemos o possível para esconder essas indiscrições aqui na Nação do Fogo. Especialmente para os estrangeiros.

Kyoshi não fazia ideia de como responder. Ela não sabia o que dizer sobre um assunto tão delicado. Então, olhou para Rangi pedindo ajuda. Mas a julgar por sua expressão de pânico, Rangi não estava em condições de falar nada. Ela já havia feito sua parte, tentando avisar Kyoshi de seu erro.

Tentando entender quão delicada era a situação em que havia se metido, Kyoshi olhou para o rosto dos convidados mais próximos. Os cidadãos da Nação do Fogo, normalmente discretos, pareciam horrorizados. A tensão no ambiente foi ficando cada vez maior até que finalmente foi quebrada pela chegada de Zoryu.

— Avatar Kyoshi — disse o Senhor do Fogo, com uma ligeira inclinação. A bainha de sua túnica escandalosamente delicada estava manchada de grama, e seu adorno no cabelo, em completo desalinho por sua pressa de chegar até ali. O encontro deles tinha sido tudo, menos um gracioso flutuar de duas folhas em um lago.

— Zoryu! — Chaejin exclamou, dando um tapa nas costas do irmão, gentilmente. — Estava me perguntando quando você apareceria. Conheça a Avatar. Ela pensou que eu era o Senhor do Fogo. Imagine só!

Kyoshi ouviu Rangi prender a respiração, e entendeu o porquê. Chaejin havia roubado o direito de apresentação, negligenciado o título do irmão e tocado indevidamente o Senhor do Fogo, tudo sob o pretexto de um gesto amigável entre parentes. Se a etiqueta da corte era uma linguagem secreta, Kyoshi finalmente começava a compreendê-la.

— Que engraçado — disse Zoryu. — Preciso falar com minha convidada agora, Chaejin. — A declaração poderia parecer um simples aviso, se o timbre do Senhor do Fogo não estivesse carregado de insegurança e lamento.

— É claro, é claro! — Chaejin exclamou. — Você deve querer discutir os recentes problemas nas safras. Ou o declínio das pescarias. Se há alguém que pode reverter a sorte do nosso país, esse alguém é o Avatar.

A tensão visível no pescoço de Zoryu alcançou-lhe as têmporas. Aqueles eram assuntos de importância nacional que ele queria discutir com o Avatar, mas não em um local tão público.

— Um padecimento tomou conta das terras desde a morte de nosso pai, e as regalias naturais de que usufruíamos durante seu reinado desapareceram — explicou Chaejin, mesmo que ninguém lhe tivesse pedido. — Alguns Sábios do Fogo acreditam que os espíritos das ilhas estão infelizes e viraram as costas para nós.

Sorrindo para Zoryu, ele continuou.

— Eu, é claro, argumentei o contrário. A força do governo de meu irmão não deve ser questionada.

A maneira como o Senhor do Fogo cerrou os dentes e desviou o olhar mostrou a Kyoshi que havia certa verdade nas afirmações de Chaejin, mas com certeza não era a parte em que ele dizia apoiar o irmão.

Kyoshi sabia o que precisava fazer. O parecer do Avatar era o prêmio aqui, não era? Homens como Shing estavam sempre tentando disputá-lo. O joguinho de insubordinação e de disfarce de Chaejin era óbvio, e ela o conhecia bem. Ele queria que Kyoshi o apoiasse e criticasse o Senhor do Fogo.

Ela não gostava de ser manipulada, especialmente por alguém que tinha acabado de conhecer. Estreitando os olhos para Chaejin, disse:

— Se houver um problema com os espíritos, vou resolvê-lo em nome do Senhor do Fogo. — Sua capacidade de se comunicar além do reino físico ainda era um problema, mas o homem não precisava saber disso. — Ele tem todo o meu apoio como Avatar. Agora, se não se importa, nós dois conversaremos em particular.

Chaejin ficou boquiaberto.

— Acredito que pedi para você se retirar — disse Kyoshi. Normalmente ela esperaria mais antes de falar com tanta rispidez, mas aquele era um caso especial. Ela estava minando as mentiras de Chaejin, e queria que os espectadores o vissem falhar.

No entanto, em vez de se sentir insultado pela repreensão, como Shing, os olhos de Chaejin brilharam de felicidade.

— É claro. — Ele se curvou e se afastou, correndo como se mal pudesse esperar para compartilhar o ocorrido com um amigo.

Essa não era a atitude que Kyoshi esperava. Ela voltou-se para Zoryu. Ele a encarou atônito, incapaz de falar.

— Kyoshi — sussurrou Rangi, aturdida, esquecendo que o governante de seu país estava por perto. — Kyoshi... O que você... O que você acabou de fazer?

Ela ficou confusa, sem saber o que dizer. Foi necessária a penosa e apressada chegada de Hei-Ran para dar uma resposta.

— O que ela fez foi transformar o desastre em catástrofe — resmungou a diretora assim que se aproximou, mancando. — Calem a boca e me sigam, antes que se envergonhem ainda mais.

Kyoshi seguiu Hei-Ran. Para sua surpresa, o Senhor do Fogo também. Aparentemente, a mulher continuava mandando em quem quisesse.

Kyoshi percebeu sorrisos de pena no rosto dos nobres enquanto o grupo passava, mas não eram direcionados a ela, a estrangeira ignorante que havia feito confusão, e sim a Zoryu, o homem a quem todos ali deveriam respeitar com lealdade. Ela não se sentia mais tão fluente nas linguagens da corte.

Ela deu uma última olhada em Chaejin, que já estava sussurrando com entusiasmo para outro convidado. Estampada nas costas do manto do irmão do Senhor do Fogo havia uma grande camélia, forjada em fios de ouro, chamando a atenção como uma espécie de farol. A versão era idêntica à que ela tinha visto na galeria de retratos, só que sem sua pequena peônia rival. Era a única flor crescendo forte, sem competição para se preocupar.

— Kyoshi, mexa-se! — sussurrou Rangi.

Eles deixaram a multidão para trás, circundando o palácio. Por mais majestosa que fosse a festa, ainda havia jardins vazios que lhes dariam alguma privacidade.

A escassez do pomar florido era mais atraente olhando do chão. Cerejeiras zankan e glicínias prateadas tinham sido plantadas a intervalos regulares. Enquanto o grupo caminhava, as árvores davam a impressão de se alinharem e se expandirem, conforme o ângulo de visão.

O Senhor do Fogo andava lentamente, no ritmo de Hei-Ran. Os sérios e silenciosos guardas reais foram dispensados. Vendo seus amigos se afastarem, Atuat e Jinpa também deixaram o local da festa com eles. Kyoshi estava novamente acompanhada por todos os integrantes de seu grupo.

— Eu... Nossa — murmurou Rangi para Kyoshi. Ela pressionou os dedos nas têmporas. — Uff.

— Se eu insultei esse tal de Chaejin, sinto muito — Kyoshi se desculpou, num tom de voz baixo. — Mas ele estava falando demais, e ninguém o interrompia.

— Não foi Chaejin que você insultou; foi o Senhor do Fogo! — Rangi pôde ver a confusão no olhar de Kyoshi. — Você declarou diante de uma multidão que resolveria um problema nacional para ele!

— Mas não é esse o meu trabalho? — ela questionou.

— Sim, mas você não deveria ter se expressado daquele jeito! O bom funcionamento da nossa nação depende da força do Senhor do Fogo, que deve ser real e percebida pelo povo. Se você decide ajudá-lo, deve haver uma parceria. Afirmar que você vai estalar os dedos e resolver tudo faz parecer que o Senhor do Fogo é fraco demais para administrar o país sozinho!

Kyoshi teve a sensação de que essa informação estava em algum dos livros nas bibliotecas de Yokoya. Ela até poderia ter lido sobre esse aspecto cultural da Nação do Fogo e esquecido. Embora pudesse absorver as regras de diplomacia com a ajuda dos livros, praticá-las até que fossem parte de quem ela era já era outra coisa.

Uma de suas encarnações passadas poderia tê-la ajudado nesse momento, isso se ela conseguisse estabelecer a conexão apropriadamente. Kyoshi imaginou o Avatar Szeto vendo-a cometer aquela gafe e jogando seu comprido chapéu no chão.

— Para completar, você dispensou Chaejin na frente do Senhor Zoryu. O direito de dispensar alguém é mais importante que o direito de apresentação. — Rangi passou a mão pela própria mandíbula. — É como se estivéssemos na Baía Camaleão de novo. Você ataca primeiro, destrói o que está na frente e depois tem de fugir com o rabo entre as pernas. Eu lhe disse *minutos* antes para tomar cuidado, não disse?

Ser repreendida por Rangi era algo corriqueiro na relação delas. Mas Kyoshi pensara que demoraria mais tempo para acontecer.

— Eu sinto muito — murmurou.

Elas não estavam falando tão baixo quanto pensavam.

— Não é culpa da Avatar — disse Zoryu. — É minha.

Ele parou perto de um lago de patos-tartaruga. Os animais cochilavam silenciosamente na água tão clara que pareciam estar pairando no ar. Sob um salgueiro havia um banco de pedra, onde Zoryu se sentou, contemplando a cena tranquila.

— Uma recepção menor teria evitado tudo isso, mas, no último momento, achei que precisava de uma festa grandiosa para realçar minha imagem.

Em defesa do primeiro erro de Kyoshi, Chaejin e Zoryu tinham o rosto quase idêntico, com a mesma sobrancelha proeminente e a saliência do queixo. De longe, seria impossível distingui-los. Mas, de perto, ela via que o Senhor do Fogo era mais magro, ainda um menino desengonçado por baixo de suas vestes volumosas. Era como se alguém tivesse costurado duas cópias do falecido Lorde Chaeryu, uma com menos enchimento que a outra.

A tentativa de Zoryu de aliviar suas feições não foi tão bem-sucedida. Enquanto olhava para a água, ele sorria graciosamente para seu reflexo, com uma expressão de quem preferia estar chorando.

— Todo esse desastre é um erro inteiramente meu, não de Kyoshi.

— Tenho sua permissão para falar, Senhor Zoryu? — perguntou Hei-Ran.

Ele acenou, sem entusiasmo.

— Concedida. A você e a todos aqui.

— Isso *é* parcialmente culpa dela! — exclamou a diretora. O barulho repentino acordou os patos, e os fez se espalhar para o outro lado do lago, grasnando enquanto fugiam. — Ou pelo menos você precisa alegar isso! Que tipo de Senhor do Fogo se culparia por tudo?

Com permissão ou não, aquela conversa entre os dois parecia ser algo habitual. Como se Zoryu tivesse sido um aluno particular dela. A relação mestre-aluno era uma das poucas que atravessava todas as fronteiras.

— Você não pode mais ser aquele garotinho deprimido que eu ensinava! — retrucou a mãe de Rangi, confirmando a suspeita de Kyoshi. — Aja com a dignidade de sua posição! Deixou Chaejin passar por cima de você por muito tempo sem puni-lo por isso, e agora ele acha que pode se safar de qualquer coisa!

Kyoshi viu Zoryu murchar sob a bronca de Hei-Ran e se identificou um pouco com ele.

— Eu era assim? — ela perguntou a Rangi em voz baixa.

— Você está brincando? — respondeu Rangi, com uma bufada.

— E quanto a você, tenente? — Hei-Ran se dirigiu a sua filha. — Você sequer conseguiu pensar em uma tática para evitar a situação? Nem mesmo uma simples distração?

Rangi empalideceu de repente. Ela tremia de medo, algo que Kyoshi nunca tinha visto antes, nem quando a viu enfrentar um campeão brutal de *lei tai* sem sua dominação de fogo, ou mesmo um shírshu monstruoso.

— Você é responsável pelo Avatar em todos os aspectos, não apenas no que diz respeito à sua segurança física! — A filha era boa em repreender, mas a mãe era especialista nisso. — A reputação da Kyoshi se reflete na sua, e esta noite eu ouvi um homem do Reino da Terra chamá-la de *daofei* na cara dela!

Kyoshi e Rangi se entreolharam, com olhos arregalados do tamanho de um prato. Elas mantiveram em segredo mais do que alguns detalhes de sua jornada. Que os rumores eram de certa forma verdadeiros, ou seja, que Kyoshi realmente era uma *daofei* por juramento, era um segredo que as duas queriam manter escondido da diretora, com receio de que a Capital na Nação do Fogo pegasse fogo, literalmente.

— Eu também sou culpada — murmurou Hei-Ran. — Eu não deveria ter saído do seu lado, mas estava distraída. — Ela olhou para Atuat, que acabava de comer um espeto de carne servido na festa.

— O que foi? — disse a curandeira da Tribo da Água, palitando os dentes com uma lasca afiada de bambu. — *Eu* não ofendi ninguém esta noite. Francamente, achei o comportamento de todos bem imprudente e chocante.

Jinpa, sempre pacificador, levantou as mãos.

— Estou muito confuso. Entendo que os modos da corte são importantes, mas por que todos estão agindo como se o vulcão mais próximo estivesse prestes a entrar em erupção?

— É porque o problema para o qual eu solicitei a ajuda do Avatar se tornou muito pior agora — disse Zoryu. Ele se virou para Kyoshi. — Eu pretendia explicar tudo em uma conversa mais privada.

— Agora é um momento tão bom quanto qualquer outro! — exclamou Kyoshi. — Eu confio em todos aqui. — Ela estava disposta a apostar na discrição de Atuat.

Zoryu arrumou suas vestes para que não amassassem, consciente delas pela primeira vez naquela noite.

— Meu pai, o falecido Lorde Chaeryu, era conhecido por sua força excepcional e... por ser um grande mulherengo. Chaejin provavelmente não é meu único meio-irmão nascido fora do casamento. Mas no caso dele, meu pai não pôde ignorá-lo completamente. Sua mãe é Lady Huazo, da casa Saowon.

— Os Saowon são um clã poderoso que controla a Ilha Ma'inka, localizada na parte leste — explicou Rangi. — É um dos territórios mais prósperos e fortificados do país, fora dos limites da capital. Lady Huazo não estava aqui esta noite, mas muitos de seus parentes sim. Eram eles que usavam as insígnias de camélia, o brasão da família Saowon.

Com base no que Kyoshi conseguira observar durante a festa, os Saowon superavam em número outras duas maiores facções somadas.

— E a sua mãe? — perguntou ela a Zoryu. — Onde está?

— Minha mãe era Lady Sulan do clã Keohso — respondeu Zoryu, seus lábios esboçando um sorriso triste. — E eu nunca a conheci. Ela morreu ao me dar à luz. Dizem que era uma pessoa adorável.

A garganta de Kyoshi se apertou em solidariedade. Se o sangue real não podia proteger uma criança de ficar órfã, então que chances teriam os rejeitados do mundo como ela?

— Para não desonrar Lady Huazo e o clã Saowon, meu pai reconheceu oficialmente Chaejin como seu filho — continuou Zoryu. — Mas de alguma forma conseguiu excluí-lo da lista de membros oficiais da família real. Isso colocou meu meio-irmão mais velho em uma posição incerta na linha de sucessão, então ele foi tirado do palácio. Mandá-lo para os Sábios do Fogo foi um método conveniente do meu pai para se livrar de um embaraço, e ele proibiu que o assunto fosse discutido na corte enquanto estivesse vivo.

Zoryu percebeu a carranca de desaprovação de Kyoshi antes que ela pudesse disfarçar.

— Senhores do Fogo e Reis da Terra fizeram coisa pior com seus irmãos nos tempos antigos. E já assisti a apresentações sobre a Tribo da Água fazendo algo semelhante. Se pudesse voltar atrás, eu teria assumido o lugar de Chaejin nesse acordo, e trocado o fardo de governar por uma vida de solidão.

— Pare de falar assim! — repreendeu Hei-Ran. — A fraqueza é praticada e aprendida tanto quanto a força! E se um dos Saowon ouvisse você?

Zoryu deu de ombros, um gesto que parecia estranho quando realizado pela figura mais importante de um país. Suas ombreiras robustas quase engoliram sua cabeça no processo.

— É tarde demais para se preocupar. Eu comecei com o pé esquerdo com Chaejin há muito tempo. Após a morte de meu pai, quando o clã Saowon enviou Chaejin de volta à corte para integrar o Alto Templo, fiquei maravilhado. Achei que o companheiro da minha juventude estava voltando. Meu único parente vivo. Mas ser mandado embora por nosso pai o amargurou. — Zoryu tocou o cabelo, fazendo com que seu adorno se mexesse. — Ele veio até mim querendo "sua" coroa. Chaejin explorou minha clemência para mostrar aos clãs o quanto ele era mais rei do que eu e continua a fazê-lo desde então. Esta noite foi apenas um exemplo da sua longa lista de golpes mesquinhos e sabotagens.

— Os Saowon sempre foram hábeis em manipular sutilmente a opinião pública — disse Rangi. Ela falou com o cansaço de uma veterana, mais condizente com alguém da idade de sua mãe. Kyoshi nunca a tinha visto agir assim. — Chaejin teria uma justificativa plausível. Ele poderia dizer que apenas vestiu as roupas erradas. Puni-lo por isso pareceria uma reação exagerada, e a imagem do Senhor do Fogo seria ainda mais prejudicada.

— Chaejin é assim — acrescentou Zoryu. — Ele é melhor do que eu neste jogo. E, dia após dia, meu meio-irmão chega cada vez mais perto de vencer.

— Não entendo — disse Kyoshi. — Então ele quer assumir o papel de Senhor do Fogo no seu lugar. Mas insultos e opiniões não podem mudar as leis de sucessão.

— Podem quando apoiados por um número suficiente de tropas — explicou Zoryu com ironia. — Chaejin estava dizendo a verdade: a Nação do Fogo está sofrendo, Avatar. As colheitas não vingaram por dois anos consecutivos. Pescadores já não encontram peixes das margens do Porto do Primeiro Lorde até Hanno'wu. Tivemos de abater metade dos frangos-porco do país por causa de um surto que ocorreu há alguns meses. Para a maioria dos cidadãos daqui, parece que todo o meu reinado foi amaldiçoado pelos espíritos destas ilhas.

Ele esfregou a nuca, inquieto.

— Os clãs nobres podem não acreditar em maldições, mas precisam das receitas de seus feudos para pagar seus guerreiros. Se não conseguirem, então eu terei um monte de homens raivosos, desempregados e altamente treinados dispostos a aceitar Chaejin como Senhor do Fogo.

— Se me permite — disse Jinpa —, respeitar a vontade dos espíritos é uma coisa, mas os infortúnios que você descreveu estariam fora do controle de qualquer um. Como o povo da Nação do Fogo pode responsabilizá-lo por esses problemas?

Zoryu bufou.

— O povo acredita que pode. Embora meu pai fosse rude e ignorante, durante seu governo, as chuvas caíam, os campos eram verdes e os peixes eram tão abundantes que se podia tirá-los do mar com a mão. Já no meu reinado, precisei esvaziar o tesouro real para evitar que a população de algumas das ilhas mais pobres passasse fome. Ma'inka, a terra natal dos Saowon, está se saindo relativamente bem apesar dos infortúnios, o que dá ao meu irmão ainda mais credibilidade e influência. Aparentemente, ele é o filho de Chaeryu que está sendo favorecido pelos espíritos.

Kyoshi estava começando a entender.

— Você me chamou aqui para fortalecer sua reputação em seu próprio país.

— Exatamente, Avatar. Não espero que você estale os dedos e que de repente surjam espíritos enchendo os celeiros com grãos. Mas pensei que se você ficasse ao meu lado, durante o feriado, poderia ajudar a acalmar um pouco a agitação no palácio.

Ele fez cara de cachorro pidão, desejando que algo desse certo ao menos uma vez.

— Chaejin percebeu meu plano e me enganou de novo. Você... praticamente abençoou o futuro reinado dele, Avatar. E isso na frente de toda a corte.

— Entendo — interveio Atuat, batendo no queixo pensativamente, como se a explicação fosse endereçada apenas a ela. — Mas você está falando do conflito como algo inevitável.

— Bem-vindos à Nação do Fogo, pessoal! — exclamou Zoryu, com um sorriso que era uma mistura de insolência e tristeza profunda.

Hei-Ran lhe lançou um olhar que poderia perfurar uma fileira de escudos. Zoryu tossiu.

— O que quero dizer é que as histórias tendem a se repetir. O Senhor do Fogo Yosor quase perdeu o país para a guerra civil, e só foi salvo pelo Avatar Szeto.

— Depois de um certo ponto, torna-se uma questão de estratégia, não de espíritos — disse Hei-Ran. Ela olhou para o lago, girando a bengala entre os dedos. — Em tempos de turbulência, clãs menores tendem a se aliar aos possíveis vencedores. Se os Saowon continuarem a crescer em poder e reputação, em algum momento eles terão apoiadores suficientes para se rebelar contra o trono.

— Chaejin trabalha nos tribunais enquanto sua mãe Huazo concentra riqueza e poder em todas as ilhas — disse Zoryu. — E me faltam recursos políticos e militares para controlá-los. O Exército do Fogo é uma força de elite, mas é pequena. Para vencer uma batalha contra um grupo tão grande quanto o Saowon, eu precisaria do apoio e comprometimento dos clãs restantes, e isso não acontecerá sem uma causa *extremamente* justa.

Ele inflou as bochechas em frustração. Depois, prosseguiu.

— Isso é o que eu ganho por não querer derramar o sangue dos meus compatriotas. Aguentei os insultos de Chaejin o quanto pude para evitar uma guerra civil. Manchei minha imagem pouco a pouco, tentando adiar o inevitável. Mas aos olhos do meu povo, não sei quanta honra ainda tenho a perder.

Kyoshi analisou a cilada em que o Senhor do Fogo se encontrava. Jianzhu uma vez lhe dissera que o Reino da Terra era grande demais para se governar adequadamente. Por outro lado, seu tamanho permitia que graves acontecimentos em uma região não repercutissem nas demais. A natureza do Reino da Terra era persistir, tropeçando em catástrofes naturais, fome, revoltas e governadores incompetentes.

A Nação do Fogo, no entanto, poderia ser totalmente consumida por seus desastres. Kyoshi podia não ser uma especialista em política, mas tinha experiência em violência e sofrimento. Ela via claramente, tal como um bisão no céu, a guerra se espalhando pelas ilhas, e entendeu quão cruel poderia ser uma luta pelo poder.

Zoryu parecia bastante astuto para Kyoshi, e decente também. Mas apesar de ser uma das pessoas mais poderosas do mundo, era notavelmente impotente. Em virtude de seu nascimento, ele recebera um título e também um mapa traçado para sua vida, onde cada rota levava a um destino sombrio e terrível.

Kyoshi podia simpatizar com o Senhor do Fogo.

— Precisamos de um plano — disse Hei-Ran. — Chaejin foi longe demais hoje. Mas ainda podemos mostrar a ele e aos demais convidados da festa quem é que está no poder.

Ela se virou para voltar à festa, mas o movimento repentino a fez cambalear. Atuat a segurou antes que a ex-diretora caísse.

— *Você* precisa descansar — disse a curandeira, gentilmente. — A noite já acabou para você. Vamos para dentro.

Hei-Ran balançou a cabeça negativamente, e agarrou sua bengala com mais força.

— As crianças não podem ficar sozinhas. Olha o que já aconteceu.

A presença de Atuat pareceu dobrar de tamanho. Foi-se a mulher divertida e diminuta e, em seu lugar, restou um implacável espírito do Norte.

— Que engraçado — declarou ela. — Pensei ter ouvido um dos *meus* pacientes retrucar comigo sobre um assunto de saúde. Só pode ter sido o vento.

Hei-Ran encarou a amiga, mas, como uma grande mestre em dominação de água, Atuat calmamente aguentou a tempestade até que ela se esvaísse. Por fim, a ex-diretora suspirou em rendição.

— Tudo bem — respondeu.

— Monge — disse Atuat —, ajude-me a levá-la, sim?

Jinpa, acostumado a receber ordens, gentilmente segurou Hei-Ran pelo braço. Ele e a curandeira a levaram de volta ao palácio.

— Por ora, tentem não repreender Chaejin — orientou Hei-Ran, por cima do ombro. — Não façam nada até que tenhamos um plano. Optem pelo *jing* neutro.

Kyoshi os observou se retirar, fascinada. Alguém finalmente havia conseguido intimidar a diretora, uma mulher temida tanto por Rangi como pelo Senhor do Fogo Zoryu. Pelo visto, Sifu Atuat obedecia apenas aos próprios espíritos da Lua e do Oceano.

— Parece que as "crianças" estão sozinhas — disse Zoryu, esfregando os olhos, em cansaço.

Kyoshi olhou ao redor. A partida repentina de Hei-Ran e Atuat colocou em contraste a relativa juventude de seu grupo. A maioria dos nobres presentes na festa tinha a mesma idade da mãe de Rangi, ou mais.

— Suponho que temos de voltar — continuou Zoryu. — Embora eu preferiria passar o resto da noite lendo ou jogando Pai Sho. Você joga, Avatar?

— Por que é que sempre me perguntam isso? — Ela não conseguiu esconder o tom de irritação em sua voz. Nas Quatro Nações, as pessoas equiparavam o desempenho no jogo com sabedoria. Isso a fazia sentir que sua falta de habilidade no Pai Sho era uma falha de caráter. — A resposta é não.

Zoryu estremeceu.

— Não quis ofender. Acabei me tornando mais íntimo de seu antecessor durante esse jogo.

Kyoshi levou algum tempo para compreender que ele se referia a Yun, e não a Kuruk.

— Você sabe que ele não era o verdadeiro Avatar, tecnicamente falando...

Zoryu deu um pequeno sorriso.

— Os Sábios do Fogo me censurariam por dizer isso, mas, de certa forma, ele era Avatar o suficiente. Mestre Yun melhorou minha imagem na corte e me ajudou com problemas diplomáticos mais do que qualquer um dos meus ministros. Ele até me fez esquecer da minha posição aqui, no bom sentido.

— Yun tinha talento para isso — concordou Rangi. Seus olhos estavam perdidos em algum lugar entre os reflexos na lagoa.

— As visitas dele ao palácio foram as únicas vezes em que eu não me senti tão sozinho — disse Zoryu. — Mas entendo que Yun era seu amigo antes de ser meu. Minhas condolências a vocês duas. O mundo fica pior sem ele.

Um sentimento tão puro e tão raro. Kyoshi podia contar nos dedos os sábios do Reino da Terra que lamentavam por Yun – pela pessoa que ele era e não pelo erro que representava.

— Obrigada! — exclamou Kyoshi, com a garganta seca. — Talvez um dia eu possa ajudá-lo tanto quanto Yun fez.

— Bem, considerando o quão gravemente você me insultou esta noite, terá de ser uma ajuda e tanto — respondeu Zoryu, dando uma divertida piscadela. Ele e Yun tinham um senso de humor semelhante.

Kyoshi relaxou pela primeira vez naquele dia. Apesar de todos os contratempos, a seu ver, ela e o Senhor do Fogo tiveram um bom começo.

De repente, o sorriso desapareceu do rosto dela. Kyoshi não sabia como daria para Zoryu a notícia de que a história que ele conhecia era uma mentira. Ela olhou para Rangi, que mordeu o lábio.

Saber que Yun estava vivo poderia ser informação demais para Zoryu esta noite, Kyoshi decidiu. Quem sabe quando elas tivessem mais pistas sobre seu paradeiro. Não havia sentido dizer ao Senhor do Fogo que seu amigo estava por aí perdido e esquecido, até que pudessem fazer algo a respeito.

Os três caminharam de volta para a festa. Rangi ocasionalmente puxava as vestes de Kyoshi para garantir que ela mantivesse a distância necessária atrás de Zoryu. Havia naquela formação certa completude que lhe agradava.

Nesse momento, Kyoshi se lembrou do aviso do Chanceler Dairin sobre as flores.

— Senhor Zoryu — disse ela —, por acaso o símbolo do clã Keohso é a peônia alada?

— Sim, é o símbolo da família da minha mãe. Por que a pergunta?

Ela então lhe contou sobre os moldes no retrato de seu pai, a flor de Saowon cobrindo a de Keohso. Zoryu xingou de uma maneira muito imprópria para um chefe de estado e fechou o punho no ar como se quisesse estrangular alguém.

— Que maravilha. Agora, até os artistas reais estão me desrespeitando! — exclamou Zoryu. — Chaejin deve ter feito um acordo com eles. Vou ter de substituir os pintores e cobrir as imagens antes que algum descendente de Keohso veja e enlouqueça. Outro plano de Chaejin é provocar alguém do clã Keohso a ponto de fazê-lo cometer um ato de violência imperdoável contra um Saowon. Assim, *ele* teria o motivo que tanto deseja para iniciar um conflito. A história diria que ele estava apenas defendendo a própria honra.

Zoryu suspirou.

— A rivalidade entre clãs tem sido um grande impedimento para o progresso da Nação do Fogo desde o início. Os que pertencem à família da minha mãe desprezam os Saowon e preferem ver o país queimar a aceitar Chaejin como seu governante. Às vezes, eu gostaria de poder abdicar, mas sei que os Keohso deixariam um rastro de violência pelo caminho.

Kyoshi continuava surpresa com a franqueza de Zoryu. Ele tinha menos fome de poder do que alguns prefeitos de regiões pequenas que ela conhecera no Reino da Terra.

— É um pensamento típico dos Nômades do Ar — disse ela. — Fugir, seguir o caminho do *jing* negativo. Talvez seja um caminho sábio.

Ela escutou Rangi batendo na própria testa.

— Pelos Espíritos das Ilhas, Kyoshi, você não pode simplesmente encorajar o Senhor do Fogo a abdicar!

— Por favor, não conte à sua mãe que eu disse isso, tenente — pediu Zoryu, repentina e genuinamente preocupado. — Ela tiraria essa ideia da minha cabeça a bofetadas. Eu ainda suo frio quando lembro dos seus programas de treinamento.

Kyoshi riu. Fazia muito tempo desde que ela tinha se identificado com alguém de sua idade. Era estranho pensar que ela conseguia relaxar tanto em meio a uma gangue de contrabando como diante do governante da Nação do Fogo.

— Estamos nos aproximando do local da festa — avisou Rangi, baixinho. — Então, posso pedir às duas pessoas mais importantes que servirei na minha vida para *começarem a agir adequadamente*?

A Avatar e o Senhor do Fogo se endireitaram, nenhum dos dois querendo despertar a ira dela. O céu estava escuro e tochas foram acesas para lançar um leve brilho sobre as festividades. A multidão ainda era volumosa, formando um bosque de sedas vermelhas. O único som que se ouvia era o zumbido de insetos sobrevoando no ar quente. Uma típica cena tranquila.

— Parem — disse Kyoshi. Sua intuição de *daofei* a fez parar. — Algo está errado.

— O que é? — Zoryu perguntou. — Não ouço nada.

Rangi também havia notado o clima estranho.

— Exatamente. Está muito quieto. — Ela se posicionou na frente de Kyoshi e Zoryu. A ordem hierárquica não era tão importante quanto proteger àqueles a quem servia.

As conversas que enchiam o ar mais cedo haviam se extinguido por completo. Os nobres estavam parados, silenciosamente observando-os chegar. Zoryu havia mencionado a possibilidade de uma revolta, em que poderia perder muitos apoiadores e que faria os clãs se voltarem contra ele. Mas não havia como isso ter acontecido enquanto o grupo estava fora. Ou havia?

— Você sabe o que está acontecendo aqui? — questionou em um sussurro para Zoryu. Ele balançou a cabeça.

Kyoshi avançou para ver melhor. Os homens e as mulheres da corte pareciam zangados, confusos e, acima de tudo, totalmente aterrorizados. Eles estavam rígidos, agindo como se suas vidas estivessem em perigo. Um serviçal que estava aos prantos se mexeu para enxugar uma lágrima, mas rapidamente se conteve, jogando os braços de volta ao lado do corpo.

Uma sensação familiar e dolorosa surgiu na boca do estômago de Kyoshi. Ela já tinha visto esse tipo de comportamento uma vez, quando a rainha pirata do Mar do Leste havia tirado os nativos do Reino da Terra de suas aldeias e os forçado a cumprir suas ordens sob pena de morte.

— O que há de errado com eles? — perguntou Zoryu por cima do ombro de Rangi. — Por que estão agindo assim?

— Porque são reféns — soou uma voz familiar. — De que outra forma eles deveriam agir?

Kyoshi sentiu seu peito ser espremido por mãos invisíveis, e presas afiadas ameaçavam perfurá-la em todas as direções. Ele não havia falado nada na casa de chá em Qinchao. Ouvi-lo agora, depois de tanto tempo, foi como um encantamento que adormeceu os sentidos dela.

Na beira do palco feito para o Avatar estava Yun, sentado e com os pés pendidos para fora. Ele estava devidamente vestido para a ocasião, com finas vestes verde e preto, parecendo um príncipe das fábulas do Reino da Terra que se mantivera escondido até o momento de sua gloriosa ascensão. Sua aparência estava impecável, exceto pela mão. Ainda manchada de um cinza apodrecido, parecia um membro morto afixado em seu braço.

Yun sorriu para ela, aquele mesmo sorriso fácil que ela lembrava e via em seus sonhos e pesadelos.

— É bom ver você de novo, Kyoshi.

O CHOQUE

APESAR DE seu desejo profundo e desesperado de encontrar Yun, Kyoshi nunca tinha parado para pensar sobre o que diria ao amigo quando o visse. Ele era como o pico de uma montanha que poderia ser alcançado se ela ignorasse o terreno intransitável no caminho. Agora que Yun estava finalmente diante dela, Kyoshi não sabia o que falar. Uma palavra errada poderia destruir o momento e afastá-lo de vez.

— Se está se perguntando o que estou fazendo aqui, tenho um convite permanente para participar de todo e qualquer Festival de Szeto do meu bom amigo, o Senhor do Fogo — disse Yun. Ele acenou alegremente para Zoryu, e fingiu desapontamento com o silêncio confuso que recebeu em troca. — Ah, vamos, Zoryu. Não me diga que a oferta foi rescindida simplesmente porque você pensou que eu estava morto.

— Yun — disse Rangi. — Desça daí. Agora. — Ela parecia estar calma e irritada ao mesmo tempo, como se o tivesse flagrado colhendo frutas de uma árvore que não lhe pertencia. Como que por instinto de proteção, a dominadora de fogo se colocou ainda mais entre Yun e o Senhor do Fogo.

Notando o movimento, Yun lhe dirigiu um sorriso difícil de decifrar.

— Olá para você também, Rangi.

— Vamos entrar, Yun — disse ela. — Vamos conversar.

Ele torceu o nariz.

— Conversar seria bom, mas estou mais inclinado a um jogo diferente — disse, apontando para uma senhora em um volumoso vestido cor-de-rosa, que estava perto do palco e estremeceu com sua atenção. — Madame, faça uma reverência aos meus amigos, sim?

A mulher fungou e levantou a barra da saia. Por baixo, seus pés estavam afundados no chão, engolidos pela terra até os tornozelos. Kyoshi se virou, olhando para os outros convidados. Suas longas vestes formais cobriam os pés, mas era visível um amontoado de tecido em volta de cada um deles. Todo o grupo estava preso na areia movediça mantida pela dominação de terra de seu amigo.

— Preciso tirar o chapéu para o povo da Nação do Fogo. — Yun se voltou para Kyoshi. — Eu os ameacei uma única vez. Expliquei que aqueles que se mexessem ou fizessem algum barulho iriam se arrepender. E sabe de uma coisa? Eles foram espertos o suficiente para me obedecer! Sequer precisei usar algum deles de exemplo! Você não adora a disciplina dessas pessoas?

Sua expressão endureceu.

— Se fossem do Reino da Terra teriam zombado e gritado: *"Como você se atreve? Sabe com quem você está falando?"*. Sabe, Kyoshi, nossos compatriotas podem ser tão irritantes. Às vezes, minha vontade é de...

Ele apertou as mãos, fazendo um movimento de torção. Foi um gesto de frustração semelhante ao que Zoryu havia feito antes, só que Yun tinha um jardim cheio de pessoas em suas mãos. A mulher de traje cor-de-rosa gritou enquanto afundava mais no chão, a terra engolindo-a até a cintura.

Como ele podia fazer aquilo? Manter as pessoas como reféns era uma estratégia com a qual Kyoshi e Yun jamais compactuavam, uma distinção entre eles e seus inimigos. O ataque aos escravos mantidos por Tagaka fora justamente o que levara Yun a confrontá-la.

— *Kyoshi!* — gritou Rangi.

Como se conheciam bem o suficiente, Kyoshi sabia exatamente o que Rangi estava tentando dizer. *Faça alguma coisa. Mexa-se. Agora é sua chance.*

Derrube-o.

Mas o corpo dela não se movia. Kyoshi teve de lutar contra uma paralisia momentânea para sacar os leques. Enquanto ela se atrapalhava para pegar as armas, Yun saltou sobre sua cabeça, aterrissando no chão, e escapou entre a multidão paralisada.

Kyoshi correu atrás dele, amaldiçoando-se por ter sacado suas armas de forma tão desajeitada e ridícula. Wong a teria expulsado da Companhia se tivesse testemunhado aquele movimento desastroso. Ela se deslocou pela floresta de pessoas, sentindo sobre si o peso daqueles olhares, alguns implorando para serem salvos, outros acusando-a furiosamente por trazer tamanha humilhação à sua porta.

— Então, Kyoshi...

Ela se virou rapidamente, desferindo um golpe com o leque fechado e usando as costas da mão. Yun desviou inclinando-se para trás, utilizando um ministro da Nação do Fogo próximo a ele como escudo, tal como um espadachim que, lutando um duelo em um bosque, decide usar um bambu para testar a lâmina de seu oponente. Kyoshi conseguiu interromper o próprio movimento a tempo, pouco antes de acertar a boca do pobre homem.

Yun olhou para o leque e depois para ela, os olhos arregalados, a postura ainda inclinada.

— Bem, esta é a primeira vez em nossa amizade — disse ele — que você tenta me machucar.

Kyoshi ignorou o calor em suas bochechas e apontou a arma em direção ao queixo de Yun, mas ele se moveu sem esforço para evitar o golpe. Ela sabia que seu amigo recebera treinamento de combate desarmado, talvez até com a própria Rangi, e isso transparecia nos movimentos rápidos e decisivos dele.

Sem perder tempo, ela fez uma série de disparos alternados dirigidos a sua cabeça e seu corpo.

— Sério? — exclamou ele, desviando dos golpes sem usar sua habilidade de dominação. — Este é o agradecimento que recebo depois de cuidar de Jianzhu para você?

As pontas dos leques tremularam. Yun tinha dominado uma pedra e a feito atravessar o peito de Jianzhu, mas fora Kyoshi quem o mantivera no lugar.

— Você se lembra do olhar no rosto dele um pouco antes de morrer? — Yun sorriu como se estivesse se relembrando dos lírios de fogo em vez daquele dia em que os dois mataram um homem. — Ah, eu faria um quadro daquele momento se pudesse.

Em Qinchao, Yun tinha feito o que Kyoshi pretendia fazer. Vê-lo lembrar-se do episódio e saboreá-lo assim, era como olhar para um espelho que revelava sua própria escuridão. Ela podia ver as rugas do sorriso nos olhos de Yun, os contornos satisfeitos de sua boca. Teria ela demonstrado a mesma feição, parada na frente do corpo de Jianzhu?

Bem atrás de Yun, Kyoshi notou um oficial da Marinha do Fogo inalar profundamente pelo nariz, tentando disparar um tiro de fogo preciso de seus dedos ou boca a fim de ajudá-la. Ele estava tentando ajudar.

Kyoshi fez contato visual com o homem uniformizado e negou com a cabeça. Era muito arriscado. Ela, então, voltou a falar com o amigo.

— Por que está fazendo isso? — gritou. — Só me diga o que você quer!

O retorno aos antigos papéis de serviçal e mestre pareceu acalmá-lo.

— Kyoshi — respondeu ele, gentilmente —, eu quero o mesmo presente que você recebeu.

Ser o Avatar? A casa em Yokoya? Um ela não podia dar. Quanto ao outro, com o qual ela pouco se importava, poderia redigir uma escritura de transferência ali e agora. Vendo a confusão em seu olhar, ele se inclinou para esclarecer.

— Justiça, Kyoshi — sussurrou. — Eu quero justiça. Todo mundo que mentiu para mim vai sofrer as consequências.

— Mas Jianzhu já está...

Yun balançou a cabeça.

— Jianzhu foi apenas o nome principal de uma longa lista. Seu erro, Kyoshi, foi ter parado nele. Meu erro foi não o deixar para o final.

Yun se ajoelhou e colocou a palma das mãos na grama. Ele inclinou a cabeça para baixo e cantarolou.

— Os guardas apareceram. Finalmente. Eu esperava reações mais ágeis dos soldados da Nação do Fogo.

Os olhos de Kyoshi se arregalaram. Ela pensara estar ganhando tempo, mas era Yun quem estava desperdiçando o dela. Todo o espetáculo de encurralar a corte tinha sido uma mera distração para deixar o interior do palácio desprotegido.

— Acho que é hora de prestar homenagem à minha antiga Sifu — disse Yun, antes de piscar para Kyoshi e mergulhar no solo. O chão sólido o engoliu tão facilmente quanto a superfície de um lago. Ela se jogou atrás dele, mas ficou presa no buraco deixado para trás. Estava cheio de destroços, como se o túnel tivesse sido cavado por um shírshu.

O desaparecimento de Yun foi o sinal para o caos irromper. Os nobres começaram a gritar, enquanto batiam e puxavam suas pernas para tentar se libertar. Os guardas do palácio se espalharam entre as fileiras de convidados presos ao solo. Kyoshi se espremeu em meio à multidão, afastando a floresta de mãos que tentava segurá-la como um bote salva-vidas.

— Rangi! — Em seu pânico, ela quase deu uma cotovelada no rosto de um nobre irritado. — *Rangi!*

De longe, Kyoshi viu a dominadora de fogo empurrando Zoryu para os braços de um esquadrão que se aproximava. O atordoado Senhor do Fogo desapareceu em meio a lanças e espadas. Somente depois que Zoryu estava seguro, Rangi correu em direção a Kyoshi.

— Onde ele está? — perguntou a dominadora de fogo, examinando a multidão agitada em busca de Yun. — Para onde ele foi?

Uma longa lista. Todo mundo que mentiu para ele. Durante seus dias em Yokoya, Jianzhu enchera a cabeça de Yun com inverdades sobre quem ele era e tudo o que poderia fazer.

Assim como outra pessoa. Alguém que exigira que ele dominasse o fogo.

Hei-Ran.

— Ele entrou no palácio! — gritou Kyoshi. — Rangi, ele está indo atrás da sua mãe!

Kyoshi mal tinha terminado de falar quando Rangi se dirigiu ao palácio. No caminho, ela quase queimou vários nobres com os jatos de fogo que saíram de suas mãos. Estendendo os braços para trás, aumentou a velocidade de seus passos.

Logo atrás, Kyoshi a seguia o mais rápido que podia. Não adiantava dizer a Rangi para esperar. Uma delas precisava alcançar Hei-Ran antes de Yun.

Elas passaram por nobres assustados e indignados, muitos dos quais queriam se queixar com a Avatar pela experiência angustiante que tinham vivenciado esta noite. Ao se aproximarem da entrada do palácio, Kyoshi viu a saída do túnel criado por Yun. Ele já tinha cruzado as portas.

Elas atravessaram o corredor depressa, arrancando a tinta das paredes e deixando rastros de fumaça no chão. Rangi a levou para uma seção da ala de convidados próxima à galeria de retratos que Kyoshi ainda não tinha visitado. Era mais simples que os aposentos do Avatar, mas ricamente decorada com acessórios históricos da Nação do Fogo. Quando chegaram a um quarto no final daquela seção, Rangi soltou uma rajada, quase arrancando a porta

Sua entrada tempestuosa derrubou um jogo de chá no chão e fez as vestes de Jinpa voarem sobre sua cabeça. Pelo cheiro de farinha torrada no ar, ele estava servindo chá para Atuat e Hei-Ran no estilo dos Nômades do Ar, usando ingredientes emprestados da cozinha do palácio.

Atuat foi a primeira a parar de gritar de surpresa.

— O que há de errado com vocês duas? — questionou a curandeira. — Poderiam ter nos machucado!

— Você o viu? — gritou Rangi. — Ele esteve aqui?

— Viu quem?

— *Yun!* Yun está aqui, no palácio!

O nome não fez muito sentido para Atuat. Jinpa, depois de tirar as camadas de pano laranja e amarela do rosto, olhou para Kyoshi, confuso que o homem a quem ela vinha procurando por todo o Reino da Terra estivesse ali, na Nação do Fogo. Quanto a Hei-Ran, ela simplesmente fechou os olhos ao ouvir o nome do garoto.

Kyoshi e Rangi se viraram para a porta, que ainda soltava fumaça por causa de sua entrada repentina. O clamor dos sinos ecoava pelos corredores, sinalizando uma intrusão.

Os segundos passaram na velocidade de caracóis-grilo. Ocorreu a Kyoshi que, se Yun não sabia o caminho para o quarto de Hei-Ran, elas certamente haviam deixado marcas para direcioná-lo, um caminho chamuscado levando direto ao seu alvo. Mas o ataque nunca chegou. Eles ouviram um guincho prolongado que parecia o de um pássaro sendo abatido. Rangi apontou o ouvido para a origem do som.

— Veio da galeria de retratos — disse.

— Fiquem aqui — orientou Kyoshi. Ela se aventurou pelo caminho em ruínas e andou o mais silenciosamente que podia pelo labirinto de corredores, usando as antiguidades expostas nas paredes como seus pontos de referência.

Chegando à galeria, foi saudada pela visão de Yun, de pé e no meio da vasta sala, segurando pelas vestes o corpo flácido de Lu Beifong.

— O velho tinha um belo par de pulmões — disse Yun, cutucando o ouvido com um dedo de sua mão livre.

Ele derrubou Lu no chão com um baque. O som da cabeça batendo contra o chão sólido arrepiou Kyoshi.

— Eu errei o caminho — continuou Yun. — Você chegou em Hei--Ran antes de mim porque eu errei o caminho. Dá para acreditar?

O rosto de Yun se distorceu com uma fúria que Kyoshi nunca tinha visto nele. Era como se errar o caminho no palácio tivesse sido uma experiência pior do que qualquer outra que ele tivesse sofrido.

— Já *estive* aqui antes. Muito mais vezes do que você. Aquele quarto vermelho horrível costumava ser meu. Engraçado como o destino pode nos surpreender, não é? Mas pelo menos eu ganhei um prêmio de consolação.

Ele chutou o corpo de Lu, dobrando-o no chão. O líder da família Beifong tinha sido o Sifu de Jianzhu, o que significava que era de Yun também, pelas regras da linhagem de treinamento.

— Você sabia que sem o apoio desse velhote, Jianzhu nunca teria sido capaz de me declarar como o Avatar? — falou Yun. — Lu foi parcialmente responsável pelo que aconteceu com a gente. Acabar com ele foi bom, mas com Hei-Ran será ainda melhor.

Este não era seu amigo. Não poderia ser a mesma pessoa. Da caverna em que ele desaparecera, voltara um espírito inumano envolto na pele de Yun.

— Ela é a mãe de Rangi! — vociferou Kyoshi.

— E Rangi é nossa amiga, eu sei. Existe um preço a pagar, Kyoshi. Achei que você soubesse disso. Depois de matarmos Jianzhu, pensei que você entenderia o preço da justiça.

Ele falou com a preocupação de alguém que estivesse consolando uma vítima de uma situação inevitável, como alguém que não podia fazer nada diante de uma enchente, ou de um terremoto.

— Você deveria levar Rangi embora, para que ela não tenha de ver a mãe morrer. Pretendo terminar meus assuntos na Nação do Fogo antes do fim do festival. Se as duas permanecerão aqui, a escolha é vocês.

Kyoshi ouviu passos do outro lado da galeria. O Chanceler Dairin reunira um grupo de guardas, bloqueando a saída mais distante. Pela maneira como os olhos dele observavam as paredes, sua prioridade era a segurança das pinturas, e não o bem-estar de quem estava perto delas.

Um dos soldados avançou para lançar um ataque usando a posição Punhos de Fogo.

— Não! — gritou Dairin, jogando-se sobre os braços da mulher. — Sem chamas!

Yun estava entre a Avatar e a guarda do palácio.

— Renda-se! — ordenou o capitão do esquadrão. — Você está cercado e não tem nada para dominar!

Yun olhou para Kyoshi uma última vez antes de seu rosto assumir uma expressão pública encantadora e teatral. Ele, então, ergueu as mãos para seu novo público.

— Na verdade, eu tenho.

Yun acenou com os dedos e, de um lado da galeria, os Avatares do Fogo começaram a se dissolver.

As coroas em suas cabeças começaram a escorrer, revelando suportes de madeira ao fundo. As cores brilhantes dos retratos se esvaíram das molduras, como cera jogada em uma fogueira, e formaram uma massa marrom-avermelhada indistinguível que flutuava pelo ar em direção às mãos de Yun.

— O pigmento na tinta — explicou Yun — geralmente é feito de rocha moída.

— Não! — gritou Dairin, o medo vindo à tona. — *Não, não, não!*

Os guardas que estavam atrás do chanceler congelaram, completamente horrorizados com o que estavam presenciando. Este foi um ataque a algo mais profundo do que suas próprias vidas.

Como se encorajado por sua celebração, o poderoso Avatar Szeto resistiu por mais tempo. Mas ele também se desfez. A tinta do chapéu escorria pelo rosto comprido, fundindo-se às cores escuras dos ombros, da cintura e dos joelhos. Seu grande carimbo de pedra se desfez em pó de cinábrio, juntando-se à crescente massa de pigmento que pairava sob a dominação de Yun. Agora, um dos lados da galeria estava vazio. Em vez dos rostos sábios de seus Avatares, os retratos dos Senhores do Fogo olhavam para uma parede vazia.

Yun havia transformado os grandes Avatares da Nação do Fogo em uma bolha turva que pairava acima de sua cabeça. E, então, como uma criança travessa, ele a atirou no chão. O pigmento explodiu em fragmentos endurecidos e afiados que formaram uma névoa ofuscante.

Kyoshi conseguiu proteger os olhos antes de os cacos voadores se cravarem em seus antebraços. Um dos fragmentos atingiu sua barriga com força, derrubando-a de costas e perfurando um conjunto de elos da sua cota de malha. As tentativas de respirar só serviram para encher sua boca de poeira vermelha.

No momento em que a névoa provocada pela explosão diminuiu e sua visão ficou mais clara, Kyoshi deu-se conta de que Yun havia sumido.

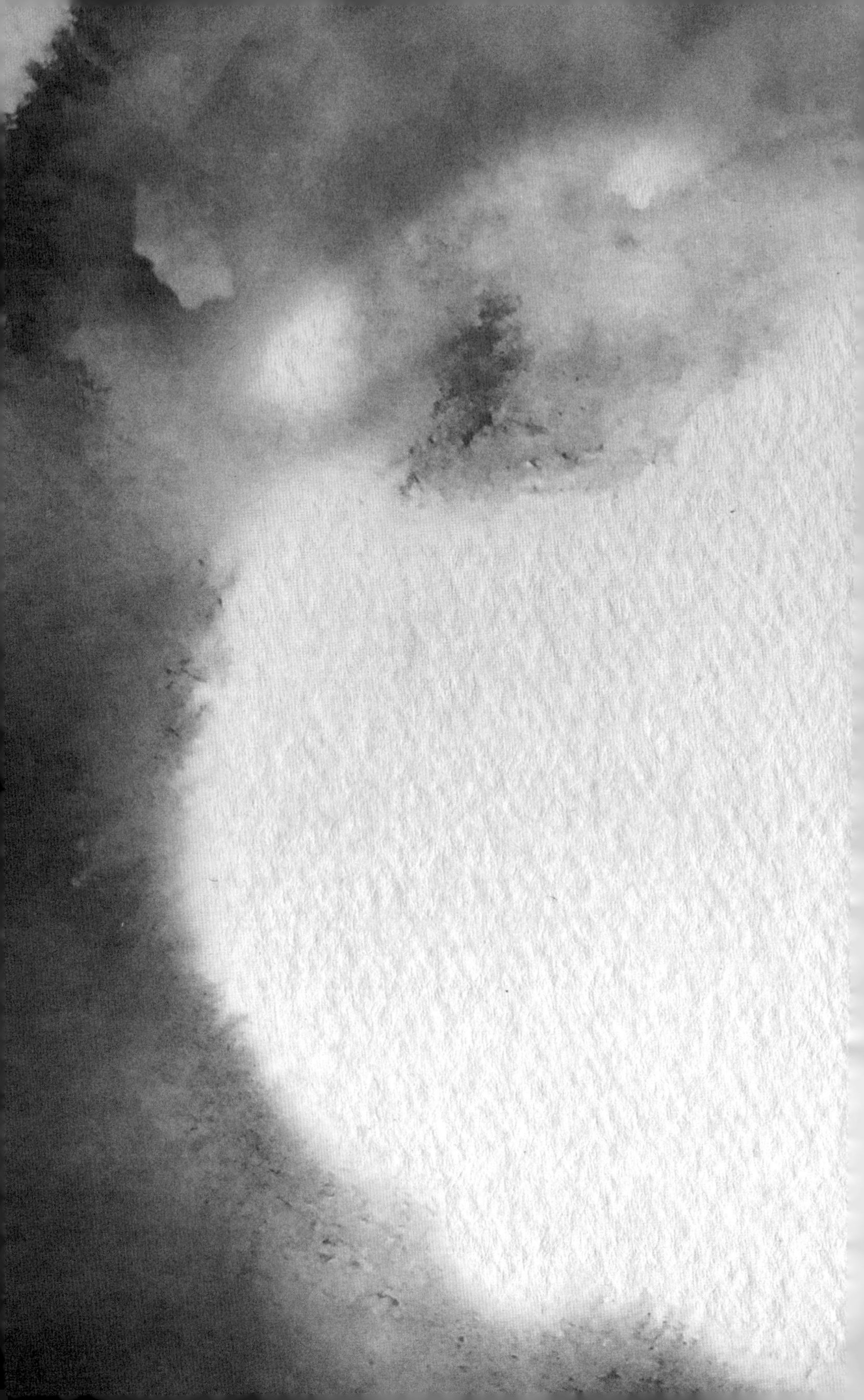

CONSEQUÊNCIAS

VOZES AO redor de Kyoshi se confundiam em um redemoinho de ruídos indistinguíveis.

Ela rastejou em direção aos gemidos dos feridos que estavam do outro lado da sala, deixando seu rastro pelo pó escuro que cobria o chão. Os guardas do palácio usavam peças cerimoniais em vez de suas habituais armaduras. Ela viu o sofrimento estampado em seus rostos, indicando possivelmente algumas costelas quebradas. Estes eram os sortudos, assim como ela. Outros nem sequer se mexiam.

O Chanceler Dairin estava completamente desprotegido. Kyoshi encontrou seu corpo salpicado de pequenos buracos, por onde brotava sangue. Ela tentou estancar as feridas com as mãos, mas não conseguiu cobrir todas. E não havia água por perto para tentar curá-lo.

Mais guardas surgiram de todos os lados, gritando em confusão. Yun já devia ter escapado. Kyoshi ouviu os lamentos de angústia dos guerreiros pelo dano causado à sua cultura e história.

— Saiam do caminho! — Ela ouviu Atuat berrar. — Abram espaço!

A curandeira da Tribo da Água colocou-se de joelhos ao lado de Kyoshi. Em vez de pegar a água do recipiente preso em seu quadril, ela cutucou com as próprias mãos os guardas caídos ao redor, examinando cada um por um breve momento antes de passar para o próximo.

— Por que você não está ajudando? — gritou Kyoshi, com suas mãos ainda pressionadas no torso de Dairin.

— São muitos feridos. Preciso fazer uma triagem de quem ainda pode ser salvo e quem não pode.

— O chanceler está morrendo!

Atuat deu uma olhada em Dairin.

— Ele já se foi — respondeu a curandeira, com tanta neutralidade que Kyoshi imaginou estar olhando para o próprio Tieguai, o Assassino. — Não perca seu tempo com esse homem.

Kyoshi havia enxergado a mulher de maneira completamente equivocada. Ela achava que a grande curandeira lutaria pela vida de cada vítima. A amizade entre Atuat e Hei-Ran fez parecer que sentir emoções por aqueles que você curava era a chave para a recuperação da saúde deles. Mas, neste momento, a curandeira estava olhando clinicamente, decidindo o destino de cada paciente mais rápido do que ela havia escolhido o que beberia na festa.

Kyoshi tirou as mãos do corpo imóvel de Dairin, as vestes dele grudadas em suas palmas por causa do sangue. Ela não sabia quais bênçãos o povo da Nação do Fogo dava aos mortos. Mas esperava que seu pedido de desculpas sussurrado ao pobre homem servisse.

Atuat pegou seu cantil de água e o ofereceu para Kyoshi.

— Se você conhece alguma técnica de cura, faça o que puder. Com os vivos. — A curandeira colocou as mãos sobre o peito do guarda inconsciente que ela estava examinando. O ar ao redor deles ficou frio de repente. Estava frio o suficiente para que o corpo de Kyoshi se arrepiasse.

— O que você está fazendo? — perguntou Kyoshi, lutando contra um calafrio.

— Abaixando a temperatura dele. — As têmporas de Atuat pulsaram em concentração. — Isso retarda todos os processos do corpo, incluindo a morte. Mas se eu não parar no momento exato, os fluidos vão congelar e os órgãos pararão um por um. — Depois de realizar alguns movimentos arrepiantes com as mãos, ela mudou para o próximo guarda e começou o processo novamente.

— Nunca ouvi falar dessa técnica — disse Kyoshi. Transformar líquido em sólido era uma habilidade básica de dominação de água. Algo que até ela conseguia fazer. Mas Kyoshi nunca tinha considerado as sutilezas que existiam entre esses estados da água, muito menos pensara em utilizá-la dessa forma no corpo de uma pessoa.

— Isso porque ela requer força extrema para a maioria dos dominadores. Usar tanto poder, sem machucar alguém, exige muito autocontrole. Se usar a técnica incorretamente, ou aplicá-la com um pouco mais de força do que o necessário, você pode matar o paciente. Agora que sabe disso, talvez você devesse calar a boca e me deixar focar no trabalho.

Kyoshi pegou a água do cantil e a usou em quem podia. Ela sabia como parar um sangramento e colocar as articulações de volta no lugar. Muitos na sala pareciam precisar de suas habilidades simples. Enquanto curava os ferimentos superficiais e olhava para a parede dos Avatares do Fogo completamente arruinada, um único pensamento martelava em sua cabeça.

Não fora Yun quem fizera aquilo. Não poderia ser. Se ela não tinha certeza antes, a crueldade demonstrada em relação a Rangi e Hei-Ran, a destruição causada no palácio e a matança improvisada de Lu e do Chanceler Dairin tinham acabado com suas dúvidas.

Aquilo fora obra de algum espírito. A criatura brilhante e horrenda que a identificara como o Avatar e arrastara Yun para a escuridão de uma montanha veio em sua mente. Ninguém poderia passar por aquele tipo de experiência e sair ileso. O Yun que ela conhecia nunca seria tão cruel e destrutivo.

Atuat terminou de resfriar a última das vítimas que, a seu ver, podiam ser salvas. Em seguida, cutucou a perna de um guarda que estava por perto.

— Leve-os com cuidado para a ala hospitalar — ordenou. — Eles ainda não estão curados, mas seus médicos podem começar a tratá-los. Estarei lá para ajudar em breve.

Kyoshi tinha uma pergunta para a curandeira.

— Você pode me ensinar essa técnica? — Salvar vidas, tirar as pessoas da beira da morte... em sua opinião, não havia uso mais digno da dominação de água. Apenas a habilidade de manter alguém estável até que um curandeiro de verdade chegasse teria feito muita diferença em seu passado.

Atuat bufou, fazendo pouco caso de sua pergunta. A princípio, Kyoshi pensou que poderia ter, acidentalmente, menosprezado quanto estudo era necessário para aprender a técnica. Mas Atuat deixou bem claro que o problema era outro.

— Quando se trata de curar, *eu* posso ensinar qualquer coisa a qualquer pessoa, e muito mais rápido que os outros — disse ela. — Agora, se o aluno possui as qualidades certas para aprender, aí já é outra questão.

Kyoshi e Atuat se levantaram e depararam-se com o líder da segurança pessoal de Zoryu, que estava em busca do Avatar. O rosto do homem se agitava com raiva silenciosa e contida, como se ele tivesse sido escolhido a dedo para demonstrar a indignação de uma nação inteira. Apenas o seu dever o impedia de explodir de raiva.

— Podemos conversar sobre isso depois — murmurou Atuat para Kyoshi. — Acho que você tem assuntos mais urgentes no momento.

Kyoshi seguiu o capitão da guarda pelo palácio. Eles passaram por nobres furiosos que vinham da direção oposta. O grupo acabara de ser dispensado de uma reunião que lhe parecera insatisfatória. Bajuladores, tão cuidadosos em seus discursos durante a festa, agora murmuravam para si mesmos algo sobre "nunca terem sido tão humilhados" e sobre "a criança ser uma vergonha para a coroa". Algumas das pessoas mais enfurecidas usavam a peônia alada, o que significava que pertenciam ao clã Keohso, o mesmo da mãe de Zoryu.

O capitão parou em um conjunto de enormes portas de bronze e indicou que não tinha permissão para ir além dali.

— Onde estão meus companheiros? — perguntou Kyoshi. — A tenente e a diretora? — Ela tinha a sensação de que precisaria da orientação das duas para o que viria a seguir.

— Coordenando o fechamento do palácio — respondeu de maneira ríspida o segurança. *Sendo útil, ao contrário de você*, foi o comentário implícito adicional.

Kyoshi abriu as portas, revelando a sala do trono, o mesmo lugar onde o Senhor do Fogo tinha recebido seu conselho de guerra. O teto do grande salão era sustentado por quatro imponentes pilares vermelhos com dragões dourados enrolados em torno deles até o alto. Na parte de trás, depois de uma série de degraus, estava o trono da Nação do Fogo, um assento todo plano e quadrado, que oferecia pouco conforto a quem se sentasse nele. Um dragão gigante esculpido, entrelaçando-se no próprio corpo, pairava sobre o trono, ameaçando irromper para fora da parede. Ela desconfiou que, se espiasse sob o tapete de seda vermelho que cobria a parte central do chão, poderia encontrar ainda mais dragões.

Um ministro desgarrado passou por Kyoshi, o último resquício de uma audiência que havia perdido. Era o homem que ela quase havia golpeado com seu leque. Ele a olhou e saiu, deixando-a na sala do trono com apenas duas outras pessoas. O Senhor do Fogo e seu irmão.

Não era um bom momento para um visitante estar ali. Zoryu estava pálido e curvado, seus olhos semicerrados como se a luz o incomodasse. Chaejin, ao seu lado, parecia majestoso e calmo. Um artista capturando a cena poderia facilmente ter confundido quem realmente era o Senhor do Fogo.

Kyoshi esperou que Zoryu dispensasse Chaejin, mas a ordem nunca veio.

— Ele está vivo? — questionou o Senhor do Fogo assim que as portas se fecharam. — Yun estava vivo esse tempo todo, e ninguém do seu país pensou em me contar? Todos no Reino da Terra decidiram acobertar esse fato?

Zoryu tinha todo o direito de estar furioso. E Kyoshi tinha culpa nisso mais do que qualquer Sábio da Terra. Ela não conseguiu responder.

— Por que ele faria isso? — O grito de Zoryu foi direcionado tanto para os espíritos como para Kyoshi. — *Por quê?*

— Ele estava se vingando das pessoas que o prejudicaram — respondeu, por fim. — Lu Beifong, Hei-Ran, enfim, as pessoas que lhe disseram que ele era o Avatar.

Vingança parecia um motivo tão estranho, embora ela conhecesse a sensação e o rumo a que ela poderia levar.

— Fui informado sobre o que aconteceu na galeria — disse Zoryu. — Quantos morreram?

Kyoshi se forçou a lembrar o número de corpos que Atuat ignorara propositalmente no chão.

— Lu. Chanceler Dairin. Dois guardas. Possivelmente mais, se os demais feridos não conseguirem sobreviver a esta noite.

Zoryu se afundou em seu trono. O gesto o fez parecer uma criança tentando passar despercebida pelo professor em sala de aula. O fardo de ser o Senhor do Fogo pesava ainda mais agora.

— O chanceler não merecia isso — murmurou. — Nenhum deles merecia.

Chaejin reagiu à lista de baixas de forma muito diferente.

— Isso é terrível! — exclamou, esfregando o queixo com movimentos exagerados. — Um oficial de alto escalão da Nação do Fogo morto no próprio palácio. Um dignitário estrangeiro assassinado sob a hospitalidade do Senhor do Fogo. Sem falar na destruição do nosso patrimônio cultural e na humilhação que toda a corte passou no jardim. As desgraças ao nosso país continuam aumentando. Não consigo imaginar o que aconteceria se o intruso tivesse tido sucesso no assassinato da diretora da Academia Real.

Kyoshi notou que ele não mencionou os dois guardas. Ela já tentara manter o decoro por tempo o suficiente.

— O que exatamente você está fazendo aqui? — retrucou para Chaejin.

— Representando a voz dos Sábios do Fogo em resposta a esse hediondo ataque à nossa nação — disse ele. — E se eu puder falar em nome do clã Saowon também, que assim seja.

Chaejin desceu as escadas que levavam ao trono. Ele nem sequer deveria estar ali em primeiro lugar.

— Estaria mentindo para meu Senhor do Fogo se afirmasse ver uma saída para esse desastre. Fomos gravemente desonrados como povo. Há pedidos de retaliação contra o Reino da Terra.

— O Reino da Terra... — Kyoshi ia dizer que o Reino da Terra não tinha responsabilidade nisso, mas teve dificuldade para terminar a frase. — O Reino da Terra não enviou Yun para destruir seu país.

— Eu sei. — Uma falsa bondade escorria como veneno de cada palavra de Chaejin. — Passei os últimos vinte minutos assegurando à corte que nossos amigos do outro lado do mar não foram responsáveis pelo ataque que sofremos. Demorou um pouco, mas eu os convenci.

Quanto a isso, ele não precisava mentir. Se tudo o que Kyoshi tinha ouvido aquela noite fosse verdade, era muito mais vantajoso para Chaejin direcionar a raiva da corte para o Senhor do Fogo em vez de para uma nação estrangeira.

Aliás, era Zoryu quem deveria ter feito todo o trabalho diplomático. Kyoshi olhou para o Senhor do Fogo, mas a presença de Chaejin o reduzia a um típico irmão mais novo, incapaz de fazer frente ao mais velho. Os Keohso enfurecidos que haviam passado por ela um pouco antes provavelmente estavam irritados por Chaejin ter assumido o controle da situação.

— Senhor do Fogo, posso falar a sós com seu irmão? — perguntou. Para Kyoshi estava claro que ela não conseguiria ter uma conversa útil com Zoryu neste momento.

— Zoooryuuu — cantarolou Chaejin, como se estivesse colocando seu irmão mais novo para dormir. — Podemos ser dispensados?

Ele fez um movimento fraco com a mão. Já era o bastante. Kyoshi saiu pelas portas pesadas, e Chaejin se juntou a ela do lado de fora.

— Lamento que você tenha de ver isso — disse Chaejin. Ele olhou para o longo corredor, fingindo se assegurar de que o local estava vazio. — Meu irmãozinho não é muito bom sob pressão.

Kyoshi examinou o rosto dele.

— Ainda me surpreende o quanto vocês dois são parecidos, mesmo não sendo filhos da mesma mãe.

— Estou acostumado. Já até me disseram que eu poderia servir como sósia político dele. Ainda usamos esse truque na Nação do Fogo, sabe. O Exército do Fogo mantém sob seu controle alguns aldeões que se assemelham a figuras importantes. Mas acho que nenhum deles foi colocado em serviço no último século.

— Zoryu não me pareceu grande coisa até agora — disse Kyoshi. — Talvez ele devesse ser seu sósia em vez de você o dele.

A sobrancelha de Chaejin se ergueu com a implicação.

— Na verdade, eu temo por meu irmão — falou Chaejin, cuidadosamente. — Se ele não encontrar e punir esse criminoso, os clãs não o considerarão mais apto a ser o Senhor do Fogo.

— O que aconteceria, então?

— Ele seria substituído. — Chaejin fez uma pausa para avaliar a reação dela antes de continuar. — Não faço ideia de quem o substituiria. É que, em toda a história, nenhum Senhor do Fogo deixou o trono e viveu por muito tempo depois disso.

Kyoshi assentiu, lentamente.

— Quem poderia dizer que este não seria o melhor desfecho? Ninguém quer pontas soltas por aí. Um governante popular, sem oposição, seria muito melhor para a Nação do Fogo. — Ela se inclinou e sussurrou no ouvido dele. — Apesar do que eu lhe disse na festa, na verdade, o Avatar trabalha com quem detém a coroa. Pena que ela está na cabeça de um líder fraco como Zoryu.

Chaejin sorriu.

— Parece que posso contar com o seu apoio caso o pior aconteça.

Parecia mesmo.

— Mas me diga uma coisa — falou Kyoshi. — Uma vez que você se torne o Senhor do Fogo, o que pretende fazer com as fortunas do seu país?

O sorriso dele vacilou.

— Como assim?

— O que *você* vai fazer? Você mesmo me contou sobre os problemas que a Nação do Fogo vem enfrentando. Quais ações tomará para ajudar seu povo?

Chaejin deu de ombros.

— Eu vou pensar em algo. Tenho certeza de que, quando um verdadeiro governante se sentar no trono, os problemas de nosso povo se resolverão.

— Entendo. Então, por você ser melhor que seu irmão, a ordem natural das coisas será restaurada por conta própria.

— Sim, exatamente! — Ele se satisfez com a compreensão dela. — Avatar, estou corrigindo um erro. Este país é meu por direito, não importa o quanto meu pai tenha distorcido a lei para me impedir de liderá-lo. Eu vou ter o que me é devido, e se um pouco de sangue tiver de ser derramado, então... que assim seja...

O pequeno sorriso de Chaejin se desvaneceu. Seus olhos se estreitaram.

— Avatar, você está jogando algum jogo comigo?

— Jogando? Não. Só estou formando uma opinião. — As intrigas da corte da Nação do Fogo eram um tanto complexas para ela entender, mas julgar o caráter de alguém era simples. Em Chaejin, Kyoshi enxergava um homem que queria o poder apenas pelo desejo de possuí-lo, estando disposto a incendiar o próprio país para obtê-lo. Isso lhe soava tão familiar.

Você sabe o que fazer com homens assim, ela podia ouvir a gargalhada de Lao Ge. Incomodava-a mais do que qualquer coisa que ela conseguisse imaginar os sussurros e as gargalhadas dele melhor do que conseguia ouvir as vozes de suas vidas passadas.

Kyoshi não pretendia eliminar um dignitário de uma nação estrangeira, como seu antigo Sifu desejaria. Mas ela faria tudo o que estivesse ao seu alcance para impedir que um homem com tão pouca visão instigasse uma guerra civil para benefício próprio. Este era seu dever como Avatar.

Chaejin conseguiu sentir a determinação de Kyoshi ficar mais forte, bem como perceber quem ela estava inclinada a apoiar.

— Nada do que eu disse a você poderia ser usado como prova em um tribunal. Se você me denunciasse, seria a sua palavra contra a minha. Você é o Avatar, mas ainda assim é uma estrangeira.

— Eu sei. Mas vou cuidar de você, em algum momento.

Ele franziu a testa ao ouvir a ameaça.

— Anote as minhas palavras: a falta de resposta ao ataque aqui no palácio levará à queda de Zoryu. Apoie meu irmão, se quiser. Mas isso só vai atrasar o inevitável. Nem mesmo o Avatar pode lutar contra a história.

Kyoshi se virou e caminhou pelo corredor.

— Temos um ditado aqui na Nação do Fogo — Chaejin falou enquanto ela partia. — *A desonra é como um pássaro voando. Uma hora terá de pousar em algum lugar.*

Para Kyoshi, tudo estava sob controle. Paz momentânea na Nação do Fogo e Hei-Ran protegida. Agora, ela poderia voltar a focar num único alvo.

Yun.

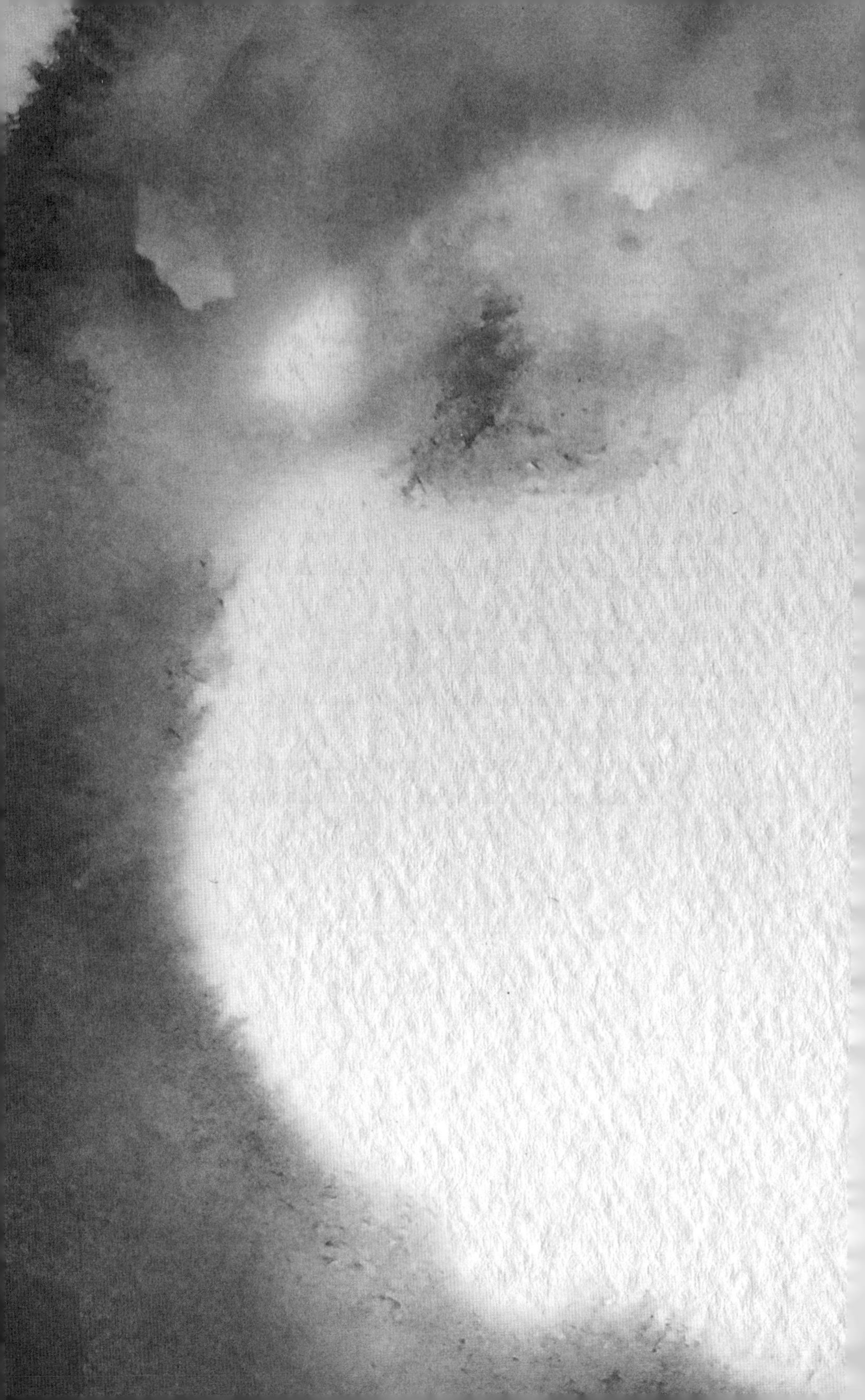

O RITUAL

KYOSHI FLUTUAVA em sua cama, que mais parecia uma grande balsa navegando no oceano vermelho de seus aposentos. Ela não sabia dizer quantas vezes fora acordada durante a noite por pesadelos. Cada vez que seus olhos se abriam, em reflexo de sua mente agitada, ela se deparava com o teto pintado, e ficava observando-o até que sua visão se turvava diante de um redemoinho avermelhado.

A Avatar estava bem desperta e já vestida quando um criado veio acordá-la. Não ficou surpresa ao saber que Rangi e Hei-Ran também estavam acordadas e esperando para falar com ela.

O criado a guiou até uma sacada no andar superior, onde havia uma pequena mesa para o café da manhã. A bela vista do nascer do sol foi prejudicada pelo muro cinza que cercava o palácio, mas, do ponto alto onde estavam, era possível ver a luz se espreitando sobre as bordas da cratera. Que a capital da Nação do Fogo residia em um vulcão adormecido era de conhecimento geral, mas Kyoshi nunca havia considerado como seria a vista de dentro daquela depressão. Era como estar sentada na palma de um gigante, com seus dedos ameaçando se fechar ao redor dela.

Rangi e Hei-Ran já estavam devorando seu café da manhã, um mingau sem graça e legumes bem salgados. Os temperos picantes e os óleos usados na comida da festa agora estavam ao lado da mesa, em pequenos potes, para serem adicionados a gosto. Pelo visto, até na Nação do Fogo evitavam-se condimentos apimentados pela manhã.

Kyoshi sempre se divertia com a voracidade com que Rangi fazia suas refeições, pois o rosto delicado ficava em desacordo com seu consumo voraz. A mãe não era diferente. Elas provavelmente desenvolveram tal hábito no quartel, comendo o mais rápido possível para não perder tempo.

— Sente-se e coma — disse Hei-Ran para Kyoshi, apontando para a comida com seu hashi. — Vamos precisar de toda a energia, e eu ouvi dizer que você tem o hábito de pular refeições.

Rangi observava cada mordida de Kyoshi, uma nova humilhação provocada pelas fofocas de Jinpa. Não se podia confiar na Avatar nem sequer para alimentar-se adequadamente. *Você vai me pagar por isso, monge*, Kyoshi pensou enquanto mastigava e engolia a comida sob o olhar astuto de Rangi. *De algum jeito, algum dia.*

Assim que terminaram a refeição, Hei-Ran se recostou na cadeira e deixou o silêncio tomar conta da mesa. Ela observou a luz do sol estender seu alcance pelo terreno.

— Então... — disse ela. — Yun quer me matar.

O som dos nós dos dedos de Rangi se apertando podia ser ouvido na quietude da manhã. Mas Hei-Ran fez o comentário de forma tão corriqueira que parecia estar falando de algo trivial, como a cor de seus guardanapos, ou apontando um detalhe de um relatório oficial.

— Ele escapou não apenas do palácio, mas de um bloqueio intransponível da cratera — continuou ela. — Todos os portos da capital foram fechados. As festividades na cidade estão suspensas enquanto a busca continua de casa em casa. Mas não tivemos nenhuma sorte ainda.

Kyoshi ficou impressionada e perturbada com a eficiência com que a Nação do Fogo poderia conduzir uma busca.

— Talvez devamos usar outra estratégia para encontrá-lo. — Kyoshi contou às duas sobre algo que havia germinado em sua mente na galeria e se enraizado da noite para o dia.

Kyoshi já havia discutido sua ideia com Rangi, mas Hei-Ran estava ouvindo-a pela primeira vez.

— Você acha que o espírito que a identificou como o Avatar possuiu Yun? — questionou Hei-Ran.

Kyoshi assentiu.

— Jianzhu o chamou de "Chefe Vaga-lume". Ele disse que aquele monstro lutou com Kuruk no passado. Esse espírito pode estar controlando Yun, ou talvez tenha alterado a mente dele. — Ela notou que Rangi franziu a testa, mas deixou de lado, ao menos por enquanto, o que quer que a estivesse incomodando.

— Nunca ouvi esse nome — disse Hei-Ran. — Durante o tempo que nosso grupo passou reunido, para colocar de uma maneira sutil, excursões espirituais não eram o foco de Kuruk.

Kyoshi gostaria muito que as pessoas parassem de usar tantos eufemismos para falar dos tempos de Kuruk como Avatar. Ela não achava que seu antecessor tinha feito nada para merecer essa delicadeza.

— Em Yokoya, eu revirei as bibliotecas de Jianzhu, procurando por menções de um espírito que se encaixasse na descrição do Chefe Vaga-lume, mas não encontrei nada. Eu esperava que você tivesse alguma lembrança.

— Melhor perguntar ao próprio Kuruk — exclamou Hei-Ran, que ignorava o fato de Kyoshi não ser capaz de se conectar com suas vidas passadas.

Seria tolice continuar escondendo seus problemas espirituais, então ela cerrou os dentes e confessou.

— Não consigo — disse. — Não consigo entrar em contato com Kuruk ou qualquer outro Avatar.

Para surpresa de Kyoshi, elas não se abalaram.

— Comunicar-se com as vidas passadas é um dos feitos mais difíceis e complexos que um Avatar pode realizar — justificou Hei-Ran. — Sabe-se que métodos e experiências bem-sucedidas variam entre as gerações. No seu lugar, eu não me cobraria muito por isso.

Kyoshi ficou profundamente aliviada. Ao menos naquela ocasião, seu fracasso como Avatar não era culpa sua. Que grande diferença fazia ter alguém mais experiente e sábio para lhe dar conselhos.

Hei-Ran olhou por cima da sacada e tamborilou os dedos contra a mesa.

— Tive uma ideia — disse. — Conheço um amigo de Kuruk que passou um tempo ao lado dele depois que nosso grupo seguiu por caminhos diferentes. Era um Sábio do Fogo, mas hoje em dia mora em um pequeno santuário em Chung-Ling do Norte. É um grande especialista em assuntos espirituais. Se existe alguém que pode nos dar respostas, esse alguém é ele.

— Chung-Ling do Norte? — O nome da cidade tinha algum significado que Rangi desaprovava. — Por que não vamos até os verdadeiros Sábios do Fogo?

— Porque eles estão no bolso do clã Saowon — respondeu Hei-Ran. — O Sábio Superior é tio-avô materno de Chaejin. Além disso, meu contato deve saber muito mais sobre esse Chefe Vaga-lume, especialmente se a criatura teve alguma ligação com Kuruk. Se o Avatar lutou contra ele e obteve êxito no passado, talvez esse espírito possa ser derrotado novamente.

A ideia de seu antecessor ser útil para Kyoshi era nova, mas a encheu de esperança. O amigo de Kuruk poderia ensiná-la a quebrar o feitiço sob o qual Yun estava. Ela enfim poderia salvá-lo. Esta seria a vantagem que ela tanto procurara no Reino da Terra.

— Precisamos ir para Chung-Ling do Norte! — concordou ela.

Rangi bateu os punhos na mesa, fazendo os pratos vazios saltarem em um estrondo. A frustração que vinha crescendo dentro dela, desde o início da discussão, finalmente irrompeu.

— Vocês duas estão se ouvindo? — gritou ela. — O palácio foi atacado, e vocês querem ir atrás de um espírito selvagem?

O otimismo recém-adquirido de Kyoshi não poderia resistir a nenhum debate. Ela precisava que Rangi ficasse ao seu lado, sem oferecer qualquer resistência.

— De que outra forma vamos recuperar o velho Yun? — devolveu a Avatar.

— Kyoshi, ele matou quatro pessoas e profanou o palácio. Depois disso, não existe mais o "velho Yun".

Ela não conseguia acreditar no que Rangi estava dizendo.

— Isso porque ele está *possuído*!

A cadeira de Rangi grunhiu quando ela se levantou.

— E um dia atrás, você nem tinha certeza disso!

— Tenente — exclamou Hei-Ran. — Controle-se.

— Não, *mãe*, não vou. — Sua escolha de palavras foi endereçada à sua mãe, e não à diretora Hei-Ran. — Eu não vou ficar aqui sentada calmamente, ouvindo você concordar com essas teorias malucas de Kyoshi sobre espíritos. Em vez disso, deveríamos era estar bolando um plano defensivo para sua própria segurança. Sei que vocês duas se sentem péssimas pelo que aconteceu com Yun. Eu também. Mas depois do que todas vimos, seria total idiotice não enxergar o perigo que ele representa.

O espaço na varanda não era suficiente para Rangi se deslocar de um lado para o outro, mas ela o fez mesmo assim.

— Quero dizer, ele não deveria ter conseguido fazer metade das coisas que fez ontem à noite. Yun se infiltrou na capital, assassinou Lu e, sozinho, frustrou toda a segurança do palácio real. Não faz sentido. Yun é um diplomata e um talentoso dominador de terra, não um tipo de assassino treinado.

— Ele é — disse Hei-Ran. — Yun é um assassino treinado.

Rangi parou se dando conta da afirmação da mãe, enquanto se preparava para lançar a próxima rajada de seu discurso, com seu dedo torto apontando para o céu.

— O que disse?

De maneira tão metódica como se estivesse vestindo uma armadura antes de uma batalha, Hei-Ran se preparou. Ela respirou profunda e controladamente por alguns momentos. E, então, contou a Kyoshi e Rangi uma história sobre Yun que elas nunca tinham ouvido antes.

Logo após encontrar Yun em Makapu, as preocupações de Jianzhu começaram a aumentar. Os *daofei* e políticos corruptos estavam lucrando muito com a ausência do Avatar. A morte prematura de Kuruk mostrou o quão desastroso poderia ser para o mundo se o ciclo se reiniciasse na hora errada. Sendo assim, Yun precisava ser capaz de se defender contra atentados à sua vida.

Sua segurança física não era a única preocupação de Jianzhu. A legitimidade do novo Avatar seria atacada com todo tipo de truques dissimulados. Yun e seus aliados inevitavelmente teriam de lidar com calúnias, extorsões e vazamento de segredos. Por isso, ele precisaria se manter vigilante contra tentativas de desestabilizar a era do novo Avatar.

Os inimigos de Yun viriam atrás dele como espiões, semeadores do caos e assassinos. Então, aos olhos de Jianzhu, não havia proteção melhor do que garantir que Yun possuísse essas mesmas habilidades.

Esse tinha sido o papel do Mestre Amak em Yokoya, explicou Hei-Ran. O misterioso dominador de água havia aperfeiçoado seu ofício nos corredores escuros de Ba Sing Se, onde príncipes se reuniam para festejar juntos, mas, por baixo dos panos, travavam guerras ocultas uns contra os outros. Mestre Amak não apenas treinara Yun para resistir ao veneno, como ensinara a usá-lo. O irmão de Atuat o instruíra a como eliminar inimigos usando uma faca, ou mesmo de mãos vazias. As aulas tinham se limitado à teoria, mas, em todas as disciplinas, exceto a de dominação de fogo, Yun mostrara ser um estudante talentoso.

Kyoshi tentou conciliar tudo o que estava ouvindo com o garoto que conhecia. Yun abominava o massacre dos Pescoços Amarelos causado por Jianzhu, mas gostava de aprender com o Mestre Amak. Jianzhu fora paciente ao esperar que Yun colocasse seus ensinamentos em prática. Ele queria outro coveiro e teve a paciência necessária para treiná-lo.

— Eu concordei com isso porque pensei que seria melhor para a proteção do Avatar a longo prazo — explicou Hei-Ran. — *Eu sinto muito pelo que eu permiti que ele fizesse com Yun.* — Ela se desculpou com Kyoshi, mas não estava se referindo ao treinamento de dominação.

Rangi estava em completo silêncio. E fria. Nenhum calor emanava dela. Seu rosto era como gelo cobrindo um rio, mascarando o que corria por baixo.

Ela desprezava assassinos. Com extremo esforço, Rangi permitira que o Avatar trabalhasse com bandidos, mas isso não havia comprometido sua moral e sua honra. O mesmo não poderia ser dito de sua mãe.

— Nenhum espírito transformou Yun em um monstro — sussurrou ela para Hei-Ran. — Você fez isso.

— Eu sinto muito...

Rangi se levantou agarrando a mesa pelas bordas, os músculos de suas costas se flexionando enquanto erguia a pesada mobília, cujos pratos e xícaras deslizavam sobre a superfície, e a arremessou por cima do beiral da varanda.

O ar da manhã ficou ainda mais pesado. No momento em que a mesa atingiu o chão, e os sons de madeira rangendo e porcelana se espatifando foram ouvidos, Rangi se dirigiu à saída. Hei-Ran não tentou impedi-la. Ela apenas se sentou em frente a Kyoshi, como se a atitude de sua filha fosse uma ocorrência normal, uma explosão de ódio bastante comum.

Sem a mesa para preencher o espaço entre suas cadeiras, Kyoshi se sentiu exposta.

— Você se feriu? — perguntou Hei-Ran calmamente. Kyoshi olhou por cima do parapeito e negou com a cabeça.

Hei-Ran apontou o queixo para a porta por onde Rangi havia saído.

— Você deveria falar com ela. Você deve ser a única pessoa que minha filha ouviria agora.

— Preciso que você confirme algo primeiro.

Hei-Ran percebeu a tensão no rosto da Avatar.

— Kelsang não sabia. Fizemos um grande esforço para esconder esses assuntos. Ele teria nos confrontado se tivesse descoberto.

Kyoshi ficou grata por ouvir aquilo. Mas não sentiu vontade alguma de perdoá-la.

— E talvez vocês o tivessem matado — disse, por fim.

Ela não se incomodou em procurar a reação nos olhos de Hei-Ran, em checar se havia ferido o último membro vivo dos companheiros do Avatar Kuruk. Kyoshi se levantou para procurar por Rangi.

Ela encontrou Jinpa primeiro. Ele já suspeitava que um assunto delicado estava entre elas.

— A senhorita Rangi está nos estábulos — disse o monge. — Eu estava cuidando de Ying-Yong quando ela apareceu e se ofereceu para ajudar. Ela, bem, parecia querer ficar sozinha, então eu a deixei.

— Ela colocou você para correr, não foi? — constatou Kyoshi.

Jinpa deu de ombros.

— Eu saí de lá antes que minhas roupas começassem a soltar fumaça. Apenas certifique-se de que ela não arranque os pelos do meu bisão escovando-o com tanta força.

Kyoshi seguiu pelos corredores do palácio, conforme as instruções de Jinpa, até chegar a outra saída, voltada para o jardim. Ali se revelava uma construção independente, que cheirava a feno recém-cortado. Um bando de cavalariços permanecia longe do estábulo, parecendo confusos sobre o que fazer. Kyoshi sabia que eles tinham sido escorraçados de lá.

Ela foi até a maior baia e avistou Ying-Yong, seu corpo fofo ocupando a maior parte do local. A sela dele pendia de um lado de suas costas, e seu pelo estava parcialmente escovado. Ele resmungou para Kyoshi como se perguntasse: *Alguém vai terminar o trabalho?*

O som de fungadas denunciou a localização de Rangi. Kyoshi a encontrou entre as patas direitas de Ying-Yong, sentada no chão coberto de feno, encolhida como uma bola. Sua vontade era de se inclinar e envolver a pequena garota em seus braços.

— Por que você não o impediu? — O tom cortante de Rangi raramente era direcionado a Kyoshi, mas agora ele veio com força total.

— Quem? Jianzhu? — perguntou.

— Yun! — Rangi olhou para cima, com os olhos avermelhados. — Você chegou tão perto dele na festa, mas não fez nada!

Kyoshi sabia que ela a estava atacando por estar com raiva. Mesmo assim, não achava que fosse uma acusação justa.

— Nada? Ele estava no meio de uma multidão de reféns!

— Então você tentou atingi-lo com seus leques? Boa escolha! Você é o Avatar, Kyoshi! Não pensou em tentar *dominar* algum elemento? Você tinha tantas chances de derrubá-lo e não as aproveitou!

— Eu... — Ela não sabia o motivo de não ter lutado contra Yun usando água ou ar. Machucá-lo com os elementos, como ela tinha feito com tantos *daofei* e mercenários, não havia lhe ocorrido. Pensando bem, até mesmo seus golpes com os leques tinham sido lentos e hesitantes.

A vergonha dentro de Kyoshi se transformou em algo mais doloroso.

— O que eu deveria ter feito? Matado Yun a sangue frio como fiz com Xu Ping An? Derrubá-lo como um animal? Ele é nosso amigo!

— Bom, fico feliz que você ainda o considere seu amigo! — gritou Rangi. — Não posso dizer o mesmo! Yun tornou isso bem difícil! E se ele machucar *você*, Kyoshi? E se ele nos atacar de novo, você hesitar, e ele machucar *você*?

Kyoshi deu um soco na parede sobre a cabeça de Rangi.

— *Ele não faria isso!*

A poeira provocada pelo golpe caía do teto, passando pelo raios do sol que entravam no estábulo. Ainda sentada no chão, a voz de Rangi soou bem baixa e mais jovem.

— Os buracos em suas vestes dizem o contrário. Se eu tivesse convencido você a não usar sua armadura, estaríamos em uma situação muito diferente agora. Você estaria gravemente ferida, ou pior, e teria sido minha culpa. — Ela baixou os olhos e aproximou os joelhos do corpo. — Eu não poderia viver com isso, assim como não poderia lidar com a perda da minha mãe novamente. Acabei de recuperar vocês duas.

Kyoshi se sentou no chão ao lado dela.

— Rangi, eu juro, farei o que for preciso para deter Yun. Não vou deixar que ele machuque mais ninguém, muito menos sua mãe.

Rangi examinou cada centímetro do rosto de Kyoshi, para verificar sua sinceridade. Ela enxugou os olhos cheios d'água antes que se formassem lágrimas.

— Quando minha mãe acordou no hospital da Atuat, comecei a torcer para que o passado nunca mais nos incomodasse — disse Rangi. — Achei que poderíamos seguir adiante, contando os dias no calendário tradicional do Avatar. Aliás, você sabia que hoje é, tecnicamente, o dia número seis mil quatrocentos e cinquenta e quatro da Era de Kyoshi?

Contar os dias da vida de um Avatar era um método formal e arcaico de medição do tempo. Era usado principalmente por historiadores, ou mencionado durante certas cerimônias espirituais.

— Eu não tinha contado — murmurou Kyoshi. Não parecia que sua era de Avatar tinha começado legitimamente. Elas ficaram sentadas por um longo tempo, sem dizer nada, apenas desejando que as coisas fossem diferentes.

Kyoshi quebrou o silêncio.

— Você jogou uma mesa da varanda.

Rangi riu, agora um pouco mais relaxada.

— E já estou com tantos problemas. Eu poderia ter matado alguém. E no palácio real, ainda por cima. E se o Senhor do Fogo estivesse passando lá embaixo?

— Parece que eu perdi o título de pior violação das boas maneiras nas Quatro Nações — brincou Kyoshi. — E eu nunca, nunca vou deixar você se esquecer disso.

Rangi estendeu a mão e pegou a dela. Cicatrizes avermelhadas se ramificavam no pulso de Kyoshi, como veias de uma folha de palmeira. Era uma lembrança de quando ela lutara contra um raio.

— Vai me lembrar para sempre? — perguntou Rangi, suavemente. Kyoshi sorriu e assentiu.

— Para sempre.

Rangi pressionou os lábios na pele cicatrizada de Kyoshi. O beijo selou uma promessa: a de sempre zoar uma à outra pelo resto de seus dias. Se Kyoshi sentia alguma saudade do passado, era daqueles momentos simples em que ela era a maior e a única dor de cabeça de Rangi.

— Avatar, Tenente, vocês estão aí? — Zoryu chamou do lado fora do estábulo. — Solicito a presença de vocês para debatermos um assunto.

Rangi ergueu a cabeça do ombro de Kyoshi, rapidamente. Elas se entreolharam em pânico. Talvez aquela mesa que a dominadora de fogo jogara fosse historicamente importante.

As duas passaram por Ying-Yong para sair da baia. Os acompanhantes de Zoryu tinham sido dispensados. O Senhor do Fogo esperava por elas, vestindo uma versão mais simples de suas vestes. Kyoshi se perguntou se ele demorava tanto para vestir suas roupas quanto ela para colocar sua cota de malha.

— Eu não me comportei de forma apropriada ontem à noite, logo após o incidente — disse Zoryu. Ele manteve contato visual com elas, lutando contra a vontade de olhar para seus curvados e pontudos sapatos em vez disso. — Eu deveria ter assumido o controle da situação. Deveria ter falado com você em vez de deixá-la com Chaejin. Eu juro, quando se trata do meu irmão, parece que perco meu juízo. Certas pessoas... nos fazem regredir.

Zoryu tinha seus defeitos, mas era um governante que se importava com sua nação. Com a ajuda de Kyoshi, ele poderia se tornar um grande líder para seu povo.

— Não precisa se desculpar — disse ela.

— Ótimo, porque aparentemente Senhores do Fogo não têm permissão para se desculpar — suspirou. — Tenho falado com meus conselheiros e a situação continua péssima. A única chance que tenho de impedir que a corte se volte contra mim é capturando Yun.

— Então queremos a mesma coisa — falou Kyoshi. — Vou encontrá-lo por nós dois.

— Obrigado, Avatar. — Ele mordeu o lábio. — No entanto, essa não é a única razão pela qual estou aqui.

Zoryu deu um passo para o lado, revelando Hei-Ran atrás de si, assim como Atuat. As duas mulheres estavam rígidas, como se estivessem mais uma vez em uma cerimônia.

— O que isso significa? — Rangi perguntou. Ela reconheceu algo de que não gostou na postura de sua mãe.

— Atuat e o Senhor do Fogo são minhas testemunhas — disse Hei-Ran. Sem a bengala, ela lentamente caiu de joelhos na grama. Então, desembainhou uma faca, que parecia bem afiada.

— Não! — Rangi começou a avançar. — Mãe, não!

Hei-Ran deteve a filha no lugar com apenas um olhar.

— Depois do que eu fiz, você protestaria? Seja coerente, Tenente. Ninguém consegue escapar das consequências de seus atos. Eu deveria ter feito isso há muito tempo.

Ela agarrou seu coque com uma mão e pôs a lâmina da faca sob ele, com cuidado.

— Por não reconhecer o verdadeiro Avatar — disse ela, fixando o olhar em Kyoshi. — Por não proteger meu amigo Kelsang.

Hei-Ran olhou para o Senhor do Fogo.

— Por permitir que meu ex-aluno desonrasse nossa nação.

E, finalmente, olhou para Rangi.

— Por não ser digna da estima da minha filha. — Com um golpe rápido, Hei-Ran cortou o maço de cabelo e o jogou no chão diante de si. Os fios escuros e sedosos que restaram, e que estavam permeados por mechas grisalhas, caíram sobre seu rosto e pescoço.

Rangi estremeceu quando Atuat cuidadosamente pegou o coque cortado e o enrolou com um lenço de seda. Ela mesma tinha perdido o cabelo uma vez, mas devido à tática de um inimigo, no Reino da Terra. Apesar de lamentável e traumática, sua experiência se assemelhava a ser ferida em uma guerra. Já Hei-Ran reconheceu a própria desonra bem no coração pulsante do próprio país, na frente do Senhor do Fogo.

— Está feito — disse ela para Rangi com um sorriso triste. — Agora, a honra da nossa família está em suas mãos. Você vai cuidar dela muito melhor do que eu. — Com mais alguns movimentos da faca, Hei-Ran cortou o restante de seu cabelo para igualar com o coque cortado, tornando-o surpreendentemente curto, mas ainda atraente em seu rosto bonito. Na família de Rangi, fazer as coisas de forma correta e justa aplicava-se a tudo, incluindo rituais de humildade.

Atuat pegou a faca de Hei-Ran e a ajudou a se levantar. De certa forma, a curandeira fora a testemunha ideal. Ela fizera o que a amiga pediu, sem a hesitação que um nobre da Nação do Fogo teria ao ver uma de suas figuras mais ilustres cair em desgraça.

Rangi estava perplexa. Sua mãe havia lhe roubado seu direito de ficar furiosa. Depois daquilo, ela jamais poderia confrontá-la novamente sobre assuntos relativos à sua honra.

Hei-Ran deixou a filha se agitar e fumegar por mais um minuto antes de decidir que já tinham perdido tempo demais. Permitir que as testemunhas falassem, mesmo sendo membros da família, não parecia fazer parte do ritual.

— Muito bem. Agora é hora de partirmos para Chung-Ling do Norte. — Ela olhou para Ying-Yong dentro do estábulo. — Vejo que você não colocou a sela no bisão corretamente. É preciso ajustá-la para que caibam cinco pessoas.

— O que você quer dizer com cinco pessoas? — Rangi conseguiu perguntar. — Como assim ir para Chung-Ling do Norte? Nós não concordamos em ir para lá.

— Mais cedo, você estava chateada por não estarmos discutindo um plano para minha segurança — disse Hei-Ran. — Bem, quando um alvo é atacado, a estratégia padrão é alterar sua localização. Você sabe disso muito bem. Foi como você protegeu o Avatar contra Jianzhu.

Hei-Ran virou-se para os demais.

— Vamos nos esconder em Chung-Ling do Norte — declarou ela. — Enquanto estivermos lá, Kyoshi poderá fazer contato com o amigo de Kuruk para descobrir qualquer pista espiritual que nos leve a Yun. Vamos matar duas cobras-aranha com uma cajadada só. Irmão Jinpa! Já terminou de preparar os suprimentos?

Jinpa chegou cambaleando, com caixotes e sacos empilhados em seus braços.

— Terminei, diretora. Podemos partir dentro de quinze minutos.

Hei-Ran havia recrutado o secretário de Kyoshi da mesma forma que Rangi fizera, ou seja, sem seu consentimento. Rangi olhou para Jinpa, furiosa com a traição. Ele simplesmente deu de ombros como se dissesse *"a dominadora de fogo mais assustadora vence"*. Depois, esgueirou-se para a baia ao lado de seu bisão.

— Mas não discutimos nossas opções! — exclamou Rangi. — Temos de levar em conta sua condição!

— Ela vai ficar bem — disse Atuat, acenando de forma arrogante com a mão. — Ar fresco e um pouco de movimento serão melhores para a saúde dela do que ficar presa no palácio. Sua mãe sobreviveu à viagem para casa, não foi?

— Mas... mas... — Rangi olhou para Kyoshi em busca de apoio. Parecia que ela queria evitar uma viagem com a mãe a todo custo.

— "Mas" nada! — Hei-Ran disse antes que a Avatar pudesse responder. — Posso não ter nenhuma patente agora, mocinha, mas você ainda é minha filha! Estou lhe dizendo que vamos fazer esta viagem e não quero ouvir mais nenhuma reclamação! Agora, silêncio!

Mocinha? Kyoshi já tinha visto a diretora dar ordens à tenente antes, mas aquele tipo de relacionamento entre as duas era algo novo e assustador para ela. Os lábios de Rangi formaram uma expressão que Kyoshi nunca vira neles.

— Sou oficialmente a companheira de um Avatar! — Atuat comemorou, socando o ar. O barulho repentino assustou Ying-Yong, que pressionou Jinpa contra a lateral da baia. — Vou até mandar fazer uma daquelas pinturas extravagantes do nosso grupo para guardar para a posteridade!

Inspecionando Ying-Yong, Hei-Ran viu a parte que Rangi havia escovado.

— Você chama isso de escovar? — disse ela, reprovando o serviço da filha. — Parece que você usou um pente em vez de uma escova apropriada. Terá de refazer. Toda essa parte.

— Alguém me ajuda? — Jinpa implorou do outro lado, sua voz abafada em meio aos pelos de seu bisão.

Zoryu assistia à cena, tomado pelo horror e pelo medo.

— Eu pretendia fazer um grande discurso sobre como o destino da minha nação está nas mãos deste grupo... — disse ele a Kyoshi.

Um saco se partiu, espalhando grãos por toda parte. Ying-Yong rugiu de satisfação e começou a lambê-los, quase derrubando Atuat com a língua.

— Nós... vamos ser cuidadosos — respondeu Kyoshi.

Rangi e os outros voltaram ao palácio para providenciar mais algumas coisas. Enquanto isso, Hei-Ran aproveitou para falar com Kyoshi, que endireitava o cobertor na sela de Ying-Yong. As duas estavam sozinhas no estábulo.

— Não é o suficiente, e você sabe disso — falou Hei-Ran, baixinho.

Kyoshi continuou o seu trabalho.

— O que não é suficiente?

— Meus cabelos, minha honra, nada disso é suficiente para equilibrar a balança. — Hei-Ran ajudou com a sela, para parecer que estavam falando de algo trivial. — Não há como escapar do passado. Yun é um erro da minha geração, e voltou para nos assombrar. De um jeito ou de outro, ele vai me encontrar.

Ela apertou melhor uma das fivelas do bisão.

— Rangi vê esta viagem como um meio de me proteger. Você a vê como uma forma de buscar pistas. Mas do meu ponto de vista, estamos atraindo Yun para longe do palácio. Estou indo com vocês para servir de isca.

Kyoshi ia protestar, mas Hei-Ran não permitiu.

— Você vai me usar para atrair Yun. Deve deixar que ele me mate se for preciso. Não acho que você tenha muita chance de capturá-lo sem fazer algum sacrifício.

— Rangi nunca permitiria...

— É por isso que estou falando com você, e não com ela. A estabilidade da Nação do Fogo é mais importante do que minha vida. — Hei-Ran apontou para seu cabelo curto. — Outra razão que me fez cortar meu coque é para que não haja mais desgraça ao reino se ele me matar. Uma pessoa sem honra não precisa ser vingada. Eu posso suportar qualquer insulto, porque não há como me insultar ainda mais.

Hei-Ran era tão forte e firme quanto a terra em que elas pisavam.

— Não mereço escapar da ira de Yun, assim como Jianzhu não merecia escapar da sua. Minha morte pode realmente dar fim a esse pesadelo. Por isso, eu aceitaria meu destino sem hesitação.

As duas interromperam o "trabalho" que faziam e viraram-se uma para a outra.

— Minha filha nunca concordaria com o que discutimos — concluiu Hei-Ran. — Mas posso confiar em você para fazer o que precisa ser feito. Certo, Kyoshi?

Kyoshi não sabia o que dizer diante daquele dilema de família. Pelo bem de Rangi, ela deveria ter recusado imediatamente a proposta de Hei-Ran. Mas o raciocínio da diretora, apesar de brutal, era lógico, fazia sentido. Kyoshi ficou intrigada com a facilidade com que Hei-Ran havia feito aquela proposta.

A diretora tomou seu silêncio como resposta e deu um tapinha no ombro dela.

— Boa menina.

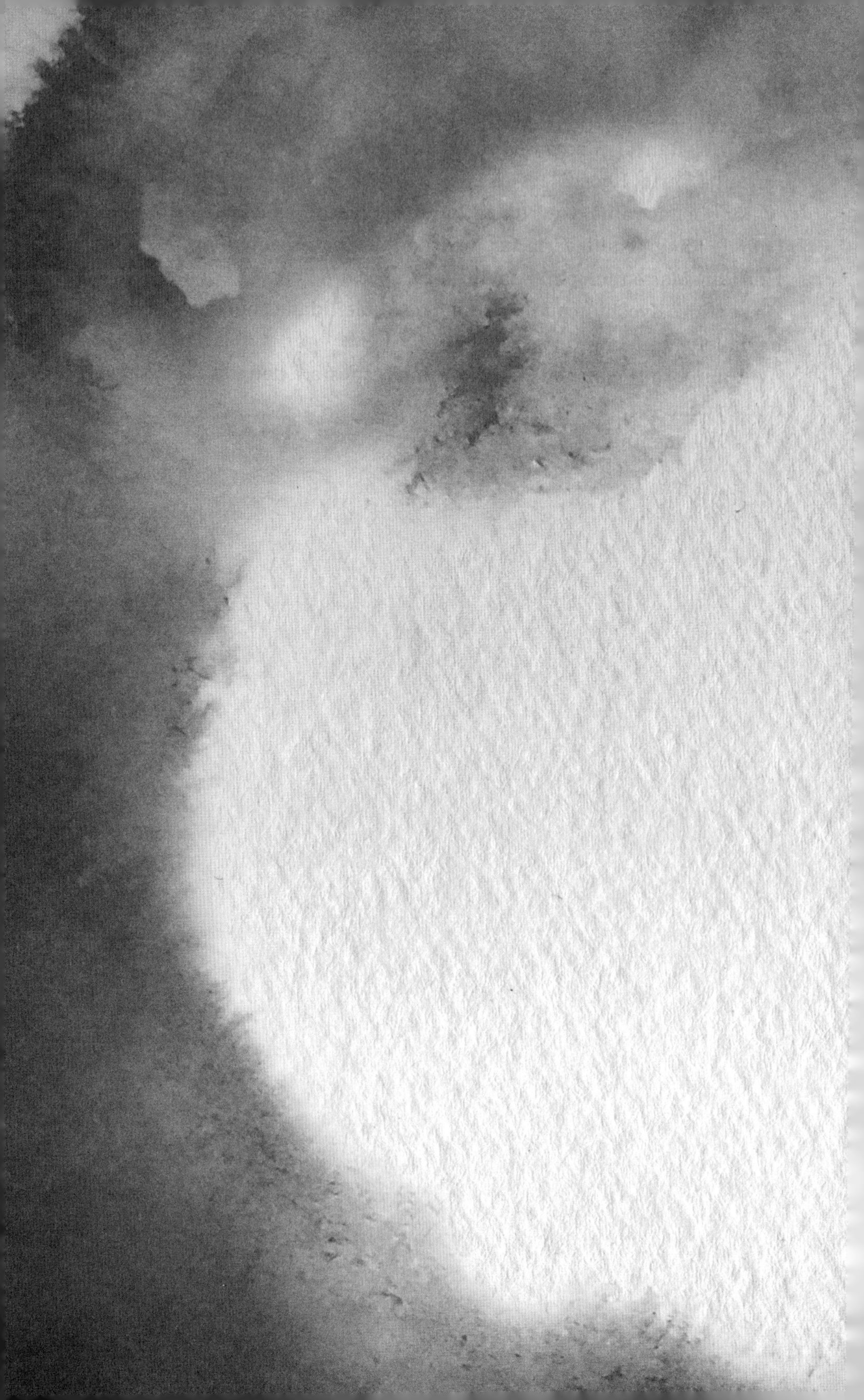

O SÁBIO DO FOGO

VIAJAR PELO Reino da Terra significava atravessar vastas cadeias de montanhas, lagos do tamanho de oceanos e desertos que ameaçavam engolir seus arredores. Kyoshi estava acostumada a passar grande parte do tempo nas costas de um bisão, observando a paisagem se expandir e encolher enquanto ela voava de uma cidade para outra.

Em comparação, a viagem pela Nação do Fogo tinha sido um passeio rápido. Chegar ao seu destino na Ilha Shuhon, partindo da capital, foi fácil como atravessar uma simples ponte. Chung-Ling do Norte estava aninhada em braços envolventes de rocha vulcânica, com uma pequena abertura que dava acesso ao mar.

O grupo encontrou uma área descampada numa encosta coberta por árvores. Ali, Ying-Yong poderia descansar, em vez de ficar espremido em baias que não comportavam seu tamanho. Apesar da curta viagem, Rangi desceu toda desgrenhada da sela.

— Sua escolha de zona de pouso precisa ser melhorada — disse Hei-Ran, perseguindo-a impiedosamente.

— Não precisa, não — resmungou Rangi.

— Mocinha, eu tenho viajado na companhia do Avatar em diversos bisões desde antes de você nascer! Então, vejo dois problemas aqui: primeiro, que qualquer um poderia se aproximar dele usando o vento a seu favor, e segundo, que há pouca forragem. Você quer que o pobre Ying-Yong seja surpreendido por ladrões? Ou que morra de fome?

— Não vamos ficar aqui por muito tempo!

— Você não tem como saber! Estar preparado para tudo não é mais nosso lema? Por acaso, precisamos tirar a placa que diz isso lá na academia?

Fora assim durante todo o voo. Kyoshi pegou Rangi pela mão antes que a dominadora de fogo explodisse, literalmente.

— Por que nós, uh, não vamos na frente? — Ela a arrastou para longe do grupo, seguindo a trilha que levava ao assentamento. Jinpa e Atuat ficaram para trás, andando no ritmo de Hei-Ran. Eles haviam ficado em silêncio durante toda a viagem, não se atrevendo a se meter nas discussões familiares.

— Viajar com minha mãe é a treva — Rangi bufou assim que se distanciaram. — É como ter doze anos de novo.

— Como vocês conseguiram ir juntas até o Polo Norte?

— Simples. Ela estava *em coma*! — Rangi respondeu, surpreendendo Kyoshi com seu comentário desrespeitoso. — É impossível aguentá-la buzinando sem parar no meu ouvido, principalmente em uma missão com ninguém menos que o Avatar!

O rosto de Kyoshi se iluminou com uma felicidade repentina. Rangi não esperava por essa reação, mas Kyoshi não podia evitá-la. Ver a dominadora de fogo agindo daquela maneira, totalmente normal, a atingia diretamente no coração. E sempre atingiria.

Sem aviso, ela pegou Rangi pela cintura e a girou. Ninguém estava ali para repreendê-las por aquele toque inapropriado. Rangi riu sem conseguir se conter e tentou golpeá-la, mas não conseguiu acertar.

— Pare com isso! Você está me envergonhando! — exclamou a dominadora de fogo.

— Essa é a ideia! — disse Kyoshi.

A maioria das cidades de renome do Reino da Terra possuíam uma arquitetura quadrada, simples e pouco criativa. Mas como muitos dos assentamentos se formavam dentro de territórios circulares, Kyoshi estava acostumada a ver cidades organizadas em anéis, como uma imitação de Ba Sing Se. Esse padrão tornava fácil identificar quem era rico e quem não era.

Mas dentro de sua cratera, os moradores de Chung-Ling do Norte optaram por construções em forma de cunhas. Casas e comércios se estendiam até o centro, separados por ruas que lembravam os raios de uma roda. Sem dominadores de terra para erguer paredes e telhados, as estruturas haviam sido talhadas em troncos trazidos das encostas da montanha. A umidade da região empenara grande parte das construções de madeira, tornando a cidade ligeiramente inclinada e confusa de se olhar.

E ninguém era rico ali. Não como nas capitais da Nação do Fogo e do Reino da Terra, ou em cidades autossuficientes como Omashu e Gaoling. Enquanto caminhavam pelos arredores, passando por comerciantes abatidos, ambulantes vendendo ferramentas enferrujadas e mães desconfiadas apoiando crianças nos quadris, Kyoshi reconheceu em Chung-Ling do Norte a mesma realidade de Yokoya. Tentar tirar algum sustento daquele solo impenetrável causava nas pessoas um abatimento que ela reconhecia bem.

Kyoshi percebeu que a vangloriada prosperidade da Nação do Fogo, muito invejada por outros países, não passava de fachada. A maioria dos estrangeiros imaginava que todas as cidades da Nação do Fogo fossem como a capital, devido ao seu diminuto tamanho em comparação com o Reino da Terra. Mas a verdade era que, como a capital era o orgulho de todos, ela costumava esconder as fraquezas do país, fingindo que nada lhe faltava.

— Vamos fazer um reconhecimento e explorar a feira — orientou Hei-Ran. — O homem que estamos procurando se chama Nyahitha. Ele é da tribo Bhanti, embora prefira que ninguém saiba disso. Por respeito, devemos fingir que não conhecemos seu passado.

— Quem são a tribo Bhanti? — Kyoshi perguntou.

— Exatamente. Finja que não sabe — disse Hei-Ran, dando-lhe um olhar aguçado.

O grupo caminhou mais para o centro da cidade, na direção do mar. A irritação de Rangi crescia a cada passo. Um estranho poderia imaginar que a garota de aparência arrogante estava torcendo o nariz para as dificuldades que aquele povo enfrentava, mas Kyoshi a conhecia bem.

— Qual é o seu problema com este lugar? — ela sussurrou. — Você foi contra virmos aqui desde o início.

— É uma cidade boêmia — Rangi murmurou. — Um antro glorificado de jogos de azar. Chung-Ling do Norte costumava ser conhecida como um lugar onde qualquer pessoa, e não apenas os iluminados, podia ter experiências espirituais, além de uma visão do outro mundo. Mas em vez de conservar seu solo sagrado, a vila decidiu lucrar com essa reputação. Agora, as pessoas vêm aqui para pagar por um "encontro espiritual" e, depois que ficam entediadas, recorrem a entretenimentos baratos.

Kyoshi não sabia que existiam tais opções. Se pudesse pagar para falar com Yangchen, ela o faria. Sem pensar duas vezes, esvaziaria qualquer uma das inúmeras contas que Jianzhu havia lhe deixado.

— Não é real — disse Rangi, sabendo exatamente o que Kyoshi estava pensando. — São apenas histórias de turistas que não querem admitir que desperdiçaram dinheiro. E isso mancha a reputação dos próprios espíritos. Se eu fosse o Avatar e a única maneira de entrar em contato com eles fosse molhando a mão de um médium fajuto, eu enterraria minha cabeça na areia de tanta vergonha.

Elas teriam de concordar em discordar nesse assunto. Rangi deu alguns passos, antes de sua expressão se suavizar.

— Ainda assim, a cidade não deveria estar tão degradada — disse. — De fato, devem ter acontecido vários problemas com as colheitas, como o Senhor Zoryu mencionou. Está tão ruim quanto...

— Quanto o Reino da Terra? — perguntou Kyoshi, levantando uma sobrancelha.

— Sim, Kyoshi — respondeu Rangi, firme como sempre. — Tão ruim quanto alguns lugares onde estivemos no Reino da Terra. — Ela chutou a poeira. — Não sei mais o que está acontecendo no meu país. Talvez eu tenha ficado longe por muito tempo. Eu me sinto uma forasteira.

Kyoshi olhou em direção ao segundo andar dos prédios, onde se via uma sinalização desgastada pendurada nas janelas. Havia uma quantidade desproporcional de pousadas para o tamanho da cidade, o que fazia sentido já que muitos visitantes chegavam e partiam numa grande rotatividade. Também havia novos estandartes pendurados em postes e toldos, exibindo peônias aladas, o símbolo do clã ao qual a falecida mãe de Zoryu pertencia. O estado imaculado daquelas peças fez Kyoshi pensar em colchas que passavam a maior parte do ano no armário, sendo requisitadas apenas em ocasiões especiais.

— Este lugar é território do clã Keohso? — perguntou a Rangi.

— Os Keohso tradicionalmente têm grande influência na Ilha Shuhon, sim — disse Rangi. — Mas muitas dessas bandeiras são colocadas para tentar atrair clientes. Aposto que eles têm um estandarte para cada clã escondido em algum lugar, só esperando uma boa oportunidade para ser usado.

— Sabe, nunca perguntei de que clã você é. — Durante todo o tempo desde que se conheceram, Kyoshi não aprendera uma informação tão básica sobre a amiga.

Rangi riu. Havia uma aspereza no som.

— Sei'naka. Nosso símbolo é uma pedra de amolar estilizada. Viemos de uma pequena ilha ao sul da capital. Às vezes, ela não é sequer incluída nos mapas do Reino da Terra.

Ela disse isso com um sotaque rudimentar, para mostrar o quão grande era a distância social e física entre as pessoas de sua ilha e os nobres do palácio.

— A ilha não tem recurso algum para oferecer, então meu clã exporta o talento e as habilidades de seus membros. Somos professores, guarda-costas e soldados porque não temos alternativa. Se não formos os melhores no que fazemos, então não seremos nada.

Nada. A palavra ecoou com amargura e pavor na garganta de Rangi. Neste momento, Kyoshi pôde ver mais profundamente o fogo que brilhava dentro de sua garota.

Era o medo de não ser nada que trazia tanta convicção às palavras e ações de Rangi. Ela não abria mão de nada – exceto, talvez, de seu sotaque, embora Kyoshi fosse capaz de sair na briga com quem dissesse que Rangi deveria esconder qualquer parte de quem era. Isso explicava a tensão entre ela e a mãe, duas perfeccionistas sob a mesma pressão, trancadas na mesma jaula.

— Eu queria ver sua terra natal — disse Kyoshi. — Sua própria ilhazinha. Deve ser adorável.

Rangi sorriu com tristeza.

— Eu pretendia levar você até lá durante o festival, mas aí aconteceu tudo aquilo.

Kyoshi encostou as costas da sua mão nas dela.

— Algum dia — afirmou.

As duas diminuíram o ritmo para que o restante do grupo pudesse alcançá-las. Assim, os cinco andaram juntos pelo resto do caminho. A cidade se abriu oferecendo a vista do oceano. Próximo ao mar, estava abrigada a feira de Chung-Ling do Norte, com suas tendas e barracas de cores vivas dispostas sem nenhuma organização. Formavam uma floresta de divertimentos onde todos podiam se perder. A julgar pelas placas de jogos e apostas, assim como pelas comidas e bebidas superfaturadas, seria necessária uma boa soma de dinheiro para percorrer o labirinto de tendas.

Já era de manhã, mas as pessoas daquela cidade não tinham pressa em iniciar seu trabalho como as de outras regiões da Nação do Fogo. Os camelôs e crupiês ainda estavam se preparando. Assim que os comerciantes da feira notaram a chegada do grupo, muitos "vivas" preencheram o ar. A recepção barulhenta não foi destinada à Avatar ou aos dois nobres da Nação do Fogo, mas a Jinpa. Os comerciantes começaram a gritar, tentando chamar a atenção dele.

— Mestre! Dê-me uma bênção!

— Mestre dominador de ar! Mestre Careca! Por aqui!

— Perdi uma ovelha-coala nas montanhas! Dê-me a sorte de que preciso para encontrá-la!

Kyoshi não se surpreendeu com a recepção. Com exceção de Yokoya, cujos habitantes sovinas tendiam a ver Kelsang como um incômodo, os Nômades do Ar eram frequentemente vistos pelo povo do Reino da Terra como portadores de boa sorte. Como os monges e as freiras paravam em aldeias de todo o mundo ao longo de suas jornadas de templo em templo, os camponeses costumavam ser hospitaleiros com os dominadores de ar em troca de ajuda com tarefas, notícias e histórias divertidas sobre outros lugares, ou de uma promessa de retransmitir mensagens para parentes distantes.

A bênção espiritual de um Nômade do Ar sobre um novo celeiro ou um bebê era considerada uma grande sorte entre os que raramente encontravam membros da nação errante. Kyoshi ficou feliz em ver que essa tradição prevalecia ali, do outro lado do mar.

Jinpa deu um passo à frente e ergueu seu bastão planador.

— Que aqueles a quem o vento tocar tenham saúde e sucesso nos negócios! — gritou ele.

O monge girou seu bastão com as barbatanas abertas, criando uma brisa ampla e suave que varreu toda a feira. Foi uma distribuição rápida e imparcial de sorte, mais eficiente do que abençoar um cidadão por vez. As pessoas suspiraram e abriram os braços, tentando absorver o máximo possível da bênção recebida.

Jinpa fechou seu bastão em meio aos aplausos entusiasmados da multidão, uma resposta bem mais calorosa do que os aplausos silenciosos que os nobres do fogo lhe haviam dado.

— Não faço ideia se isso que eu fiz funciona — ele sussurrou para seu grupo. — Mas pelo menos deixa as pessoas felizes.

— Os moradores daqui parecem mais relaxados do que os da capital — disse Atuat. Notando suas vestimentas polares, os comerciantes mais próximos perceberam que Atuat fizera uma longa viagem para estar ali, e concluíram que ela deveria ser bem abastada. Então, desviaram sua atenção de Jinpa, que até poderia ter os espíritos ao seu lado, mas não tinha dinheiro vivo.

— Princesa da água! — gritaram para Atuat. — Rainha da neve, por aqui! Temos os melhores jogos, as melhores bebidas! Apenas o melhor para uma rainha!

— Eu realmente *deveria* ser tratada como rainha — disse Atuat. Ela sorriu e acenou para os comerciantes, como se fosse uma figura importante em cima de uma carruagem que se movia lentamente.

— Podemos confiar a vocês dois a tarefa de desviar a atenção das pessoas sobre nós? — Hei-Ran perguntou.

— Claro — concordou Jinpa. — Sifu Atuat e eu cuidaremos para que vocês três possam conduzir seus negócios com discrição. Ela e eu vamos... Minha nossa, aquilo é todo o dinheiro que temos, não é?

Atuat já estava despejando uma grande bolsa de moedas sobre uma mesa em troca de fichas de jogo. Jinpa acenou para Hei-Ran, fingindo uma tranquilidade que não sentia, antes de se juntar à curandeira.

Hei-Ran pressionou com força as veias que saltavam de suas têmporas.

— Este é o meu castigo — disse. Uma vez que se recuperou da dor de cabeça induzida pela amiga, ela os guiou com precisão por um caminho sinuoso entre as tendas. Às vezes, parava e cheirava o ar, com as narinas dilatadas.

— Sim, o cheiro é bem ruim aqui — falou Rangi. — O que você esperava? Estamos perto de um monte de algas apodrecendo.

— O que procuro não tem cheiro — explicou Hei-Ran. — Estou tentando perceber se está me causando tontura.

Em vez de esclarecer seu comentário, a diretora passou entre duas barracas que não tinham um corredor entre elas. Os donos não gostaram de vê-la atrapalhando seus negócios, mas bastou um olhar penetrante de Hei-Ran para calar suas objeções. Kyoshi se sentiu compelida a murmurar um pedido de desculpas enquanto se enfiava na brecha para acompanhá-la.

As três chegaram a uma grande tenda apartada das demais. Seu tecido estava untado com óleo de linho, à maneira das velas dos navios, projetadas para deixar passar o mínimo de ar possível. A barraca parecia tão encharcada e inflamável que qualquer tossida de um dominador de fogo poderia fazer tudo virar fumaça.

Uma placa colocada do lado de fora dizia "visões espirituais do futuro". Ou as letras foram pintadas com a intenção de terem um aspecto borrado, ou o pintor simplesmente não se importara com a precisão de seus traços. Hei-Ran levantou a aba da entrada com a ponta da bengala, e as três entraram se curvando.

— Bem-vindos! — gritou o único ocupante da tenda, erguendo os braços no ar para saudar seus potenciais clientes. — Vocês estão interessados em desvendar os segredos do Mundo Espiritual? Ou anseiam por um vislumbre do futuro? Ao contrário do que adivinhos e místicos fraudulentos podem alegar, caros visitantes, o poder para tais visões está dentro de vocês! Por um pequeno preço, deixem-me ser apenas... seu humilde GUIA!

— Nyahitha! — exclamou Hei-Ran. — Sou eu.

O homem piscou, ajustando-se à luz que surgira com a entrada delas.

— Ah — disse, abaixando os braços. — É você.

Ele tinha mais ou menos a idade de Hei-Ran. Seu rosto trazia as marcas de uma vida árdua, com muitos dias sob o sol. Suas vestes imitavam a roupa cerimonial de um Sábio do Fogo, ou seja, um chapéu pontudo e peças largas nos ombros sobre os braços nus. O efeito era menos convincente do que o traje de Senhor do Fogo copiado por Chaejin.

A tenda estava vazia, exceto por alguns tapetes e almofadas. No centro, uma peça de metal, que parecia um braseiro de carvão, estava presa ao chão. No entanto, não havia nada dentro dele, apenas um pequeno botão na lateral do recipiente.

Kyoshi esperava que o homem lhes oferecesse um assento. Só assim ela poderia deixar de dobrar o pescoço para caber dentro da barraca. Mas ele e Hei-Ran estavam ocupados encarando um ao outro em um silêncio gélido, revivendo o que eram obviamente lembranças antigas e intensos desgostos.

— O que está fazendo aqui? — perguntou Nyahitha, em um tom baixo e hesitante.

— A reencarnação de Kuruk precisa de sua ajuda — respondeu Hei-Ran, gesticulando para Kyoshi.

Na opinião de Kyoshi, essa era uma das maneiras mais irritantes que alguém poderia usar para se referir à sua condição de Avatar. Mas se era a forma mais rápida de conseguirem o que queriam, então tudo bem. Ela se curvou para Nyahitha.

O sábio fajuto a observou de cima a baixo. Kyoshi teve a mesma sensação desconfortável de quando recebera o olhar penetrante de Tagaka e de Lao Ge. Pessoas mais velhas pareciam enxergar suas profundezas obscuras melhor do que ela mesma.

— Sentem-se — disse ele. Então, deu as costas para o trio e saiu pelos fundos da tenda.

Hei-Ran, Rangi e Kyoshi se organizaram da melhor maneira possível em torno da peça de metal.

— Seria ótimo se nós não tivéssemos de perder tempo adivinhando qual é o problema entre você e esse homem — falou Rangi para a mãe. — Especialmente porque foi você quem sugeriu que o conhecêssemos.

— É simples — explicou Nyahitha, retornando muito mais rápido do que Kyoshi esperava. — A diretora acha que eu arruinei Kuruk.

— E o sábio Nyahitha acredita que fomos eu e o resto dos companheiros de Kuruk que fizemos isso — rebateu Hei-Ran.

Nenhum dos dois se intimidou com a hostilidade um do outro. Nyahitha serviu uma bandeja com xícaras de chá para cada uma delas. Rangi pegou a dela e franziu a testa.

— Perdoe-me, mas isto está frio — reclamou.

— Fogo não é permitido — disse Nyahitha. — Não crie nenhum tipo de calor aqui.

Kyoshi nunca tinha ouvido falar de um sábio da Nação do Fogo que evitasse chamas. Na verdade, ela estava surpresa que o homem não tivesse velas espalhadas por toda a tenda.

— Por quê? — perguntou. — O que é este lugar?

Nyahitha tomou um gole de seu chá em temperatura ambiente. Pela careta dele, aquilo era mais uma concessão do que uma preferência.

— Chung-Ling do Norte está construída sobre um depósito inflamável. Em vez de ouro ou prata, temos gás abaixo de nossos pés. Se tiver vazamento concentrado em um local, uma única faísca causará uma explosão.

— Mas estando sob controle, o gás se torna útil — afirmou Hei-Ran.

Nyahitha deu de ombros.

— *Útil* é uma palavra um tanto forte. Os primeiros visitantes que relataram terem tido visões espirituais muito provavelmente ficaram expostos por tempo demais aos vapores que escaparam de rachaduras na terra. Respirar esse gás nos deixa tontos e propensos a alucinações.

Ele mexeu no braseiro.

— Esta peça, no entanto, me permite controlar a quantidade de vapor que sai naturalmente de uma abertura, uma vez que eu localize uma.

— Você é uma fraude — rosnou Rangi, esquecendo que eles estavam ali para pedir ajuda ao homem. — Cobra das pessoas por uma visão espiritual e então libera os vapores para enganá-las.

— Sim, sou culpado disso — concordou Nyahitha, batendo uma palma. — Agora, o que esta velha fraude pode fazer pelo Avatar?

— Mãe, não vamos deixar esse golpista chegar perto de Kyoshi. — Rangi fez menção de se levantar.

Hei-Ran agarrou a filha pela lateral da armadura e a forçou a se sentar novamente.

— Apesar dos meus problemas pessoais com ele, Nyahitha é um verdadeiro Sábio do Fogo. Ele seria o próximo na fila a ocupar o título de Sábio Mestre se o clã Saowon não tivesse interferido no processo de seleção.

Kyoshi pensou em Kelsang, que também teria sido Abade do Templo do Ar do Sul se seu nome não tivesse caído em desgraça.

— Eu gostaria de ficar — disse Kyoshi. Rangi bufou, mas não fez mais protestos.

Nyahitha ouviu a história de Kyoshi desde o início. Ele esperou em silêncio e pacientemente, sem dizer nada enquanto ela lhe contava como o espírito bebedor de sangue chamado Chefe Vaga-lume a escolheu como a reencarnação de Kuruk e reivindicou Yun como pagamento pelo serviço. Uma vez que Kyoshi terminou seu relato, o ex-sábio se inclinou para trás e cruzou os braços.

— A maldição ataca novamente — murmurou ele.

— Do que está falando? — Kyoshi questionou. — Que maldição?

— Esse nome que você trouxe até minha tenda dá muito azar — começou Nyahitha. — Kuruk se envolveu com muitos espíritos hostis durante seu tempo como Avatar, e o Chefe Vaga-lume foi um dos piores. Kuruk nunca o derrotou totalmente e, após a batalha travada entre os dois, o monstro o condenou a sofrer no mundo físico. Qualquer um para quem ele contasse sobre a criatura seria amaldiçoado da mesma forma. Acredito que sua intenção era impedir que o Avatar conseguisse aliados para derrotar o espírito para sempre.

Houve um silêncio desconfortável na tenda, como aquele que se segue após a abertura de uma tumba.

— Com todo o respeito... uma maldição? — Rangi exclamou, incrédula. — Má sorte? Estamos acreditando em superstições agora?

— O infortúnio dos espíritos é o que o povo das Quatro Nações reza todos os dias para evitar — disse Nyahitha. — Pouca chuva, chuva demais, doenças, escassez de peixes, essas são questões de vida ou morte. Se você não acredita em maldições, olhe para mim. Eu era um líder no Alto Templo naquela época e onde estou agora? Kuruk não teve um final feliz também, tampouco Jianzhu, pelo que você acabou de me contar.

Zoryu fora supostamente amaldiçoado, pensou Kyoshi. Muitas pessoas no Reino da Terra achavam o mesmo dela. A sorte era uma criatura invisível e invencível, que governava tanto o povo como os mais nobres.

— Você se arruinou por causa de seus vícios — explodiu Hei-Ran, esquecendo que era ela quem havia procurado a ajuda de Nyahitha. — Vícios com os quais você infectou Kuruk.

— Eu tentei lhe dar algum propósito para preencher pelo menos *um pouco* do vazio que havia dentro dele — retrucou. — O que *você* conseguiu fazer, você que passou tantos anos ao lado de Kuruk? Treinar um bom jogador de Pai Sho? Que belos companheiros vocês eram para o Avatar.

Desculpas e mais desculpas por seu antecessor. Kyoshi estava cansada daquilo. Ela bateu a mão na terra, com força.

— Kuruk era responsável por si mesmo! — gritou. — Agora, vamos ficar remoendo o que aconteceu com o Avatar anterior? Ou vamos tentar ajudar o atual?

Houve um silvo em resposta ao seu golpe. Seu movimento desprendeu o braseiro que estava no meio da tenda. Nyahitha rapidamente o recolocou no lugar e apertou uma válvula.

— O garoto tinha alguma característica estranha quando você o viu pela última vez? — ele perguntou. — Alguma parte de seu corpo se assemelhava ao de um animal?

Kyoshi balançou a cabeça.

— Não que eu pudesse ver. Mas quando Yun reapareceu pela primeira vez em Qinchao, havia algo de errado com ele. Quero dizer, muito errado. Sua presença deixou todos no local abatidos e apavorados.

— Nunca diagnostiquei um caso de possessão física, mas suponho que possa haver algum vestígio do espírito dentro do corpo dele. É difícil dizer.

— Por favor — pediu Kyoshi. Ela precisava de mais do que um veredicto cauteloso. — Deve haver algo mais que você possa dizer. O Chefe Vaga-lume deve ter alguma fraqueza. Uma maneira de acabar com seu domínio sobre meu amigo.

Kyoshi não temia descobrir que precisaria lutar uma grande batalha para salvar Yun, ou mesmo viajar até os piores lugares do mundo. Ela já estava acostumada com isso.

— Eu posso lutar contra ele — exclamou Kyoshi. — Apenas me diga como.

— Não tenho esse conhecimento — disse Nyahitha, acabando com sua esperança. — Foi Kuruk quem confrontou esses espíritos cheios de ira. Eu era apenas um ajudante nessas missões.

Kyoshi queria gritar dentro da barraca, até tomou fôlego para fazê-lo, mas lembrou que havia uma última opção.

— Então me ensine a falar diretamente com ele.

Como sua vestimenta não tinha mangas, Nyahitha limpou o nariz no tecido de sua ombreira. Ele a encarou enquanto fazia aquilo. Kyoshi via que o homem estava julgando seu valor e se seu pedido estava sendo motivado por razões egoístas.

— Volte aqui uma hora antes do pôr do sol — orientou o sábio. — Posso ajudá-la a se comunicar com Kuruk. Mas não através deste lixo nocivo. Aliás, não o inale; ele vai fazer você apodrecer por dentro.

— Mas você não tem inalado esse gás junto com seus clientes? — perguntou Rangi.

Ele apenas lhe deu um sorriso maroto em resposta.

Uma agitação começou a se formar do lado de fora. Eram sons de irritação, indicando que algum problema sério estava para acontecer. Nyahitha se levantou e espiou pela abertura da barraca. O que quer que ele tenha visto o fez praguejar entre os dentes cerrados.

— O que foi? — perguntou Kyoshi.

— Os Saowon — respondeu o sábio. — Eles normalmente não vêm para Chung-Ling do Norte.

O sermão que Rangi tinha dado sobre se colocar em situações arriscadas ainda estava fresco na mente de Kyoshi.

— Podemos assistir daqui? — ela pediu.

Nyahitha desfez uma costura pegajosa entre o teto e a parede da barraca, para que os quatro pudessem observar pela fresta. Alinhar-se para espiar parecia uma atitude um pouco infantil, mas acabou funcionando. Kyoshi conseguia ver a área externa ao redor da tenda de Nyahitha.

Uma verdadeira procissão da nobreza caminhava em direção a eles. O grupo viajava a pé, carregando uma liteira gigante, envolta em sedas vermelha e dourada. Ao seu redor, havia um contingente de guerreiros armados.

Os homens e mulheres do grupo pareciam prontos para uma batalha, e não para um dia na praia. Eles mantinham o queixo erguido numa arrogância provocativa. Além disso, estavam adornados com tantas figuras de camélias, que o grande estandarte do clã Saowon, carregado à frente da procissão, era totalmente desnecessário.

Os feirantes, que antes pareciam ansiosos por clientes, não ficaram felizes em vê-los. Muitos até deixaram suas barracas e formaram uma multidão para confrontar os Saowon. Um homem de meia-idade e com costeletas espessas estava à frente dos comerciantes. Ele estava muito bem-vestido em comparação com seus colegas, que não pareciam nem um pouco ressentidos por isso.

— Aquele é Sanshur Keohso — disse Nyahitha. — É o comerciante de algodão da cidade e o principal organizador da feira.

A liteira finalmente parou, e foi baixada até o chão por seus carregadores com extremo cuidado. A ocupante saiu. Era uma mulher bonita com um rosto fino e enrugado, vestindo roupas escandalosamente caras. Kyoshi tinha certeza de que ela não estivera na festa do palácio real. Uma figura tão glamorosa teria se destacado.

— Lady Huazo — disse Rangi. — A mãe de Chaejin. O que será que ela está fazendo aqui nesta favela?! — Nyahitha respondeu ao comentário dela com um olhar enfurecido, mas voltou a assistir à cena.

Huazo e Sanshur Keohso se aproximaram como se estivessem se preparando para um duelo. Para representar seus respectivos grupos, ambos teriam de falar em alto e bom som, o que significava que o grupo de Kyoshi poderia ouvi-los claramente de dentro da tenda.

— Mestre Sansur! — Huazo saudou. — Que bom ver você. Escrevi tantas cartas sem resposta que comecei a me preocupar com sua saúde.

— Minha saúde está ótima, Huazo — respondeu o líder da feira. — E eu poderia ter lhe poupado a visita. A resposta às suas perguntas continua sendo a mesma: não. A feira não está à venda, nem as terras de cultivo. Meus primos estão de acordo. Nem um único centímetro quadrado da Ilha Shuhon cairá nas mãos dos Saowon.

Huazo lambeu os lábios e sorriu.

— Isso é engraçado — disse ela. — Já que eu comprei recentemente toda a operação de fabricação de sal do Mestre Linsu. *E a casa de férias dele aqui na cidade também.* Suponho que ele não seja tão leal a sua casa quanto você. O pobre homem mal podia esperar para fazer as malas e deixar este lugar.

Os olhos de Sanshur ficaram turvos de cólera. A multidão atrás dele estava efervescente. Huazo bebeu das suas reações com a satisfação de quem bebe água no deserto.

— Depois que assinei os papéis do nosso acordo, achei uma boa ideia celebrar o Festival de Szeto no mais novo posto avançado do meu clã — disse ela. — Sendo assim, aqui estou.

— Você e todos os seus guardas — desconfiou Sanshur, olhando para os numerosos Saowon.

— São só para minha própria segurança. Você não ficou sabendo? Ontem à noite, um assassino, um louco, *um dominador de terra*, infiltrou-se no palácio real — disse Huazo, cobrindo a boca para fingir choque e angústia. — Membros da corte quase foram mortos. E tudo aconteceu bem debaixo do nariz do nosso querido Senhor do Fogo Zoryu. Disseram que foi humilhante. Absolutamente humilhante!

Hei-Ran fez uma careta dentro da barraca.

— Chaejin deve ter enviado falcões mensageiros para seu clã logo após o ataque. Os Saowon são como tubarões-lula quando sentem cheiro de sangue.

— Isso não explica por que Huazo está andando por aqui, no meio do território Keohso, em vez de cuidar de seu novo negócio — exclamou Rangi.

Kyoshi acompanhou a notícia do ataque de Yun se espalhar pelos membros do clã Keohso. Eles entenderam as implicações do ocorrido para a honra de Zoryu tão bem quanto os nobres. Muitos dos homens de Sanshur estavam segurando grandes martelos, próprios para cravar as estacas das tendas no chão, além de serras para cortar gelo, que eram do tamanho de espadas, e pedaços de madeira que serviriam muito bem como porretes pesados.

— Eu sei o que ela está fazendo — constatou Kyoshi. — Está arrumando uma briga. — Muitas vezes, quando uma gangue *daofei* queria causar confusão, mas sem deixar evidente sua intenção de provocá-la, eles se faziam de vulneráveis, andando pelas ruas inimigas com o nariz empinado, na esperança de serem atacados. Assim, finalmente poderiam responder à ofensa com toda a força. Zoryu havia lhe dito que essa também era uma estratégia dos Saowon. Eles prefeririam que um Keohso os atacasse primeiro.

— Cuidado com o que você diz sobre nosso legítimo Senhor do Fogo — rosnou Sanshur.

— Só estou relatando os fatos — disse Huazo. — Confirme com quem você quiser na capital. Quem sabe os Inta ou os Lahaisin. Ouvi dizer que Lady Mizgen quase teve o pé amputado devido aos ferimentos. De qualquer forma, não estou aqui para discutir sobre a força e as capacidades do jovem Zoryu. Eu vim até a sua adorável vila para me divertir e me refrescar na praia. — Ela olhou para o mar e notou as algas apodrecidas na areia. — Bem... talvez não seja uma boa ideia. Nos vemos por aí, Mestre Sanshur.

Ela caminhou vagarosamente de volta à sua liteira. Parecia que a crise tinha sido evitada. Porém, um membro de sua guarda, que estava fora de visão de sua senhoria, ficou encarando Sanshur. Depois, como despedida, cuspiu no chão.

— Por favor, me diz que isso não é considerado um insulto aqui como é no Reino da Terra! — Kyoshi sussurrou.

Rangi e Hei-Ran responderam sua pergunta saindo em disparada da tenda, indo para o campo de batalha o mais rápido que podiam. Kyoshi olhou para Nyahitha.

— Vá atrás delas! — gritou o velho.

Ela se juntou ao conflito quase tarde demais. Várias pedras grandes já tinham sido lançadas pelos Keohso, e estavam prestes a atingir as costas de Huazo.

Dando uma série de socos no ar, Kyoshi alterou a trajetória das rochas com imensa força, enviando-as para um ponto tão distante no oceano que nem sequer puderam ouvir o barulho delas atingindo a água.

— Lady Huazo, é você? — gritou Hei-Ran com alegria exagerada, tentando desviar a atenção do ataque iniciado.

Huazo se virou com uma carranca, levando um momento para assimilar a surpresa. Tendo feito isso, ela abriu um largo sorriso.

— Hei-Ran! Que mundo pequeno!

A presença repentina da diretora foi suficiente para acalmar os guardas de Huazo. Soltando o punho de suas espadas, os soldados recuaram para permitir que sua senhora cumprimentasse a velha conhecida. Kyoshi se concentrou em manter o outro grupo na linha, ficando na frente do clã Keohso. Eles talvez não soubessem sua identidade, mas ela não precisava de seu título para parecer intimidadora. Kyoshi lançou olhares significativos para Sanshur e seus homens. *Vocês viram o que eu fiz com aquelas pedras? Vão encarar?*

— Que surpresa maravilhosa! — exclamou Hei-Ran, como se não tivesse ouvido a conversa entre os clãs um pouco antes. — Você está aqui para comemorar o feriado também?

— Sim, eu estava contando... — Huazo parou no meio da frase. Seus olhos se detiveram na cabeça de Hei-Ran. Ela pressionou os dedos nos lábios novamente, mas seu choque era genuíno desta vez.

Hei-Ran olhou para trás, mas então percebeu. Havia esquecido que seu cabelo tinha sido cortado em desonra. Suas mãos se apertaram em torno da bengala. Ela se afastou de Huazo, com os olhos baixos.

Kyoshi pensou que tinha entendido o significado da cerimônia de Hei-Ran, mas só agora percebia as consequências daquilo. Huazo foi a primeira pessoa influente da Nação do Fogo que eles encontraram desde que Hei-Ran cortara seu coque, e, agora, a orgulhosa e implacável diretora agia como se não tivesse mais o direito de falar.

A postura de Huazo mudou. A surpresa que ela tinha demonstrado por encontrar a formidável presença de Hei-Ran se transformou em pena, como se ela estivesse diante de um mendigo a quem pretendia dar esmola.

— Oh, minha querida — disse, suavemente. — Isso tem alguma coisa a ver com o ataque ao palácio?

— Tem, sim — respondeu Hei-Ran, tendo recobrado sua força e calma. — Entre outros fracassos.

— Como o destino e a sorte governam a todos nós — disse Huazo. — Hei-Ran, honra é honra, mas amizade é amizade. Eu nunca vou repudiá-la, não importam as circunstâncias. — Ela se aproximou fazendo menção de dar um abraço na diretora, o que quase fez Kyoshi mudar de opinião sobre a mulher.

Mas, então, como que mudando de ideia, Huazo estendeu a mão e afagou a cabeça de Hei-Ran como se ela fosse uma criança ou um animal de estimação.

Kyoshi olhou para Rangi, que estava pálida e não esboçou nenhuma reação. Mas seu olhar perfurava Huazo, e o que estava atrás dela também. Como Rangi não decidiu desafiar a líder do clã Saowon para um

Agni Kai, Kyoshi suspeitou que, de acordo com as regras de etiqueta de sua nação, era aceitável que Hei-Ran fosse tratada assim.

A diretora não parecia nem um pouco perturbada. Ela observou Huazo bagunçar seus cabelos curtos sem franzir o rosto. Estava menos perturbada do que os plebeus de Keohso, que murmuravam e faziam caretas para a cena inesperada.

Depois do que pareceu uma eternidade, Huazo tirou as mãos dos cabelos de Hei-Ran. Ela, então, examinou o restante do grupo.

— Então, você deve ser a Avatar — disse, dirigindo-se a Kyoshi. Depois do que ela havia feito, as regras de apresentação foram deixadas de lado.

— Sou — respondeu Kyoshi, percebendo Rangi ainda perturbada pela confusão. — Suponho que seu filho lhe escreveu sobre mim.

— Com certeza! Nossa família foi duplamente abençoada, já que nós dois tivemos a oportunidade de conhecê-la em tão pouco tempo.

— Quando for escrever a Chaejin em resposta, dê-lhe uma mensagem minha. — Kyoshi endureceu o olhar. — Diga que ele é apenas um bom Sábio do Fogo. E nada mais.

Os lábios de Huazo se separaram em compreensão ao que Kyoshi estava dizendo. Foi divertido ver os pensamentos cruzarem a mente dela enquanto deduzia o que a Avatar sabia e o que seu filho poderia ter revelado. Aparentemente, descobrir que ela teria de passar por Kyoshi para destituir Zoryu de sua posição não a preocupou nem um pouco.

Uma risada veio de Rangi de forma tão inesperada, que Kyoshi quase sacou suas armas.

— Koulin! — Os pés de Rangi afundaram na areia enquanto ela corria para encontrar um dos guardas de Huazo que estava na lateral da formação. Era uma garota da idade dela, que parecia igualmente feliz em vê-la. Seu rosto era redondo e agradável e seu cabelo, quase idêntico ao de Rangi.

— Rangi! — As duas garotas quase se trombaram. Elas apertaram as mãos e sorriram, alheias ao ambiente. A mudança repentina no humor de Rangi foi bizarra.

— Minha sobrinha... Koulin — explicou Huazo a Kyoshi. — As duas treinaram na academia no mesmo ano. Os laços forjados na escola, sob a bigorna da educação, são mais fortes do que quaisquer outros. Se é que você me entende...

Huazo sabia que, como camponesa do Reino da Terra, as chances de Kyoshi ter tido uma educação formal semelhante à de Rangi ou de Koulin eram nulas. A alfinetada de Huazo doeu menos do que ver o rosto de Rangi se iluminar diante de sua amiga. Kyoshi não se lembrava de já ter sido cumprimentada por Rangi com tamanha alegria.

Percebendo que conseguira atingir Kyoshi, Huazo decidiu sair, enquanto estava levando a melhor na discussão. Ela fingiu cobrir um pequeno bocejo.

— Desculpe, Avatar. Estou tão exausta da viagem. Vou me recolher em meus alojamentos. Tenho certeza de que verei você e seu grupo durante as festividades. Koulin! Vamos.

Rangi e Koulin se separaram com relutância. Huazo subiu em sua liteira. Com os pés plantados no chão, Kyoshi observou a comitiva Saowon se reorganizar num processo trabalhoso e demorado. O grupo inverteu o sentido de sua marcha, como uma serpente extremamente lenta. Sem cuspir dessa vez, os soldados se dirigiram para a cidade.

Sanshur Keohso apareceu ao lado de Kyoshi de repente, olhando para a procissão como se ele também tivesse ajudado a tirar os Saowon dali.

— Cobras diabólicas é o que eles são. Estou feliz que a Avatar esteja aqui para mantê-los na linha.

Ela o encarou.

— Mas foi o seu pessoal que atirou aquelas pedras!

— Huazo e seu clã estão abocanhando aos poucos as outras ilhas como abutres-leão! — disse ele, tentando justificar o comportamento dos seus companheiros. — Nem por cima do meu cadáver ela vai conseguir Shuhon! Nem ela, nem aquele seu filho bastardo!

— Não somos idiotas! — gritou um homem da multidão. — Sabemos sobre os truques sujos que Chaejin, o Usurpador, está fazendo na corte!

— Apoiamos Zoryu, o legítimo Senhor do Fogo. Que sua chama ainda queime por muito tempo — disse Sanshur. — Vai nos dizer que estamos errados por sermos leais à coroa?

— O Senhor do Fogo não precisa que você inicie um conflito em nome dele! — rebateu Kyoshi.

— Então devemos deixar que nos insultem? Por acaso, você gostou do que ela fez com sua companheira? — continuou Sanshur.

Kyoshi não sabia o que responder. Ela olhou para Rangi e Hei-Ran, mas as duas não disseram nada. Devia haver algum tipo de regra da Nação do Fogo que as impedia de comentar sua desonra pessoal.

— Não se preocupe! — declarou Sanshur. — Lutaremos ao seu lado contra os vermes de Ma'inka! Você pode contar conosco! — Os feirantes sacudiram suas ferramentas em apoio à Avatar e ao Senhor do Fogo e em desprezo aos Saowon.

Hei-Ran se aproximou de Kyoshi.

— Vamos embora daqui — sussurrou ela. — Lembre-se de que temos uma missão. Se nos envolvermos nessa briga, vamos torná-la ainda pior.

— Tem certeza? Os homens de Sanshur parecem realmente irritados.

— Não é com eles que estou preocupada — murmurou Hei-Ran, observando sua filha. Rangi olhava para o mar, perdida em algum lugar nas ondas agitadas.

⸺

Partir dali não foi fácil. Elas tiveram de vagar pelas tendas, procurando por Atuat e Jinpa. Os dois estavam perto das barracas de jogo que ofereciam os melhores prêmios. O monge parecia ter envelhecido uma década, devido ao suor e às rugas que marcavam sua testa.

— Eu tive uma rodada de azar — explicou Atuat. — Mas Jinpa conseguiu compensar.

O rosto de Jinpa ainda estava abalado, como se ele tivesse testemunhado a profanação de uma relíquia sagrada.

— Eu... nunca vi ninguém jogar Pai Sho como a nossa curandeira. Somente gênios poderiam fazer o que ela fez nesse jogo.

Diante dos últimos acontecimentos, Kyoshi estava apenas feliz de ver que os dois não tinham se afogado no mar ou ficado presos em um buraco. O grupo voltou para a cidade. Enquanto caminhavam, Hei-Ran deu a Kyoshi outro olhar significativo. Rangi estava caminhando muito à frente delas.

Kyoshi a alcançou, mas não sabia o que dizer.

— É bom saber que há pelo menos um Saowon tolerável — arriscou. — Koulin deve lembrá-la dos bons e velhos tempos da academia.

— Kyoshi — disse Rangi, lentamente. — Eu *detestava* a academia.

— O quê? — Ela quase parou de caminhar. — Mas você não era a aluna número um da sua classe? Não se formou na escola de oficiais muito antes dos demais?

— Uma coisa não tem nada a ver com a outra — respondeu Rangi. — Tive motivação para conseguir as notas de que precisava. Eu queria ter saído mais rápido daquele lugar.

Kyoshi percebeu que havia muitos detalhes que desconhecia sobre a dominadora de fogo. Mas como ela poderia ter entendido errado uma parte tão importante da vida de Rangi?

— Eu sinto muito. Eu... eu não sabia.

— Não é sua culpa. Eu mencionei poucas coisas sobre os tempos da academia — disse de forma cuidadosa e com grande esforço. — Você se lembra de quando eu falei que os outros alunos costumavam espalhar boatos e fofocas sobre minha mãe, certo?

— Lembro. — Era um segredo que Rangi havia compartilhado com Kyoshi sobre um *iceberg* à deriva no oceano, as duas deitadas sob o mesmo cobertor. Um momento que não seria facilmente esquecido.

Rangi apontou o queixo na direção da cidade. Kyoshi sabia que ela estava se referindo a Koulin, onde quer que a sobrinha de Huazo estivesse.

— É uma estratégia dos Saowon. Insultar as pessoas por debaixo dos panos. Havia muitos alunos cruéis na escola, mas ela, ela era a pior.

— Você não podia... desafiá-la? — Kyoshi não tinha certeza de qual era a idade necessária na Nação do Fogo para participar de Agni Kais. E, depois do que havia passado no *lei tai*, ela não era a favor de duelos em geral. Mas o comportamento de Rangi dava indícios de que seu relato terminaria em algum tipo de desafio.

A dominadora de fogo balançou a cabeça.

— Koulin teve o cuidado de não dizer na minha cara nenhuma ofensa que justificasse um duelo. Ela deixava isso para suas comparsas, que eram fracas demais. Enfrentá-las apenas me faria parecer uma valentona. Eu sei exatamente como Lorde Zoryu se sente, tentando vencer uma guerra de insultos contra um inimigo que ele não pode confrontar.

Rangi mordeu o lábio, tentando convencer a si mesma acima de tudo.

— E, pensando bem, o que eu poderia ter feito? Eu era a filha da diretora. Qualquer um dos meus conflitos teria repercussão negativa para ela, ou passaria a imagem de que eu estava me aproveitando do meu *status*. E de que adiantaria reclamar com um professor que as outras crianças estavam dizendo ofensas sobre minha mãe?

Kyoshi não podia acreditar.

— Achei que a academia tivesse sido uma... uma experiência maravilhosa que moldou você.

— E moldou. Tudo o que sei, eu aprendi lá. Mas eu não era feliz, não até sair e encontrar um propósito do lado de fora. — Ela deu a Kyoshi um sorriso comovente. — O propósito de servir o Avatar.

Nos primeiros anos de Kyoshi em Yokoya, Kelsang costumava confortá-la dizendo que havia dor e alegria em todas as coisas. Durante sua visita à Nação do Fogo, Kyoshi se emocionava cada vez que descobria algo profundo sobre Rangi. Era como se, pouco a pouco, ela fosse desenterrando partes de um tesouro. Porém, sob o brilho, existia uma vida difícil, maculada e impossível de polir.

Mas Kyoshi aceitaria Rangi de qualquer maneira, independentemente da bagagem que ela trazia, por mais inesperado ou doloroso que fosse. Kyoshi fez um grande esforço para não se inclinar e dar um beijo proibido na dominadora de fogo.

Juntas, elas atravessaram a rua que separava os bairros destinados a hospedarias dos que abrigavam restaurantes e lojas. Rangi ia apontando algumas tradições relacionadas ao festival que elas viam ao longo do caminho. Flâmulas de papel pendiam acima das portas para tocar os visitantes como um desejo de boa sorte. Os lojistas cozinhavam paneladas de feijão para representar a abundância de seus estoques. As bebidas escuras e açucaradas vendidas em todos os lugares simbolizavam a enorme quantidade de tinta que o Avatar Szeto usara ao longo de sua carreira. Se não fosse pelo aborrecimento na praia e pelo propósito de sua visita, Kyoshi e seu grupo poderiam facilmente pensar que estavam ali por puro divertimento.

Mas a realidade se intrometeu mais uma vez, assim que eles viraram na esquina da rua onde estavam hospedados. Havia um amontoado de homens ali. Pelas nuvens de poeira, pelos palavrões e pela forma como seus punhos subiam e desciam, Kyoshi percebeu que havia uma vítima no meio deles.

Ela acertou com o ombro dois homens de uma vez, jogando-os para longe do grupo. Rangi pegou outros dois por trás, puxando-os pelo colarinho, e os atirou ao chão.

Kyoshi achava que o jovem que estava sendo espancado fosse um Saowon, isolado do grupo de Huazo. Porém, a julgar por suas roupas, ele era um dos feirantes, assim como os outros quatro homens.

— O que está acontecendo aqui? — gritou.

— Pegamos esse traidor colocando uma bandeira de camélia na barraca dele! — explicou um dos homens, contorcendo-se nas mãos de Rangi.

— Eu só queria atrair alguns clientes — murmurou o jovem vendedor enquanto se ajoelhava, atordoado.

— E isso é mais importante para você do que a honra do seu clã? Nenhum sobrinho meu vai bajular os Saowon! — o líder do grupo esbravejou, tentando chutar seu parente espancado.

Kyoshi compartilhou um olhar de preocupação com Rangi. Levou menos de uma hora, desde a chegada dos Saowon, para uma briga começar, e nem era entre clãs rivais. Kyoshi percebia o conflito ganhando forma. Ela podia sentir que, sob seus pés, Chung-Ling do Norte estava prestes a explodir.

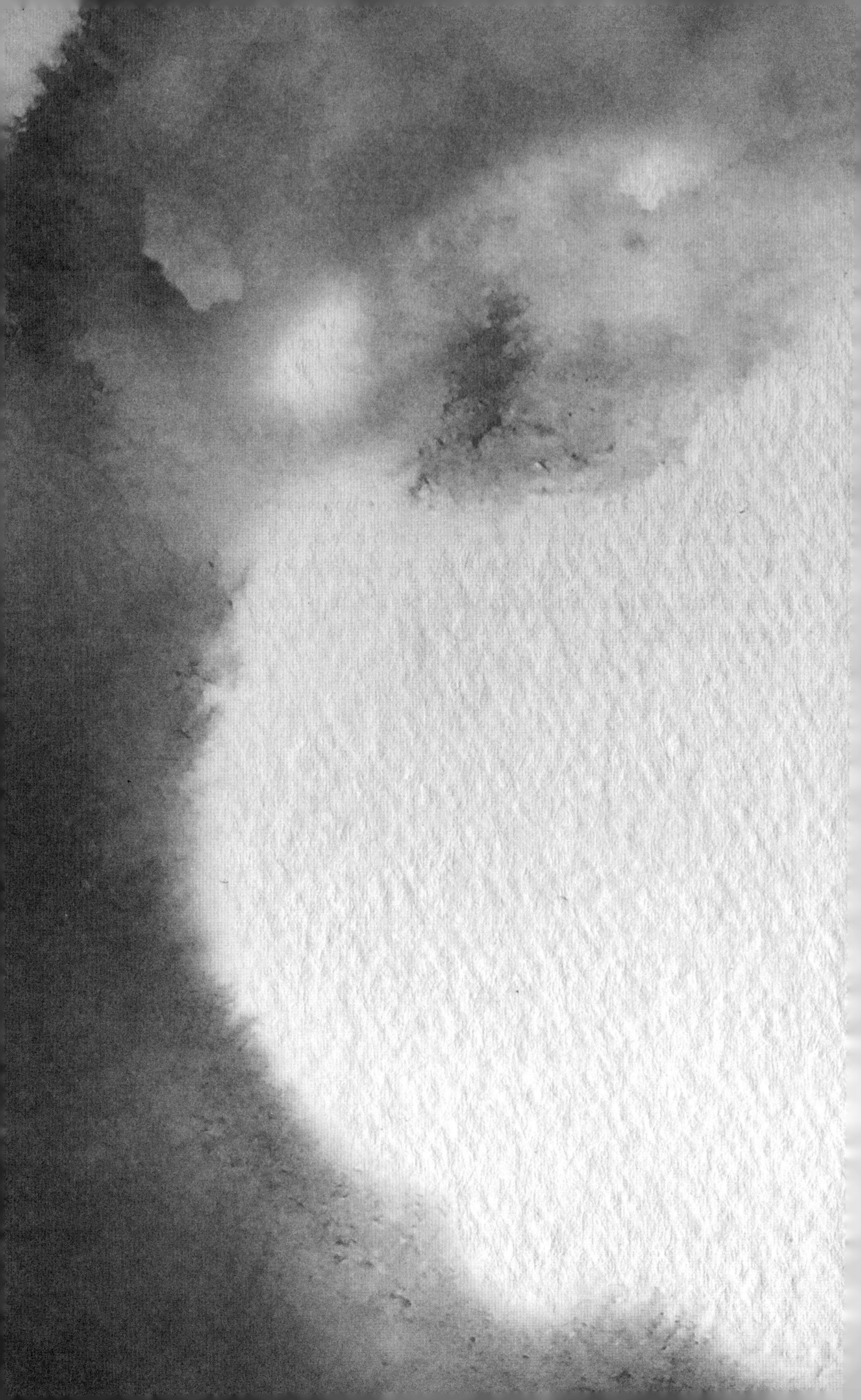

EXERCÍCIOS ESPIRITUAIS

— **NÃO ME** surpreende que fossem parentes — disse Nyahitha quando Kyoshi lhe contou sobre a briga que haviam apartado. — Inimigos são inimigos, mas ninguém pode envergonhar tanto um sujeito quanto a própria família.

Ela e Rangi tinham levado os infratores para a cadeia da cidade. Porém, diante da indiferença do juiz frente ao crime envolvendo familiares, era improvável que eles ficassem presos por muito tempo. Mas ela se lembraria do rosto dos encrenqueiros se os visse pela cidade nos próximos dias.

Kyoshi seguiu Nyahitha por um caminho estreito que se arrastava ao longo da borda da cratera. Estavam a sós. Todo o grupo tinha se apresentado na tenda do sábio na hora marcada, mas ele declarara que os exercícios espirituais que fariam não eram uma atividade em grupo. Somente a Avatar deveria estar presente.

A subida exigira muito esforço devido à umidade da ilha. Era mais fácil falar agora, que estavam expostos à brisa fresca que corria ali do penhasco.

— Mas não é um bom sinal — continuou Nyahitha. — As brigas geralmente só começam após o início do festival, depois que o álcool começa a fazer efeito. Tenho certeza de que também há muitas brigas entre os bêbados no Reino da Terra, mas, aqui, todos querem vingar cada mínima ofensa ao próprio nome. — Ele fez uma careta. — Olha, não gosto desse costume do meu país.

Kyoshi conhecia o sentimento. Alguns costumes obscuros e corruptos do Reino da Terra também lhe causavam grande tristeza.

— Pelo menos não haverá nenhum Agni Kai — disse Nyahitha. — É uma ofensa espiritual queimar outra pessoa durante um feriado.

Eles caminharam um pouco mais até chegarem a uma falésia, de onde se podia avistar uma planície com plantações em crescimento, um declive suave que trazia marcas de arado e enxada. A maior parte das plantações já havia sido colhida.

— Não há luz suficiente para ver direito agora, mas lá estão os campos de inhamelão. — Nyahitha apontou para uma região verde no lado oposto da aldeia. — São plantas extremamente sensíveis, então são mantidas no solo até o fim do festival. Eu vou ficar surpreso se a plantação sobreviver por tanto tempo. Esta cidade está murchando, Avatar. O dinheiro dos turistas ajuda, mas não é suficiente.

— Você acha que os rumores são verdadeiros? Os espíritos poderiam estar com raiva do Senhor Zoryu por algum motivo? — questionou Kyoshi.

— *Os homens pensam, os espíritos agem* — disse Nyahitha, citando uma velha expressão. — Você pode perguntar diretamente a eles, assim que descobrirmos como. — Ele apontou para um toco localizado em outra clareira próxima. — Ali é onde amarraríamos seu bisão voador, se você tivesse um.

Kyoshi franziu a testa.

— Eu tenho um bisão. Quero dizer... tenho acesso a um.

— O quê? — O grito de Nyahitha ecoou no ar da noite. — Por que não me disse isso? Estamos caminhando há uma hora! Poderíamos ter voado para cá em minutos!

— Você não me disse para onde estávamos indo! Achei que a caminhada fazia parte do exercício espiritual!

Os dois se contiveram para não xingar um ao outro. Considerando a obsessão da Companhia Ópera Voadora por Peng-Peng e os resmungos de Nyahitha por ela não ter trazido Ying-Yong, Kyoshi estava começando a achar que o mundo seria melhor se o Avatar simplesmente reencarnasse como um bisão voador de agora em diante. Pelo menos assim seria amado por todos.

— Tudo bem, apenas sente-se — disse Nyahitha. — Qualquer lugar está bom, desde que haja algum espaço entre nós.

Kyoshi tomou sua posição.

— Não vamos usar incenso, vamos? — Ela já tivera sua cota de experiências ruins com incensos.

— Não, não vamos. — A abordagem de Nyahitha parecia se desviar das várias armadilhas espirituais. Ele abandonara sua ridícula fantasia de Sábio de Fogo e agora vestia um simples manto de algodão, desprovido de quaisquer símbolos dos clãs.

— Sabe, acabei de pensar em algo — disse Kyoshi enquanto ele se sentava à sua frente. — Se não der certo com Kuruk, você poderia me guiar até Yangchen. Ela era uma verdadeira ponte entre humanos e espíritos.

Nyahitha soltou o ar por entre os dentes.

— Eu... não acho que Yangchen vai ajudar tanto quanto você pensa.

— Isso não faz sentido. Yangchen era o Avatar perfeito. — Ou pelo menos, era melhor que Kuruk em todos os sentidos. — Ela poderia me ajudar de alguma forma.

— Se você acessá-la, talvez. Alguns sábios, inclusive eu, acreditam que o contato com as vidas passadas precisa seguir a ordem correta. Você não pode falar com Yangchen ou os Avatares mais antigos antes de conseguir se conectar com Kuruk.

— Que ótimo! — Kyoshi exclamou, levantando as mãos e desfazendo sua postura meditativa. — Então, além de tudo o que fez, Kuruk é um muro que me impede de atingir todo o meu potencial!

— Ele não é um... Eu juro, eu saberia que você era a reencarnação dele desde o início, e poderia ter poupado o Reino da Terra de muitos problemas, se eles a tivessem trazido para mim! Vocês dois são *exatamente* iguais!

Kyoshi gaguejou, completamente indignada. Como ele ousava... Como tinha coragem de insinuar tal...

Percebendo sua indignação, Nyahitha rapidamente enumerou uma lista em seus dedos.

— Vocês dois idolatram Yangchen, ambos são teimosos quando se trata do que querem, e nenhum de vocês tem controle sobre as emoções! Anote minhas palavras: você vai se dar mal algum dia por causa de seus sentimentos pessoais, assim como ele!

— Fico feliz que você tenha percebido tudo isso pelas *duas* conversas que tivemos! — Kyoshi tinha pensado que nunca mais teria de lidar com tutores misteriosos, cujas habilidades incluíam enxergar quem ela *realmente* era por dentro. Mas ali estava ela. — Agora, podemos começar a trabalhar?

Nyahitha limpou a boca e se acalmou, adotando um estado mais apropriado para o guia espiritual de um Avatar.

— Existem várias maneiras de Kuruk se comunicar conosco — explicou ele. — A mais direta seria você simplesmente ter uma visão dele. É um método que tende a ser bem-sucedido em locais com significado para os Avatares anteriores. Este ponto onde estamos era onde Kuruk meditava e se recuperava de suas próprias jornadas espirituais.

Uma visão em um local importante para o Avatar da Água. Isso explicava a aparição dele no Templo do Ar do Sul, e Kyoshi lembrou com desagrado, nos destroços que ele tinha deixado na ilha de Yangchen.

— A desvantagem desse método é que você consegue apenas receber a mensagem do Avatar — disse Nyahitha. — Então não é tão útil se você tiver perguntas a fazer. Outra maneira, que permitiria uma conversa, é se ele assumisse seu corpo e falasse comigo pessoalmente. Mas eu teria de retransmitir suas perguntas a ele.

Kyoshi franziu a testa. Ela estava bastante desconfortável com a ideia de ser possuída por alguém. Além disso, Kuruk era uma das últimas pessoas que ela queria controlando seu corpo, mesmo que ele fosse sua própria vida passada.

Nyahitha notou sua relutância.

— Se não quiser fazer isso, o último método, que é o mais difícil e menos provável de funcionar após uma única sessão, é você meditar abrindo caminho para o Mundo Espiritual. Lá, você poderia falar com ele cara a cara. Esse nível de conexão é uma das maiores habilidades do Avatar. É a maneira mais eficiente e clara de usufruir da sabedoria das gerações anteriores.

Ele fez uma pausa.

— Mas...? — Kyoshi perguntou.

— O espírito de Kuruk pode não estar lá para recebê-la, e seu corpo fica indefeso fisicamente enquanto seu espírito está do outro lado. Também é possível que você não se lembre de nada do que aprendeu quando voltar ao mundo físico.

Talvez fosse melhor ela inalar gás naquela barraca suja.

— Isso não está me soando como o poder grande e útil que todo mundo enaltece.

— Nada é útil até que você tenha prática. — Nyahitha juntou as mãos, dedos com dedos, palma com palma. Depois de uma respiração profunda, ele as separou, criando uma pequena labareda no espaço vazio. O fogo tremulante pairava no ar, com o tamanho e a suavidade de uma chama de vela.

Ele suavizou a voz.

— Concentre sua atenção nesta única chama — disse. — É uma chama, mas ao mesmo tempo são muitas. Ela muda a cada momento.

Kyoshi relaxou focando nas palavras de seu guia.

— Nenhum fogo é sempre o mesmo fogo — continuou Nyahitha. — Nenhum Avatar é a mesma pessoa. Você e a chama mudam a cada momento, a cada geração. *Você* é uma chama, você é uma entre muitos.

As palavras de Nyahitha se transformaram em ecos de si mesmas, um som harmônico, uma reverberação. Foram perdendo o sentido e ganhando peso.

— Uma e muitos. Você é a chama. Uma entre muitos, uma e muitos.

As nuvens ganharam velocidade. As árvores sussurravam em seus ouvidos. As estrelas piscaram para a noite. A voz de Nyahitha tornou-se a sua. Ela estava repetindo as falas depois dele, espontaneamente, e multidões dela mesma gritavam em resposta. Era como uma cerimônia de juramento onde ela era a líder e a seguidora ao mesmo tempo.

E então...

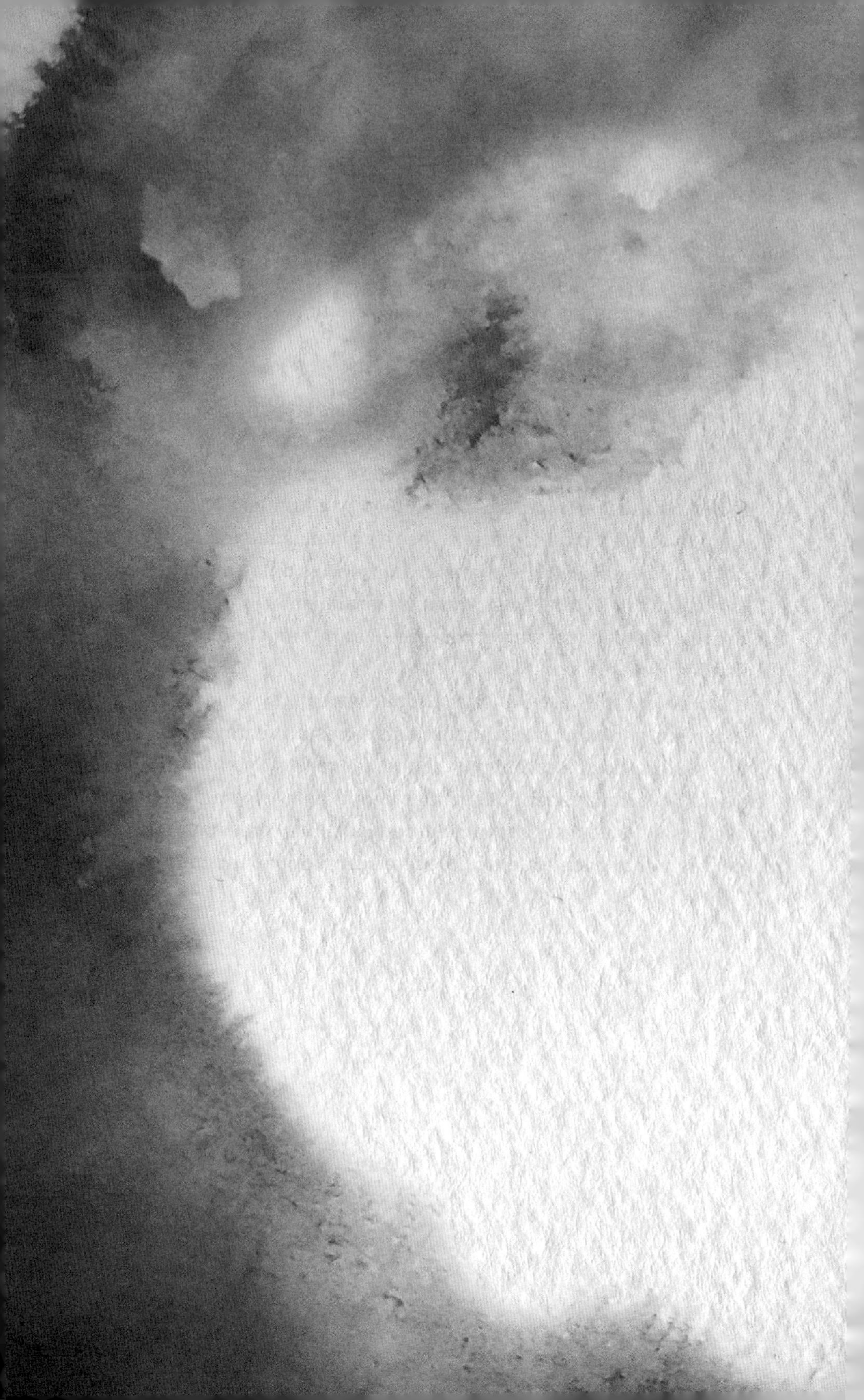

A MENSAGEM

O GELO de Agna Qel'a era tão claro e puro que Kyoshi instintivamente esfregou seus braços para aquecê-los. Apesar da viagem repentina de sua mente pelo mundo, ela sabia exatamente onde estava e para o que estava olhando. Ela tinha a certeza de já ter estado ali antes.

Kuruk estava sentado em um grande banquete, com longas mesas de gelo dispostas com carnes cruas e assadas, além de porções de peixe variadas. Para Kuruk e seu povo, o salão glacial estava quente e brilhante, graças ao calor de dezenas de lamparinas, mas eles riram dos trêmulos nobres estrangeiros vestindo peles vermelhas e casacos verdes, que tentavam levantar as xícaras com suas luvas grossas para fazerem um brinde. Ao longo da noite, ele questionou os seus anciãos, perguntando-lhes: *Como vocês sabiam? Quais foram os sinais?* Kuruk nunca havia dominado os outros elementos até que eles lhe dissessem para tentar, confiantes em seu sucesso. Semanas atrás, ficou atônito quando o cristal fluorescente que os anciãos lhe deram pairou no ar sob seu comando.

Os sábios da Tribo da Água do Norte apenas lhe sorriram em resposta, e asseguraram-lhe que o procedimento secreto de identificação do Avatar tinha corrido sem falhas, um sinal auspicioso para sua nova era. O sucessor de Yangchen seria digno de seu legado e a paz continuaria por cem gerações. Desistindo de questionar, Kuruk sorriu e assentiu. Embora aquela noite tivesse sido planejada para ser uma *celebração, a certeza absoluta que todos depositavam nele impedia que a alegria chegasse completamente ao seu coração.*

Kyoshi estava assistindo a uma memória de sua vida passada. Ela olhou para um jovem Kuruk de vários ângulos ao mesmo tempo, reconhecendo o que se passava em sua mente a cada mudança de seu belo rosto.

— Kuruk! — ela tentou gritar, sem efeito. Eram lembranças, e não uma situação real em que as pessoas pudessem ouvi-la e responder. Ela estava presa, como uma expectadora vendo a performance de outra pessoa, forçada a assistir a uma peça que não podia alterar.

A dominação de terra foi tão fácil para ele. Muito fácil. As pedras dançavam ao seu comando, mas sua técnica era imprópria, disse seu velho mestre de Ba Sing Se. As pedras eram dispersas e ondulantes, não firmes o suficiente para pisar. Ele não estava adotando a atitude de um dominador de terra. Kuruk tentou impedir que seu estilo de dominação de água influenciasse e impactasse negativamente as outras formas de dominação. Mas os elementos... Eles estão todos conectados. Um flui para o próximo, compartilhando a mesma energia. Ele gostaria que seus professores mais velhos percebessem isso. Ser uma única mente em vez de quatro, não era essa a força do Avatar? Ficar alternando constantemente sua identidade – dominador de água, dominador de terra, dominador de água, dominador de fogo, dominador de ar –, esse esforço excessivo acabaria com ele.

Surpreendentemente, a única pessoa que concordou com Kuruk foi um membro mais jovem da delegação do Reino da Terra, um garoto arrogante da tribo Gan Jin. Apesar da diferença de personalidade, Kuruk começou a conviver cada vez mais com esse garoto. Era Jianzhu. Ficou claro que aquele menino nervoso precisava de um amigo. E o Avatar também. Muitas pessoas gostavam dele, mas não era a mesma coisa que amizade verdadeira.

Levou um longo tempo até que os dois se sentassem juntos em uma mesa de Pai Sho. Quando a primeira partida terminou, o vínculo de Kuruk com Jianzhu era absoluto.

Os dois colocaram suas máscaras e aguentaram os sermões dos mais velhos até que Kuruk tivesse domínio do fogo e do ar. Era melhor simplesmente cumprir os requisitos exigidos do que lutar contra as tradições. Ele fingia ser um aluno exemplar na frente de seus professores, e até segurava a língua para não fazer correções em seus métodos. Ele até inventou uma técnica que poderia ter lhe rendido medalhas. Uma maneira de criar uma almofada de ar sob um objeto pesado para que pudesse ser deslizado sobre o chão, flutuando com facilidade. Uma forma perfeita de organizar todas aquelas estátuas que havia ao redor dos Templos do Ar.

Se as pessoas tivessem conhecido Kuruk quando criança, ficariam surpresas com seu bom comportamento. Havia uma razão para isso, porém, uma recompensa que estava no final do treinamento de todos os elementos: um bisão voador. Seria possível viver todos os tipos de aventuras uma vez que tivesse uma montaria voadora à disposição. Com um bisão, o mundo se abria, não haveria restrições impostas pela distância.

Foi na esperança de experimentar uma aventura que Kuruk e Jianzhu foram pegos se esgueirando pelos estábulos por um dos monges mais novos do Templo do Ar do Sul. Ele os prendeu na parede com uma rajada de ar, sacudindo suas bochechas por vários minutos.

O cabelo de Jianzhu estava eriçado como espinhos de cacto quando os dois se ajoelharam na frente do abade do templo e dos anciãos de Kuruk, tremendo com as punições que poderiam receber. Ambos foram chamados de tolos. Todo Avatar fazia algumas viagens independentes; eles poderiam simplesmente ter esperado por essa chance. Agora, em sua primeira viagem, teriam de estar acompanhados.

O monge que os maltratou no estábulo acabou sendo designado como companheiro do Avatar, apesar de seus protestos de que não queria nada com dois ladrões de bisão. Eles ficaram chocados ao saber que o monge tinha a mesma idade que eles, pois seu imenso tamanho e sua barba invejável o faziam parecer mais velho. Foi um bom castigo. O Avatar agora tinha um companheiro rabugento em sua cola. Era um tal de Kelsang.

— Não! — Kyoshi se debateu para a frente e para trás, incapaz de se libertar. — *NÃO!*

Ela resistira ao mal-estar de precisar olhar para uma versão mais jovem de Jianzhu. Engolira seu ódio lembrando a si mesma que ele estava morto. Mas rever Kelsang tinha sido demais.

Ela não podia avisá-lo do monstro que entrava em sua vida disfarçado de amigo. Não podia mudar o destino dele. Era como assistir a uma onda se dirigindo contra a costa, onde iria quebrar e se dissipar, inevitavelmente.

O último membro de seu grupo seria um adulto. Os três seriam acompanhados por um dos professores mais rigorosos e severos da Academia Real. Um Sei'naka. Os líderes dos clãs mais poderosos da Nação do Fogo pensavam duas vezes antes de mexer com um Sei'naka. Mas, por obra do destino, o homem ficou doente. Então, ele enviou uma parente mais jovem em seu lugar, assegurando-lhes que seria apenas temporário. Assim que viu Hei-Ran, Kuruk soube que deveria fazer o que pudesse para tornar aquela troca permanente.

Ele estava convencido de que os espíritos lhe deram uma visão naquele dia no Porto do Primeiro Lorde. A garota que chegou era um sonho ambulante de cabelos negros como a noite, lábios ardentes e olhos cortantes como facas. Ele precisava lhe perguntar. Precisava esclarecer seus sentimentos, enquanto seu coração batia como um tambor de batalha, dando-lhe coragem para se aproximar de uma mulher tão bonita. Kuruk confiou em seu charme, uma arma que nunca havia falhado no passado.

Levou menos de um minuto para Hei-Ran declarar friamente que não estava interessada em um relacionamento com o Avatar. Jianzhu e Kelsang se mostraram "solidários" à miséria do amigo, batendo nas costas um do outro e rindo de como ele fora brutalmente dispensado. Mas enquanto se divertiam à custa de Kuruk, os dois não viram Hei-Ran dando ao Avatar uma piscadinha lenta, um sorriso malicioso e um sussurro de que o romance era proibido... enquanto ela estivesse em serviço.

Finalmente estava viajando pelo mundo em um bisão. Enquanto a brisa agitava seus cabelos e o sol aquecia sua pele, Kuruk surpreendeu seus companheiros pedindo mais treinamento de dominação. Por quê?, eles perguntaram. Os três eram jovens e não eram especialistas em seus elementos. Além disso, Kuruk era um prodígio em dominação, já sendo um mestre em todos os quatro elementos. Que necessidade ele tinha de praticar mais?

Kuruk explicou que a diferença entre os melhores mestres em Pai Sho e os jogadores medíocres era simplesmente que os verdadeiros gênios tinham jogado muito mais vezes do que os demais. Eles nunca pararam de aprender. Jianzhu, Kelsang, Hei-Ran – os três poderiam *torná-lo um Avatar melhor. Juntos, poderiam melhorar um ao outro. O desafio constante era a chave para o crescimento.*

E, assim, o grupo passou a praticar durante as pausas de suas jornadas. Praticaram entre eles, identificando, corrigindo e melhorando as técnicas um do outro, até que os quatro pudessem se comunicar sem dizer qualquer palavra, com seus espíritos se fundindo em um só. Kuruk sabia que seus companheiros tinham potencial para serem grandes, heterodoxos e muito mais do que os anciãos queriam ou esperavam deles.

Kelsang confirmou isso uma noite quando admitiu que visitou o Mundo Espiritual sem querer. Suas descrições de criaturas coloridas e translúcidas, plantas falantes, paisagens inconstantes, confundiram e perturbaram os monges mais velhos, que pensavam no reino além do físico como um lugar sombrio, onde o vazio refletia o isolamento do visitante.

Era como Kuruk já imaginava. No instante em que os fatos discordavam de suas noções preconcebidas, as pessoas enlouqueciam. Estava resolvido. Kelsang iria guiar o Avatar ao Mundo Espiritual.

O monge concordou prontamente, ansioso para que alguém compartilhasse as maravilhas que ele tinha visto, sem ser ridicularizado por isso. Eles escolheram um campo no Reino da Terra perto de Yaoping, onde diziam que Yangchen gostava de praticar o uso do Estado Avatar para fortalecer sua dominação de ar. Kelsang e Kuruk sentaram-se na grama, de frente um para o outro.

Embora o exercício tivesse sido ideia dele, Kuruk não focou imediatamente na meditação. Ele levou um momento observando a respiração de Kelsang farfalhar os pelos grossos de seu bigode. Também sentiu os olhos de Jianzhu e Hei-Ran em suas costas, seus olhares cheios de calor.

Seus amigos. Ele os amava tanto. A vida era boa, muito boa. E o mundo era um lugar maravilhoso.

As unhas de Kyoshi estavam molhadas. Ela as tinha cravado nas palmas das mãos. O sangue lhe escorria pelos dedos.

Kyoshi ainda conseguia ver o rosto de Kelsang. Do homem que salvara sua vida, que a criara. O rosto de seu pai. Kuruk tivera sorte por passar tanto tempo com ele.

Seus olhos de repente ardiam. Estavam incomodados com a luz do amanhecer. Nyahitha estava sentado de costas para o leste, então o sol nascente passava sobre seus ombros. O sábio olhou para ela com reverência, mas parecia confuso.

— Seu espírito deixou o corpo — disse ele. Ela poderia jurar que havia certa admiração em sua voz. — Eu deixei a chama apagar após os primeiros dez minutos, pois ficou claro que você não precisava dela. Nunca vi ninguém fazer isso tão rápido. Kuruk estava lá? Ele lhe contou sobre o Chefe Vaga-lume?

— Não encontrei Kuruk — respondeu, num tom estrangulado. Suas palavras não pareciam pertencer a ela. — Apenas as memórias dele. E elas... elas não eram as que eu estava procurando.

As visões tinham sido uma tortura. Fora doloroso ver Kelsang rindo, colocando o braço sobre o ombro do homem que, um dia, cortaria sua garganta e o deixaria sangrando até a morte em uma montanha. Fora difícil observar Hei-Ran em seu auge, sabendo que sua força e sua honra seriam roubadas.

Os quatro eram bons amigos e, ainda assim, Kuruk deixara as pessoas que mais o amavam se afastarem como folhas secas ao vento, seguindo pelos caminhos da ruína. O Avatar deveria ter feito mais por eles. Deveria ter lutado mais para mantê-los juntos.

— Eu não descobri nada — lamentou Kyoshi. — Só o quanto a vida dele era mais fácil do que a minha.

Nyahitha olhou para ela com tristeza. Então escarrou, puxando o conteúdo de seu nariz para a garganta.

— Tudo bem, então. Vamos nos aprontar. Terminamos por aqui.

Kyoshi estava de acordo.

— Existe outra técnica que possamos tentar? Talvez um local diferente?

— Sim, mas acho que você não vai se sair melhor do que isso. Este é o seu limite.

Nyahitha se levantou e limpou a poeira de suas roupas.

— Você pode ser boa em meditação, mas nunca falará com Kuruk, ou qualquer um de seus outros predecessores do ciclo Avatar, se continuar se apegando aos seus ressentimentos. Não são as falhas de Kuruk, e sim as suas, que a impedem de conseguir o que deseja. Você terá de encontrar outra maneira de resgatar seu amigo das garras do Chefe Vaga-lume.

Furiosa, Kyoshi encurtou a distância entre ela e Nyahitha e o agarrou pelas vestes. Ele a olhou calmamente, como se já esperasse por aquela atitude ameaçadora. Ele enxergara seus pensamentos e desejos.

Ela o soltou de forma brusca.

— Deixe-me compartilhar com você alguns conselhos, sabedorias que acumulei ao longo dos anos — disse Nyahitha, alisando a roupa que ela havia amarrotado um pouco antes. — Você pode ter seu passado, ou pode ter seu futuro. Não ambos. Podemos tentar novamente assim que você entender isso. — Decidindo que o futuro dele estava na cidade, Nyahitha começou a descer a montanha.

Kyoshi observou seu guia se afastando, sentindo-se mais impotente do que nunca. Ir até ali tinha sido um erro. Ela nunca deveria ter acreditado que Kuruk pudesse lhe dar as respostas de que precisava. Não havia mais nada que pudesse fazer agora a não ser seguir Nyahitha, engolindo a amargura presa em sua garganta.

Eles não tinham caminhado por muito tempo quando o sábio, talvez por notar que ela estava à beira das lágrimas, falou, enquanto seguia pela trilha estreita:

— Eu não estava mentindo quando disse que você tinha uma boa disciplina espiritual. Você deve ter aprendido os fundamentos com um bom professor.

Sua pena foi pior que seu antagonismo.

— Você não é o primeiro velho com quem meditei, se é isso o que quer saber. — Kyoshi tinha aprendido essa prática com um suposto imortal. Teria pegado mal se ela não tivesse dominado um truque ou dois sobre exercícios da mente.

Nyahitha deu de ombros.

— Seja quem for, tem os meus parabéns. Eu consegui sentir o véu que separava os dois mundos se esvaindo, Avatar. Os espíritos das ilhas vieram e falaram com você esta noite. A questão é se você consegue decifrar suas mensagens ocultas.

O amanhecer trouxe ainda mais beleza às Ilhas do Fogo, que agora podiam ser vistas em sua plenitude. O sol dourava os campos abaixo deles e, daquela altura, Chung-Ling do Norte se destacava como a marca de um artista sobre a pintura da natureza. Porém, com os olhos acostumados à claridade, o que devolveu à terra cultivada suas cores naturais, via-se uma discrepância chocante.

Kyoshi parou de repente e apontou para o campo de inhamelão na encosta.

— Os espíritos fizeram aquilo? — perguntou. — Porque se fizeram, acho que a mensagem deles ficou bem clara.

As folhas de inhamelão formavam um denso manto de vegetação sobre o solo. Mas muitas das plantas, em apenas uma noite, haviam ficado secas e amareladas, destacando-se contra o verde ao redor. Daquela distância, podia-se ver na plantação uma mensagem feita com pinceladas gigantes.

Com letras perfeitamente legíveis, Kyoshi e Nyahitha puderam ler: *Salve o Senhor do Fogo Chaejin*.

INTERLÚDIO: SOBREVIVÊNCIA

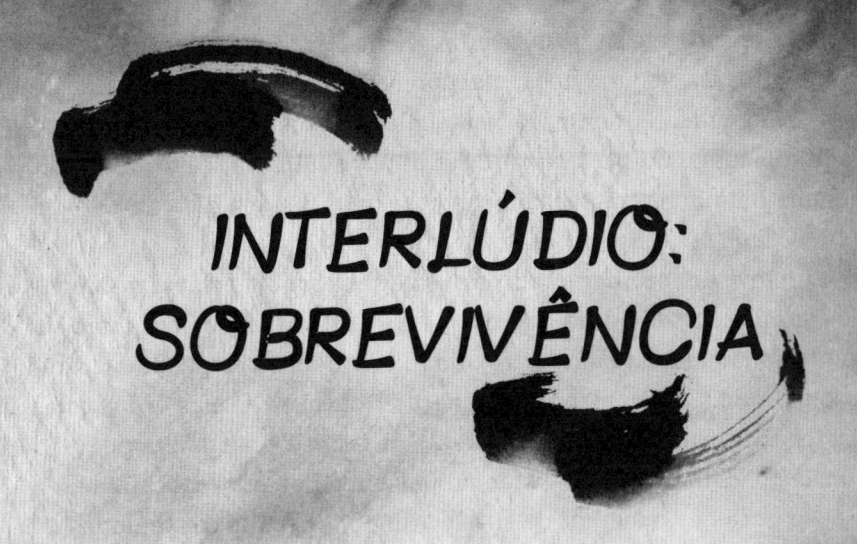

YUN ERGUEU as mãos quando o Chefe Vaga-lume veio para cima dele. *É isso*, ele pensou. *É aqui que tudo termina*. O garoto, que de Avatar acabou se tornando um nada, iria desaparecer sem deixar rastro.

Porém, como que por pura memória e prática, seus músculos se enrijeceram. Com isso, seu gesto de rendição se transformou no golpe Punho Perfurante, cujo movimento imitava a forma de um gancho.

A terra. A terra que o amava como ninguém. Ele deveria saber que, mesmo no fundo do poço, jamais seria abandonado por seu elemento nativo. Uma explosão de lama e pedras atingiu o Chefe Vaga-lume direto em seu imenso olho. O espírito gritou e desistiu de sua investida.

Yun olhou para as próprias mãos em choque, como se aquele tivesse sido seu primeiro ato de dominação de terra. Lágrimas brotaram em seus olhos, turvando sua visão.

— Não acredito. — Ele enxugou o rosto com o braço e fungou. — Eu consigo dominar aqui.

O duelo durou três dias e três noites. Pelo menos era assim que se espalharia a história, se contada por alguém.

Na verdade, Yun não sabia por quanto tempo lutou contra o Chefe Vaga-lume. O tempo parecia funcionar de forma diferente ali. Em certo momento, ele se lembrava de ter rastejado até a beira do pântano à procura de uma poça, mais preocupado em saciar sua sede do que se defender. No entanto, tentáculos gosmentos bloquearam seu caminho, forçando-o a se virar e continuar a luta. Não se tratava mais de uma batalha entre predador e presa, mas de uma disputa de ódio e teimosia.

Yun teve de escolher quais partes de seu corpo sacrificar, recebendo o golpe como um dos bonecos que ele e o Mestre Amak usavam em seu treinamento. Um cotovelo torcido era melhor do que uma costela quebrada. Sangramento na cabeça era aceitável, mas era preciso proteger as artérias. Mais importante de tudo, ele não podia perder a consciência, fosse por exaustão ou por um golpe que o nocauteasse.

O garoto deu o melhor de si. Ele atingiu o espírito com colunas de rocha sólida, pulverizou-o com nuvens de pedra e quase o agarrou com uma mão de lama gigante criada por sua dominação. Durante a luta, Yun conseguiu notar uma fraqueza em seu oponente, o que lhe deu um pouco de esperança: toda vez que era atingido, o espírito diminuía de tamanho. E aquilo marcava o progresso da disputa.

— Então — disse Yun, durante uma pausa para recuperar o fôlego. — Posso me comparar a Kuruk? — Sangue e suor escorriam da ponta de seu nariz, pingando no chão. — Tenho certeza de que sou tão bom quanto ele quando se trata de dominação de terra.

Seu inimigo continuava a se esquivar entre as árvores, mas em um ritmo mais lento e desordenado. O espírito havia perdido grande parte de sua gosma, o que significava que tinha menos armas para usar.

— Seu imundo presunçoso. Se o Avatar Kuruk não tivesse me enfraquecido anos atrás, eu teria acabado com você em um instante.

— E aqui estou eu! — gritou Yun, desperdiçando um ar precioso, e com seus músculos dilacerados. — Que inconveniente para você!

O Chefe Vaga-lume riu, sabendo que, no fundo, Yun estava se dirigindo a outra pessoa.

— É verdade — disse o espírito, considerando suas palavras. — Você é um esforço que não vale a pena. Existem refeições mais fáceis de conseguir.

A criatura estava entre dois troncos altos. No início da batalha, ela tinha o tamanho de uma roda de carroça, mas agora não era maior do que uma cabaça madura.

— O que acha de uma trégua? Tenho uma proposta para você — disse o Chefe Vaga-lume.

Além de dominação de terra e de Pai Sho, fazer acordos era outra área em que Yun se destacava. Ele pressionou o polegar em uma narina e expeliu um coágulo de sangue da outra.

— Estou ouvindo.

— Posso lhe conceder um pouco do meu poder. Você seria capaz de criar uma passagem entre o mundo humano e o espiritual. Em troca, você traria pessoas para mim. Não muitas. Não quero me tornar muito conhecido.

Eu poderia voltar para casa. Sacrificar inocentes não agradava Yun, mas era importante ouvir todos os termos durante uma negociação, não importava o quão ultrajantes fossem.

— E o que é preciso para você me dar tal poder?

— Nossos corpos precisariam se entrelaçar, mas apenas brevemente. É um ato simples. Físico.

— Você iria... me possuir? Passar através de mim?

— Chame isso como quiser. Só precisamos baixar a guarda por tempo suficiente para nos fundirmos.

O espírito foi generoso demais em sua explicação, revelando mais do que achava necessário.

— Você poderá notar algumas mudanças físicas como resultado, mas não será um problema. No pior dos casos, você estaria mais forte.

Yun reconhecia uma proposta capciosa quando ouvia uma. Mas manter sua boa aparência não era uma preocupação. Ele lutou contra a dor em seus braços e ergueu as mãos. Sem usar movimentos de dominação de terra desta vez.

— Eu aceito.

O Chefe Vaga-lume relaxou seus tentáculos, fazendo uma camada de gosma cobrir o chão.

— Aproxime-se.

Yun se aproximou lentamente. Dentes espalhados numa trilha de gosma grudaram em suas solas. Aninhado na forquilha de uma árvore, o Chefe Vaga-lume aguardava ansioso. Os galhos ao redor lhe davam o aspecto de um rosto. Durante a luta, o espírito nunca havia saído da proteção que o bosque oferecia. Yun se lembrou de como ele também permaneceu dentro do túnel de pedra aberto por Jianzhu, quando estiveram na montanha, em Xishaan. Um olho desprotegido precisava de uma órbita.

Uma energia acolhedora irradiava do espírito, prometendo uma terrível transformação que o dissolveria e o faria renascer como uma larva envolta em seu casulo. O olho abriu-se para ele. Estava pronto para finalizar o acordo.

E Yun também.

Ele separou as mãos, e o chão do bosque seguiu suas ordens. O solo que abrigava as raízes das árvores moveu-se para os lados, dividindo-se em uma linha que passava por baixo do Chefe Vaga-lume.

De repente, o espírito viu sua proteção desfeita pela dominação de Yun. Ele caiu sobre um bloco de terra que o garoto havia criado e gritou de surpresa.

Yun quase gritou também. O ato de força bruta havia esgotado cada gota de seu poder. Kyoshi conseguiria ter feito aquilo facilmente. Mas o esforço de partir o solo quase o matou.

O garoto ainda não tinha acabado. Juntando os braços novamente, quase como em um abraço, ele pegou o Chefe Vaga-lume com garras feitas de terra. Esmagado em seu aperto, o espírito encolheu ainda mais.

— Maldito garoto! — O espírito se contorceu com fúria, impotente. — Eu lhe ofereci poder e você recorre a truques? Nem mesmo Kuruk teria se desonrado de tal... *Aaagh!*

Yun fechou o polegar e o indicador. Os pedregulhos se espremiam cada vez mais, sufocando a criatura.

— Não fale de Kuruk! — gritou.

Sob sua pressão implacável, o Chefe Vaga-lume foi esmagado e reduzido ao tamanho de uma ameixa do mar.

— Pare! Sem se fundir a mim, você não pode voltar para sua casa!

— Eu sei. — Yun estendeu a mão e arrancou o olho encolhido preso à rocha. Estava molhado e pegajoso, exatamente como uma ameixa do mar. — Mas vai ser pelos meus termos, não pelos seus.

— O que você está fazendo? — gritou o Chefe Vaga-lume entre os dedos de Yun, que era excessivamente alto considerando seu reduzido tamanho.

— O que você ia fazer comigo — respondeu. Sem mais considerações, Yun colocou o globo ocular em sua boca.

A esfera estourou entre seus dentes. O gosto amargo da gosma se espalhou por sua boca e um grito ecoou por seus membros, fazendo seus ossos vibrarem como as cordas de um *erhu*. As nuvens macabras acima dele fugiram para o horizonte. Ele conseguia sentir as árvores se escondendo de vergonha.

Yun não precisava que um mestre mais velho e mais sábio lhe explicasse tais reações. Fundir-se com um ser imortal de maneira tão desonrosa o havia manchado definitivamente. Foi um crime contra a ordem das coisas. Uma violação abominável do equilíbrio espiritual.

Ele engoliu o conteúdo de sua boca e deixou que a mudança em seu corpo o dominasse. Nunca fora exigente com comida, de qualquer forma.

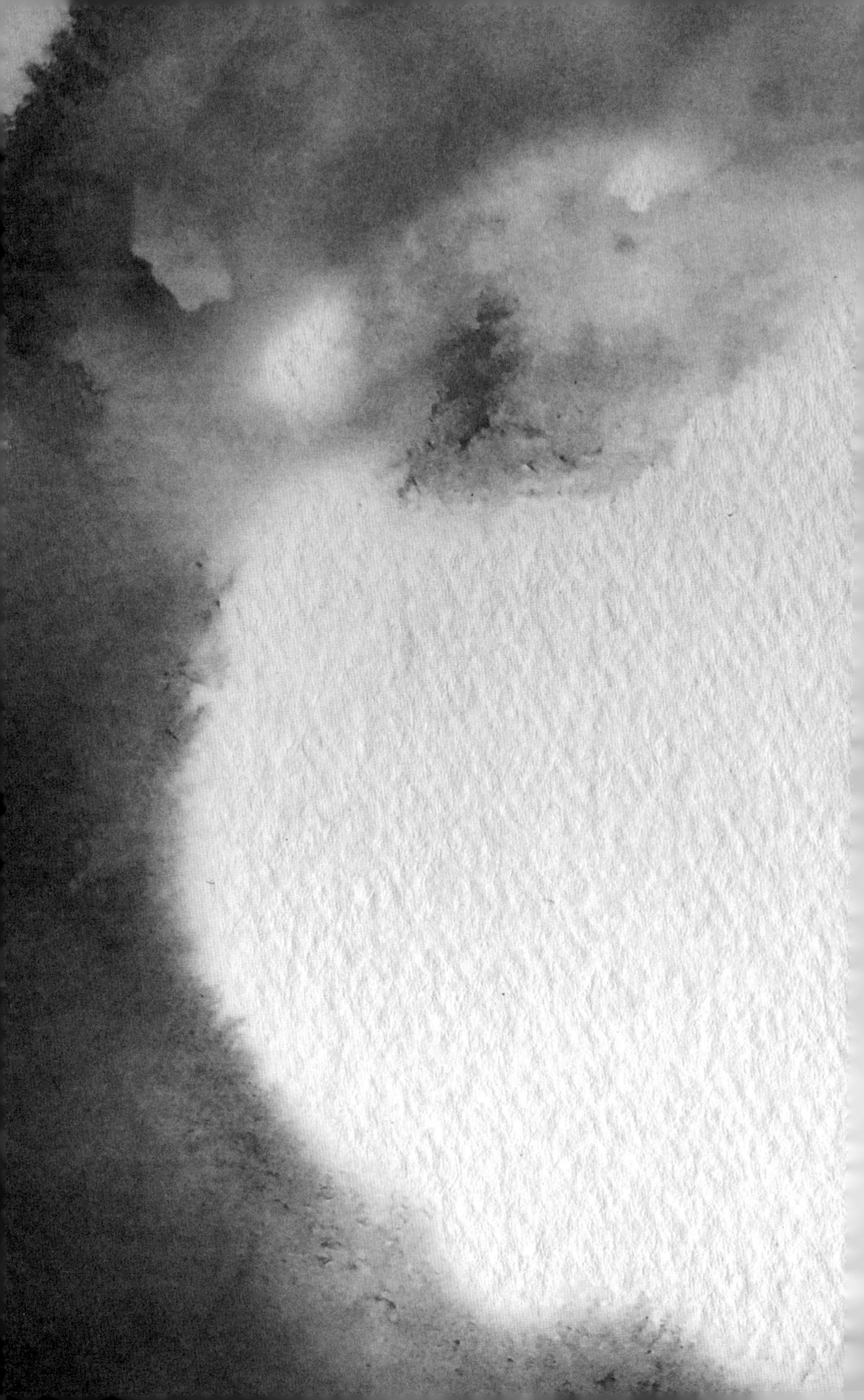

RENÚNCIA

KYOSHI E NYAHITHA desceram a montanha na velocidade que os velhos ossos do sábio permitiam. O que foi surpreendentemente rápido, já que ele estava em pânico.

— Os espíritos falam de maneira sutil, não é? — disse Kyoshi, antes de escorregar em uma rocha molhada, quase torcendo o tornozelo. O que ela não daria para que as forças ocultas do mundo ficassem longe de sua vida.

— Aquilo não é uma mensagem espiritual! É uma declaração de guerra! Se os Saowon *ou* os Keohso virem isso, Chung-Ling do Norte se afogará em sangue!

Ele estava certo. Chaejin estava forjando sua imagem de maneira a se mostrar mais favorecido pelas entidades espirituais. A aparição repentina e inexplicável daquela mensagem durante a noite enfureceria os apoiadores de Zoryu e encorajaria os de seu meio-irmão. Se um único estandarte mal colocado podia causar uma briga, uma provocação desse tamanho poderia ser o prelúdio de uma enorme revolta.

Não fazia sentido os espíritos se importarem com qual irmão se sentava no trono. Teria o treinamento de Chaejin no Alto Templo lhe rendido algum tipo de conexão com as próprias ilhas? Ou será que ele tinha feito algum tipo de barganha sobrenatural? Apesar das visões que Kyoshi teve e do inimigo que vinha mantendo Yun sob seu domínio, ela não conseguia acreditar que os espíritos escreveriam o nome de alguém na paisagem, como verdadeiros vândalos. E pelo jeito Nyahitha também não acreditava naquilo.

Não tinha como Kyoshi desfazer a mensagem, a menos que estivesse disposta a destruir toda a encosta ou incendiar as colheitas restantes de uma aldeia faminta. Enquanto corria, ela conseguia visualizar o sorriso presunçoso de Chaejin, provocando-a. *Nem mesmo o Avatar pode lutar contra a história,* ele havia lhe dito.

Kyoshi e Nyahitha estavam correndo para deter o inevitável. Quando chegaram ao centro da cratera, várias pessoas atônitas já estavam saindo de suas casas e vendo a mensagem gigante.

O sábio parou e se curvou, com as mãos nos joelhos.

— Chegamos tarde demais — ele disse, com respiração ofegante. Inalar tanto gás não tinha feito bem para sua resistência física.

— Encontre meus amigos e conte a eles o que aconteceu. — A Avatar deveria ficar ali, no centro de Chung-Ling do Norte. Os membros dos clãs Saowon e Keohso estavam começando a se reunir.

De um lado da praça, Sanshur e um enorme grupo de valentões apareceram. Eram homens com cicatrizes de batalha. Kyoshi não os tinha visto na feira, ou circulando pela cidade. Pela maneira como eles se portavam, ela imaginou que eram lutadores e guardas experientes, que deviam ter vindo de outros assentamentos na Ilha Shuhon. Com a chegada de Huazo, Sanshur devia ter pedido reforços de seu clã.

O clã Saowon lotou a extremidade oposta da praça, aproveitando o calor do nascer do sol para se aquecer. Os homens atrás de Huazo e Koulin riam e comemoravam a vontade dos espíritos. Ainda era muito cedo para colocarem as armaduras, então todos estavam vestindo mantos de algodão com mangas largas, estampados com camélias vermelhas e brancas. A disparidade entre os tecidos bem tingidos dos Saowon e os trapos desbotados e esfarrapados dos moradores de Keohso fazia a escolha das roupas parecer até uma zombaria.

— Sanshur! — chamou Huazo. Apesar de sua aparência delicada, ela tinha uma voz poderosa, e sabia usá-la quando precisava. — Veja o que os espíritos fizeram!

— Que espíritos que nada! — gritou Sanshur, com o rosto tão vermelho quanto a jaqueta de Huazo. — Isso é uma artimanha dos Saowon e nada mais! — Sua indignação não escondia a preocupação com a mancha que aquela mensagem causaria à honra de seu clã.

Homens que sentiam sua honra ameaçada tendiam a agir precipitadamente e, nesse aspecto, Sanshur não era diferente do garoto em Loongkau que atacara Kyoshi com uma *dao* enferrujada. Ao seu sinal, os homens do clã Keohso começaram a avançar.

Huazo não se intimidou. O sorriso que compartilhou com sua sobrinha dizia que ela queria aquele confronto tanto quanto Sanshur.

— Por que não perguntamos à Avatar como interpretar essa mensagem? Ela está bem ali. Avatar Kyoshi! Você sabe ler, não sabe? Como devemos interpretar este milagre? Você acha que nosso querido falecido Lorde Chaeryu pode estar falando conosco do além?

Kyoshi tentou pensar em uma resposta relevante, que a fizesse soar como uma autoridade espiritual e que mudasse a direção que aquele encontro estava tomando, mas ela não conseguiria ser tão imponente quanto a encosta de uma montanha. Correu então para o meio do espaço cada vez menor entre os dois clãs.

— Parem, todos vocês! — gritou. Ela assistira às memórias de Kuruk como alguém da plateia numa peça de teatro, mas, agora, tinha de agir como a atriz principal. E uma atuação desastrosa poderia levar a um colapso nacional. — Quero que todos voltem para suas casas imediatamente!

— Certo, porque não há nada para ver aqui! — zombou um Saowon.

— Saia do caminho, Avatar! — ordenou Sanshur. — Isso não é assunto para uma estrangeira! Insultos desse tipo precisam ser respondidos, mesmo em um dia santo como hoje!

A tradição que bania Agni Kais durante o festival estava sendo inconveniente naquele momento. Fosse em outra época do ano, os clãs poderiam ter resolvido seus problemas com um duelo de dominação de fogo. Porém, sem aquele ritual, a situação estava se transformando em algo mais perigoso e incontrolável.

Huazo manteve a posição. Seus homens passaram por ela como a água de um rio desviando de uma pedra. Koulin marchou à frente dos guerreiros mais velhos, que confiavam nela para encabeçá-los.

Kyoshi ouviu alguém correndo atrás dela. Era Rangi. Sem sequer um aceno, sua guarda-costas apareceu para cobrir seu flanco, mantendo-se tão próxima quanto o punho de uma espada. Ela parecia abatida e exausta, como se tivesse passado a noite inteira em claro, preocupada com as provações espirituais de Kyoshi. Mas o importante era que estava lá, graças às estrelas. Juntas, elas tinham uma chance de manter a paz.

Os dois clãs se aproximaram, encurralando-as cada vez mais.

— Escutem a Avatar! — orientou Rangi para os Keohso. Como membro da Nação do Fogo e de um clã neutro, talvez ela pudesse mediar o confronto com sucesso. — Kyoshi é a dominadora de fogo de maior patente aqui. Ela tem tanta autoridade quanto a coroa, além da palavra final quando se trata de espíritos! Vocês devem tanta lealdade a ela quanto deviam ao próprio Szeto!

Rangi se virou para se dirigir aos Saowon e à sua ex-colega de classe.

— Koulin — implorou, num tom baixo. — Ajude-nos a parar essa confusão. Você não precisa carregar os rancores de sua tia. Eu imploro.

Koulin ergueu a mão, detendo o avanço dos Saowon. Ela se aproximou, sozinha. Então, parou em frente a Kyoshi e Rangi, com um sorriso caloroso e significativo.

— Ah, Rangi — disse. — Minha querida amiga.

Ela abaixou a voz para que apenas Kyoshi e Rangi pudessem ouvi-la. As feições agradáveis e bonitas de Koulin se transformaram, mostrando um desprezo tão profundo que criou sulcos em seu rosto.

— *Era óbvio que a filha de um animal tosquiado e sem honra iria implorar* — sussurrou, com a intenção deliberada de um assassino.

Rangi piscou. Então, antes que Kyoshi pudesse detê-la, ela acertou o queixo de Koulin.

O ataque de Rangi finalmente deu aos Saowon a desculpa que queriam. Já os Keohso levaram a atitude dela como um exemplo a seguir. Ao redor de Kyoshi, os membros dos clãs rivais rugiram e começaram a atacar uns aos outros.

Ela ainda tentava processar o que estava acontecendo quando um homem bateu em suas costas. Virando-se, ela jogou o homem para o lado, derrubando dois companheiros dele. Ou seus inimigos. As pessoas já haviam se fundido em uma briga acirrada, tornando difícil distinguir os clãs. Os Keohso e os Saowon lutavam com afinco, usando tudo o que estava ao alcance, exceto espadas ou dominação de fogo.

Kyoshi girou na ponta dos pés, enviando uma rajada de vento contra o maior grupo de homens que conseguiu atingir. Isso os derrubou como trigo em uma tempestade, mas eles simplesmente continuaram brigando no chão, em meio à poeira. Corpos se debatiam, uns sobre os outros, aos montes.

Ela se dirigiu a um espaço vazio que se formou ao redor de Rangi e Koulin. Huazo havia desaparecido, deixando a confusão nas mãos da sobrinha. Rangi ergueu a mão para Kyoshi, uma ordem silenciosa para não interferir. Koulin limpou o sangue do sorriso. O golpe fora duro, mas era o que ela esperava e queria.

— Como vamos fazer? — Koulin perguntou a Rangi. — Mesmas regras da academia? Sem chamas nem socos?

— Eu estava pensando a mesma coisa — respondeu Rangi.

As duas se aproximaram. Em vez de recorrerem aos socos e chutes que Kyoshi estava acostumada a ver em disputas de dominadores de fogo, elas se agarraram pela nuca e caíram trocando golpes brutais com seus joelhos e cotovelos.

Ao sentir a primeira rajada de calor, Kyoshi pensou que as duas haviam contrariado as proibições do festival. Mas ela se lembrou de que dominadores de fogo habilidosos podiam causar grandes danos apenas usando as ondas de choque de sua dominação. Cada vez que Rangi e Koulin davam uma joelhada nas costelas uma da outra, ou desferiam uma cotovelada na têmpora de seu oponente, elas geravam ondas de calor que faziam os dentes de Kyoshi tremerem.

Não havia como as duas continuarem com aquilo por muito tempo. Elas defendiam os golpes com suas pernas e antebraços, o que deixava a pele de ambas cada vez mais vermelha. Koulin tentou acertar uma cabeçada no olho de Rangi e errou por pouco, mas abriu um corte ao longo da maçã do rosto da oponente.

Rangi cambaleou para longe. Determinada a explorar sua vantagem, Koulin continuou partindo para cima. Mas caiu em uma armadilha. Com o espaço extra entre as duas, Rangi virou de costas para Koulin e saltou no ar.

Era um movimento raro, mas Kyoshi reconheceu. Ela estava usando jatos de fogo, mas não do jeito que havia feito na Baía Camaleão. Chamas saíram de apenas um de seus pés, impulsionando-a em um salto-mortal, com extrema velocidade e força. Durante o movimento, seu joelho acertou a cabeça de Koulin como uma marreta.

A oponente apagou antes mesmo de atingir o chão, caindo de cara na terra. A luta inteira se passou em segundos.

Respirando com dificuldade por causa do esforço e da dor, Rangi rastejou de joelhos até Koulin. Aparentando calma e sem nenhuma hesitação, ela virou a garota inconsciente e ergueu os punhos, pronta para atacar outra vez sua oponente indefesa.

— O que você está fazendo? — berrou Kyoshi. Ela agarrou Rangi e a tirou de cima de Koulin.

— Eu... — Rangi não conseguiu encontrar uma resposta. O horror tomou conta de seu rosto logo que voltou a si. Ela olhou para a batalha que havia provocado na praça da cidade, e depois para Koulin, que estava imóvel. — Eu...

Kyoshi tinha visto Rangi começar uma briga uma vez, em um *lei tai*. Mas tratava-se de uma ação calculada, e não do resultado de uma explosão de raiva. Se ofender a honra de sua família podia fazer alguém tão disciplinado quanto Rangi perder o controle, era difícil imaginar o que poderia acontecer se essa violência ultrapassasse os limites de Chung-Ling do Norte e da Ilha Shuhon.

— Leve-a para Sifu Atuat! — ordenou Kyoshi.

Ainda em choque, Rangi ergueu Koulin e a colocou sobre os ombros. Ela cambaleou em meio à confusão, esgueirando-se pelos caminhos que conseguia encontrar. Kyoshi teve de confiar na sorte e na honra que restou dos clãs, para que ninguém as atacasse por trás.

Uma vez que não podia dominar terra naquela confusão, não sem ferir seus alvos gravemente pelo menos, Kyoshi resolveu separar os Keohso e os Saowon com as próprias mãos, arremessando os oponentes o mais longe possível uns dos outros. Em alguns momentos, ela batia a cabeça dos adversários como pratos de percussão, na tentativa de desacordá-los. De par em par, ela foi abrindo caminho na multidão, criando paz pela força bruta.

Kyoshi viu Jinpa vindo em sua direção, reprimindo a violência à sua maneira. Muitos dos lutadores simplesmente pararam de lutar quando o viram; a graça de um Nômade do Ar era o suficiente para acalmar seus ânimos. Os que não pararam, ele os acertou com seu bastão, batendo em suas pernas e mãos como um professor irritado até que os inimigos se soltassem.

— Avatar! — gritou o monge. Seus esforços em conjunto estavam funcionando, e ela podia ouvi-lo melhor conforme o barulho ia diminuindo. — Atuat montou um hospital de campanha em um dos restaurantes. — Ele apontou para um prédio próximo do lado dos Saowon. — Nossa pousada não tinha espaço suficiente para abrigar tantos feridos. Rangi está lá agora.

Os moradores da aldeia já estavam carregando os guerreiros mais machucados naquela direção. Kyoshi ia dizer a Jinpa que ele estava se saindo bem. Aliás, que toda a equipe, apesar dos erros, humilhações e fracassos ocorridos desde que chegaram a Chung-Ling do Norte, estava se saindo bem. Porém, quando ela olhou ao redor e viu a briga esfriando até virar brasa, não teve mais tanta certeza, pois percebeu que todos na aldeia estavam ali, assistindo, participando ou se recuperando do confronto.

Uma sensação ruim percorreu todo seu corpo.

— Onde está Hei-Ran? — perguntou. — Quem está com ela?

— Está em nossa pousada... sozinha. — Dando-se conta disso, Jinpa soltou um palavrão impróprio para um Nômade do Ar.

Todo aquele confronto era uma distração mais que perfeita. Afinal, por que Yun mudaria de tática se Kyoshi continuava caindo em suas armadilhas?

Ela correu direto para a pousada na qual ainda nem tinha dormido, atropelando os transeuntes em sua pressa. Jinpa ficou para trás, pois acabou sendo atingido no pescoço e derrubado no chão pelo cotovelo de um Saowon. Não havia tempo para esperar que o monge se levantasse. Ela precisava chegar até Hei-Ran o quanto antes.

A rua onde Kyoshi tentava chegar ficava a vários quarteirões da praça. Conforme ela se afastava do tumulto, um silêncio fantasmagórico passou a imperar. Seus próprios passos e sua respiração irregular soavam mais alto do que os socos e contusões que logo antes enchiam seus ouvidos. Ela passou pela esquina onde o homem havia espancado o próprio parente e entrou na pousada.

O salão lá dentro estava quente, alegre e bem iluminado. Como o estabelecimento localizava-se no lado Keohso da cidade, por todos os lados havia almofadas e tapetes adornados com a peônia alada.

Um tabuleiro de Pai Sho feito com madeira envelhecida estava no meio do piso. De um lado dele estava Hei-Ran. Do outro, Yun.

— Não se mova, Kyoshi — disse Yun. — Ela está em grande perigo agora. — Os olhos dele permaneceram no tabuleiro, examinando a partida em andamento. Ele estava forçando a mãe de Rangi a jogar.

Em vez das roupas típicas do Reino da Terra, Yun usava vestes Saowon furtadas, com uma camélia estampada no ombro. Ele aproveitara o caos lá fora para se misturar. Nada de truques de dominação. Apenas habilidades de infiltração, aprendidas com a mulher sentada à sua frente.

— Kyoshi, lembre-se do que eu disse — falou Hei-Ran com a mesma determinação que tinha antes de cortar o cabelo e perder sua honra. Ela estava pronta para dar o pouco que ainda lhe restava. — Lembre-se do que é importante. Você não terá uma oportunidade melhor do que esta.

Yun mexeu uma peça do jogo com convicção, e ouviu-se um som agudo contra o tabuleiro, o que sinalizava que as peças haviam sido esculpidas em pedra de alta qualidade.

— A vitória será minha daqui a dezoito jogadas, Sifu — disse ele. — Não há necessidade de continuarmos. Acabou.

Hei-Ran balançou a cabeça concordando.

As peças de Pai Sho voaram do tabuleiro para a mão de Yun, seguindo seu comando. Em um instante, elas se fundiram e se transformaram em uma arma longa e fina, que foi apontada para o pescoço de Hei-Ran.

Kyoshi gritou e ergueu as mãos, empurrando a adaga com sua dominação de terra, mas Yun a manteve no lugar. A dominação dele se opôs à dela, da mesma forma que ela e Jianzhu haviam guerreado um contra o outro na casa de chá, em Qinchao.

Mas ali, e naquele momento, Yun era mais forte que Jianzhu. Apesar do esforço de Kyoshi para conter sua dominação, ele cravou a adaga na garganta de Hei-Ran.

FRAQUEZA

AO SOM do grito de Kyoshi, Yun e Hei-Ran se entreolharam. Ele se manteve agarrado à adaga de pedra, como se quisesse manter uma conexão física com a morte dela, da mesma forma que segurara Jianzhu ao matá-lo. Então, o garoto lhe deu um sorriso de despedida.

Mas Hei-Ran ainda não estava pronta para se despedir. Seus olhos de bronze brilharam com clareza e propósito. Enquanto o sangue jorrava de sua ferida, ela agarrou Yun pelo pulso. Engasgando involuntariamente, em meio a espasmos, puxou-o para mais perto. A adaga penetrou mais fundo em seu corpo.

Yun franziu a testa, não esperando por aquilo. Ele tentou libertar sua mão, mas não conseguiu. Os últimos suspiros de Hei-Ran a enchiam de força. Mesmo com o sangue escorrendo dos lábios, ela não tirou os olhos de seu ex-aluno. Hei-Ran levantou a mão e com um grande esforço, que a estava matando tanto quanto o sangue que enchia seus pulmões, produziu uma bola de fogo.

Com a chama em sua mão, Hei-Ran fazia lembrar um dos retratos do Senhor do Fogo, invicto até o fim. Mas, então, ela pressionou a palma da mão em Yun.

Conseguindo se soltar, ele se esquivou para o lado antes que o fogo atingisse seu tronco. Seu ombro, porém, foi atingido pelas chamas, fazendo-o gemer de dor e empurrar Hei-Ran para o chão. O movimento retirou a adaga do corpo da diretora, com um som úmido e agoniante.

Yun correu em direção às escadas que levavam ao andar superior da pousada, segurando o ombro machucado.

Kyoshi não tentou detê-lo. A missão fora esquecida, o plano perdera a importância. Era preciso ajudar a mãe de Rangi. Ela correu para o lado de Hei-Ran e tentou focar na grave ferida, para descobrir o que deveria fazer.

A expressão desvanecida de Hei-Ran era de fúria, mas uma fúria reservada apenas ao Avatar.

— Vá... atrás... dele! — disse ela a Kyoshi, afogando-se no próprio sangue.

Yun fugira para o segundo andar. E estava ferido. Kyoshi poderia alcançá-lo pisando em poeira, um truque secreto da Companhia Ópera Voadora que lhe permitia chegar facilmente a telhados. Mas, para isso, ela teria de deixar Hei-Ran sangrar até a morte. Deixar Rangi perder sua mãe novamente.

Kyoshi arrancou as mangas de sua roupa e as pressionou sobre o corte na garganta de Hei-Ran. O sangue continuava escorrendo por seus dedos, o fluxo às vezes diminuindo, para lhe dar esperança, e depois aumentando. Ela percebeu que isso se devia ao ritmo do batimento cardíaco. Então, não tinha tempo a perder.

Kyoshi ergueu a parte superior do corpo de Hei-Ran do chão, preparando-se para movê-la.

— *N-não!* — gaguejou a diretora. — *Kyoshi!* — A explosão final foi acompanhada por um olhar de indignação, indignação com a fraqueza da Avatar. Em seguida, seus olhos se fecharam.

Kyoshi jogara fora a chance de cumprir seu dever. Ela não conseguira fazer o que precisava ser feito. O futuro traria consequências por ela se deixar levar por apegos pessoais.

No entanto, naquele momento, ela precisava focar na mãe de Rangi. Erguendo Hei-Ran nos braços, a Avatar saiu correndo pela porta, na direção oposta à que Yun tinha ido. Elas precisavam de um milagre. Um que estava do outro lado da cidade.

Kyoshi esperava dentro do Restaurante Ouriço-do-mar, na companhia de Nyahitha e Jinpa. Fechado para o feriado, o estabelecimento estava escuro, e os fogões, desligados. Longas mesas de madeira ocupavam a maior parte do espaço. Eles pagaram generosamente ao proprietário para usar o restaurante, assim como os cômodos no andar de cima, onde Atuat cuidava de Hei-Ran, com Rangi ao lado delas.

Em meio à escuridão, Kyoshi ergueu o olhar da mesa, em direção a Jinpa e Nyahitha, o dominador de ar sem a flecha tatuada na testa e o falso Sábio do Fogo. Em circunstâncias normais, esses dois homens teriam sido seus conselheiros espirituais. Que trio eles formariam.

— A confusão parece ter acabado — disse Jinpa. Ele vinha procurando algo positivo para dizer já fazia um bom tempo.

— Só por enquanto — rebateu Nyahitha. — Há muitos feridos de ambos os lados. Para piorar, alguns combatentes mais jovens e estúpidos se confrontaram fora da praça da cidade e quebraram a regra que proíbe dominação de fogo durante o feriado. Logo que os Saowon e os Keohso se recuperarem, o conflito será retomado e ultrapassará as fronteiras de Chung-Ling do Norte. Agora, cada um dos clãs acredita que tem motivos justos para atacar o outro.

— Não há nada que possamos fazer? — Jinpa perguntou.

— É assim que começam as guerras na Nação do Fogo — explicou Nyahitha. — Se Agni Kais e a mediação do Avatar não funcionaram no passado, dificilmente funcionarão agora.

Kyoshi descansou a testa contra os nós dos dedos e olhou para os padrões ondulantes da madeira. A situação entre os clãs rivais já estava ruim, mas sua decisão de vir para Chung-Ling do Norte levara o país ao limite. Ela era a culpada por tudo que aconteceria a seguir.

Além disso, havia desperdiçado a chance que Hei-Ran lhe dera para derrotar Yun. Assim como quebrara a promessa que fizera a Rangi de manter sua mãe segura. Ela não conseguia falhar em apenas uma única coisa, como a maioria das pessoas; tinha de ser dilacerada por numerosos fracassos.

— Quanto tempo você acha que temos antes do conflito? — perguntou.

— Alguns dias — disse Nyahitha. — Se você tem um plano, é bom que seja simples e rápido.

Ela não tinha plano algum. Não tinha nada.

Atuat desceu as escadas, enxugando as mãos com uma toalha. Felizmente não havia sangue nelas.

— Ela está furiosa com você. — A curandeira se dirigia a Kyoshi.

— Qual delas?

— As duas. — Atuat apontou para o andar de cima, onde mãe e filha esperavam. — Eu não gostaria de estar no seu lugar agora.

Kyoshi precisaria de toda a sua coragem. Era seu acerto de contas. Ela aceitou os olhares de pena de Jinpa e Nyahitha; depois, subiu para ver Rangi e Hei-Ran.

Ela conseguia sentir que o quarto estava quente antes mesmo de entrar. Dentro dele, viu Hei-Ran recostada em uma cama pequena, com uma espessa camada de bandagens envolvendo seu pescoço. A mulher estava pálida por causa da perda de sangue, e isso apenas realçou a raiva em seus olhos. Em uma mesa ao lado dela havia um pedaço de ardósia e vários pedaços de giz, roubados do restaurante no andar de baixo. Incapaz de falar devido à lesão, ela provavelmente usara esse recurso para se comunicar com Atuat e sua filha.

Rangi estava completamente imóvel ao pé da cama, o que fez Kyoshi se perguntar se ela sabia de sua conversa com Hei-Ran no estábulo do palácio, sobre a tática para atrair Yun.

— Você usou minha mãe como isca — sibilou Rangi.

Aparentemente, Hei-Ran havia revelado tudo.

— Eu não concordei com o plano — respondeu Kyoshi, sem firmeza na voz.

— Certo. Você só foi no embalo dela. *Jing* neutro, né? Ficou calada e não me contou que ela pretendia se sacrificar. Você teria me explicado depois que ela morresse? Teria me contado alguma coisa?

Não era isso que Kyoshi planejara. Mas planos não importavam. Apenas ações e seus resultados.

— Rangi, por favor! Sinto muito!

— Não se desculpe comigo! — exclamou Rangi. — Não há necessidade. Porque de agora em diante, eu não serei mais *nada* para você. Você me ouviu, Avatar Kyoshi? *Nada*. — Ela passou por Kyoshi e desceu as escadas correndo.

Kyoshi mal percebeu a saída da dominadora de fogo. Estava processando como ela a havia chamado. Rangi nunca tinha se dirigido a ela como "Avatar Kyoshi". Nem em Yokoya, nem na Baía Camaleão, nem em Hujiang ou Zigan. Ouvir aquelas palavras saindo de seus lábios foi como sentir uma lâmina penetrando seu coração, fria, afiada e certeira.

O corpo de Kyoshi queria colocar para fora todo o mal-estar que estava sentindo. Suas entranhas se retorciam como se ela tivesse tomado um grande gole de uma bebida amarga. Desde que Jianzhu havia sequestrado Rangi, ela estivera tão focada nos perigos que poderiam separá-las, que nunca pensou que pudesse perdê-la por dizer a coisa errada, ou apenas por ficar em silêncio no momento errado.

Kyoshi não conseguia respirar. Não queria respirar. Um futuro sem Rangi não era algo que conseguiria enfrentar. Ela se sentia presa novamente, como se estivesse nas memórias de Kuruk, forçada a assistir a acontecimentos que não suportava testemunhar.

De repente, um pequeno objeto atingiu a testa de Kyoshi. Algo branco e empoeirado caiu no chão. Hei-Ran tinha jogado um pedaço de giz nela.

A diretora ergueu sua lousa e bateu em sua superfície, mostrando a Kyoshi o que havia escrito. *Não entre em pânico*, dizia na lousa. *Ela não vai deixar você.*

— Ma... mas ela disse... — Kyoshi se debulhava em lágrimas, como um navio naufragando, ameaçando se perder nas profundezas do mar.

Hei-Ran revirou os olhos, limpou a lousa e escreveu novamente, usando um novo pedaço de giz. Ela escrevia de forma tão rápida e eficiente que poderia até ultrapassar o discurso de algumas pessoas. Era uma professora, afinal.

Rangi diz muitas coisas. Sim, ela está com raiva de você. Mas não significa que vai se manter afastada para sempre.

A forma como a dominadora de fogo tinha acabado de sair fazia parecer que aquilo era realmente definitivo.

— Como tem tanta certeza? — perguntou Kyoshi.

Hei-Ran limpou a lousa e escreveu outra vez.

Ela é minha filha. Você acha que a conhece bem. Mas eu a conheço desde que ela nasceu.

A diretora virou a lousa para usar a parte de trás. *Eventualmente, ela voltará, mostrando que ainda se importa. Rangi costuma levar uma semana para me perdoar. Dê-lhe tempo.*

Kyoshi enxugou o rosto, fungando como uma criança. Não era fácil se recuperar do baque que tinha acabado de sofrer. E se Hei-Ran estivesse errada?

A diretora não lhe deu tempo para refletir sobre o assunto. *E quanto a Yun?*

— Vasculhei a cidade com a ajuda de alguns moradores confiáveis. Ele sumiu. Pode estar em qualquer lugar na Ilha Shuhon. Ou pode ter escapado pelo mar.

Você perdeu sua oportunidade. Hei-Ran estava menos irritada e crítica, desta vez. Ela estava apenas dizendo a verdade.

— Eu não podia deixar você morrer. Pelo bem de Rangi, eu não podia.

Hei-Ran suspirou, chiando pelo nariz. A respiração forte agravou sua ferida, fazendo-a tossir uma saliva rosada. Kyoshi se moveu em sua direção, mas ela levantou a mão para sinalizar que estava bem. Então, voltou a escrever, o pó de giz cobrindo boa parte da lousa agora.

Ele não é o único motivo que vai nos levar à guerra. Os Saowon e os Keohso usarão o que aconteceu hoje como uma causa justa para lutar. Ambos dirão que estavam defendendo a própria honra.

Kyoshi olhou fixamente para os traços de giz. Não porque não conseguia compreendê-los, mas porque as letras despertaram nela uma lembrança, que ela teve de buscar no fundo de sua mente.

Enquanto fazia isso, Kyoshi utilizou a dominação de terra, aplicando uma força suave sobre a lousa de pedra de Hei-Ran, a fim de apagar a mensagem. Com o nível de controle que tinha, aquilo era o melhor que ela conseguia fazer. Mesmo com seus leques, Kyoshi nunca tivera a precisão necessária para escrever na terra, ou em qualquer outra superfície.

Mas ela conhecia alguém que conseguia fazer exatamente isso.

— Yun está trabalhando em nome dos Saowon — disse Kyoshi. — Eles o estão ajudando na Nação do Fogo em troca de seus serviços.

Hei-Ran franziu a testa. *Por que você acha isso?* Ela escreveu em sua lousa recém-limpa.

— Tudo o que ele fez fortaleceu a posição dos Saowon e enfraqueceu a de Zoryu. Ele humilhou o Senhor do Fogo na festa e criou a mensagem na encosta. — Como ela não tinha percebido aquilo antes? Yun podia ter sido treinado para ser um assassino, mas sua especialidade era negociar. Certificar-se de que ambas as partes conseguiam o que queriam. Os Saowon o protegeriam enquanto ele colocava sua vingança em ação. Em troca, Yun favoreceria a imagem deles perante toda a Nação do Fogo, semeando o caos.

Eu não concordo com você sobre a mensagem da colheita. Mas se você estiver certa...

Hei-Ran ficou sem espaço na lousa de ardósia, então a jogou para o lado. Ela se virou na cama para poder escrever na parede.

Chaejin e Huazo vêm agindo de forma desonrosa há muito tempo. Um pacto entre os Saowon e Yun os transformaria de um clã lutando pelo trono a uma conspiração de traidores. Eles seriam levados à justiça se fossem descobertos. Os outros clãs respeitam a força e a astúcia, mas não perdoariam um acordo para atacar a própria Nação do Fogo.

Kyoshi olhou para o cabelo curto de Hei-Ran com nova admiração, lembrando do sacrifício e da compostura que ela mantivera ao ser insultada por Huazo. Alguém sem honra não poderia usá-la para justificar um derramamento de sangue.

— No momento, é só um palpite — disse Kyoshi. — Preciso fazer algumas investigações para confirmar. — Ela se virou para sair, mas seu caminho foi bloqueado pelo retorno de Rangi.

A dominadora de fogo olhou ferozmente para Kyoshi e empurrou uma tigela fumegante para suas mãos. Estava cheia de macarrão.

— Você não come desde ontem à tarde! — esbravejou. Ela jogou um par de hashis no chão e saiu tão abruptamente quanto entrou.

Kyoshi olhou para a tigela. Não havia combustível nos fogões da cozinha, o que significava que Rangi devia tê-lo cozinhado com sua própria dominação de fogo. Ela olhou para Hei-Ran, que ostentava uma expressão quase presunçosa.

Viu? Foi ainda mais rápido do que eu pensava. Você é tudo para ela, Kyoshi.

Hei-Ran já tinha usado quase o giz inteiro. *Minha filha ama você. O que significa que você também é minha filha. Gostando ou não, você faz parte da nossa família.*

Ela sorriu. *Agora coma, antes que sua comida esfrie. Você precisa estar forte.*

Kyoshi se agachou com joelhos trêmulos e pegou os hashis, sem se importar que eles estavam no chão. O macarrão não tinha sabor, estava seco e cheirava a sabão.

Ainda assim, era a melhor coisa que ela já havia provado. Lágrimas escorriam pelo seu rosto enquanto saboreava sua refeição, com Hei--Ran a observando para ter certeza de que ela comeria tudo.

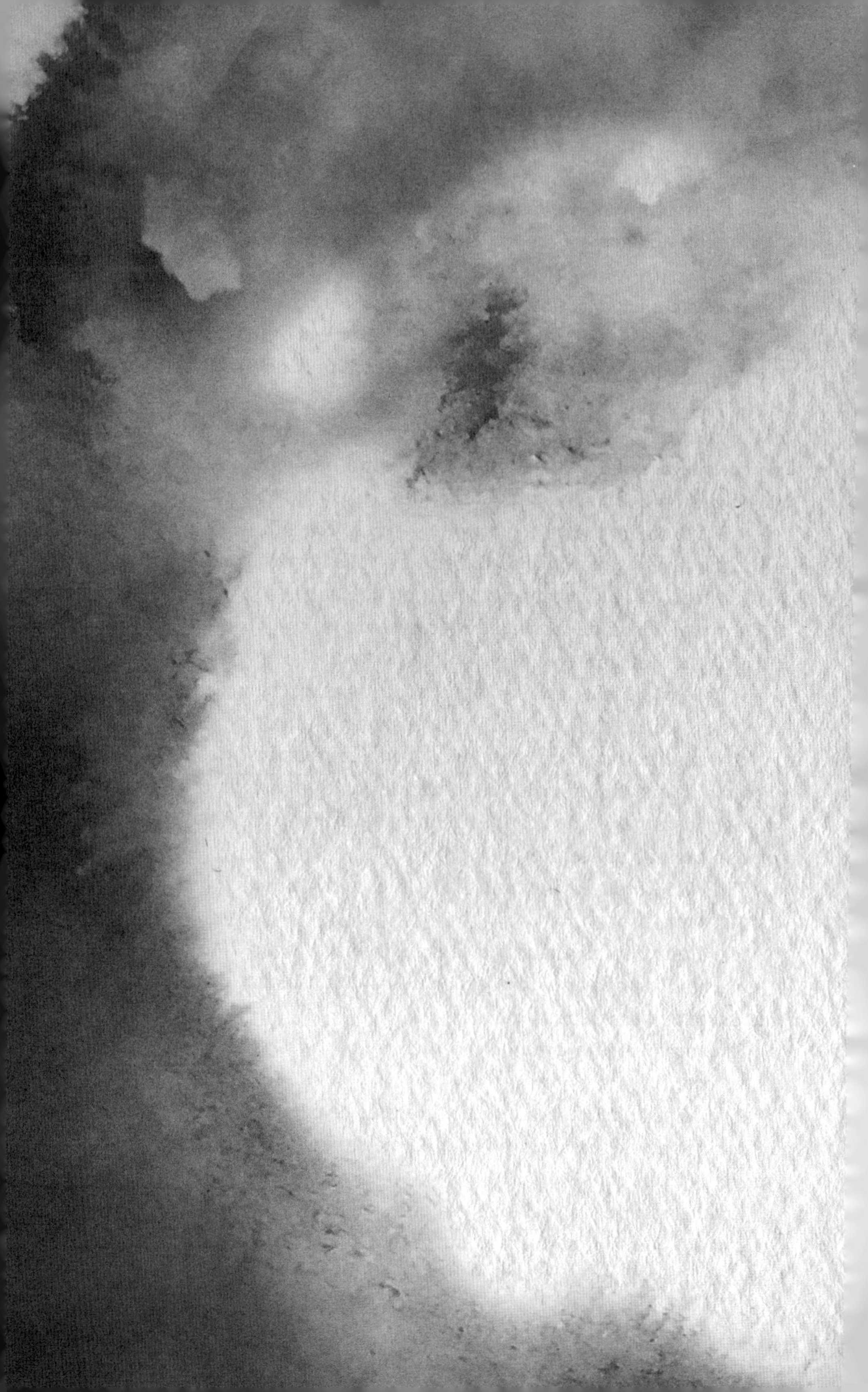

ESCALADA

— **VAMOS POUSAR ALI** — disse Kyoshi. Estavam apenas ela e Jinpa.
— Onde? — perguntou o monge. — Em *Salve o Senhor* ou em *Fogo Chaejin*?
— Tanto faz!

Ying-Yong voou em direção à plantação de inhamelão adoecida e pousou sobre a parte esquerda do caractere que significava "fogo". A escrita era tão precisa que eles conseguiam caminhar no espaço entre os traços. No solo, o bisão imediatamente começou a vasculhar as plantas com o nariz.

— Garoto, não! — repreendeu Jinpa. — Estes alimentos não são seus!

Era mais esperado que Ying-Yong tentasse comer os tubérculos doces das plantas saudáveis. Em vez disso, o bisão ficou lambendo o próprio chão, sua língua gigante preferindo os inhamelões murchos e amarelados.

— Ei! — Jinpa puxou seu pelo. — Você vai passar mal!

O comportamento de Ying-Yong aumentou a suspeita de Kyoshi. Ela se agachou diante de um pedaço de terra que ele ainda não havia lambido e avistou uma planta doente. Então, fez uma careta, sabendo que estava prestes a concretizar um insulto que os estrangeiros às vezes faziam ao seu povo. Pegou um torrão de terra e o colocou na boca.

— Kyoshi, você está comendo *terra*? — questionou Jinpa, confuso.

Ela não estava comendo, apenas provando. Uma técnica grosseira, mas eficaz, que os agricultores pobres, como os de Yokoya, costumavam usar para diagnosticar as condições dos campos. Kyoshi se virou para encará-lo e cuspiu um monte de terra para o lado.

— Está salgada — disse. — Este campo está contaminado de sal.

Kyoshi limpou a boca na manga de sua roupa e cuspiu novamente.

— Yun dominou o sal para formar essa mensagem no solo, matando as plantas que estavam acima dele. Huazo forneceu o material. Ela comprou a fábrica de sal recentemente.

Tudo se encaixava. Yun e os Saowon estavam trabalhando juntos. Eles escolheram o "Avatar" deles, e Zoryu escolhera o dele.

— O que fazemos agora? — perguntou Jinpa.

— Vamos voltar — respondeu Kyoshi. — Quero falar com todos antes de fazer algo precipitado.

Não acho que isso seja o suficiente, escreveu Hei-Ran em sua lousa.

Após o retorno de Kyoshi ao restaurante, a diretora se juntou ao grupo no andar de baixo. Rangi protestou, achando que ela estava se esforçando demais e temendo que seus ferimentos piorassem. A discussão entre as duas, uma usando gritos e a outra rabiscos, atingiu tal proporção que Hei-Ran se viu obrigada a ordenar que Rangi saísse e esfriasse a cabeça. Para isso, ela escreveu a palavra *mocinha* rudemente na lousa. Uma cadeira foi estraçalhada ao lado da porta como resposta final de sua filha.

Assim, restaram Kyoshi, Jinpa e os mais velhos. *Acho que você está certa sobre Yun estar trabalhando com os Saowon*, esclareceu Hei-Ran. *Mas não vamos conseguir convencer o resto dos clãs disso.*

Nyahitha concordou.

— Sua evidência se baseia em uma técnica de dominação de terra da qual ninguém nunca ouviu falar.

— Então só me resta uma opção — introduziu Kyoshi. — Vou até os líderes Saowon, obter uma confissão por escrito deles. — Uma declaração de culpa seria tão válida na Nação do Fogo quanto no Reino da Terra.

Todos entenderam a implicação dela. Havia uma chance de Kyoshi precisar confrontar os Saowon com mais do que apenas argumentos.

Era bom que Rangi não estivesse ali. Ela acreditava que o Avatar tinha o dever de seguir pelo caminho da justiça. A dominadora de fogo tinha fé nisso.

O restante do grupo, porém, nem tanto. Kyoshi olhou ao redor da mesa para seu novo grupo de companheiros, reunidos pelo acaso. Eles formavam uma equipe heterogênea de representantes de todas as nações. Ela concentrou sua atenção em Jinpa.

Hei-Ran, Atuat e Nyahitha tinham sido calejados pela vida, mas o Nômade do Ar ainda era jovem. Suas crenças pacifistas deveriam impedi-lo de acompanhar a Avatar até onde ela pretendia ir. Kyoshi esperou que o monge oferecesse algum tipo de argumento gentil, de paz e neutralidade. Mas isso não aconteceu.

Jinpa passou um dedo sobre a mesa do restaurante, inspecionando a poeira. O gesto o envelheceu e fez com que ele parecesse um investidor considerando comprar todo o estabelecimento.

— Apenas me diga para onde levá-la, Avatar — disse o monge.

Que equipe eles formavam. Uma dominadora de fogo desonrada, um sábio sem santidade, uma curandeira que escolhia quem poderia salvar e um Nômade do Ar que estava decidido a se envolver com a política suja do mundo. E a Avatar Kyoshi no centro. Nenhum deles era o que deveria ser. A Companhia Ópera Voadora poderia se dar bem com esse grupo.

Kyoshi fez sinal para que todos ouvissem atentamente.

— O que vai acontecer é o seguinte...

O porto mais próximo ficava ao sul da praia em que a feira se localizava, exatamente na curva da costa. O calçadão estava repleto de vendedores de lanches e bugigangas, prontos para emboscar os turistas antes mesmo que eles alcançassem o centro da cidade. Caranguejos corriam livremente sobre as rochas irregulares da costa. Os pássaros que deveriam caçá-los estavam ocupados devorando sobras de comida.

Kyoshi e Atuat chegaram ao raiar do dia para esperar Huazo no píer de madeira. Kyoshi pensou que outra dominadora de água poderia ser de grande serventia, estando tão perto do oceano. Porém, Huazo apareceu sem sua sobrinha, e com apenas dois guardas.

Seu contingente ficara na cidade. Deveria ser conveniente manter suas forças em Shuhon para enfrentar novas agressões dos Keohso, enquanto ela mesma fazia uma saída discreta.

— Partindo tão cedo? — perguntou Kyoshi. Uma balsa que passava de ilha em ilha flutuava nas proximidades, pronta para partir. — O Festival de Szeto ainda não acabou.

Huazo ficou surpresa ao vê-la, mas, como sempre, conseguiu disfarçar bem.

— Esta cidade já me proporcionou tudo de que eu precisava.

Kyoshi não tinha mais paciência para lidar com joguinhos.

— Onde está Yun? — rosnou a Avatar.

— Yun. É o garoto que o Reino da Terra pensava ser o Avatar antes de você? Aquele que atacou o palácio real e humilhou Zoryu?

A fachada educada de Huazo passou de irritante para angustiante. Mais cedo, Kyoshi havia repassado seu plano com o grupo de maneira calma e racional, mas ficar cara a cara com a pessoa que estava acobertando Yun era uma nova provação. Ela já estava perto demais de seu objetivo final para precisar manter a compostura.

— Eu sei que Yun está ajudando você! — exclamou Kyoshi. — Diga-me onde ele está.

Huazo esticou o pescoço, dando a Kyoshi uma visão perfeita de seu rosto mentiroso.

— Não faço ideia de quem seja ele. Não o conheço.

Com um movimento circular dos pulsos, Kyoshi convocou e reuniu uma grande energia. O estrondo das ondas soou em seus ouvidos. A água podia ser calma e tranquila, mas também podia ser a fúria de uma tempestade.

Ela direcionou a energia para a embarcação. As grossas cordas que a amarravam ao cais se arrebentaram como se fossem fios finos e frágeis. Uma onda bem larga arrastou o barco para trás, erguendo-o no mar. Alcançando uns cem metros de altura, a correnteza criada por Kyoshi congelou em um piscar de olhos, deixando a balsa suspensa no ar por impactantes garras de gelo. Os homens de Huazo recuaram e gritaram de espanto.

— Pelas barbatanas de La — murmurou Atuat ao ver a verdadeira força da Avatar pela primeira vez. — Você tem poder suficiente para congelar uma orca-polar inteirinha.

Huazo ordenou que seus acompanhantes se afastassem enquanto Kyoshi se aproximava encarando-a. Ela a encarou de volta.

— Você não tem provas, Avatar. Pode me intimidar o quanto quiser; ou mesmo me machucar. Isso daria ainda mais força ao meu clã na guerra que se aproxima. Não há nada que você possa fazer comigo para conseguir o que quer.

A mulher era tão destemida quanto Hei-Ran.

— Achei mesmo que você fosse dizer isso. Então, terá de vir comigo à Ilha Capital. Sozinha.

A matriarca Saowon abriu um sorriso, como se tivesse recebido um presente.

— Está tudo bem — disse para seus guardas antes que eles atacassem Kyoshi com dominação de fogo. — A Avatar está me fazendo de refém em nome de Zoryu. Estou prestes a ser presa sem nenhuma acusação.

Seus homens pareciam confusos, sem saber como proceder.

— Enviem mensagens para o resto do clã e para nossos aliados — orientou Huazo. — Contem-lhes o que aconteceu aqui. Não façam nada com os Keohso até que eu esteja livre da injustiça de Zoryu e de seu bandido de aluguel, a Avatar. — Ela deu uma piscadinha para Kyoshi que dizia: *É assim que se distorcem os acontecimentos, meu bem.*

Huazo pegou Kyoshi pelo cotovelo e levou sua sequestradora para fora do cais. As duas poderiam se passar facilmente por uma senhora e sua empregada, saindo para um passeio matinal.

— Você joga Pai Sho, minha querida? — perguntou.

Huazo podia sentir, segurando seu braço, o quanto Kyoshi ficou tensa.

— Vou entender seu silêncio como um não — disse Huazo. — Não achei que jogasse mesmo. Veja bem, minha querida, uma das primeiras lições que um jogador aprende é a de nunca interromper seu oponente quando ele está prestes a cometer um erro fatal.

Quando as três retornaram ao Restaurante Ouriço-do-mar, Jinpa já havia buscado Ying-Yong e estava sobre seu pescoço, terminando os preparativos para o voo. O grande bisão ocupava a maior parte do beco ao lado do prédio. Hei-Ran aguardava na porta. Ela havia removido algumas bandagens de seu pescoço, mas claramente continuava sentindo os efeitos de sua ferida.

Ao vê-la, Huazo caiu na gargalhada.

— Ah, isso fica mais hilário a cada segundo! — Seu sorriso ficou frio e perverso. — Você sabe o que isso significa, Hei-Ran. A Avatar caiu em desgraça e levou sua gente junto. Quando meu clã finalmente triunfar, não haverá misericórdia para os Sei'naka.

Hei-Ran falou, a lesão transformando sua voz normalmente graciosa em um terrível sussurro estridente:

— *Não precisamos de misericórdia. Só de justiça.*

O som terrível e a determinação em sua voz silenciaram Huazo pela primeira vez. Kyoshi pegou a matriarca do clã Saowon pela cintura, provocando um ganido, e a ergueu até as mãos de Jinpa, que a colocou na sela. Huazo caiu no assento como um fardo de pano, suas vestes finas e as camadas de sua anágua se empilhando nela.

Kyoshi encarou Hei-Ran uma última vez.

— E se ela estiver certa? — murmurou. Não havia como a reputação da Avatar sair ilesa daquela situação. — Ao fazer isso, estou arruinando minha própria honra.

— *Só porque você entende o verdadeiro significado e valor dessa palavra* — murmurou Hei-Ran. — *A honra não pode ser cobiçada demais, mocinha. Às vezes, deve ser abandonada para o bem dos outros.*

Como que para acabar de vez com as dúvidas de Kyoshi, Rangi virou a esquina, carregando cestas de mantimentos. O plano era mantê-la afastada enquanto Kyoshi saía com Huazo. Mas ela voltou cedo demais, talvez por não ter encontrado o que precisava nos mercados da cidade decadente. Rangi largou as compras assim que viu a refém. Rolos de gaze e maços de ervas medicinais ficaram espalhados a seus pés.

— O que está acontecendo aqui? — gritou Rangi enquanto corria até Kyoshi. — Você ficou maluca?

Kyoshi sacou um de seus leques. Tão gentilmente quanto pôde, ela enterrou Rangi no chão, até a metade de suas pernas.

— O que em nome de... Kyoshi, é você que está fazendo isso? — Rangi empurrou o chão ao seu redor, tentando se libertar. — Pare já! Deixe-me sair!

Existem lugares aonde minha filha nunca irá, Hei-Ran dissera uma vez. Existiam lugares aonde Kyoshi nunca levaria Rangi. Sua justa, honrada e gentil Rangi. Aquela que tinha fé no que o Avatar representava. Kyoshi se inclinou e deu um beijo no topo de sua cabeça.

— Por favor, espero que me perdoe — sussurrou, antes de subir na sela de Ying-Yong.

— Kyoshi! — gritou Rangi, ainda presa ao chão. Jinpa puxou as rédeas, fazendo o bisão subir no ar. — *Kyoshi!*

Kyoshi cerrou os dentes e desejou que Ying-Yong pudesse subir mais rápido. Ela precisava chegar logo no céu, no ar rarefeito, onde não conseguiria mais ouvir Rangi gritando seu nome.

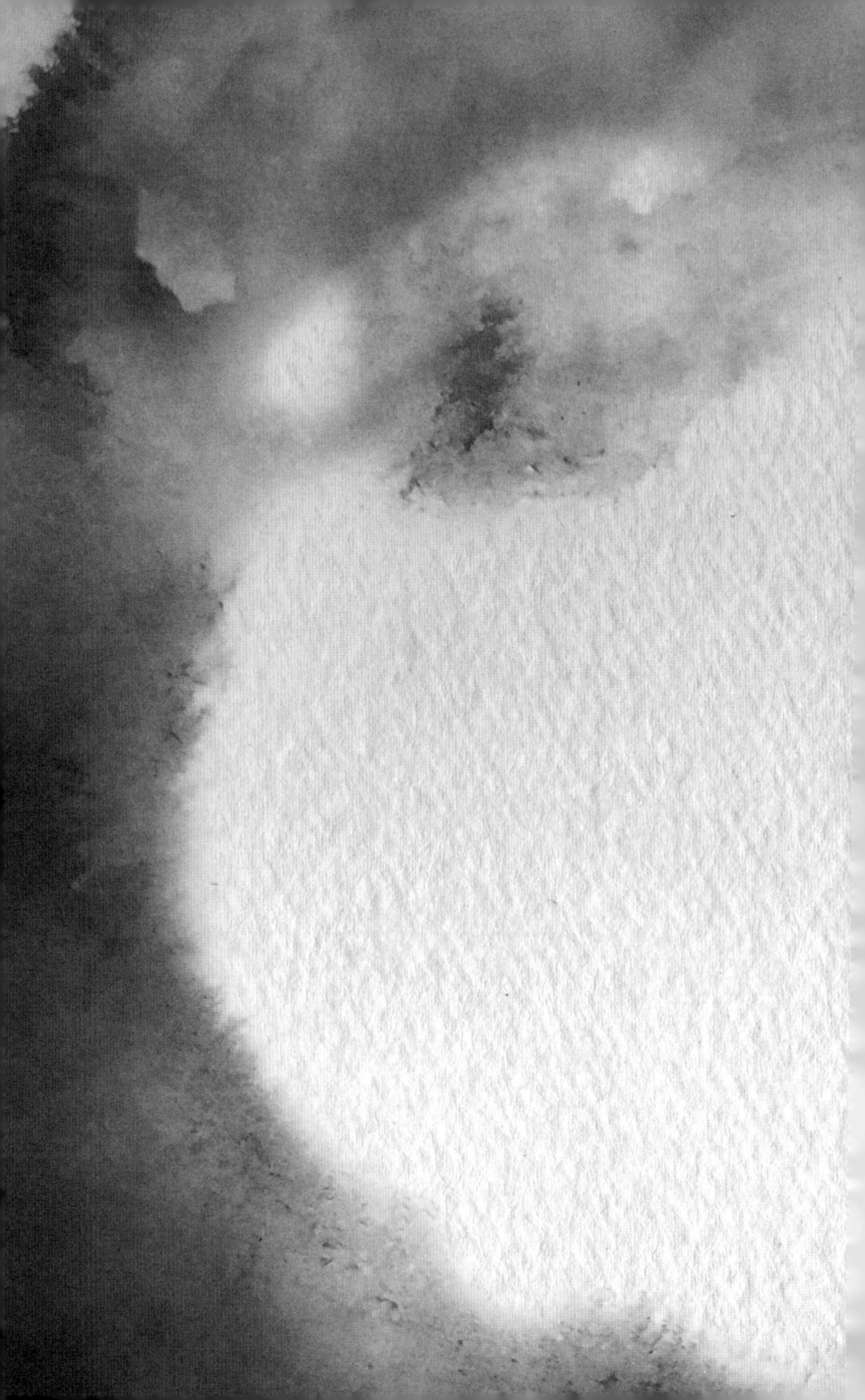

A COMPANHEIRA

— **ESTOU COM FOME** — disse Huazo.

Umas das valiosas lições que Kyoshi aprendera em seus dezessete anos de vida era que, numa viagem, a escolha dos companheiros era a decisão mais importante de todas. Os Avatares não vagavam pelo mundo com seus professores de dominação, mas sim com algumas poucas pessoas que eles não queriam estrangular com as próprias mãos durante a jornada.

— Pela última vez, há grãos secos dentro da bolsa que você está usando como travesseiro — respondeu Kyoshi.

— E nada mais?

— E nada mais!

Huazo fez um barulho com os dentes. Ela abriu a bolsa e derramou um pouco de painço torrado na palma da mão. Depois, colocou o grão na boca e o mastigou mais ruidosamente do que era esperado de uma nobre refinada.

— Chaeryu e eu costumávamos brigar assim quando viajávamos — comentou ela. — Ele adorava estar perto da natureza, e sempre levava o mínimo possível em nossas viagens. Se fosse permitido, nem teríamos guardas nessas jornadas. Seríamos só nós dois e o que pudéssemos carregar, caminhando pela vastidão das ilhas.

A imagem de Lady Huazo e o falecido Senhor do Fogo acampando ao ar livre, como ela mesma havia feito com a Companhia Ópera

Voadora e suas refeições de rato-elefante, era tão inacreditável que a curiosidade de Kyoshi a fez conversar com ela.

— Você e ele realmente costumavam acampar?

Huazo deu de ombros.

— Você parece tão cética. Qualquer passatempo se torna uma aventura gloriosa quando se é jovem e apaixonado. Fugir para as montanhas era como escapávamos das pressões da corte.

— Mas o que aconteceu?

Huazo sabia que Kyoshi estava tentando obter informações, mas respondeu mesmo assim.

— O que aconteceu foi que éramos jovens. E apaixonados um pelo outro. Mas que importância isso teria diante das pressões do clã e do país? Nenhuma. Em certo momento, não sei se por alguma sugestão de seus conselheiros, ou se por uma ideia dele mesmo, Lorde Chaeryu se convenceu de que poderia achar alguém melhor que eu.

Ela tirou uma casca de grão de seus dentes e jogou para o lado.

— Pode ter sido por causa de poder ou política. As fortunas aumentam e diminuem aqui na Nação do Fogo muito mais rápido do que no estagnado Reino da Terra, Avatar. Naquela época, os Saowon eram um clã fraco. E não fui bem recebida na capital como companheira do Senhor do Fogo. Existem certas maneiras pelas quais os membros da família real devem encontrar seus futuros parceiros, e se apaixonar na adolescência não era uma delas.

Huazo se recostou na beirada da sela e estendeu a mão.

— Água.

Kyoshi estava tão entretida com a história que se esqueceu de repreender Huazo por ser uma refém tão autoritária. Ela entregou o odre de água e Huazo bebeu até esvaziá-lo.

— O painço realmente resseca a boca — disse ela. — Enfim, onde eu estava? Ah, sim. O pior momento da minha vida. Os ministros de Chaeryu, muitos deles pertencentes ao clã Sei'naka, a propósito, fizeram tudo de forma premeditada. Foi em uma daquelas malditas, infelizes e miseráveis festas no jardim. Chaeryu já vinha pensando em terminar nosso relacionamento, mas ele ainda não tinha decidido nada. Pelo menos não até que seus conselheiros lhe apresentassem Lady Sulan, do clã Keohso.

A mulher com quem Chaeryu se casou, Kyoshi pensou. *A mãe de Zoryu.*

— Eu o estava observando quando aconteceu — continuou Huazo. — Eu vi o momento exato em que Chaeryu pôs os olhos nela e seus pensamentos sobre mim desapareceram de sua cabeça. As peças se encaixaram para o Senhor do Fogo. Ele tinha a desculpa perfeita, a permissão para "fazer o sacrifício final" por seu povo e deixar de lado seu amor por mim. Eu vi o sorriso brotar em seu rosto quando ele percebeu que poderia ir atrás da jovem Sulan e se manter completamente inocente aos olhos de nosso país.

Huazo sorriu com um canto da boca e franziu a testa.

— Chaeryu poderia ter lutado mais contra seus novos sentimentos. Se cabia a ele o dever inevitável e infeliz de terminar comigo, poderia ter feito isso de forma um pouco mais reservada, em vez de usar aquela expressão de adoração que ele costumava reservar apenas para mim.

Lembrando-se de uma parte importante da história, ela deu uma risadinha.

— Mas foi uma infelicidade para ele eu estar grávida do seu primeiro filho. Você pode imaginar o constrangimento de Chaeryu quando eu lhe contei?

Kyoshi se perguntava se Huazo já havia se expressado assim na frente de Chaejin, e o que seu filho pensaria se ela o fizesse. Os pais tinham talento para descartar ou falar de seus filhos sem muita cerimônia.

— Então você vem se vingando contra os Keohso desde então.

— O quê? Não! — Huazo zombou. — Você me faz soar tão mesquinha. Eu me dediquei a aumentar a fortuna e força dos Saowon, porque é isso o que os líderes dos clãs fazem. E eu fui uma das melhores da nossa história. Acha que os outros nobres não tentam derrotar seus rivais ou não sonham em ver seus filhos no trono? Depois de Toz, cada família passou a desejar o domínio sobre este país. Suas preciosas amigas do clã Sei'naka teriam feito isso, se tivessem força para tal.

Huazo parecia gostar de como a Avatar levava tudo para o lado pessoal, como uma criança fazia.

— Eu nunca odiei Sulan — disse. — Ela era pura demais para a corte. Vou lhe contar como ela era.

Huazo desenhou um caractere na sela com o dedo, a elegância em seu movimento permitia distinguir a escrita mesmo sem o uso de tinta. Ela o desenhou de cabeça para baixo, para que Kyoshi, sentada à sua frente, pudesse ler sem esforço. O caractere era *zo*, às vezes pronunciado como *so*, e significava "ancestral".

— Por gerações, o caractere *zo* foi usado apenas nos nomes daqueles que descendiam do clã Saowon — explicou Huazo. — Mas ele aparece em "Zoryu". Chaeryu colocou no nome do filho de outra mulher o caractere da *minha* família.

Kyoshi respirou fundo.

— Viu só? — exclamou Huazo. — Até você, que é uma estrangeira, entende essa ofensa. Agni Kais foram travados por insultos menores que esse. Mas Chaeryu só fez isso porque Sulan queria, e ela queria porque *achava que soava bonito*. Ele se curvou aos caprichos dela e, com isso, enfureceu um clã inteiro!

Huazo encolheu os ombros.

— Quanto a mim... Eu não fiquei tão chateada com a ofensa, mas sim chocada. Completamente pasma por Sulan não entender que aquilo era uma ideia ruim. Como a futura Senhora do Fogo podia ser tão ingênua? Ela não pensou em quanto dano iria causar com sua tolice?

Huazo bateu em seu peito com a mão, seus dedos dobrados como a garra de uma águia-negra.

— Poderíamos ter tido uma Dama do Fogo que realmente soubesse usar o poder! Eu poderia ter trazido sucesso e prosperidade para todo o país como fiz para os Saowon!

E poderia ter sido uma grande mentora para mim, Kyoshi não conseguia deixar de pensar num futuro diferente, um em que ela não tivesse motivos para entrar em conflito com Huazo. *A Avatar e a Senhora do Fogo trabalhando juntas, como aliadas.*

— Chaejin é a sua segunda chance de chegar ao trono — constatou Kyoshi. — Ele não é nada mais do que uma maneira de você reivindicar o que deveria ter sido seu.

— Chaejin é meu filho e eu o amo — Huazo retrucou, indignada. — Mas sim, se ele tirasse a coroa do primogênito de Sulan, isso corrigiria alguns erros do passado.

— Mas também mergulharia a nação inteira em guerra. Você alega não odiar Zoryu, nem Sulan, mas suas ações não refletem suas palavras.

A líder dos Saowon sorriu.

— Talvez você esteja certa. É tão difícil separar assuntos pessoais de nossos deveres, não é, Avatar? — A máscara cobriu outra vez o rosto de Huazo, escondendo a franqueza que ela havia compartilhado tão abertamente momentos antes. — Ainda não sei nada sobre esse Yan. Ou é Yao? Não consigo lembrar.

Obrigada por tornar isso mais fácil, Kyoshi pensou, enquanto avistava finalmente a Ilha Capital.

— Vire à esquerda — disse ela para Jinpa. — Vou guiá-lo pelo resto do caminho.

Eles pousaram em uma parte rochosa do litoral, onde a vista do Porto do Primeiro Lorde era bloqueada por picos salientes. Ali, as águas eram perigosas demais para os barcos atracarem ou mesmo para permanecerem. Ondas poderosas quebravam nos íngremes penhascos, criando um barulho ensurdecedor. Destoando do cenário da natureza, havia uma pequena cabana aninhada em um penhasco. Kyoshi confiou em uma lembrança vaga sobre sua localização para encontrá-la.

— Achei que íamos ao palácio — disse Huazo, confusa.

— E nós vamos — respondeu Kyoshi. — Eventualmente.

Não havia escadas ou trilhas que levassem a casa. Um visitante precisaria de um bisão ou teria de ser um dominador extremamente habilidoso para alcançá-la. Jinpa aproximou Ying-Yong o melhor que pôde, mas não havia espaço suficiente para pousar.

Kyoshi dominou uma rampa para que Huazo pudesse desembarcar.

— Entre — disse ela. — Sinta-se à vontade. Deve haver comida e água fresca, mas duvido que você vá precisar. Estaremos de volta em menos de duas horas.

Huazo fungou em confusão e desgosto pela casa, que estava coberta por uma espessa camada de excrementos de aves marinhas.

— Você não vai me vigiar? — a mulher questionou.

— Aonde mais você poderia ir? — Kyoshi devolveu.

Quando Huazo se viu obrigada a entrar naquela casa estranha, que era um verdadeiro desafio à logística, Kyoshi notou um incômodo na mulher pela primeira vez desde que a conhecera. Ainda assim, ela se recusou a mostrar fraqueza.

— Bom, não é um bangalô na Ilha Ember, mas serve. — Huazo caminhou pela rampa, lutando contra a própria hesitação.

Kyoshi e Jinpa a observaram entrar cuidadosamente na casa, como se estivesse procurando por armadilhas. Assim que ela desapareceu de vista, o monge se virou para Kyoshi.

— Que história incrível que ela lhe contou — disse ele. — Vocês duas são amigas agora?

— Acho que não.

— Que bom. Seria difícil se você resolvesse se afeiçoar a Huazo.

Mais uma vez, ele mostrou uma postura atípica para um dominador de ar. Ela deveria tê-lo prendido no chão ao lado de Rangi. Em vez disso, o monge estava ali, acobertando-a da mesma forma que os Saowon estavam fazendo com Yun.

— Jinpa — começou ela —, há quanto tempo você viaja comigo como meu secretário e conselheiro?

Ele coçou o topo da cabeça. O pobre monge não se barbeava havia algum tempo, e seu cabelo estava começando a crescer novamente.

— Bem, não me lembro da data oficial. Mas suponho que podemos começar a contar a partir de quando você teve de deixar o Templo do Ar do Sul para lidar com as frotas remanescentes da Quinta Nação, antes que elas fossem reformadas. Então, fomos para Palmeiras Nebulosas e tivemos aquele problema com os mercadores cabeça-de-besouro e seus mercenários. Na época em que você destruiu a gangue Garras de Esmeralda, as pessoas já sabiam que deveriam passar por mim antes de se dirigirem a você.

Kyoshi assentiu. Ela podia contar cada uma dessas aventuras pelas cicatrizes em seu corpo, incluindo o ataque a Loongkau.

— Todas foram missões bastante brutais. Mesmo assim, você nunca me aconselhou a seguir pelo caminho da paz.

Jinpa cerrou os dentes. Ele desviou o olhar do dela.

— Você me viu apanhar em cada missão — disse Kyoshi. — Mas você também me viu bater em muitas pessoas, e nunca falou nada. É uma postura estranha para um Nômade do Ar. Não acredito que somente o respeito pelo Avatar é o que o mantém em silêncio, enquanto eu violo repetidamente seus valores espirituais.

Kyoshi o havia pegado. Ela podia não ter todas as informações, mas o havia pegado do mesmo jeito.

— Você está certa — disse Jinpa. — Eu sou um Nômade do Ar. Mas também sou outra coisa. Eu pertenço a... outra comunidade.

— Os amigos com quem você joga Pai Sho.

— Sim. Os membros mais antigos do grupo concordaram que eu deveria fazer de tudo para ajudá-la a estabelecer sua posição como Avatar. Mesmo que suas ações fossem contra o que me ensinaram como dominador de ar.

Jinpa esfregou a nuca, desconfortável por revelar tanto.

— Ter duas identidades significa que sirvo a dois ideais diferentes. Provavelmente é por isso que eu também não sou muito bom em nenhum dos dois. Às vezes, essas crenças são conflitantes.

Kyoshi era descendente do Reino da Terra e dos Nômades do Ar. Ela era a ponte entre espíritos e humanos, uma figura pública respeitável e uma *daofei*. Sua própria pluralidade tornava mais fácil entender os outros que também se viam divididos.

— Eu sei no que os Nômades do Ar acreditam — disse ela. — E qual é o outro ideal?

— As filosofias da beleza e da verdade. À primeira vista, não soam tão diferentes dos ensinamentos de dominadores de ar. Mas defender esses valores requer ainda mais apego e amor pelo mundo. Alguns de meus amigos de outras nações diriam que, em alguns casos, a verdade e a beleza devem ser defendidas com feiura. Eles alegariam que um jardineiro que cuida de uma flor, para que outros possam apreciá-la florescer, deve passar muito tempo com as mãos na terra.

Kyoshi teria escolhido uma palavra menos educada do que "terra".

— Em que você acredita, então?

Jinpa deu um sorriso triste.

— Acredito que eu devo trazer a paz por meio das minhas próprias escolhas, assim como todo mundo.

O sofrimento em sua expressão a lembrou muito de Kelsang, tornando difícil acreditar que Jinpa estivesse em completa paz consigo mesmo. Estrangeiros supunham, com grande inveja, que os dominadores de ar viviam em um constante estado de felicidade, mas isso não dava aos monges e às freiras crédito por sua força interior. Pelo que Kyoshi sabia, pertencer à nação errante envolvia travar uma luta contínua entre a própria moral e a do mundo.

Kyoshi não pediu que Jinpa revelasse o nome de seu grupo. Era bem melhor uma sociedade secreta que quisesse ajudá-la do que uma que viesse atrás dela com machadinhas.

— Talvez, depois de tudo isso, eu possa ser menos complicada e começar a me comprometer mais com meus deveres — falou Kyoshi. Ela poderia tornar a vida de seu pobre secretário um pouco mais fácil. Ele merecia.

Jinpa olhou para a casa onde Lady Huazo estava descansando.

— Acho que nós dois estamos bem comprometidos agora. Para o palácio? — disse ele.

— Para o palácio.

O LIMITE

— **VOCÊ SEQUESTROU** a líder do clã Saowon?

O grito de choque de Zoryu ecoou pela sala. Felizmente, os únicos que ouviram foram Kyoshi, Jinpa e a multidão de dragões esculpidos nos pilares e nas paredes. Ela havia pedido ao Senhor do Fogo que dispensasse sua comitiva, assim como os guardas ocultos que, sem dúvida, eram mais numerosos desde o ataque de Yun.

Kyoshi informou Zoryu sobre tudo o que acontecera em Chung-Ling do Norte, mas os detalhes só o deixaram ainda mais perturbado.

— Você deveria me ajudar a evitar uma guerra, e não criar uma com base em suas suspeitas!

— Nós *estamos* prevenindo uma guerra. Os Saowon se aliaram a Yun. Assim que tornarmos essa conexão pública, você poderá puni-los como traidores sem honra. Nenhuma manipulação da opinião pública, leis da corte, ou até falsa alegação de que é um plano dos Keohso poderia fazê-los se safar.

Kyoshi reiterou o plano, que não era muito complicado.

— Traga-me Chaejin e eu conseguirei uma confissão.

Zoryu ficou sem reação. Kyoshi sabia o motivo. Tinha chegado a hora de o Senhor do Fogo fazer sua jogada. Porém, mesmo diante de sua própria destruição, ele não conseguia fazê-la, não queria fazê-la. Fosse pela fraqueza e impotência que sentia quando se tratava do irmão, ou por simples falta de determinação, Zoryu não podia assinar o quadro que Kyoshi havia esboçado, pintado e colorido para ele.

Ela avançou e agarrou Zoryu pelos ombros. Tocar o Senhor do Fogo daquela maneira provavelmente era punível com a morte, mas, naquele momento, Kyoshi só enxergava um jovem assustado, cuja fraqueza ia matar a todos. Ela se via nele. E odiava aquilo.

— Você precisa ser mais forte! — exclamou. Era como se ela se visse em um espelho. — *Nós* precisamos ser mais fortes. Neste jogo, nossos oponentes estão jogando com sangue e estão dispostos a quebrar todas as regras. Temos de quebrar algumas também.

— Kyoshi, se isso não funcionar, eu só terei apressado minha própria queda — respondeu Zoryu, preocupado.

Ele até tivera alguns problemas políticos, mas ainda não perdera tudo. Ele era novo nessa vida de estar constantemente à beira do precipício. Se um dos caminhos de uma encruzilhada o levaria ao esquecimento, não importava muito o que o outro lhe reservava.

— Há um ditado entre os menos favorecidos no Anel Inferior de Ba Sing Se — disse Kyoshi. — Quando os pobres encontram uma moeda de cobre na rua, eles a levam direto para as casas de aposta, porque uma única moeda não fará diferença em sua sobrevivência. "Ou você aceita o risco de ganhar ou a garantia de perder".

Ela deixou suas palavras fazerem efeito.

— Agora, você pode me trazer Chaejin? Sim ou não?

Mais uma vez, Zoryu não esboçou qualquer reação, e Kyoshi se segurou para não golpeá-lo. Passado um tempo, o mesmo que uma tartaruga recém-nascida leva para dar seus primeiros passos até a água, ele assentiu.

— Vou precisar de algumas pessoas, mas não posso garantir que todas manterão a boca fechada. Então, você não terá muito tempo antes que o assunto se espalhe. Mas eu vou fazer acontecer.

— Seja rápido. Vou esperar em meus aposentos pelo seu sinal. — Ela se virou para sair da sala, sem esperar ser dispensada.

— Avatar — chamou Zoryu.

Seus olhos brilhavam de uma forma que ela nunca tinha visto antes. Se os retratistas reais quisessem capturar a imagem de Zoryu para a posteridade, aquele seria o momento perfeito.

— Posso ainda não ser um governante forte — disse, já soando mais claro e com propósito —, mas eu faria qualquer coisa pelo bem da Nação do Fogo. Por favor, saiba disso.

Ela e o Senhor do Fogo assentiram com a cabeça, o gesto de duas pessoas prestes a mergulhar juntas num lugar de profundidade desconhecida.

—

— Eu realmente preciso lhe agradecer, Avatar — falou Chaejin, suas palavras levemente abafadas pelo saco de estopa que cobria sua cabeça. Ele se sentou em frente a Kyoshi, na parte de trás da sela de Ying-Yong. — Você fortaleceu meu nome de maneiras que eu nem poderia sonhar. Acusado injustamente, forçado a suportar a injustiça dos homens, mesmo sendo abençoado pelos espíritos? A história transformará meu reinado em uma canção que ecoará por eras.

Os guardas de Zoryu encontraram Chaejin tão disposto a colaborar com o próprio sequestro que nem se preocuparam em amordaçá-lo ou contê-lo. Vestindo roupas de ministros, os soldados disseram a Kyoshi que simplesmente pediram a Chaejin para deixar a casa de chá onde estava e entrar em sua carruagem. O grupo atravessou as ruas sinuosas da capital como se fosse um nobre e alguns membros de sua equipe saindo em um passeio para os campos isolados nos arredores da cidade.

Quando chegaram ao seu destino, eles abriram a porta da carruagem e deixaram Chaejin sair. Só então colocaram o saco em sua cabeça como ela havia instruído. Porém, os homens fizeram isso tão desajeitadamente que Chaejin conseguiu ver Kyoshi e Jinpa aguardando-o com Ying-Yong. Ele deu a ela um sorriso malicioso, antes de seu rosto desaparecer sob o capuz.

— Eu tenho uma reclamação a fazer — disse Chaejin, fungando. — O que é esse cheiro abominável?

— Excrementos de aves marinhas — respondeu Kyoshi.

— Ah. Eu sabia que estávamos perto do oceano. É difícil saber em que direção fomos. Nunca viajei sobre um bisão antes.

Kyoshi arrancou o saco da cabeça dele, algo que Chaejin poderia ter feito sozinho, mas que optou por não o fazer, para melhorar sua atuação de pobre prisioneiro. Jinpa guiou seu bisão para baixo, para perto da cabana.

— Adorável — zombou Chaejin. — Esta é a residência privada do Avatar aqui na Nação do Fogo?

— De certa forma — respondeu Kyoshi. — Pertencia ao Mestre Jianzhu do Reino da Terra. Mas agora é minha. — Ela se inclinou para mais perto de seu ouvido. — Sua mãe está lá dentro.

Totalmente surpreendido, Chaejin riu.

— Muito engraçado, Avatar. Você e eu vamos fazer negócios aqui ou não?

Kyoshi arrancou a cabana do penhasco violentamente, usando a dominação de terra. Tábuas e estilhaços voaram pelo ar como se tivessem sido atingidos por um tornado. Huazo, sem a proteção da casa, foi revelada de repente, gritando de surpresa.

— Mãe? — Chaejin tentou alcançá-la, mas Kyoshi não tinha feito uma rampa dessa vez. O espaço entre a sela de Ying-Yong e o bloco de terra onde a mãe dele estava era grande demais para poder saltar. No entanto, todos se encontravam perto o suficiente para ouvirem um ao outro.

— Por que está fazendo isso? — gritou Huazo. — Eu já disse que não sei onde Yun está!

— Então agora você se lembra do nome dele — respondeu Kyoshi. Ela fez um movimento de corte com uma das mãos, criando rachaduras na rocha sobre a qual Huazo estava, o que levantou uma nuvem de poeira. A estrutura inteira balançou, ameaçando mergulhar no mar.

Chaejin abriu os braços em pânico, como se seu movimento pudesse controlar a terra.

— Não! Pare! — gritou.

— Kyoshi, o que está fazendo? — exclamou Jinpa. — Achei que você fosse apenas assustá-los! — O choque do dominador de ar foi real, e não uma encenação para convencer os Saowon. Kyoshi não havia dito ao monge até onde estava disposta a ir. Na verdade, ela mesma não sabia.

— Onde está Yun? — Kyoshi não se importava se era Huazo ou Chaejin que ia contar a ela. Um deles devia saber. — Vocês estavam trabalhando com ele esse tempo todo, no palácio e em Chung-Ling do Norte. Admitam! Onde ele está?

A rocha que sustentava Huazo pendeu mais um pouco.

— Kyoshi, já chega! — clamou Jinpa. Ele juntou as rédeas, preparando-se para voar para longe.

— Não — ordenou ao monge. — Posso perder o controle sobre a rocha. — Um movimento errado faria com que Lady Huazo despencasse no mar.

— Não sabemos onde Yun está! — falou Chaejin. — Nós nunca trabalhamos com ele!

Sua negação deixou Kyoshi ainda mais furiosa. Com a outra mão, ela agarrou Chaejin pelo pescoço e o ergueu para o lado de fora da sela. Agora, ambos os Saowon corriam o risco de cair.

— Solte meu filho, seu monstro! — bradou Huazo, apoiada nas mãos e nos joelhos. — Sua víbora! Seu animal!

Kyoshi seria tudo aquilo, se necessário.

— Eu só vou perguntar mais uma vez — avisou, e, em seu coração, ela sabia que estava sendo sincera. Já havia perdido a paciência, a honra, a amiga. Já tinha atingido seus limites. Ela estava cheia daquilo tudo. A menos que Huazo ou Chaejin respondessem, esse seria o fim deles. — Onde está Yun?

KYOSHI.

Ela sacudiu a cabeça, confusa. Normalmente não ouvia a voz de Kuruk de forma tão clara. A voz rouca se sobrepôs ao barulho das ondas e ao assobio do vento.

KYOSHI. ESSA NÃO É QUEM VOCÊ É.

Chaejin ergueu o rosto banhado de lágrimas e gemeu, desamparado. Era o mesmo choro daquela garotinha em Loongkau, vendo seus pais serem arrastados pela rua. Talvez Kyoshi tenha chorado assim também, enquanto observava um bisão voar para longe de Yokoya, para nunca mais voltar.

Soluçando, Huazo rastejou até a beira da rocha em que estava, tentando alcançar Chaejin. O gesto não faria qualquer diferença, mas ela estaria um pouco mais perto do filho, a quem amava mais do que a própria vida.

Kyoshi finalmente percebeu a verdade, nua e crua. Nenhum dos dois sabia onde Yun estava. Tampouco tinham feito algum acordo com ele. Cega pela raiva, ela quase matara mãe e filho na frente um do outro.

A Avatar jogou Chaejin numa rocha ao lado de sua mãe antes que o estrangulasse acidentalmente. Podia ouvir Jianzhu rindo em seu ouvido. Ou talvez fosse o lamento de Kelsang, por ver a filha se perdendo, traindo os seus exemplos.

Kyoshi puxou seus leques, provocando gemidos apavorados de Huazo e Chaejin. Um novo estalo veio da rocha. Porém, em vez de cair no mar, todo o rochedo em que os dois estavam começou a se erguer, seguindo a altura do penhasco em direção ao céu.

Sem receber nenhuma instrução, Jinpa guiou Ying-Yong para cima, acompanhando a dominação de terra de Kyoshi. A estrutura parou no topo do penhasco, deixando os Saowon na mesma altura de um campo.

— Vão — ordenou-lhes. — *Vão!*

Eles recuaram no início, não confiando na firmeza do chão, nem na mudança repentina de humor dela. Mas então, Huazo e Chaejin começaram a acreditar que ainda poderiam sobreviver. Ambos se levantaram e correram, desajeitados e cambaleando. O campo plano acima do penhasco permitia que Kyoshi os observasse pelo tempo que quisesse. Vê-los naquela situação humilhante – fugindo para salvar a própria vida – os fez parecer pequenos e derrotados.

Kyoshi se virou, incapaz de continuar presenciando aquela cena. Ela cambaleou até a beira da sela, caiu de joelhos e vomitou o vazio no oceano.

— Kyoshi! — Jinpa largou as rédeas e subiu na sela com ela. O monge a segurou pelos ombros, enquanto se perguntava se a Avatar ainda estava fora de si. — Controle-se!

Ela queria se desculpar por arriscar tanto naquela jogada desesperada e cruel, que no fim não tinha levado a nada. Por estar completamente errada sobre a ligação entre Yun e os Saowon. Por quase torná-lo um cúmplice de seu crime.

Mas Kyoshi só era capaz de suspirar com dificuldade. Vendo que ela estava desorientada, Jinpa voltou para sua posição no bisão e voou para longe, rumo à capital. Kyoshi se recusou a olhar para baixo. Se o fizesse, veria Huazo e Chaejin correndo na mesma direção.

Ela os humilhara completamente e os aterrorizara, sem dó nem piedade. Se pelo menos a relação do Avatar com os Saowon tivesse acabado ali. Quão conveniente seria se ela tivesse dado uma boa lição que os silenciasse para sempre.

Mas, eventualmente, eles voltariam para seus companheiros e, logo depois, para a própria corte real. Huazo e Chaejin espalhariam a notícia do que acontecera. A história de como foram tratados por Zoryu e pelo Avatar seria usada como causa justa para sua guerra. Kyoshi não tinha apenas atiçado as chamas, mas jogado mais lenha na fogueira.

Ela se lembrou de Yun jogando Pai Sho com Hei-Ran e de como ele previra o fim do jogo. Se ao menos ela pudesse ver tão à frente, olhar para um tabuleiro e saber onde as peças finais ficariam. Mas, em vez disso, fora cercada por todos os lados. Para Kyoshi, o futuro era um profundo vazio onde, a cada decisão que tomasse, ela erraria, se machucaria e pioraria as coisas.

Ela perdera um jogo que jamais deveria ter começado.

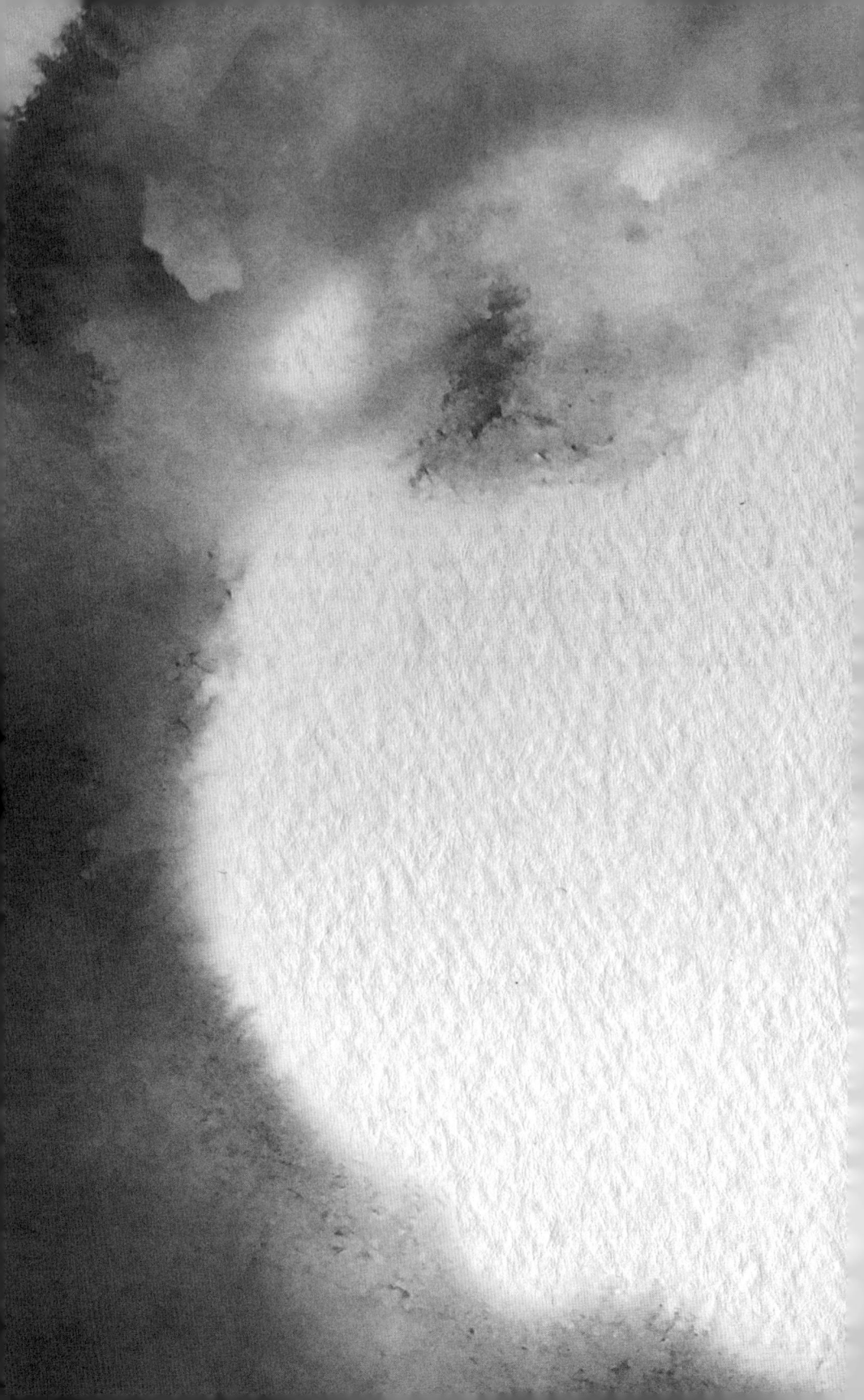

JOGADAS DE VIDA E MORTE

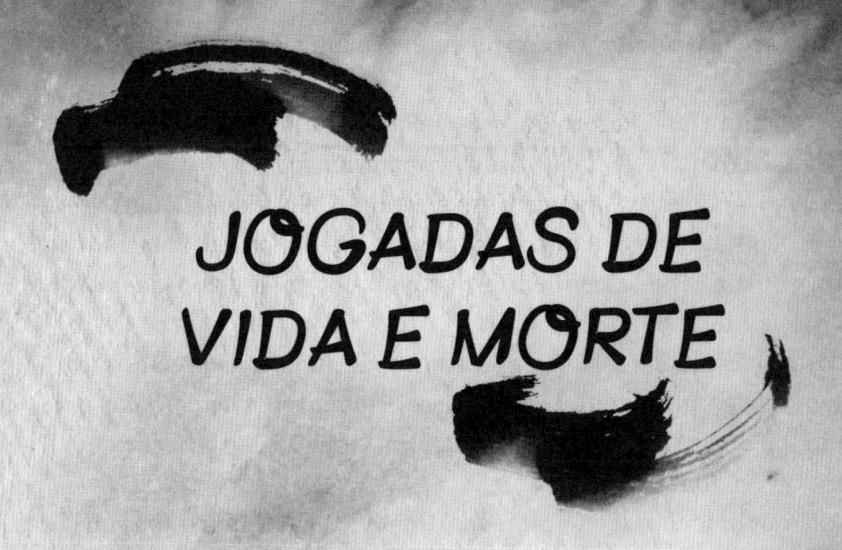

QUANDO CHEGARAM ao palácio, Kyoshi se sentia destruída. Jinpa recolheu seus cacos de forma tão gentil e metódica quanto fazia ela ao limpar a mansão do Avatar em seus tempos como serviçal.

Primeiro, era preciso encontrar um lugar para guardar a bagunça. Ele a levou para o quarto dela e a sentou na cama. Então se encarregou de encontrar Zoryu e avisá-lo que o plano não havia funcionado.

O fato de o Senhor do Fogo não ter aparecido furioso na porta dela, para exigir respostas por seu fracasso, provavelmente significava que Zoryu decidira, assim como Kyoshi, se retirar e desmoronar. Ainda restava um pedaço de pavio para queimar antes que seu país entrasse em guerra, lançando fogo contra si mesmo. E esse pavio representava o tempo que Huazo e Chaejin levariam para retornar à capital. Um dia? Dois? Assim que eles se encontrassem com seu clã, começaria um novo e sangrento capítulo da história da Nação do Fogo.

Kyoshi desperdiçou algumas horas preciosas de seu tempo dormindo. Talvez, no futuro, um historiador, vasculhando os registros para descobrir por que a Nação do Fogo entrara em guerra civil durante seu tempo como Avatar, poderia imaginar que ela havia desmaiado de tensão e exaustão. Na verdade, aquele era o tipo de sono do qual ela receava acordar, temendo o que o próximo amanhecer lhe traria. Lágrimas saíam de seus olhos fechados, enquanto ela caía no sono, exausta. Simplesmente não aguentava mais estar acordada.

Uma tristeza sombria a cobria em seu sono, até que Jinpa a despertou, sacudindo seus ombros.

— Avatar. O Senhor do Fogo está convocando uma assembleia. Eu não posso comparecer, mas você deveria estar lá.

Huazo e Chaejin deviam ter chegado. Pelo menos Zoryu estava aproveitando seus últimos momentos de paz para falar com seu povo, em vez de se esconder. Ele tinha agido melhor do que ela, no fim das contas.

Kyoshi cambaleou pelos corredores do palácio. Parecia que ela estava se desvanecendo a cada passo, camada por camada, e revelando um vazio. Ela se sentia como uma camada de tinta seca emoldurando o nada.

Ela ouviu uma risada animada. Um jovem casal nobre passou correndo, sem prestar atenção na Avatar; a mulher segurando sua saia para que não arrastasse, e o acompanhante tentando esconder seu sorriso. Ouviu-se um breve sussurro vindo deles:

— ... *acabou para ele...*

O casal parecia estar indo na mesma direção que Kyoshi. Quando ela virou o corredor, o salão estava repleto de membros da corte, também murmurando entre si. Ela seguiu atrás deles, sendo levada pela maré de pessoas, até chegar a uma grande sala onde não estivera antes. Era um teatro com um imenso palco ao longo de uma das paredes. Devia ter sido construído para que a família real pudesse assistir a peças sem ter de conviver com os moradores da Cidade da Cratera, ou pior, da Cidade do Porto.

Não havia poltronas, o que indicava que a reunião não seria muito longa. Kyoshi permaneceu na parte de trás da sala. Como em qualquer atuação, houve uma espera agonizante até que o primeiro ator surgisse. A multidão silenciou quando Zoryu entrou no palco, parecendo abatido e resignado. Um bigode ralo tinha se formado sobre seu lábio superior, como se fosse mofo no pão.

— Meus amigos — disse ele. — Tem sido um momento difícil para nossa grande nação. Em vez de paz e abundância, no Festival de Szeto deste ano, tivemos um terrível ataque à santidade do palácio, aos integrantes de nossa corte e à própria história da Nação do Fogo. A destruição da galeria do Avatar do Fogo criou uma ferida dolorosa no meu coração. Que nunca vai se curar.

Zoryu se saía muito melhor quando discursava numa posição elevada do que em meio a uma multidão, onde poderia ser ofuscado por seus inimigos políticos. A insegurança em seus ombros estava menos pronunciada, e havia firmeza em seu olhar.

— Prometi a mim mesmo que, se eu não pudesse vingar essa ofensa à nossa honra, eu não teria mais o direito de ser chamado de Senhor do Fogo — continuou. — Essa promessa ainda está de pé.

A plateia se agitava como o trigo na brisa. Seu discurso não parecia apenas um lembrete de sua promessa.

Cerca de um quarto dos nobres amontoados na sala era Saowon. Eles sorriram de alegria com a vitória. Pelo que Kyoshi conseguia identificar, os Saowon ali eram pelo menos duas vezes mais numerosos que os Keohso. A raiva distorcia tanto o rosto deles que o nariz parecia prestes a sangrar. Ali, não havia necessidade de símbolos de flores para saber quem pertencia a cada clã.

Os nobres que não faziam parte das facções rivais olhavam ao redor, perguntando-se se haviam apostado alto o bastante em favor dos Saowon. Espaços começaram a se formar ao redor dos Keohso, que ficavam visivelmente furiosos à medida que as pessoas iam se afastando deles.

Zoryu levantou a mão.

— Que fique claro que os espíritos das ilhas estiveram observando meu reinado desde o início, julgando minha aptidão para ser o Senhor do Fogo. Com o ataque ao palácio, eles me deram o teste final.

Seu olhar correu por toda a sala.

— E eu passei nesse teste. Encontrei o criminoso. Traga-o, por favor.

A declaração foi tão repentina que Kyoshi riu, sem querer. O criminoso era Yun. O que significava que Zoryu o tinha encontrado.

Zoryu tinha encontrado Yun?

A risada morreu em sua garganta. Dois guardas do palácio trouxeram seu prisioneiro vendado e curvado por causa do peso das algemas de ferro. Quando ele foi obrigado a se ajoelhar ao lado de Zoryu, Kyoshi só conseguiu ver as pontas de seu cabelo castanho e todo desgrenhado.

Estava acontecendo tudo muito rápido. Kyoshi assistia à cena se desenrolando no palco como se estivesse presa no mesmo transe de sua sessão com Nyahitha, na montanha. Levantando o braço em direção a Yun, ela abriu a boca para gritar, mas Zoryu, agindo mais rápido, seguiu para a próxima parte de seu discurso.

— Este homem confessou seus crimes contra a Nação do Fogo. Por isso, será executado — disse ele. Kyoshi não deveria ter ficado tão chocada ao ouvi-lo mencionar qual seria a pena. Mas, em sua ingenuidade, ela não havia considerado que encontrar Yun significaria entregá-lo a uma sentença de morte.

Zoryu agarrou Yun pela cabeça e inclinou o rosto dele em direção à iluminação da sala. Foi um gesto significativo destinado a dar ao público uma visão melhor, tanto do prisioneiro como do domínio de Zoryu sobre ele.

— Você tem algo a dizer em sua defesa, seu monstro desprezível? — perguntou o Senhor do Fogo.

— Não. — As feições de Yun estavam escondidas pela sujeira. Ele usava as mesmas vestes do dia da festa. — Eu me infiltrei no palácio. Agredi os membros da corte. Destruí a galeria real. Matei o Chanceler Dairin.

Ele respirou fundo.

— E fiz isso a mando do clã Saowon!

Expressões de choque tomaram conta da multidão. O criminoso teve de gritar para ser ouvido em meio ao tumulto.

— Fui pago por Huazo, líder dos Saowon, para humilhar o Senhor do Fogo Zoryu! Blasfemei ao forjar sinais dos espíritos das ilhas! Eu cometi atos desonrosos aqui e em Chung-Ling do Norte a fim de instigar uma guerra que pudesse colocar no trono o usurpador Chaejin!

Foi a confissão que Kyoshi havia tentado conseguir dos Saowon. O resultado exato que ela queria alcançar.

Ouvia-se o barulho de soldados marchando nos corredores. Os nobres começaram a gritar e a empurrar uns aos outros na sala lotada.

— Traição! — gritou Zoryu, atiçando a confusão e gerando mais pânico em vez de acalmar seus súditos. — Vocês ouviram a confissão de traição contra a própria Nação do Fogo! Vocês, cidadãos que permanecem fiéis ao nosso país, independentemente do seu clã, prendam os criminosos Saowon, aqui e agora!

Os Keohso não perderam tempo. Eles saltaram sobre seus inimigos e os derrubaram no chão, numa briga ridícula de homens polidos e senhoras bem-vestidas, como se tivessem sido possuídos de repente por uma raiva cegante. Era como uma versão menor e mais chique da briga ocorrida em Chung-Ling do Norte. O rancor de uma humilde cidade camponesa explodia agora no palácio real. Os seres humanos podiam ostentar títulos e fingir nobreza, mas, no fundo, todos agiam como animais.

Os nobres que não pertenciam às facções rivais se viram diante de um dilema. Até então, as marés do poder estavam claramente fluindo em uma direção. Mas a repentina declaração de Zoryu os obrigou a inverter o curso, saltando de seus barcos condenados e nadando contra a correnteza.

Kyoshi observou os demais clãs fazendo as contas, na velocidade de um relâmpago. Era a matemática das gangues. Os Saowon realmente tinham passado dos limites, não tinham? Ainda que fossem a maior família, sua força seria ofuscada com a unificação dos demais clãs.

O povo da Nação do Fogo era decidido. Os outros grupos já não enxergavam mais vantagens em se manter aliados aos Saowon. Eles se voltaram contra seus vizinhos com violência ainda maior que a dos Keohso, esmurrando qualquer um que estivesse usando o símbolo da camélia. Os guardas do palácio, supostamente leais a Zoryu, invadiam a sala. Ninguém queria ser pego simpatizando com os traidores.

Zoryu e seu prisioneiro foram escoltados pelos guardas assim que a violência começou. Kyoshi abriu caminho até o palco, passando por homens com rostos ensanguentados e quase pisando em uma mulher que rastejava pelo chão. Ela subiu no tablado vazio e seguiu por uma passagem escura.

Imediatamente, deparou-se com uma curva fechada. A saída do palco não era bem um túnel, mas uma catacumba, que se torcia para a esquerda e para a direita, bifurcando-se em várias direções. Ela iluminou seu caminho pelo labirinto dominando uma chama em sua mão e seguiu a direção de onde vinha o som de correntes chacoalhando. Sozinha, Kyoshi era mais rápida do que dois guardas tendo de arrastar um prisioneiro.

Ela chegou a um corredor largo e reto onde uma emboscada a esperava. Meia dúzia de guardas barraram seu caminho, já em posição de combate. Os captores de Yun se apressaram, tentando sair por uma passagem no final do corredor.

Kyoshi enviou uma rajada de vento espiralada de uma de suas mãos. A corrente de ar produzida passou pelos guardas e fechou a pesada porta de madeira que levava à saída. Como ainda estava com as pesadas algemas de ferro, Yun conseguiu se manter no chão, mas um de seus captores foi lançado na parede e nocauteado. O outro guarda tentou girar a maçaneta de bronze da porta, mas Kyoshi manteve a pressão dos ventos, impedindo-a de abrir.

O restante dos soldados a atacou. Eles eram a elite real sem dúvida, selecionados entre os melhores dos melhores para servir no palácio.

Mas Kyoshi era a Avatar. E ainda tinha uma mão livre.

Ela avançou pelo corredor em direção à tempestade de bolas de fogo. No começo, desviou-as para a esquerda e para a direita, mas, depois, simplesmente as dominou, uma vez que sua força de dominação superava a dos oponentes. Ela não se importou com o espaço confinado nem tentou usar uma técnica melhor. Só precisava contê-los.

— Chame reforços! — gritou um dos guardas quando seu golpe de fogo se dissipou contra o peito de Kyoshi. Mas havia apenas duas saídas no corredor, e ambas estavam sob o controle dela. Ela sacudiu um único pulso, pronta para contra-atacar.

Um segredo que Kyoshi tinha aprendido com a experiência era que a dominação de ar era devastadora em ambientes pequenos. Cercada por objetos sólidos, a arte suave de monges e freiras tornava-se extremamente brutal. Kyoshi enviou rajadas de vento para a frente e para trás, mudando-as rapidamente de direção. Os guardas foram pegos pela cintura e arremessados contra as paredes e o teto. Pouco a pouco, eles foram empilhados.

Kyoshi caminhou até o homem acorrentado e vendado, que conseguiu se sentar.

— Quem é você? — perguntou. — Quem é realmente você? Porque eu sei que você não é Yun.

Ele se encolheu.

— O que você quer dizer? Eu sou Yun, o homem que atacou o palácio, o falso Avatar...

Kyoshi arrancou a venda de seus olhos para revelar suas íris douradas. Ele era da Nação do Fogo, embora se parecesse muito com o homem que estava representando. Seu rosto tinha os mesmos belos traços de Yun, e ele tinha o mesmo cabelo, o mesmo tamanho. A semelhança era tão incrível quanto a que existia entre Zoryu e Chaejin.

Mas Kyoshi soube que ele era uma farsa desde a primeira palavra que pronunciou em voz alta. O homem tinha sido treinado para soar como Yun e representara seu papel bem o suficiente para enganar os nobres presentes na reunião. Mas não era bom o bastante para enganar alguém que convivera com Yun e que sabia como sua voz transmitia cada uma de suas emoções, como alegria, desespero e, talvez, até amor.

Além disso, ele também não estava ferido no ombro. Kyoshi não havia compartilhado esse detalhe com Zoryu. Se o tivesse feito, certamente o Senhor do Fogo também teria queimado o braço do homem, para tornar sua fraude mais verdadeira.

Kyoshi se ajoelhou e pegou as amarras entre os tornozelos do homem, aquecendo-as com as mãos. Ela havia usado esse truque uma vez para partir o metal de uma porta, mas, na mansão do Governador Te, não precisara se preocupar com o risco de queimar outra pessoa.

— O que está fazendo? — gritou o homem. Ele tentou se livrar dela.

— Pare de se mexer! Só estou tentando ajudá-lo! Não vou deixar você morrer por crimes que não cometeu!

— Não! Só me deixe em paz! Eu preciso fazer isso!

As palavras do homem a distraíram por um momento. Mas uma dor percorrendo suas cicatrizes, até então dormentes, a trouxe de volta. Gemendo, ela deixou o ferro em brasa cair.

— Você precisa morrer?

— *Sim!* Pela minha família em Hanno'wu. Não temos nada! Menos que nada! Tenho muitas dívidas... O Senhor do Fogo me prometeu que seriam quitadas com a minha morte! Esta é a última coisa que posso fazer pela minha esposa e meus filhos!

Seus gritos ecoaram e ricochetearam entre as paredes.

— Por favor — implorou o homem. — Eles me prometeram uma execução rápida e misericordiosa. Minha família vai morrer de fome se eu não fizer isso. Se me salvar, você irá matá-los.

Procurando por mais argumentos que convencessem Kyoshi, o homem, que provavelmente era um fazendeiro ou um pescador sem sorte, recorreu a questões políticas.

— A corte precisa de seu bode expiatório, não é? Eu entendo a situação; não sou idiota. Minha morte é necessária para o bem do país!

Ele deu o mesmo argumento do Senhor do Fogo. Era necessário. Tudo era *necessário*. Um homem inocente ia morrer, e todos, incluindo a própria vítima, sussurravam em seu ouvido para que se afastasse e deixasse acontecer o que era necessário.

Um grito brotou do fundo das entranhas de Kyoshi. Era um som de puro e total desespero. O país seria salvo. O lado que ela defendia sairia vencedor.

Os guardas que viravam a esquina em direção ao corredor onde ela estava foram jogados para trás por seus gritos de angústia, que eram como um fantasma se libertando de seus pulmões. O impostor de Yun, tão disposto a morrer, estremeceu com os uivos dela, como se fossem maldições. Kyoshi gritou na escuridão, de novo e de novo, tentando dar vazão ao seu ódio pelo mundo e por si mesma.

ORGANIZANDO A CASA

KYOSHI ENCONTROU Zoryu na sala de guerra. Uma grande mesa fora colocada em meio aos dragões. Em cima dela havia dois mapas, um das Ilhas do Fogo e outro de um território que tinha a forma da cabeça de um peixe. Ma'inka. A ilha parecia o prato principal de um banquete, pronta para ser cortada e servida.

O Senhor do Fogo estava sozinho no salão vazio, sem conselheiros para ampará-lo. Ele se inclinava sobre a mesa com as mãos estendidas, enquanto o pesado fardo do governo repousava sobre seus ombros. Kyoshi não entendeu por que ele se mantinha imóvel ali, sem reagir à entrada dela, até que notou outra pessoa no canto da sala. Uma artista estava fazendo um esboço, rabiscando cuidadosamente em uma pequena tela.

Zoryu queria capturar o momento mais importante de seu reinado para a posteridade. Mas a pose era informal demais para ser colocada na galeria real. Esse registro seria uma obra-prima mais íntima, algo para mostrar a seus netos, e para os netos de seus netos. Para alguém tão sábio quanto Zoryu, não havia prestígio na vitória; apenas a dor e o fardo da liderança.

— Saia — ordenou Kyoshi para a artista. A jovem colocou seu esboço debaixo do braço e correu para a porta, lembrando-se de repente de que precisaria esperar pela permissão do Senhor do Fogo. Zoryu acenou para ela.

— Antes de hoje, ela teria saído direto desta sala, sem olhar para mim — falou para Kyoshi, assim que ficaram sozinhos. — Estou progredindo.

Estava mesmo.

— Onde você encontrou o sósia de Yun?

— São os segredos da realeza — respondeu Zoryu. — Mestre Jianzhu e Yun me aconselharam a reativar o programa, antes que eu soubesse que você existia. *Eles* defenderam a utilidade de ter um sósia para Yun. Aparentemente, é uma estratégia boa para fazer discursos e despistar assassinos.

Zoryu riu para si mesmo com a ironia.

— As pessoas não são tão únicas quanto acreditam ser, e a Nação do Fogo é um país populoso. Você deveria conversar com o Rei da Terra; ficaria surpresa com todas as "cópias" de pessoas importantes que ele tem espalhadas por aí.

Ele a olhou de cima a baixo.

— Mas acho que ninguém conseguiria encontrar uma sósia para você, então não se preocupe. Sempre haverá apenas uma Avatar Kyoshi.

Uma só já era demais.

— O que vai acontecer com os Saowon? — perguntou.

— Vou perseguir e prender os que estão aqui na capital. Os outros clãs farão o mesmo em suas ilhas de origem, em nome do Senhor do Fogo. E, então, eu vou executá-los.

Sem parar para avaliar o peso de suas palavras, ele gesticulou para o mapa sobre a mesa.

— Quanto à Ma'inka, acredito que as pessoas de lá fugirão para seus esconderijos nas montanhas, e aí faremos um grande cerco. Sei que é um recurso desagradável, mas não precisa ser sangrento. Com o apoio das demais casas nobres do país, poderei fazer os Saowon se renderem. Ou então morrerão de fome.

Um clã inteiro da Nação do Fogo varrido da face da terra. Tão simples quanto estalar os dedos. Ele se afastou da mesa, batendo sobre ela com os nós dos dedos.

— Foi a melhor saída. Pelo rumo que as coisas estavam tomando, possivelmente três quintos dos clãs teriam se juntado aos Saowon e se voltado contra mim. Uma grande guerra tomaria toda a Nação do Fogo.

Em vez de entrar em conflito direto com seus inimigos, Zoryu os isolou, taxou-os como criminosos e os prendeu em uma única ilha. Ele moveu suas peças com maestria. Mas havia uma grande falha em seu plano.

— Se o verdadeiro Yun aparecer, sua fraude será exposta — constatou Kyoshi. — Tudo iria desmoronar.

— Ah, eu sei. A Nação do Fogo queimaria em meio ao caos e à confusão. Mas o que eu fiz lhe dará mais tempo para encontrá-lo.

A primeira vez que Zoryu explicara a ela sobre o precipício em que a Nação do Fogo se encontrava, tinha sido um pedido de ajuda. Mas agora, ele estava lhe dando um ultimato.

— Você não terminou de me ajudar ainda, Kyoshi — disse, suavemente. — Assim como eu, você não quer que minha nação sofra. Você e eu ainda estamos nisso juntos.

Um governante que mantém seu próprio país como refém. Ela sempre se preocupara em não se transformar em Jianzhu, como se o Sábio da Terra fosse um monstro que pudesse renascer por meio dela, e somente dela. Que ingênua. O fato era que o mundo havia produzido outros Jianzhus. Eles brotaram do solo e se multiplicaram nos mares. As pessoas tentavam imitar Jianzhu com cada fibra de seu ser.

Kyoshi havia esquecido seus juramentos de *daofei*. Tornar-se uma ferramenta da coroa era uma violação punível com muitas facas. Por se curvar à vontade de Zoryu, ela seria dilacerada por raios.

Sendo assim, o melhor que ela poderia fazer em sua situação era salvar o maior número de vidas que conseguisse.

— Se eu ajudá-lo, quero clemência para o clã Saowon — disse.

— Por que eu deveria dar? Mesmo que não estivessem colaborando com Yun, eles estavam minando minha autoridade. Você acha que, se os Saowon conseguissem tomar o trono, Chaejin teria me enviado gentilmente para o exílio?

Kyoshi pensou em uma frase que seu amigo Wong lhe dissera, em seus dias na Companhia Ópera Voadora. *A luta só acaba quando o vencedor disser que acabou.* Ela precisava se certificar de que Zoryu não cometesse uma atrocidade em prol de sua vitória.

— Castigue-os por suas trapaças, mas não por um ato de traição que eles não cometeram. Não deve haver um massacre.

— Vou parecer fraco — disse Zoryu.

— Ainda bem que você é um político experiente, capaz de moldar sua imagem de acordo com suas necessidades.

Ele estreitou os olhos.

— Já que você está pedindo o impossível, tem mais alguma exigência?

— Tenho, sim. O sósia de Yun. Quero que ele seja mandado para casa vivo e recompensado pelo que fez.

Zoryu se mostrou resistente. Aquele era um problema bem maior para ele do que o destino de seus rivais.

— Não. Eu tenho de manter a sua execução. Preciso que alguém pague pelo ataque, ou então todos da Nação do Fogo ficarão insatisfeitos. Ouvi as histórias sobre você, Kyoshi, e sei das coisas que você viu e enfrentou. O que importa se um único camponês vive ou morre?

Ela diminuiu a distância entre os dois e colocou um leque fechado sob o queixo dele, rente a seu pescoço.

— Neste momento, eu me importo mais com a vida dele do que com a sua — ameaçou ela, vendo os olhos de Zoryu se arregalarem. — Deixe-me ser bem clara: você vive em cima do elemento que eu controlo. Suas ilhas estão cercadas por ondas que eu domino. Você consegue respirar porque eu permito. Então, se eu ouvir alguma notícia sobre a execução de "Yun", você vai descobrir de verdade o que é ser abandonado pelos espíritos.

Zoryu se encolheu diante daquele ataque repentino. Todos sempre faziam isso. Por um breve momento, o Senhor do Fogo soube o que era se sentir realmente indefeso.

Mas, ao contrário dos *daofei* e das gangues que ela confrontara, Zoryu era apoiado pela força de seu título. Ele era o governante da Nação do Fogo, e Kyoshi era o Avatar. Ela precisava se preocupar com a própria imagem, por pior que fosse. De forma lenta, mas segura, Zoryu sorriu diante do blefe dela.

Ele lhe fez o favor de não dizer em voz alta o quanto ela havia exagerado naquela situação. Em vez disso, assumiu um ar de compaixão.

— Deixe-me dar um conselho para quando você encontrar Yun novamente — articulou. — Eu venho pensando muito sobre isso, desde que ele apareceu aqui no palácio, e acho que sei por que você tem tanta dificuldade para enfrentá-lo. Você não entende os sentimentos dele.

Ela pressionou o leque ainda mais na parte inferior da mandíbula de Zoryu, mas ele não vacilou.

— Yun nos odeia — afirmou Zoryu. — Tudo o que ele fez até agora foi porque nos odeia. Você, eu, a tenente.

— Isso não é verdade — rosnou Kyoshi. — Nós éramos amigos dele. Ele está agindo assim por vingança. *Ele mesmo* disse isso.

Zoryu balançou a cabeça em negativa.

— Acho que ele não percebe. Pense nos atos dele, Kyoshi, não em suas palavras. A quem ele tem causado mais dor? Para começar, a mim. Pelo que vejo, Yun está zangado comigo por ousar governar meu país sem a ajuda dele. Também está furioso com a tenente por ter o amor incondicional da mãe dela. O que Jianzhu deu a ele não foi nada parecido. E ainda há você, Kyoshi.

E, então, havia ela.

— Yun nunca foi capaz de superar o fato de que não era o Avatar — continuou Zoryu. — Até hoje, ele lamenta pelo que deveria ter sido. Ele sofre por seu destino, e essa dor se transformou em culpa. — O Senhor do Fogo empurrou o leque para o lado, esperando que Kyoshi perdesse o controle de suas emoções a qualquer momento. — Jianzhu e os outros podem até ter mentido sobre o fato de Yun ser o Avatar, Kyoshi, mas apenas uma pessoa realmente roubou isso dele. Você!

Vendo que a deixou sem respostas, Zoryu se afastou de seu alcance e voltou para a mesa com os mapas.

— Yun está nos punindo, Kyoshi, por seguir em frente e por ter o que ele não tem. E a menos que você aceite a verdade, mais cedo ou mais tarde ele vai machucá-la de uma forma que eu nem consigo imaginar.

Kyoshi engoliu em seco, pois não tinha como refutar nenhuma das afirmações de Zoryu. Apenas sua fé teimosa lhe dizia que ela conhecia Yun melhor que todos.

— Suponho que você saiba disso tudo porque jogou Pai Sho contra ele — rebateu ela, com a voz rouca.

— Não. Eu sei disso porque não me deixei cegar pelo passado, como vocês dois. Talvez ele realmente esteja possuído por um espírito. Mas isso não muda o que precisa ser feito.

Ele apontou para a porta.

— Agora me deixe sozinho, por favor. Você tem trabalho a fazer, e eu tenho o futuro do meu país para planejar.

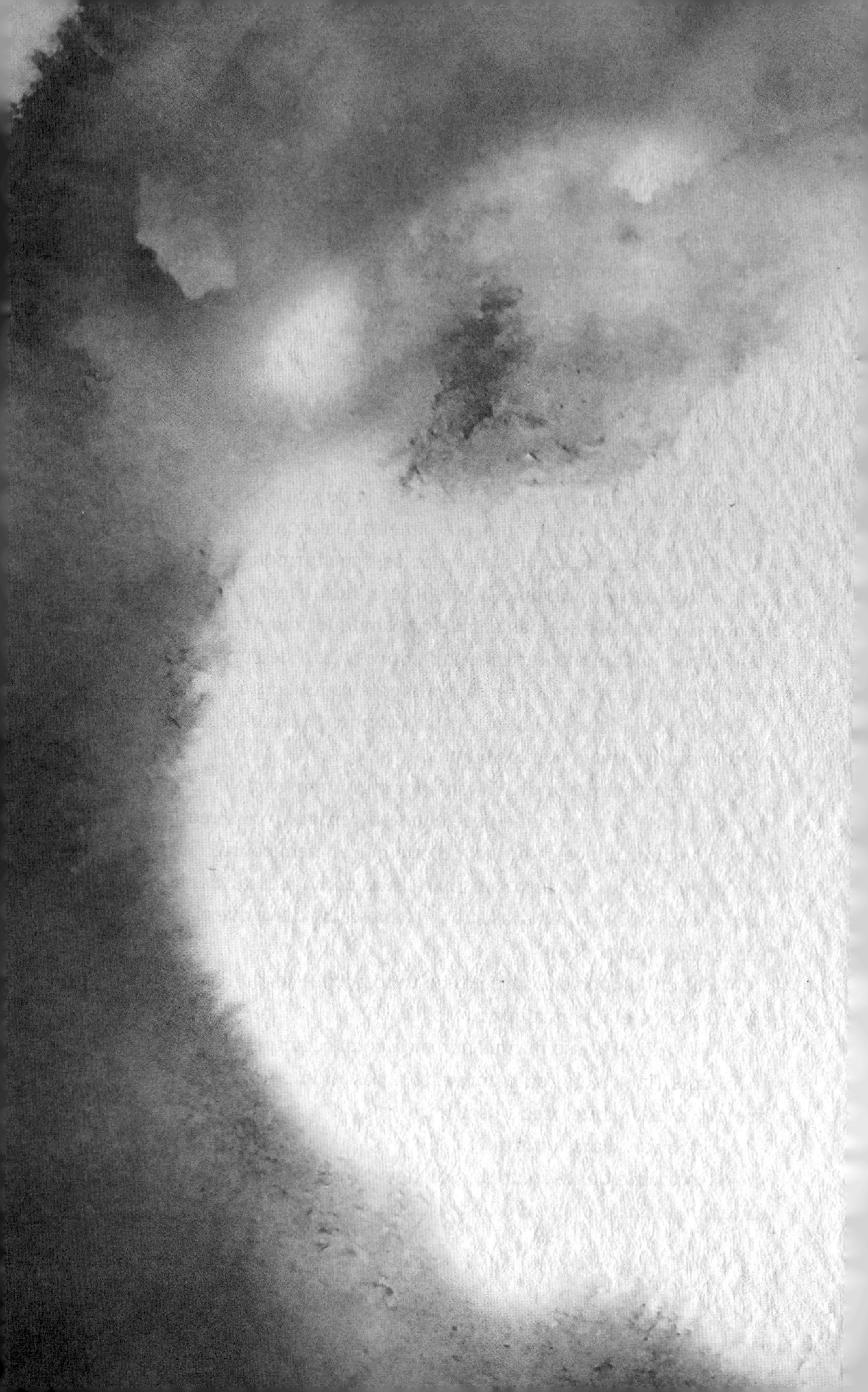

SEGUNDAS CHANCES

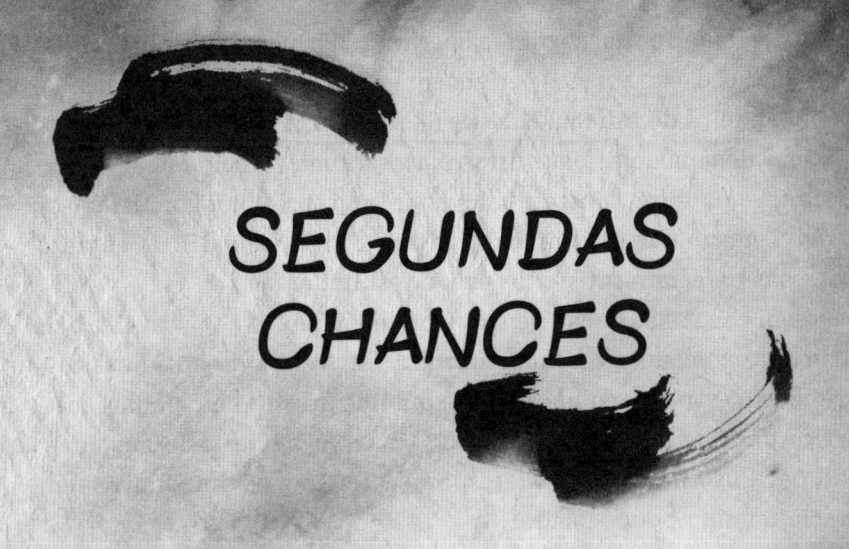

KYOSHI PRECISAVA encontrar um jeito de viajar sozinha. Ela não suportaria ter de explicar outro plano para Jinpa, nem a presença dele quando fosse executá-lo. Então, procurou um ministro do palácio e requisitou um navio, mantendo tudo em segredo de seu secretário.

Na manhã seguinte, ao saber que um navio a esperava no porto, Kyoshi deixou o palácio. Os guardas abriram as inúmeras portas e portões sem que ela precisasse pedir, ou mesmo diminuir o passo. Isso a fez se sentir como um animal de fazenda sendo guiado para fora de seu cercado.

Ela entrou em uma carruagem que percorreu a Cidade da Cratera, descendo a encosta do vulcão e passando pela Cidade do Porto. A notícia dos atos hediondos dos Saowon havia se espalhado pela capital durante a noite, então as ruas estavam quase vazias. O Festival de Szeto foi deixado de lado diante de tal traição. Os carros alegóricos permaneciam nos becos laterais, cobertos por lonas. Lanternas balançavam com a brisa, apagadas. Kyoshi se espantou com a velocidade com que os rumores da corte se espalharam, mas logo suspeitou que Zoryu provavelmente divulgara a informação por toda a ilha.

Como a maioria dos principais clãs, os Saowon tinham forte presença na capital. Empresas e residências familiares. Mas esse não era mais o caso. Kyoshi notou, em toda parte, sinais de uma remoção rápida e eficiente. Uma loja solitária numa rua de comércio estava fechada e escura, enquanto suas vizinhas operavam normalmente. Um apartamento luxuoso, certamente pertencente a um nobre, não mais sustentava a bandeira do seu clã. Nuvens de fumaça preta subiam ao longe, próximas demais umas das outras para ser uma coincidência.

Ela teve de lutar contra o mal-estar em seu estômago. *Melhor do que uma guerra* não era um lema aceitável para seguir. E, no entanto, as pessoas pareciam satisfeitas com o resultado.

Kyoshi chegou às docas e encontrou seu navio. Era um saveiro bem construído com uma quilha profunda, um veloz viajante do oceano. Mas ela estremeceu quando viu o nome gravado na embarcação: *Sorriso de Sulan*. O falecido Lorde Chaeryu devia tê-lo encomendado para uso pessoal de sua esposa antes que os dois morressem. Parecia ter sido pouco usado.

Kyoshi decidiu que Huazo estava certa sobre Sulan. A mãe de Zoryu não tinha culpa nos eventos recentes, ou pelo menos não tinha a mesma parcela de culpa que os demais envolvidos. Assim, subiu no barco e fez o possível para ignorar o navio cargueiro ali perto, cujas figuras de camélias haviam sido raspadas por uma equipe da Marinha do Fogo. A tinta vermelha caía em flocos na superfície da água, como sangue coagulado.

A tripulação do *Sorriso de Sulan* a deixou sozinha enquanto navegavam na direção que ela havia ordenado. Do convés, ela podia sentir a água deslizando sob o casco, dificultando o movimento da embarcação, desacelerando-a mais do que o ar rarefeito fazia com Ying-Yong ou Peng-Peng. Comparado ao voo, qualquer outro meio de viagem era trabalhoso e árduo. Ela pensou em acelerar a velocidade da embarcação usando a dominação de água, mas ouviu que poderia danificá-la ou tombá-la se não soubesse exatamente o que estava fazendo.

O grupo chegou à mancha escura, abaixo das ondas, que Kyoshi estava procurando. Ela ordenou que ancorassem o navio. O capitão Joonho, um homem cujos bigodes eram como os espinhos de um cacto, estava à frente de sua tripulação de marinheiros destemidos e castigados pelo tempo. Ele aguardava suas próximas ordens.

— Fique aqui até eu voltar — falou Kyoshi ao capitão. — Não tente vir atrás de mim, aconteça o que acontecer.

— Não entendo, Avatar — disse Joonho. — Voltar de onde? Não há nada aqui.

Kyoshi subiu no guarda-corpo do navio.

— Antigamente havia — respondeu, antes de mergulhar.

Ela ouviu gritos acima da superfície. Alguns dos homens queriam mergulhar e resgatá-la, mas suas ordens foram claras. Eles teriam dificuldade para alcançá-la, de qualquer maneira.

Kyoshi usava sua armadura completa, para poder afundar mais rápido. Batendo as pernas, nadou em direção às ruínas da ilha de Yangchen. Mais uma vez, ela levou um tempo embaraçosamente longo para se lembrar de que era uma dominadora de água. Com um movimento dos braços, deslizou mais rapidamente do que um peixe elefante-koi.

Sua visão escureceu. Como um lembrete de que ela estava dentro da água havia tempo demais, seus pulmões começaram a queimar. Kyoshi continuou nadando e lutando contra a falta de ar que tomava seu peito, mas sua bravura lhe rendeu apenas mais alguns movimentos.

Sua boca se abriu. Uma nuvem de bolhas escapou de sua garganta antes que a água do mar invadisse seu corpo, preenchendo cada espaço dentro dela. Ela estava se afogando.

Kyoshi fora até ali com um grupo de estranhos porque sabia que nenhum de seus companheiros a deixaria correr esse risco. Ela lutou o máximo que pôde, tentando se manter consciente. Em seus últimos pensamentos, ela enviou sua mensagem.

Kuruk. Apareça agora antes que eu morra, senão vou atrás de você aí do outro lado.

— Menina. Você pode abrir os olhos.

Kyoshi piscou, acordando. Estava quente e claro. O cheiro de grama fez seu nariz coçar.

Ela estava sentada em um campo verde e bem vasto. De um lado do horizonte, no topo das colinas, havia uma fileira de árvores que pareciam ter sido posicionadas à mão. Em frente à floresta, um pico alto se projetava no ar, com nuvens convergindo para um ponto atrás dele, como se a montanha fosse um sol emitindo raios de luz.

Seu antecessor no ciclo Avatar estava vestido casualmente, diferente da única vez que ele aparecera diante dela. Kuruk estava sem suas peles e usava apenas uma túnica de verão azul-claro da Tribo da Água. Seus braços e seu pescoço ainda estavam adornados com dentes e garras afiados de animais, ambos amarrados por tiras de couro.

Ele deu um sorriso sutil e torto.

— Estou tentando falar com você há muito tempo, mas eu precisava da sua ajuda. Para um Avatar poder se comunicar com suas vidas passadas, é necessário que ambos queiram isso verdadeiramente.

Sua mensagem para ela no Templo do Ar do Sul fazia sentido agora. *Preciso da sua ajuda.* Ele não estava pedindo um favor do além. Só precisava da ajuda dela para se comunicarem adequadamente. E, aparentemente, ele não conseguira pensar em uma maneira menos confusa de avisá-la.

— Sobre o que você queria falar? — perguntou Kyoshi.

— Sobre a mesma coisa que você. Seu amigo. Sobre ele e o Chefe Vaga-lume. Eu posso guiá-la para onde você deseja. É por isso que você está aqui agora, não é?

Então Kyoshi tinha acertado em ir até Chung-Ling do Norte para buscar a ajuda de Kuruk. Grande coisa.

Kyoshi deveria se manter de boca fechada e aceitar qualquer ajuda que Kuruk oferecesse. Mas havia uma calma inquietante rodeando a conversa. Estava tudo silencioso demais.

Algo estava errado.

— Este é o Mundo Espiritual, não é? — perguntou. — Onde estão os espíritos? — Os dois eram os únicos seres naquele campo vasto. Kyoshi não sabia muito sobre o lugar, mas, a menos que as plantas e rochas estivessem vivas, tudo ali era tão desprovido de vida quanto o deserto de Si Wong.

Kuruk estremeceu.

— A maioria dos espíritos me evita.

— Por quê?

Ele não queria responder. Porém, como estava conversando com uma versão de si mesmo, mentir seria inútil.

— Porque eu costumava caçá-los.

Kyoshi esfregou o rosto, sentindo cada linha e marca com seus dedos. Lao Ge havia mencionado isso uma vez. *Kuruk, o maior caçador que já passou pelas Quatro Nações.* Seus troféus decoravam seu corpo na primeira vez que ele se manifestou diante dela, usando seu traje completo. Se matar feras no mundo físico não representava um desafio para ele, então não era de admirar que um aventureiro como Kuruk, em busca de emoção, voltasse sua atenção para os espíritos. E ser o Avatar lhe dera os meios necessários para caçá-los.

— Você... — disse ela. Era difícil falar enquanto um riso nervoso saía de sua boca, e difícil enxergar por entre as lágrimas que escorriam por seu rosto. — Você me surpreende. — Expressar seus sentimentos era como colocar ervas escaldantes em uma queimadura. Era necessário, doloroso, mas já fora adiado por tempo demais.

Kuruk engoliu, incapaz de encará-la.

— Não é o que você está pensando. Yangchen...

— Não se atreva! — proferiu Kyoshi em meio a um riso confuso. Suas lágrimas a fizeram engasgar. — Não se atreva a envolvê-la nisso. Você não é digno do legado dela. Seu nome pertence à sarjeta, junto com o meu.

Ali estava ela, no meio do ato mais sagrado que um Avatar poderia realizar. Mas Kyoshi era Kyoshi, e Kuruk era Kuruk. Já houvera uma dupla pior na história? Um desastre seguido de catástrofe?

A hilaridade da situação se extinguiu, como um copo apagando a chama de uma vela. Seguiu-se uma sensação sombria e sufocante.

— Não é justo — disse ela. — Nada disso é justo.

A terra ao redor dela começou a ondular. Ela ouviu um som esvoaçante, como as páginas de um livro grosso sendo folheadas. A partir do horizonte, uma rachadura na grama começou a ziguezaguear e formar ramificações por todo o lugar. Partes do campo começaram a ruir na própria fenda, indicando que ela e Kuruk não estavam em terra firme, mas em uma superfície frágil e fina.

Aquilo não era dominação. Era um reflexo de suas feridas. No Mundo Espiritual, sua dor era visível e podia ser sentida.

— Eu odeio você! — vociferou para Kuruk. A fenda no chão revelou uma profunda escuridão que Kyoshi não conseguia explicar na linguagem das Quatro Nações. Era a cor do abismo, um redemoinho de caos. Se ela caísse nele, não haveria volta. — Você teve tudo entregue de bandeja! Yangchen deixou o legado dela, e você o desperdiçou! Você me deixou um mundo cheio de sofrimento e miséria!

O colapso ganhou força, e estava prestes a atingir os dois, ameaçando jogar Kyoshi e Kuruk em uma realidade distorcida. O deslizamento da terra consumiu as árvores, a grama, o céu, corroendo tudo e encolhendo sua mente. O vazio estava se aproximando como uma onda impetuosa.

Kuruk podia ver o fim chegando até eles. Então, a vida passada de Kyoshi lhe deu um olhar de completa rendição.

— Você tem todo o direito — disse ele, gentilmente.

No último segundo, antes de ambos serem consumidos pela escuridão, o desmoronamento parou.

Ela tinha o direito?

Não, ela pensou. *Não tinha*.

Kyoshi não tinha o direito de se perder em sua raiva e permitir que isso a levasse à destruição. Não importava pelo que tinha passado, ela não permitiria que suas feridas a consumissem. Ela tinha a obrigação de ser mais do que um conjunto de mágoas contra o mundo.

Gradualmente, pedaço por pedaço, todos os elementos do Mundo Espiritual retornaram ao seu devido lugar, recuperados do abismo em que haviam caído, juntando-se uns aos outros como um prato sendo remendado com laca dourada. Se havia sido ela a responsável por aquilo, ou se tinham sido forças além de seu controle, Kyoshi não sabia dizer.

De qualquer forma, o remendo estava sendo feito bem devagar. Reconstruir sempre levava mais tempo do que destruir. Limpar uma bagunça demorava mais do que fazê-la. Kuruk observou a paisagem se reparar, a calma ainda perdurando em seu rosto, apesar de o antigo Avatar quase ter mergulhado com Kyoshi nas profundezas do além.

— Você veio aqui em busca de respostas — disse, estendendo a mão. — Preciso lhe mostrar uma coisa.

— Não me toque. — Ela deu um tapa em sua mão.

No momento em que se tocaram, Kyoshi se deu conta de que não estava usando suas manoplas no Mundo Espiritual. Suas mãos estavam nuas, e sem as cicatrizes, como se ali todos os danos infligidos ao seu corpo tivessem sido apagados. Ninguém havia lhe explicado o que aconteceria se ela tocasse outro Avatar no Mundo Espiritual.

Houve um flash de luz. Quando a claridade diminuiu, Kyoshi se viu aprisionada, mais uma vez, na inquebrável gaiola das lembranças.

AMIGOS PERDIDOS

KURUK ABRIU os olhos. Ele não estava mais na campina de Yangchen perto de Yaoping, de frente para Kelsang sob o céu estrelado. Ele percebeu o motivo do conflito entre seu amigo Nômade do Ar e os mais velhos, sobre a aparência do Mundo Espiritual. O reino além do físico era visto de diferentes formas por diferentes pessoas e em diferentes momentos.

Ele estava sozinho, não via seu amigo naquele pântano acinzentado. Eles haviam se perdido um do outro em algum ponto da jornada. A água ao redor de Kuruk ondulava – não por vida própria, mas como se algo inquietante estivesse se movendo embaixo dela. Um grito e o bater como o de um tambor era tudo o que ele conseguia ouvir, histérica e incessantemente. Apenas após adentrar a água suja, ele encontrou a fonte do ruído.

Um espírito. Não uma das criaturas brincalhonas de Kelsang. Mas um monstro do tamanho de uma casa agarrava o chão, com braços que mais pareciam as pernas de uma aranha, e batia a cabeça contra a terra repetidamente. Causando grande dor a si mesmo, e sem desistir de seu ataque, o grito da criatura vinha de uma boca que era impossível de distinguir. Antes que Kuruk pudesse se recuperar daquele horror e tentar falar com o espírito, uma longa cauda envolveu seu pescoço e o ergueu no ar.

Seu corpo estava sendo esmagado. Kuruk sentiu repulsa diante da sensação de estar amarrado a um cadáver. A criatura o jogou no chão e ele caiu como um saco de batatas, desmaiando de dor, mesmo em sua forma etérea. Antes de perder a consciência, porém, teve um vislumbre do que o espírito estava atacando tão ferozmente. Era uma poça de gelo. Refletida na camada prateada estava a encosta da cidade de Yaoping.

Kuruk retornou ao mundo físico com um suspiro. Kelsang continuava sentado à sua frente, de olhos fechados, falando gentilmente como se estivesse participando de uma cerimônia do chá. Kuruk se levantou, ignorando o olhar de surpresa nos rostos de Hei-Ran e Jianzhu, e roubou o planador do amigo.

Ele criou sua própria rajada de vento com dominação de ar para seguir até Yaoping. Não havia tempo para explicar aos outros o que ele sabia em seu coração. Aquele espírito monstruoso havia encontrado uma brecha entre o Mundo Espiritual e o dos humanos. Se ela rompesse, a criatura mataria todos que encontrasse.

Havia apenas um lugar onde a cidade podia ser vista de cima como Kuruk tinha visto, e era na entrada das minas de sal na montanha vizinha. Ele pousou o planador e parou diante do túnel, cuja abertura mostrava uma profunda escuridão. Reunindo toda a coragem que tinha, adentrou o local. Era melhor atravessar a fenda e atacar no Mundo Espiritual. Ele conseguiria usar dominação lá também. Kelsang havia lhe dito isso.

Kuruk encontrou o espírito enfurecido e não perdeu tempo em confrontá-lo. Ele não fazia ideia de quanto tempo a batalha tinha durado. Mas sabia, com uma certeza sombria, que o Avatar certo fora escolhido para aquela tarefa. Aquele inimigo era uma fera, e ele era um caçador. Um caçador atacava de forma rápida e letal, e era misericordioso com sua presa. Um caçador abraçava o seu dever com grande respeito.

Foi preciso usar todos os quatro elementos para derrotar o espírito enlouquecido. Mas ele saiu vitorioso. A cidade foi salva. Tudo ficaria bem.

Na manhã seguinte, seus amigos o encontraram rastejando pelas ruas de Yaoping, espumando pela boca.

Passaram-se dias até que Kuruk conseguisse falar. Destruir o espírito havia lhe custado uma parte de si mesmo, de alguma forma. Ele estava sangrando por dentro, mas perdendo algo mais importante que sangue. Sua vitalidade estava se esvaindo de tal forma que nenhum curandeiro poderia tratar. Kuruk sentia frio. Justo ele, uma criança do norte que ria das nevascas e nadava em torno de icebergs, estava com frio. Nada bombeava em suas veias.

O Avatar tentou contar a Kelsang, Jianzhu e Hei-Ran o que tinha acontecido, mas não conseguiu. As palavras ficaram presas na garganta. Então, ele inventou uma história sobre um espírito travesso, que o tinha enganado, fazendo-o perder os sentidos por um tempo. Da mesma forma como acontecia com crianças que se perdiam em contos populares sinistros.

Seus amigos o deixaram descansando numa pousada. Procuraram um curandeiro. O curandeiro veio, informou que não havia nada de errado com seu corpo, e sugeriu que ele descansasse. Kuruk queria morrer.

Um dia, quando estava sozinho no quarto, uma empregada simpática apareceu e lhe deu um pouco de vinho bem forte, contrariando as ordens do curandeiro. O líquido queimou sua garganta ao descer, e em vários dias foi a primeira sensação a amenizar o frio. Ele bebeu mais e mais, sentindo o vinho estancar a ferida dentro dele, como um ferro em brasa em um membro recém-decepado.

Quando a empregada sorriu e gentilmente colocou a mão em seu peito, o Avatar a segurou com desespero, como se estivesse se afogando.

Kuruk não conseguia se lembrar do rosto da mulher. Mas se lembrava da expressão de seus amigos quando se depararam com o emaranhado de braços e pernas saindo de debaixo das cobertas, e com várias garrafas quebradas e espalhadas pelo chão. Kelsang não julgou. Jianzhu não se importou, pois achava que se o Avatar tivesse desejos, ele tinha mais era que saciá-los. Só quando ficou mais velho Kuruk entendeu a diferença entre as reações de seus dois amigos.

Quanto a Hei-Ran, embora nunca fosse admitir, ela havia perdido um pouco do respeito por ele naquele momento. A porta do coração da dominadora de fogo, ainda que não estivesse trancada para sempre, estava firmemente fechada. E se manteria assim para aqueles que não conseguissem controlar a si mesmos.

Mas todos se recuperaram daquele episódio. Suas aventuras continuaram. Os amigos do Avatar eram notáveis. Ele os amava tanto. Amava a inteligência de cada um, suas aspirações, sua nobreza. Eles eram pessoas do bem. Havia tanta coisa boa que aquele grupo poderia fazer pelo mundo.

Foi por isso que, quando ocorreu o segundo ataque de um espírito, ele voltou a enfrentá-lo sozinho. Seus amigos insistiriam em ajudar, se soubessem. Mas Kuruk nunca, jamais os faria sofrer o que ele havia sofrido, nem em mil vidas. Eles seriam infectados se participassem daquelas batalhas.

Um pesadelo durante uma visita à Nação do Fogo mostrou-lhe uma fenda numa gruta que fornecia água sagrada num recanto da Ilha Ma'inka. Ele correu para a caverna no meio da noite e mergulhou, profanando a água. Nadando até as profundezas da fenda, ele se deparou com uma criatura de bicos retorcidos, forçando seu caminho em direção à superfície. De olhos fechados, ele a apunhalou com gelo e com pedra. Os gritos de terror que podiam ser ouvidos eram seus. Os parceiros de caça da sua juventude o desprezariam por não realizar uma matança limpa. Mas ele não conseguia olhar para aquela coisa moribunda.

Uma vez que finalizou o trabalho, Kuruk se arrastou para a margem da gruta, derramando a água para fora. O conhecido frio o assolou com força. Ele engatinhou como um bebê até chegar aos pés de um homem, que o olhou com perplexidade e desgosto.

O homem era da Nação do Fogo, de um clã ou tribo que ele não reconhecia. Seu nome era Nyahitha. Depois de uma premonição, os anciões da tribo Bhanti o haviam enviado até ali para ajudar o Avatar. A expressão de seu rosto mostrava dificuldade em acreditar que aquele homem esfarrapado era o sucessor da Grande Yangchen.

Nyahitha levou Kuruk a um acampamento na selva e realizou algum tipo de ritual, levando calor até seus centros de energia. Era um procedimento parecido com o dos curandeiros do norte, que utilizavam a água para curar o corpo de um paciente. Ele confirmou o que Kuruk já desconfiava: que entrar em contato com essas criaturas sombrias e destruí-las estava causando danos ao seu próprio espírito. Nyahitha fez o que pôde, mas o advertiu de que uma "taxa" seria cobrada cada vez que uma dessas batalhas fosse travada. Pelo jeito, Kuruk ficaria de fora na disputa pelo posto de Avatar mais longevo.

Que maneira terrível de dar uma má notícia, Kuruk brincou. Ele não poderia ter explicado com um pouco mais de gentileza? Então, vomitou sangue nas vestes do Sábio do Fogo.

As terríveis advertências de Nyahitha fortaleceram a decisão de Kuruk de não contar a seus companheiros sobre suas incursões espirituais. Eles o seguiriam em qualquer perigo e dariam a vida para proteger a dele. Contaminar os espíritos vibrantes de Hei-Ran, Kelsang e Jianzhu com aquela doença seria uma tragédia horrível. Ele não deixaria que acontecesse, nem mesmo se isso significasse sua própria destruição.

Kuruk abandonou as missões com os amigos para realizar pesquisas com Nyahitha. Eles visitaram a biblioteca secreta dos Bhanti, uma forte candidata ao maior depósito de conhecimento espiritual de todos os reinos. Juntos, sob os telhados pontiagudos dos templos de pedra, ambos se debruçaram sobre pergaminhos e livros volumosos mais antigos que as próprias Quatro Nações.

Os dois deduziram que os espíritos estavam tentando atravessar pelas rachaduras recém-criadas que faziam fronteira entre o Mundo Espiritual e as terras dos humanos. Eles não sabiam por que ou como essas rachaduras estavam se formando de repente. Normalmente, os espíritos podiam atravessar em lugares antigos, sagrados e raros. E em circunstâncias especiais, como nos crepúsculos em datas sagradas. Porém, de alguma forma, isso parecia não ser mais o caso.

Eles também procuraram uma técnica mais eficiente para subjugar seus inimigos, mas não encontraram nenhuma. Talvez ainda não tivesse sido inventada. Kuruk estremeceu ao fechar o último livro promissor da biblioteca Bhanti sem encontrar qualquer solução.

À medida que mais ataques vinham, ele percebeu que poderia perseguir as criaturas das trevas no próprio Mundo Espiritual, atentando-se a grandes agitações no solo e sinais de tempestades, assim como confiando em suas próprias habilidades de rastreamento sobrenaturais, ou seja, identificando quaisquer sinais no gelo, na rocha ou mesmo numa folha fora. Em tais excursões, ele sempre precisava atravessar uma fenda para o Mundo Espiritual, tendo de enfrentar a presa com seu corpo físico para poder usar a dominação. Caso contrário, não tinha a menor chance. Além disso, fazia mais sentido lutar no mundo etéreo, para minimizar os danos colaterais aos humanos.

E assim ele se manteve em sua caça. Caminhou pelo reino dos espíritos, procurando aqueles com intenções assassinas que tentavam passar para o outro lado. Cada vez que encontrava um, Kuruk tentava acalmar a raiva da criatura, à custa de seu sangue e suor. Mas nunca funcionava. Para salvar vidas, ele teve de lutar. Ele teve de matar.

Kuruk e Nyahitha não contaram a ninguém o que fizeram. Eles eram como uma dupla criminosa passando de pequenos furtos para o crime organizado, envolvidos demais para poder se libertar. No ritmo em que as caçadas iam, provavelmente as pessoas que desconheciam suas intenções iriam se afastar deles por causa dos espíritos que eles tinham eliminado, especialmente os Bhanti e os Nômades do Ar.

O mundo seguiu em frente, sendo cuidado por pessoas competentes. Kuruk, que não gostava de reuniões, uma vez que as mentes mais ágeis eram forçadas a acompanhar o ritmo das mais lentas, passou a adormecer em meio aos eventos, exausto pela dor persistente e pelo vinho que bebia para entorpecê-la. Jianzhu inevitavelmente já teria resolvido as coisas com os diplomatas, ministros e embaixadores quando ele acordasse.

Suas noites eram passadas em festas, tavernas, em competições de destreza de dominação, enfim, em lugares que o fizesse se sentir o mais humano possível, e ao redor do maior número de pessoas. Ele secretamente esperava que Nyahitha encontrasse um texto sagrado explicando que o tratamento para seus sintomas era estar perto da vida, da alegria e das pessoas. Mas não. Os prazeres autoprescritos do seu "processo de cura" evidenciavam sua fraqueza, nada mais. Nyahitha também participava do tratamento, e Kyoshi se surpreendeu com suas indulgências. O sábio, anteriormente severo, esbaldava-se sem moderação.

Kuruk mal percebeu seus amigos se separando. Os tesouros de sua vida se espalharam pelas Quatro Nações para seguirem os próprios caminhos. Todos tinham chegado à mesma conclusão: eles não estavam fazendo nada de útil como companheiros do Avatar. Era como se, num dia, ele estivesse jogando seu habitual jogo de Pai Sho com Jianzhu, e, no outro, estivesse lendo a carta de advertência dele por não ter comparecido ao casamento de Hei-Ran.

Hei-Ran... Kuruk estava fora de si de tanta tristeza quando procurou Kelsang com um poema. Um espírito tentara atravessar para o reino físico no dia anterior, e a fúria reprimida, por ter omitido seus sentimentos por Hei-Ran durante todos aqueles anos, explodiu. Ele havia aniquilado a criatura com todo o poder do Estado Avatar, um ato injustificado, não importavam as circunstâncias. O poema era uma tentativa débil de voltar no tempo, para uma época em que ele não era um fracassado miserável que abusava dos dons de Yangchen. Uma época em que ele ainda poderia merecer o amor de Hei-Ran.

Kuruk canalizou sua tristeza em mais pesquisas com Nyahitha e fazendo expedições mais longas ao Mundo Espiritual. Ele finalmente descobriu como as passagens para o reino físico estavam sendo criadas, seu conhecimento sobre bichos vindo a calhar mais uma vez. Os animais geralmente ocupavam espaços criados por outros, como os besouros-jaguar que passavam a viver nos vastos e complexos montes de cupins depois que seus moradores partiam para formar outras colônias.

As rachaduras na realidade estavam sendo criadas por um único espírito. Kuruk, então, passou a tentar identificar a origem dos túneis, em vez dos espíritos que tentavam utilizá-los. Em sua busca, ele foi se aproximando cada vez mais da fonte, até encontrar o Chefe Vaga-lume. O Fura-Mundo.

Finalmente, ele havia encontrado um espírito disposto a falar com o Avatar. Kuruk descobriu que o Chefe Vaga-lume tinha o poder de romper a barreira entre os mundos físico e espiritual, deixando que vestígios de sua essência vazassem pelas rachaduras que ele fazia sempre que queria se aquecer no calor e no caos do reino mortal.

De vez em quando ele comia um humano, aqui e ali? Sim, mas que caçador não agarrava sua presa quando a oportunidade se apresentava? O Chefe Vaga-lume era um predador sábio e astuto. Ele poderia criar túneis para qualquer local no mundo físico, mas mantinha as saídas em lugares profundos e escuros, onde os humanos não notariam. Além disso, nunca permanecia no mesmo lugar por muito tempo. Se espíritos inferiores quisessem usar suas passagens abandonadas para se infiltrar no mundo dos humanos, ele pouco se importava.

O erro de Kuruk foi perguntar o nome dele. Nyahitha havia dito a ele que espíritos com nomes autointitulados eram incrivelmente poderosos e perigosos, e revelá-los lhes dava ainda mais poder. Saber o nome do Chefe Vaga-lume completou a maldição que vinha sendo construída sobre o Avatar no decorrer dos anos. A tinta do contrato tinha finalmente secado.

O Chefe Vaga-lume também estava ciente disso. Os dois estavam juntos naquilo havia um longo tempo, declarou o espírito. Talvez eles fossem se divertir.

Kuruk, amortecido pela exaustão, mostrou ao espírito devorador de humanos qual era sua definição de diversão.

A luta travada entre os dois quase criou um buraco na fronteira entre os reinos. O Chefe Vaga-lume era mais forte que os outros espíritos, e Kuruk era teimoso demais para morrer. Suas energias se chocaram como lâminas colidindo, deixando marcas permanentes.

Com um golpe que quase destruiu o solo rochoso em que pisavam, Kuruk feriu gravemente o Chefe Vaga-lume. O espírito diminuiu em tamanho e poder, mas conseguiu escapar, contorcendo-se em meio à escuridão de um interminável labirinto.

Foi um resultado aceitável para o Avatar. Um segredo decepcionante do Pai Sho que a maioria dos novatos desconhecia era que, entre jogadores experientes, metade das partidas terminava em empates insatisfatórios e inconclusivos. Ele havia causado danos duradouros a seu inimigo, o suficiente para garantir que o espírito se mantivesse fora do mundo dos humanos por pelo menos uma geração ou duas.

Mas aquela disputa o havia machucado também. Nenhum deles jamais se curaria completamente do encontro. Eles se lembrariam um do outro para sempre, como velhos amigos...

Kyoshi se afastou gentilmente das memórias de seu antecessor, como se fossem peças de cristal delicadas demais para serem manuseadas. Ao contrário de sua experiência em Chung-Ling do Norte, onde ela assistira sozinha ao desenrolar dos acontecimentos da juventude dele, Kuruk estava de pé ao seu lado, ambos testemunhando silenciosamente os horrores de sua vida. Durante a visão, ela não tinha encontrado nenhum momento oportuno para falar com ele.

Ainda assim, Kyoshi estava grata por sua presença desta vez. Ela não poderia ter lidado com aquelas memórias se estivesse só. O Chefe Vaga-lume em carne e osso a havia assustado demais na primeira vez em que o vira.

Ao olhar para Kuruk, Kyoshi notou seu rosto cansado, porém, inabalável. No momento de sua morte, ele devia estar muito mais ferido do que a pele intacta sob suas roupas deixava transparecer. Sua aparição no Mundo Espiritual devia ter sido alterada de acordo com suas percepções e preferências. Ele se lembrava de uma versão de si anterior aos piores dias de sua vida.

A campina em volta deles fora totalmente reparada, e já não parecia mais um prato quebrado.

— Por que havia tantos espíritos raivosos na sua época? — perguntou Kyoshi. Ela entendia agora que Kuruk matara apenas criaturas que não podiam ser detidas de outra maneira.

— Essa é uma questão para outro dia — respondeu ele. — Para lhe dar a ajuda que você procura, tive de compartilhar algumas lembranças minhas e do Chefe Vaga-lume. Agora que você se lembra dessa parte de sua vida passada, poderá encontrar seu amigo no mundo físico. Confie em mim.

Ela se pegou acreditando nele.

— E quanto às suas outras memórias? — As palavras saíram antes que Kyoshi pudesse esconder sua curiosidade.

O queixo de Kuruk endureceu.

— Não há muito que você desejaria ver depois que perdi meus amigos.

Por onde Kuruk andava? Kyoshi tinha perguntado uma vez a Kelsang, querendo saber o que havia acontecido com ele após a separação do grupo. Viajando pelo mundo tinha sido a resposta. Arrasando corações e se mostrando por aí. Sendo Kuruk. Parecera que o Avatar da Água estava vivendo sozinho, tendo uma grande aventura pelas Quatro Nações.

Mas a dor no rosto dele contava uma história diferente agora. Depois que seus companheiros de juventude o deixaram, Kuruk ficou por conta própria. Cercado por um mundo que talvez o idolatrasse, mas completamente sozinho.

O homem à sua frente era uma pessoa fisicamente grande, mas, olhando para ele, Kyoshi só conseguia ver o pequeno espaço que Kuruk ocupava. Isso a lembrou do cadáver de Jianzhu, que parecera diminuir depois que a vida deixou seu corpo. A morte e o tempo tornavam todos pequenos, reduziam-nos a coisas insignificantes. Ela não tinha dúvidas de que seu sucessor a olharia com ceticismo, perguntando-se por que todos afirmavam que essa tal de Kyoshi era considerada uma gigante.

— Estou feliz por finalmente ter encontrado você, Avatar Kuruk — anunciou ela, com seriedade.

Os ombros dele relaxaram. Kyoshi não havia imaginado que ele precisasse daquela conexão tanto quanto ela, pois pensava que uma vida passada não necessitaria de qualquer ajuda.

— Tem mais uma coisa que eu preciso lhe dizer. — Kuruk pareceu relutante, de repente. — Mas não sei se devo. Não quero lhe causar mais dor.

Kyoshi avaliou seu rosto e percebeu outra característica de Kuruk. Exceto por seus oponentes, ele não suportava ver outras pessoas se machucarem.

— Você deve me dizer, sim — respondeu.

Kuruk suspirou.

— Venha comigo.

Ambos caminharam lado a lado. A irrealidade da distância e do solo fluía a seu favor. Apenas alguns passos foram suficientes para levá-los pelo campo rumo ao horizonte, como se estivessem girando o mundo abaixo deles com os pés.

Kyoshi se esqueceu de observar com atenção e absorver os esplendores do Mundo Espiritual. Quando ela se lembrou de reparar nas gloriosas paisagens e nas curiosas criaturas falantes que Kelsang lhe contara, eles já haviam chegado ao seu destino.

Os dois passaram de um pesadelo para outro. Kuruk e Kyoshi estavam na margem de um pântano seco e sem vida. Sem a água para regar suas raízes, as árvores haviam murchado e secado. O chão de lodo estava sem qualquer umidade, rachado e empoeirado.

Ela desconfiava de para onde a água tinha ido. Um grande buraco fora aberto na terra, dividindo o pântano ao meio. A rachadura começava pequena, bem na altura de seus pés, e seguia rasgando o chão como se fosse o início de um grande desfiladeiro. Nas profundezas da fenda, via-se a mesma escuridão incompreensível e assustadora em que Kyoshi quase tinha imergido a si mesma e a Kuruk.

O responsável pelo buraco estivera no mesmo lugar onde eles pisavam agora; naquele ponto de origem, claramente marcado por uma explosão de fúria.

— Yun fez isso? — Kyoshi perguntou.

— Sim. O Mundo Espiritual reage às nossas emoções. As feridas que trazemos para este lugar têm consequências físicas. Ao contrário da ruptura que você criou, esta daqui não está se curando. Seu amigo a mantém aberta, permitindo que apodreça. Ele continua agarrado à própria raiva.

Kyoshi assentiu.

— Eu sei. Yun não está em seu juízo normal por causa da influência do Chefe Vaga-lume.

— Não. Você já se apegou a essa desculpa por tempo demais. — Kuruk foi gentil, mas inflexível. — O que eu precisava lhe dizer é que os espíritos podem possuir o corpo de um ser humano, e até se fundir a ele, dando-lhe uma nova forma. Mas eles não dominam os pensamentos das pessoas. Yun tem o total controle de suas ações. Sempre teve.

— Oh — murmurou Kyoshi, cambaleando. — Oh. — Se Kuruk estava certo sobre Yun, então Zoryu também estava.

— Sinto muito, garota — disse Kuruk. — Eu gostaria que não fosse assim.

O céu azul-claro começou a girar sobre Kyoshi. Nuvens surgiram como que de propósito para representar o estado mental dela. Kuruk olhou para cima com expressão desapontada. *Que pena. Parece que vem chuva. Teremos de encurtar nosso passeio.*

Kyoshi tentou falar, mas água do mar saía de sua boca, escorrendo pelo queixo e umedecendo ainda mais suas vestes. Ela queria se despedir de Kuruk, só que sua garganta estava cheia de água salgada.

Alguém a rolou para o lado, forçando o restante de água a sair de seu corpo. Ela sentiu o deck de madeira do *Sorriso de Sulan* contra sua bochecha. O capitão Joonho e a tripulação a cercaram, franzindo a testa com preocupação. Seria muito azar se um Avatar morresse a bordo de sua embarcação, mesmo se fosse uma tola do Reino da Terra.

Ainda deitada, Kyoshi sentia o presente que Kuruk havia lhe dado. A batalha entre o seu predecessor e o Chefe Vaga-lume havia deixado cicatrizes profundas em ambos os lados, tornando-as permanentes.

Ela e Yun eram os herdeiros desse legado. Ela conseguia sentir onde ele estava. Era uma presença fraca, oscilante, mas vinha de uma direção específica. Se a perseguisse, deixando seu espírito fluir, Kyoshi sabia que poderia seguir Yun até sua localização. Ele provavelmente a vinha rastreando pela Nação do Fogo usando o mesmo método. Ambos eram os faróis um do outro, como duas tochas na escuridão.

E Yun tinha usado essa conexão várias vezes para fazê-la sofrer.

Kyoshi fungou e imediatamente se arrependeu, sentindo a queimação provocada pelo sal da água em seu nariz.

— Achei que tinha dito para não virem atrás de mim — resmungou ela ao capitão Joonho. Vários marinheiros estavam encharcados como ela. Os nadadores mais habilidosos devem tê-la resgatado.

Joonho assentiu.

— Você disse. Mas era uma ordem estúpida, e nós nunca iríamos obedecê-la.

Se ao menos o mundo tivesse mais pessoas de bom senso como o capitão e sua tripulação. Ela deixou a cabeça descansar no convés e fechou os olhos.

— Como ousa desafiar o seu Avatar...? — murmurou.

INTERLÚDIO: O HOMEM DO MUNDO ESPIRITUAL

DEPOIS DE COMER o Chefe Vaga-lume, Yun fez as verificações que Sifu Amak o ensinara a realizar após entrar em contato com toxinas potencialmente mortais. Não havia queimação ou dormência em seu estômago ou em sua pele. Nenhum formigamento nos lábios. Sua visão estava mais clara do que nunca. Ele estendeu a mão e mexeu os dedos; estavam firmes.

Nenhum efeito. Talvez ele já tivesse tomado tantas doses de maldade em sua vida que se tornara imune. Se havia sinais que indicavam quando um espírito possuísse um humano, eles estavam mascarados por seu próprio corpo. Yun não sabia se o Chefe Vaga-lume estava destruído, dissipado ou vivo em algum lugar dentro dele. Mas pouco se importava.

Ele estava mais intrigado com o que motivara seu comportamento tão cruel. Talvez fosse puro desprezo pelo inimigo. Jianzhu sempre lhe dissera para evitar esse tipo de sentimento em seus deveres políticos. Aquilo poderia fazê-lo agir irracionalmente, cegá-lo a seus objetivos.

Jianzhu.

Yun olhou em volta, com as mãos nos quadris. Decidiu, por vontade própria, que deveria começar a cavar.

Ele caiu de joelhos e enterrou os dedos no solo úmido, jogando a sujeira para o lado. Arrancou torrões de terra – seria terra espiritual? – e puxou raízes que se entrelaçavam. Depois, rasgou suas fibras, deixando a seiva sangrar em suas mãos. Cavando ainda mais através da camada de vegetação viva, ele encontrou um barro mais escuro. Então, foi mais fundo.

Yun cavava como um animal; não como as toupeiras-texugo que eram capazes de dominar a terra, mas como animais ferozes e malignos, feras que nunca viram a luz do dia, criaturas que botavam larvas, cresciam e pulsavam, luminescentes na escuridão. Ele jogou cada vez mais terra para trás e sobre sua cabeça, embora já não soubesse mais em qual direção estava a superfície. Seguiu cavando mais e mais fundo, até alcançar um ponto de completa escuridão, onde o único som que podia ser ouvido era sua própria respiração, cujo calor ele sentia na pele.

Yun acordou com o rosto virado para cima. Ele teve de abrir as pálpebras com os dedos, uma vez que elas estavam grudadas pelas lágrimas ressecadas e sedimentos. O garoto teve sorte. Se tivesse desmaiado sob o céu com os olhos abertos, o sol ardente o teria cegado permanentemente.

A outra parte de seu corpo que ele temia eram as unhas. Possivelmente estariam lascadas, quebradas e desgastadas. Yun removera um volume surpreendente de terra e pedra com as mãos, que não eram adaptadas para aquele trabalho. Mas elas estavam bem, apesar de encardidas. Kyoshi certamente lhe daria uma bronca mais tarde. Ela odiava quando ele distraidamente tirava a sujeira de debaixo das unhas ao longo do dia.

— Existe uma coisa chamada sabão! — gritou ele, imitando a angústia da amiga.

Sua voz ricocheteou na parede de um barranco. O túnel que ele havia cavado já desaparecera havia algum tempo. Nada crescia ali.

Eu... estou morrendo de sede, ele pensou.

Yun cambaleou pelo caminho que a chuva teria tomado, se houvesse alguma. A terra era tão estéril e desprovida de sinais que indicassem a presença de animais, que ele pensou que ainda estava no Mundo Espiritual, condenado a vagar por um terreno baldio. Mas, então, numa descida, uma cidade abaixo dele se revelou.

Ele desceu a encosta rochosa, curvando-se e mancando até se lembrar de que não estava ferido, apenas cansado. E possivelmente delirando. Afinal, não havia como tudo o que ele tinha passado ser real, tinha? O Mundo Espiritual era tanto um estado de espírito como um lugar, de acordo com alguns estudiosos.

O assentamento trazia marcas de edificação barata e rápida, o tipo de cidade próspera construída para explorar oportunidades e pessoas em igual medida. Yun poderia dizer que a maior parte da alvenaria não duraria mais do que alguns anos. Ele manteve a boca fechada, apesar dos olhares hostis dos aldeões da cidade. Esbarrar nas pessoas gritando "Ei, que lugar é este? Onde estou?" era um convite para problemas.

Porém, por mais que se esforçasse, o garoto perdeu toda a cautela e compostura assim que viu um poço no centro da praça. Ele correu em sua direção, tropeçando nos próprios pés, frenético como um animal de estimação ao ver seu dono retornar para casa.

Um homem enorme, sentado na varanda de um dos edifícios mais próximos, levantou-se lentamente assim que o viu. Ele se aproximou, colocando-se no caminho de Yun. Um pesado porrete pendia de seu cinto. Yun desacelerou em sua corrida até parar.

— Este é o poço do Governador Tuo — disse o guarda. — Se você tiver fichas, pode beber. — Ele sacudiu as várias peças de madeira esculpidas que pendiam de um cordão em volta de seu pescoço.

O homem tinha o sotaque dos xishaaneses. O que significava que Yun não estava longe de onde havia deixado o mundo físico, arrastado para aquela caverna pelo Chefe Vaga-lume. Aquela cidade devia ter sido construída como parte de uma nova operação de mineração, cujos cidadãos haviam sido trazidos de longe como força de trabalho.

Yun se perguntou quantos dos aldeões sabiam que poderiam ter uma ideia de seu futuro apenas observando as cordilheiras. Bastava que olhassem em direção às ruínas abandonadas para onde Jianzhu o havia levado, assim como Kyoshi. Uma vez que os veios de minério secassem, o dinheiro também iria embora. Os trabalhadores seriam descartados da mesma forma que suas casas frágeis. Não teriam serventia alguma.

O garoto pressionou o calcanhar no chão. Com sua dominação de terra, ele conseguia sentir a forma do poço. As intempéries do solo lhe diziam que fora escavado em um passado distante, provavelmente um século antes de alguém perceber que havia riqueza a ser extraída das montanhas.

— O governador Tuo colocou essa água aqui? Ele mesmo perfurou o poço? — Yun passou a língua pelos lábios secos. Sua garganta estava na mesma situação. A pior parte era que ele *conhecia* Tuo, e o governador mão fechada era exatamente o tipo de homem que se recusaria a dar um pouco de água a quem não pudesse pagar.

O guarda segurou seu porrete.

— Olha — disse Yun —, deixe-me beber um pouco de água e garantirei que você seja recompensado... — A frase morreu em meio a um suspiro. Ele estava fraco demais para oferecer ao homem qualquer fortuna. Além disso, lembrou-se de que não tinha mais nada para dar. Havia muitas riquezas na mansão em Yokoya, mas Yun não possuía mais nenhuma parte dela.

— Tente em alguma das lojas — respondeu o guarda, apontando sua arma para o canto da praça. — Eles podem oferecer a água deles se quiserem. Mas este aqui é o poço do governador.

Tudo bem. Tudo bem. A primeira loja na direção apontada era uma casa de chá, pelo que Yun percebeu. Eram apenas mais alguns passos até lá. Não havia necessidade de se desesperar ainda.

Ele cambaleou até o prédio onde uma chaminé lançava baforadas de fumaça branca no ar, indicando que um fogão estava aceso e fervendo água para o chá. A entrada da loja era do outro lado. Yun passou por um beco usando as paredes como apoio, enquanto deslizava a mão contra a textura do tijolo, mas só chegou na metade do caminho antes de cair no chão.

Que sensação familiar, Yun pensou, suas costas pressionando contra o lado de fora de um prédio onde ele queria estar. Assim como nos bons e velhos tempos em Makapu, quando ficava ouvindo as aulas dessa mesma maneira. Seus dentes tremiam. Ele não tinha percebido que estava com tanto frio.

Sua cabeça se inclinou ainda mais. Pensava em Kyoshi novamente. Yun podia sentir o calor dela em seu corpo, como se ela estivesse ao seu lado. Mas não estava. Ela estava em Taihua, outra cadeia de montanhas, no extremo oposto do Reino da Terra.

Yun tentou piscar para espantar o sono que ameaçava pegá-lo. Como ele sabia que Kyoshi estava em Taihua?

O garoto tentou enviar seus pensamentos até ela outra vez. A distância entre os dois no reino físico não importava. Ele tinha certeza daquilo agora. O espírito dela era como um farol, um sinal cintilante na escuridão. Estável. Tranquilizador. Único. Era tudo o que Yun queria.

Envergonhado, ele se deu conta de sua atual condição no mundo. *Claro que seu espírito se sobressai entre todos os outros. Ela é o Avatar.*

O corpo dele estava completamente seco para chorar e cansado demais para gritar. Ali, entre os humanos, a terra não se movia em reflexo de suas emoções. Não havia como dar vazão ao seu sofrimento. Outra onda de dor cresceu dentro dele, mas o garoto só conseguia se agarrar ao próprio corpo, impotente, tentando não se afogar.

— Ah, qual é! — gritou um homem, alto o suficiente para sacudir o papel que cobria uma janela acima da cabeça de Yun. — Você está descontando meia semana sendo que eu faltei apenas um dia?

— Você deveria agradecer por não ser demitido — respondeu outra pessoa com calma, provavelmente o dono da casa de chá. — Quem não vem trabalhar não recebe. É tão difícil aparecer nos dias combinados?

— É que você insiste em usar esse calendário idiota! — reclamou o primeiro homem. — O dia seis mil e vinte e não sei quantos da Era de Yun? O que você é, algum tolo do Anel Superior que dorme com um retrato do Avatar debaixo do travesseiro? Isso não vai deixar esta espelunca mais elegante!

Yun congelou ao ouvir o próprio nome. Eles estavam se referindo ao calendário Avatar. Seis mil e vinte e poucos dias... Isso significava que Yun estivera preso no Mundo Espiritual por cerca de uma semana.

— Estou surpreso que você não seja um grande devoto — disse o homem a seu funcionário. — O Avatar não o salvou da grande e cruel rainha pirata?

— Espera aí, como é que é? — exclamou uma mulher. Ouviu-se o som de botas batendo no chão, como se ela as tivesse tirado de uma cadeira para se sentar e ouvir melhor sobre o assunto. — Que história é essa? *Você* era um dos reféns de Tagaka?

— O Gow aqui é do vilarejo Lansou, que fica do outro lado destas montanhas — explicou o proprietário. — Ele foi pego como uma peça valiosa de ouro deixada na rua. Foi levado como um frango-porco assado.

— Ah, lá vem — resmungou o outro homem. — Você conta mais essa história do que eu. — Pelo jeito aquela experiência lhe parecia embaraçosa em vez de angustiante, como tropeçar em uma pilha de estrume.

Yun fechou os olhos com força. Tinha recebido uma última ajuda da sorte. Ele reuniu a energia que ainda lhe restava para se levantar, sem saber se conseguiria fazer isso de novo depois.

Não havia porta, apenas um batente com uma cortina amarrada na lateral. Ao entrar, Yun bateu na madeira para chamar a atenção das pessoas lá dentro.

— Desculpem incomodá-los — disse.

Ele já tinha visto estabelecimentos melhores. O lugar era mobiliado com carretéis de corda como mesas. Os bancos eram caixotes de suprimentos virados de cabeça para baixo. O dono, um homem corpulento de olhos caídos e braços peludos, estava limpando os copos usados, evidentemente o único tipo de limpeza que eles faziam por ali.

Seu olhar foi direto para o peito de Yun, onde não havia uma ficha sequer.

— O que você quer? — perguntou.

— Poderia me dar um pouco de água? Por favor — pediu Yun.

Ele ouviu a risada de uma mulher sentada em uma das mesas. Ela tinha cabelos ondulados e amarrados para trás, além de um rosto redondo e achatado. Suas botas estavam cobertas de lama seca, que chegava até o tornozelo. Ela devia ser uma supervisora de turno das minas. Um trabalhador normal estaria sujo da cabeça aos pés, e não seria visto em uma casa de chá no meio do dia. Yun fez o possível para não olhar para a tigela fumegante na frente dela, ou para as folhas longas e úmidas que saíam debaixo da tampa da sua xícara de cerâmica.

— Você tem dinheiro? — perguntou o dono.

— Não tenho. — Os bolsos de Yun estavam vazios. E depois de ter cavado de volta ao mundo mortal, suas vestes, outrora refinadas, não eram mais capazes de convencer ninguém de que ele era rico.

— Então saia — falou o dono do lugar com a mesma naturalidade com que falaria um agradável *boa tarde*.

Yun já esperava por essa resposta, mas tinha uma carta na manga.

— Não pude deixar de ouvir sua conversa sobre o Avatar. Você, alguém que obviamente respeita o mestre dos quatro elementos. — Ele se curvou para o dono antes de se virar para Gow. — E você, senhor, a quem o Avatar resgatou do perigo.

Gow era mais magro que seu chefe, e tinha o hábito de mudar o peso do seu corpo de uma perna para outra.

— Sim? — disse na defensiva, suas feições contraídas ficando ainda mais estreitas em suspeita. — O que é que tem?

— Eu sei que parece difícil de acreditar — disse Yun. — Mas eu sou o...

Ele se segurou. Uma era se passou em silêncio, uma quase-mentira prestes a sair de seus lábios.

— Eu sou Yun — continuou ele, recuperando-se. — Eu sou o homem a quem seu calendário se refere. Liderei os grupos de resgate nos mares do sul. — Ele esperou um momento, para os homens digerirem suas palavras. — Agora, eu pergunto novamente. *Por favor*, podem me dar um pouco de água?

Talvez eles o levassem a sério se não tivesse hesitado sobre sua identidade. Ou talvez aquilo não tivesse feito diferença. Os olhos sonolentos do dono brilharam com diversão, não com reverência.

— Não sei — respondeu ele, inclinando a cabeça para Yun. — Gow, este é o seu salvador?

Gow apertou os olhos.

— Os homens que nos pegaram daquele *iceberg* eram da Marinha do Fogo. Eu não vi um Avatar fazendo coisa nenhuma para me resgatar.

— Sim, mas eu, veja bem, é... — Yun pôs a mão na cabeça. Não lhe ocorreu uma maneira rápida de explicar a complexidade e a logística de transportar mais de mil aldeões sequestrados do Reino da Terra.

Aproveitando-se de sua falta de palavras, o dono foi até o fogão e colocou uma panela de ferro fundido sobre o aparato. Pelo barulho que ela fez, estava cheia.

— Veja bem — disse o homem. — Você pode ter toda a água que quiser, desde que fique bem aí. — Ele bateu na panela com os nós dos dedos. — Aqui. Beba, por minha conta.

O queixo de Yun caiu.

— O que disse?

— Você é do Reino da Terra. Então, se é quem diz ser, não deve ser um problema para você dominar um pouco dessa água e levá-la até a boca.

— Parece justo — disse a supervisora da mina, sorrindo maliciosamente. Ela tomou um gole longo e barulhento do chá em sua xícara, o que pareceu um gesto deliberado.

Embora Gow estivesse zangado com seu empregador momentos antes, ele também achara o discurso de Yun uma grande piada.

— Vamos lá, mestre dos elementos! — gargalhou. — Não está com sede?

Yun ouviu um zumbido constante em seu ouvido. Era como se ele tivesse demorado demais para se afastar do barulho de fogos de artifício, passado muito tempo vendo o pavio aceso queimando, e agora estivesse sofrendo com o resultado da explosão.

— Você está me pedindo para provar que sou o Avatar — sussurrou, com a voz rouca — por um simples copo de água?

Não havia mais nada. Não havia restado mais nada em Yun. Não tinha mais nada a oferecer. Ele levantou um dedo trêmulo.

— Eu arrisquei minha vida por você — disse ele, apontando para Gow. — Arrisquei minha vida para salvar a sua. Você não estaria aqui agora se não fosse por mim.

Os olhos de Gow se arregalaram. Ele tentou protestar, mas algo o impediu de falar. O dono e a supervisora da mina pareciam prestes a zombar do colega, quando Yun voltou seu olhar para ambos.

— E vocês dois. Vocês não poderiam... simplesmente me *ajudar*?

— Olha só — respondeu a mulher, de olho numa saída do outro lado da loja. Ela empurrou para trás sua cadeira, balançando a mesa. Sua xícara tombou, derramando o conteúdo no chão. — Você pode... você pode ficar com a minha refeição. Pode ficar com o que sobrou. — Ela tentou agarrar desajeitadamente a tigela fumegante, mas só conseguiu pegar a tampa, e não a alça. — Pegue. Pegue!

Era tarde demais para aquilo.

— Eu dediquei minha vida a pessoas como vocês — desabafou Yun. Em sua fúria, ele não sabia se estava rindo, chorando ou soltando sons animalescos. As palavras se misturavam com alguma outra coisa. — Eu queria que vocês se desenvolvessem. Queria que prosperassem. Tentei tanto.

Houve um estrondo atrás dele. Yun viu o dono da casa de chá tentando fugir pelos fundos da loja. Fazendo um movimento no ar, ele fez com que uma série de copos de cerâmica imundos se agrupassem como um chicote, achatando-se tal qual a lâmina de uma faca. O chicote cortou a parte de trás das pernas do grandalhão, derrubando-o no chão com um baque horrível.

O homem apagou. Yun se virou para Gow e a supervisora da mina, que tremia de tanto medo. Ele os observou paralisados pelo terror, tentando descobrir se isso era bom ou não.

Yun decidiu que não importava. Ele estendeu a mão por cima do ombro de Gow, dando ao homem um sorriso conspiratório, e fechou a cortina da porta.

Yun bebeu a água estagnada de um balde grosso. O líquido escorreu por seu peito, formando uma poça no chão, bem em frente ao poço da cidade. Era a melhor bebida que ele já havia tomado.

Depois, derramou um pouco da água no rosto do guarda do poço, que estava deitado a seus pés. Ao contrário de algumas pessoas, ele compartilhava suas recompensas.

— Como está o gosto da água do governador? — perguntou. O líquido espirrou contra os olhos vidrados do cadáver e se acumulou em sua boca aberta.

Em volta, a cidade estava silenciosa. Todos que conseguiram correr, tinham feito isso. Yun precisaria aprender a controlar seu temperamento em algum momento se não quisesse que as pessoas fugissem dele à primeira vista.

Ele puxou outro balde do poço e derramou o conteúdo sobre sua cabeça, repetindo o processo até que a água escorrendo de seu corpo não estivesse mesclada com sangue. Então jogou o recipiente de madeira para o lado e escutou seu tinido oco.

Viu, Kyoshi?, ele pensou. *Posso tomar banho sem água quente.*

Yun sentia a presença da amiga do outro lado do mundo. Embora não tivesse certeza dos detalhes, estava convencido de que existia uma conexão permanente entre o espírito que o levara e o Avatar anterior. Kyoshi era Kuruk. E Yun era... Ele era quem ele era.

— Bem — disse em voz alta —, parece que fui demitido.

Talvez tivesse sido melhor assim. Ele precisaria de tempo livre, pois tinha uma lista de coisas a fazer. Muitos negócios pessoais para cuidar. E, no topo da lista, estava a tarefa de prestar seus respeitos a Jianzhu.

Com um novo propósito em mente, Yun partiu pela estrada, assobiando enquanto caminhava.

EM CASA DE NOVO

YOKOYA NUNCA tinha sido uma cidade rica. Mas agora, sem a presença de Jianzhu, suas perspectivas pareciam ainda mais sombrias do que durante a infância de Kyoshi. Os fantasmas dos sábios que haviam morrido ali continuavam assombrando as docas em decomposição, os campos endurecidos e rochosos e as inúmeras casas castigadas pelo tempo.

Um mês tinha se passado desde a "vitória" de Zoryu. Kyoshi caminhou lentamente pela cidade, percorrendo o próprio passado. O mal-estar em seu estômago lhe dizia que ela tinha se equivocado quando decidiu cortar seus laços com Yokoya, após a morte de Kelsang. Kyoshi era e sempre seria daquela aldeia. Apenas seu lar poderia fazer ela se sentir tão mal.

Ela passou por um dos troncos fincados na terra com o intuito de agradar os espíritos e balançou a cabeça. Talvez os espíritos que habitavam aquela península fossem bondosos e ficassem satisfeitos com as estacas no chão. Era uma possibilidade. Os espíritos, conforme Kyoshi estava aprendendo, estavam sujeitos a todas as mudanças e complexidades dos seres humanos. Havia os terríveis, os irracionais, os cruéis, os inofensivos, os que falavam com você, e até os que o forçavam a adivinhar seus desejos, como um servo rastejando diante de seu mestre.

Um movimento chamou sua atenção. Eram crianças correndo de esconderijo em esconderijo. Elas espiavam das portas e de outros pontos das casas, sussurrando uma para a outra. Kyoshi não estava usando sua maquiagem. Então as crianças estavam apenas curiosas, observando-a como costumavam fazer com qualquer estranho.

Os adultos lhe acenavam com a cabeça superficialmente, enquanto continuavam a varrer. Parecia que aquela tarefa nunca tinha fim. Levar a sujeira de um lugar para outro era um fardo e uma obrigação compartilhada por pessoas humildes de todas as nações. Ela não tinha dúvidas de que, se visitasse um dos polos, veria as pessoas comuns fazendo o mesmo com a neve, conduzindo os montes de uma ponta a outra da aldeia.

Foi um grande alívio para Kyoshi não ter visto Aoma ou qualquer outra pessoa do seu grupo. Então ela se lembrou do motivo. Era um dia normal de trabalho. Os aldeões da sua idade estavam labutando nos campos, curvados sobre a terra, ou no mar, transportando a pesca do dia. Ela, a exaltada Avatar, chegava ali com uma embarcação de lazer, pertencente à família real da Nação do Fogo. Não havia sentido na maneira como o mundo espalhava vidas ao vento como palha, fazendo-as pousar tão distante umas das outras.

Kyoshi deixou a aldeia, dirigindo-se para o interior, cujas terras esperavam pelo próximo plantio. O caminho por onde seguia fez uma curva acentuada ao redor da encosta, e ela se preparou para o que estava prestes a ver.

Lá estava a mansão do Avatar, em toda a sua decadência.

Encarar os resultados de sua negligência era difícil. Isso a fez questionar se era a pessoa cuidadosa de sempre. As cores das paredes, que antes eram vibrantes, precisavam urgentemente de uma nova camada de tinta. A guarita voltada para o sul estava vazia, e algumas das vigas de ferro de suas pesadas portas começaram a enferrujar. O gramado estava bem alto e cheio de ervas daninhas.

Isso mostrava quanto esforço era necessário para manter uma grande mansão bem conservada, combatendo os estragos do tempo e do decaimento. Era necessária tanta energia para algo permanecer em um estado eterno de conservação, sem alterações. Bastava se distrair por um segundo que fosse, que as mudanças aconteciam muito mais rápido do que o esperado.

Kyoshi abriu os portões. O rangido do metal anunciou sua presença. O jardim crescera e morrera em igual medida, com arbustos dominando uns aos outros. O equilíbrio do lugar tinha se perdido, ou talvez tivesse sido restaurado, mas de uma forma desagradável de olhar, pelo menos para os humanos. Gavinhas de videiras se enrolavam sobre as esculturas ao ar livre e enraizaram-se nas areias do labirinto de meditação. Ervas daninhas ocupavam o lugar das preciosas e efêmeras flores.

Havia uma mensagem para Kyoshi, escrita com pedrinhas no chão. *Estou lá dentro.*

Mesmo com a lamentável condição atual da casa, havia alguém para recebê-la. Os corredores pareciam completamente abandonados. Os passos de Kyoshi ecoaram e rangeram sobre o piso de madeira, enquanto ela conferia cada parte da mansão. A Avatar encontrou o autor da mensagem na sala de jantar.

Yun estava sentado na ponta da longa mesa, com alguns pratos e talheres à sua frente. Ele comia calmamente os bolinhos de uma tigela. Tia Mui estava parada atrás dele, com lágrimas nos olhos.

A situação era parecida com a da festa do jardim na Nação do Fogo. O primeiro instinto de Kyoshi foi separar a refém do captor, libertando Mui de qualquer domínio de Yun, com segurança. Mas antes que pudesse fazer qualquer coisa, Mui soltou um soluço e foi até ela.

A mulher colidiu com Kyoshi e envolveu os braços curtos ao redor de suas costas, na altura que ela podia alcançar.

— Minha menina, minha menina! — exclamou Mui, chorando de alegria. — Finalmente, minha menina e meu menino estão em casa!

Kyoshi encarou Yun por cima da cabeça de Tia Mui. Ele encontrou seu olhar e tomou um gole de chá.

— Esta casa será um lar novamente. — Mui soluçou, suas lágrimas formando uma mancha úmida nas vestes de Kyoshi. — Vamos limpar os quartos. Teremos convidados novamente. Vocês dois eram o coração deste lugar. Agora que estão juntos outra vez, tudo voltará a ser como era.

— Sim, Tia — respondeu Kyoshi, sem tirar os olhos dos de Yun. Ela deu um aperto suave na mulher mais velha e um tapinha nas costas dela. — Tudo vai ficar bem de agora em diante. Eu prometo.

Yun sorriu. *Agora estamos mentindo para os mais velhos também? Que sacanagem.*

— Tia — chamou ele. — Devemos fazer um grande jantar hoje à noite para comemorar o retorno de Kyoshi.

— Sim! — Os olhos de Mui brilharam de felicidade. — Claro! Vou precisar fazer algumas compras na cidade. O que gostaria de comer, minha querida?

— Cogumelos — respondeu Kyoshi, com firmeza. Mui os procuraria por Yokoya inteira até perceber que não haveria nenhum. A busca inútil daria mais tempo a Kyoshi.

Mui assentiu, decidida. Ela correu para fora da sala de jantar, parando na porta para dar um último olhar radiante às suas crianças, e então desapareceu no corredor.

Yun aguardou a saída de Tia Mui da mansão antes de falar.

— Ela vai ficar fora por um tempo — disse. — E deu o dia de folga para os funcionários restantes. A casa deve estar vazia. — Ele colocou o último bolinho na boca e largou os hashis, mastigando com prazer. — Se tem uma coisa de que eu sinto falta deste lugar, é a comida da Tia Mui.

Assim que terminou de comer, continuou.

— Então, o que você tem feito nas últimas semanas? Dominado o Estado Avatar? Ou alguma outra técnica secreta de luta para usar contra mim?

— Eu estava aprendendo sobre cura. Minha professora diz que sou a aprendiz mais rápida que ela já viu — respondeu Kyoshi.

— Você veio aqui para dar uma olhada no meu braço, então? — Ele mexeu o ombro que Hei-Ran havia machucado. Provavelmente fora a razão pela qual ele tinha ficado quieto até então, mas já devia ter cicatrizado o suficiente para não incomodá-lo. — Veio fazer com que eu me sinta melhor?

Agora, ao que parecia, ambos estavam prontos para esse momento.

— Não, Yun — disse Kyoshi. — Estou aqui para levá-lo para longe.

Yun se inclinou sobre a mesa, apoiando o queixo nas mãos, interessado na conversa.

— Você não pode mais aparecer em público — explicou Kyoshi. — Zoryu conseguiu conter o dano que você causou na Nação do Fogo, mas se você reaparecer agora, o país desmoronará.

— E daí? Não me importo mais com isso. Melhor ainda, eu já não preciso me importar. Eu costumava me curvar, negociar, consentir, tudo para fazer as pessoas felizes, mas esses dias acabaram. Você sabe o que fiquei fazendo nas últimas semanas, enquanto me recuperava da minha lesão? Pensei em todos os mentirosos e traidores que conheci nas Quatro Nações, que beijavam meus pés quando eu era o Avatar.

Um pensamento feliz pareceu cruzar sua mente e ele sorriu.

— E percebi que poderia matar todos eles — disse. — E não estou exagerando. No tempo certo, eu realmente acho que posso matar cada um. Eu sei seus nomes. Conheço seus vínculos. E, mais importante, sei por que eles merecem morrer.

Kyoshi esperava que pudesse conversar com Yun. Esperava que a raiva dele tivesse diminuído após o ataque à Nação do Fogo, e que ele pudesse acompanhá-la em silêncio. Mas agora estava claro. A fúria de Yun não terminaria apenas com Jianzhu, Hei-Ran e Lu. Aos olhos dele, o mundo inteiro o havia prejudicado. Com seus assassinatos, Yun não estava tentando equilibrar a balança. Ele queria estraçalhá-la em mil pedaços.

— Yun — falou Kyoshi. — Você não vai sair daqui.

— Ah, é? O que você vai fazer? Vai me enviar para as prisões de Laogai? Quer me trancar embaixo da casa em uma gaiola, como Jianzhu fez com Xu Ping An?

Então ele sabia daquilo.

— Não quero brigar com você, Kyoshi — expôs Yun. — Mas você não está me dando muita escolha.

Saber da verdade, que Yun não estava sendo controlado por um espírito, que aquele era ele mesmo, foi tão doloroso quanto Kuruk avisara que seria. Falar com Yun era como arrancar farpas da pele. Pequenas partes de sua carne estavam se rasgando com cada palavra, e seriam irrecuperáveis. Mas tinha de ser feito.

Kyoshi pegou seus leques.

— Eu não disse que você tinha escolha.

As sobrancelhas dele se ergueram, como se só agora estivesse enxergando Kyoshi. Parecia que sua amiga fora subitamente possuída por um espírito. Yun se levantou da cadeira e deu um tapa na própria coxa.

— Tudo bem, Kyoshi. Vamos ver no que vai dar.

Ele fez um movimento com o braço, como um verdureiro jogando uma maçã, e uma coluna quadrada de pedra irrompeu pelo chão da sala de jantar, quebrando tábuas e tombando a mesa pesada. A estrutura rochosa atingiu o teto antes de parar.

Kyoshi não se moveu ou vacilou. O ataque não fora dirigido a ela. Yun estava apenas montando o tabuleiro do jogo, trazendo elementos que os dois poderiam usar.

A pedra havia adentrado a casa, ficando exatamente a meio caminho entre ela e Yun. Ele se inclinou para o lado, seu sorriso esboçando uma saudação e um sinal. *Aí está. Suficiente para nós dois. Pode usar.*

Como se um ataque de loucura tivesse recaído sobre os dois, eles começaram a dar socos no ar, arrancando da coluna rochosa blocos do tamanho de punhos, e lançando-os em alta velocidade um no outro. Ambos estavam mirando às cegas. Os projéteis de Yun quebraram o gesso das paredes atrás de Kyoshi. Ela se esquivou, circulando a grande pedra. Yun a imitou, mantendo-se no lado oposto do pilar. A terrível chuva de pedras ressoou nos ouvidos dela.

Kyoshi acabou com a brincadeira mais cedo, empurrando toda a coluna de pedra, já completamente perfurada, em Yun. Esse movimento rasgou a sala de jantar com a mesma facilidade com que se abre um envelope, destruindo o caminho por onde passou até o lado de fora da mansão.

Ela limpou a nuvem de poeira com uma rajada de ar. Yun não estava mais ali.

Havia três saídas que ele poderia ter tomado. Ela escolheu a que levava à parte central da casa, onde havia muitos cômodos e corredores. Seria um campo de batalha mais interessante e, portanto, o favorito de Yun.

Kyoshi percorreu os corredores, auxiliada pelas próprias memórias. As lembranças de cada parte da mansão se concretizavam a cada passo. Ela sabia quais tábuas do assoalho estalavam e lembrava quais esquinas eram mais fechadas.

Uma lança de rocha explodiu de uma pintura numa parede próxima, e estava apontada direto para sua cabeça. Ela se defendeu com brutalidade, estendendo seus leques e transformando a rocha em pó, a menos de trinta centímetros de seu rosto.

— Que força! — ela ouviu Yun dizer.

Seguindo a voz dele, Kyoshi passou pela pilha de lenha, onde uma vez havia roubado um martelo para abrir sua herança. Depois, passou pela porta da cozinha, onde ela inadvertidamente dera o primeiro sinal de que era o Avatar. Em seguida, veio o recanto de meditação de

Kelsang. Era seu passado lhe dando uma surra. Esses eram os golpes que ela tinha de tomar.

Ao dobrar uma esquina, Kyoshi viu uma parede de tijolos se juntar a outra, barrando seu caminho.

— Espera aí — chamou Yun da outra direção. — Você sabe que eu nunca permiti que você entrasse no meu quarto.

— E eu nunca entrei — devolveu Kyoshi, sem se virar. — Nem mesmo depois que assumi a casa.

— Obrigado. — Ele estava se aproximando dela por trás. — São os pequenos gestos que mais contam.

Kyoshi deu um chute, lançando uma corrente de ar que era suficiente para limpar o corredor do chão ao teto. Só depois de ouvir um estrondo contra a parede dos fundos, ela olhou. A força de sua dominação de ar varreu os quadros e as mesas até o fim do corredor, estraçalhando tudo. Mas não Yun.

— Eu estava imaginando em que momento você iria recorrer aos outros elementos — falou o garoto, de algum lugar próximo. Ele conhecia a casa tão bem quanto Kyoshi, cada canto e esconderijo. O lugar tinha pertencido a ele antes de ser dela.

Kyoshi se dirigiu para os fundos da casa, onde ficava o extenso campo de treinamento. Ela entrou no pátio vazio e sentiu um cheiro de palha podre. Era resultado do enchimento dos bonecos de treino mofando por desuso. Muitos dos discos de argila para praticar a dominação de terra haviam se quebrado naturalmente. Expostos ao frio e ao calor, tinham desbotado por completo.

Ela caminhou até o centro do pátio, ficando vulnerável a ataques de todos os lados.

— Yun — chamou. — Posso dizer uma coisa?

— Claro. — A voz dele ecoou pelas paredes em volta, tornando impossível identificar sua localização.

— Está na hora de esquecer — orientou Kyoshi, abaixando as mãos. — Mesmo se me matar aqui hoje, você precisa deixar de lado o que aconteceu.

Yun surgiu de um dos cantos. Uma sombra cobria seu rosto, ocultando sua expressão. Uma onda de rancor emanava dele. Kyoshi sentiu o mesmo mal-estar de quando o vira pela primeira vez após seu retorno ao mundo dos vivos.

— Esquecer? — rosnou. — *Esquecer?*

Kyoshi estava tentando dizer algo que pudesse ajudá-lo, mas, em vez disso, ela tocara numa ferida profunda.

— Como tem a ousadia de dizer isso, depois de me ajudar a matar Jianzhu? — esbravejou Yun. — *Você* conseguiu exatamente o que queria!

Ela fechou os olhos e deixou que a violência das emoções dele a atingisse como uma ventania. Ele estava testando sua firmeza. Quando os abriu novamente, Kyoshi continuava firme e de pé.

— E isso não me trouxe paz. Foi errado terem mentido para você, Yun. Foi errado Jianzhu fazer o que fez. Mas ele se foi. Qualquer que seja a dor e a raiva que você ainda guarda, é preciso conviver com elas. Você não pode lançá-las em mais ninguém.

Se o garoto que Kyoshi conhecia ainda estivesse lá em algum lugar, ele ouviria o que ela tinha a dizer em seguida.

— Você não tem o direito de machucar mais pessoas por causa do que sofreu, Yun. Não tem o direito de me machucar.

Yun ficou em silêncio. Por um momento, Kyoshi pensou que conseguira destruir as correntes que aprisionavam o amigo, como se tivesse desafiado todas as probabilidades e o convencido.

Mas uma convicção surgiu de algum lugar profundo em Yun, fazendo-o endireitar a postura.

— Ah, Kyoshi. Você entendeu tudo errado.

Com a mão manchada de tinta, Yun fez um movimento que lembrava a dominação de água de Tagaka, a rainha pirata. Com o golpe, uma onda da altura dos ombros de Kyoshi a atingiu com força por trás, tirando seu fôlego.

Como foi pega de surpresa, ela pensou que, de alguma forma, Yun havia aprendido a dominar a água. Que ele finalmente tinha descoberto uma maneira de contornar as leis imutáveis do mundo. Havia dois Avatares agora? Ou Yun roubara uma parte de sua dominação? Justamente o elemento que ela mais tinha negligenciado por falta de prática. Foi apenas quando a onda à sua volta se solidificou, prendendo seus membros como uma árvore congelada por uma nevasca, que Kyoshi entendeu.

Yun tinha liquefeito o piso de pedra do pátio e o jogara sobre ela. Derretera a rocha sem usar calor. Sua dominação de terra era tão poderosa que Yun podia tratar seu elemento nativo como água.

A parte de trás do corpo de Kyoshi estava envolta em pedra, agarrada com tanta força quanto um pato-tartaruga por sua própria carapaça. Ela não conseguia mover os braços e as pernas ou virar a cabeça. Yun se aproximou, tomando cuidado com qualquer chama em potencial, que pudesse sair de sua boca ou de uma simples respiração.

— Não acredito que você acha que eu seria capaz de machucá-la. — Ele gentilmente pegou o leque fechado de sua mão direita. — Você, a única inocente em toda essa confusão! Eu jamais a machucaria, Kyoshi. Pelo amor de Yangchen, eu costumava ser o propósito da sua vida!

Ele soltou a arma, deixando-a cair no chão.

— Eu sei o que está acontecendo aqui. Seus deveres estão fazendo com que você haja assim, não é? Lembro-me de como era carregar o peso das Quatro Nações nos ombros. Jianzhu costumava compará-las a alunos indisciplinados em uma sala de aula, que exigiam a orientação do professor.

Ele fez uma pausa e riu.

— Eu costumava acreditar que isso significava mostrar o caminho, liderar pelo exemplo. Mas agora realmente entendi. O mundo é uma criança que se recusa a ouvir, gritando de birra. Ele precisa apanhar algumas vezes para aprender a se comportar.

Yun pegou o outro leque e o jogou por cima do ombro. Com o gesto, ele não parecia estar apenas desarmando-a. Estava removendo as partes dela que o confundiam, tentando devolvê-la ao estado que ele conhecia, de criada. A Kyoshi de suas memórias não carregava instrumentos de guerra.

Ele queria imortalizar essa versão dela. Mas certos ferimentos não podiam ser desfeitos. Yun franziu a testa profundamente quando viu a cicatriz ao redor do pescoço de Kyoshi, um sinal permanente da sua mudança.

— Viu? É disso que estou falando. Veja como você sofreu por causa do seu dever. — Ele pegou na gola de sua armadura, sacudindo os elos da cota de malha. — Eles a forçaram a se esconder nisto aqui. Eles transformaram você, uma garota gentil, em um terror ambulante. Ser o Avatar é uma maldição. Veja como isso fez com que você tratasse a mim, seu amigo mais antigo e verdadeiro.

— Ouça, Yun. — Kyoshi se viu fortalecida por um sentimento estranho, espantoso e poderoso.

Orgulho. Orgulho de si mesma. Orgulho do seu dever, não importava quão grandioso, terrível ou inconveniente ele fosse. Apesar da oposição dos homens e dos espíritos, aquela era a Era de Kyoshi. Não haveria outra.

— Eu uso estas roupas porque escolhi — disse, alto o bastante para ecoar pelo pátio. — Estas marcas são quem eu sou. — Ela o encarou. — E tenho amigos muito mais verdadeiros que você.

Uma chicotada de água veio de cima. Yun só conseguiu pular para trás no último segundo. O golpe rachou o piso onde seus pés tinham estado.

No alto, sobre o telhado, uma mulher esbelta, vestindo uma saia de pele, dominava uma grande onda, desta vez de água. Ela lançou outra chicotada em Yun, forçando-o a se afastar de Kyoshi.

— Wong! — gritou Kirima. — Tire-a daí!

Do outro lado do campo de treinamento, um homem enorme saiu voando pelos ares, pisando em pilares de terra tão delicados que mais pareciam fios. Apesar do seu grande tamanho, os movimentos esvoaçantes dele eram tão elegantes e equilibrados quanto os de um pardal keet.

— Fique parada! — gritou para Kyoshi.

Como se ela pudesse se mover de alguma forma. Wong era um dos poucos dominadores de terra conhecidos por Kyoshi que teria o controle necessário para libertá-la sem causar qualquer dano. Ela sentiu a pedra desmoronar de suas costas e de seus braços, podendo finalmente irromper daquela prisão, tal como uma estátua se libertando de sua cela de mármore branco.

Kyoshi quase conseguiu envolver seus braços ao redor de Yun para prendê-lo. Mas ele deslizou para longe, dominando a terra sob seus pés. Yun inclinou uma laje acima de sua cabeça para bloquear a torrente que Kirima jogou em sua direção. Para revidar o ataque, ele lançou sua tenda improvisada em cima da dominadora de água. Ela gritou e se esquivou para o lado, evitando por pouco o míssil que abriu um buraco no telhado.

— Que gracinha. — Yun falou para Kyoshi, balançando os dedos indicador e médio, como uma forma de imitar Wong andando, ou naquele caso, pisando, sobre a poeira. — Essa é uma técnica e tanto. Foi por isso que eu não os ouvi chegando. Mas me diga, Rangi está aqui também?

Um brilho surgiu acima de sua cabeça. Yun olhou para o alto e, rapidamente, saiu do caminho antes que a guarda-costas da Avatar o acertasse com seu punho flamejante. O golpe de fogo de Rangi atingiu o local em que ele estivera. A dominadora de fogo retirou a mão do buraco fumegante que havia criado no chão e se levantou para encará-lo.

— Sim! — exclamou Rangi. — Eu estou.

Acima deles, Jinpa sobrevoava em Ying-Yong, o que explicava de onde ela havia saltado. Depois que os dois deixaram a Nação do Fogo, Kyoshi havia orientado o monge a buscar seus amigos, fornecendo-lhe a localização de seus esconderijos e as palavras secretas que ele teria de usar para ganhar a confiança de Kirima e Wong. Kyoshi fez com que Jinpa memorizasse algumas partes do juramento *daofei*, de forma que ele pudesse citar a promessa feita pelo grupo de defender sua irmã por juramento.

Além disso, como conhecia bem seus amigos, ela dera ao monge bastante dinheiro dos cofres de Jianzhu para suborná-los. *Muito* dinheiro.

Lao Ge não estava entre eles, pois dificilmente podia-se contar com o velho nos momentos em que mais se precisava. Mas isso não importava. A Companhia Ópera Voadora estava reunida agora, todos os membros atrás de Kyoshi. Ela nunca tinha se sentido tão forte.

— São eles? — perguntou Yun. — Esses são os *daofei* com quem você andava por aí? É esse tipo de escória que você chama de companheiros?

— Bem — disse Kirima, sustentando um anel de água ao redor de sua cintura —, nós não convivemos tanto tempo assim para isso. — Wong lançou a Kyoshi um olhar magoado por ela não ter mantido contato. O grandalhão sempre fora o mais sensível do grupo.

Kirima lançou uma nova torrente em Yun. Ele ergueu um escudo de terra para bloqueá-la mais uma vez, mas foi empurrado para o lado por uma rocha dominada por Wong. A explosão de água deu uma rasteira no garoto.

Kyoshi tentou prender as pernas dele no chão, como ele havia feito com os nobres da corte da Nação do Fogo, mas Yun se livrou da superfície sólida com extrema facilidade, sacudindo-a como quem limpa farinha das mãos.

— A terra é o *meu* elemento — disse ele, ignorando o gigantesco paredão de ladrilhos, com duas vezes a sua altura, que Wong estava dominando bem atrás dele. — Eu apenas a empresto para outras pessoas de vez em quando.

O paredão caiu em Yun. Teria achatado uma pessoa normal, até mesmo um dominador de terra habilidoso, mas, bastou um movimento dos ombros de Yun para o muro rochoso se despedaçar. Enquanto ele ficava protegido dentro de um círculo perfeito, estilhaços do paredão se espalharam para longe dele, como as pétalas saindo de uma flor.

Yun olhou para Wong.

— Desculpe — disse ele ao seu espantado companheiro de dominação de terra. — Acho que os amiguinhos da Avatar terão de tentar outra coisa.

— Pode deixar — Rangi interferiu. Ela deu um passo à frente e inspirou tão profundamente que o som podia ser ouvido do outro lado do pátio. Depois, exalou e inspirou outra vez, bem devagar, não se importando se ficava vulnerável durante sua preparação. A dominadora de fogo parecia estar reprimindo seu poder, pouco a pouco, em vez de liberá-lo.

Após sua terceira respiração pulsante e carregada, ela atacou, liberando uma chama tão intensa, que quase ofuscou todos que estavam em volta. Era pura ira vingativa.

Nada resistiria a tal explosão. Yun deslizou para o lado, flutuando em um bloco de terra sob seus pés. Rangi seguiu seu rastro, destruindo as colunas do pátio de treinamento com a chama contínua de sua dominação. Ela estava tentando incinerar o homem que quase matara sua mãe.

O jato de fogo continuava perseguindo Yun, que tentava escapar por uma das laterais do local. A raiva de Rangi esculpiu buracos no prédio, consumindo as paredes e deixando ruínas carbonizadas e enegrecidas para trás.

A chama não se extinguiu até alcançar o canto do pátio. Yun saltou do rochedo sobre o qual deslizava, recuando alguns passos de onde o rastro de fúria fumegante terminava, seus olhos arregalados de surpresa. Houve uma pausa momentânea na luta. A ferocidade do ataque chocou a todos, menos a própria Rangi.

— Uau — exclamou Yun. — Você está jogando pra valer.

A dominadora de fogo respondeu inspirando fundo pelo nariz outra vez.

Yun inclinou a cabeça, seus olhos escurecendo.

— Acho que eu deveria fazer o mesmo — disse. Ele se colocou em uma postura baixa. Kyoshi percebeu, com um medo repentino, que era a primeira vez que o via executar um dos fundamentos da dominação como um iniciante.

Ele balançou os punhos e girou a cintura, fazendo a terra tremer violentamente. Kyoshi e Rangi perderam o equilíbrio, como se o chão tivesse sido puxado debaixo de seus pés. As fundações robustas da mansão balançaram como gelatina.

A postura de Yun era baixa e ampla, e seus braços se moviam como dardos de corda, enquanto ele pintava sua destruição. Era o estilo de dominação de terra de Jianzhu, só que distorcido, com o intuito de fragmentar a pedra em vez agrupá-la. Em volta deles, as paredes se dobravam sobre si mesmas, gemendo enquanto a madeira rachava. Era como se a casa tivesse sido construída sobre areia movediça em vez de solo firme.

Kirima e Wong também perderam o equilíbrio e caíram do telhado. Eles tentaram se manter no ar, um pisando sobre a poeira e o outro sobre a água, mas a técnica ainda precisava de uma base firme para funcionar. O chão trêmulo sacudiu os minúsculos degraus de seus elementos, fazendo ambos se chocarem com força contra o solo.

Kyoshi havia ordenado que Jinpa ficasse apenas sobrevoando o confronto, tanto para poupá-lo de participar da violência como para resgatar quem precisasse de ajuda. Naquele momento, o dominador de ar decidiu, corretamente, que todos estavam em apuros. Ele guiou Ying-Yong para baixo a fim de tentar levar quem pudesse para um local mais seguro.

Mas Yun lançou uma série de lanças de pedra para o alto. Uma memória torturante de Kelsang planando sobre o *iceberg* veio à mente de Kyoshi.

— *Não!* — ela gritou.

Jinpa, percebendo o ataque, posicionou Ying-Yong de costas para Yun, tentando utilizar a grande sela do bisão como uma armadura. Mas a manobra deixava o condutor terrivelmente exposto.

A primeira lança afiada arrancou um tufo de pelo da cauda de Ying-Yong. A segunda e a terceira acertaram o chão da sela de madeira. Já a quarta lança atravessou o ombro de Jinpa, prendendo-o contra a sela.

Vendo que seu mestre fora atingido, Ying-Yong soltou um rugido angustiado e interrompeu a descida. Por um momento terrível, o bisão flutuou sobre o campo de batalha, permitindo a Kyoshi ver seu amigo do Templo do Sul.

Jinpa olhou para a lança atravessada em seu corpo. O choque nos olhos do monge se desvaneceu, dando lugar à calma. Ele se recostou no pescoço do seu amigo voador como se estivesse tirando uma soneca.

Ying-Yong desistiu da aproximação. Com um poderoso golpe com sua cauda, a grande fera fugiu para o céu, tentando levar seu companheiro para longe do perigo.

— Foi um erro envolver outras pessoas nisso — gritou Yun, sua voz sobressaindo em meio ao barulho do chão sendo triturado e da casa desmoronando. Wong e Kirima, conseguindo se adaptar aos espasmos do chão, correram sobre o terremoto, tentando se aproximar de Yun sem ser vistos. O garoto não se deu ao trabalho de acompanhar o movimento de ambos. — Isso deixou você tão... vulnerável — zombou de Kyoshi.

Yun bateu os punhos para baixo, fazendo rachaduras se abrirem sob os pés dos membros mais antigos da Companhia Ópera Voadora. As armadilhas engoliram as pernas deles até os joelhos. Um som repugnante de ossos fraturados pôde ser ouvido quando o próprio impulso de ambos quebrou suas pernas. Eles gritaram por um momento, antes de taparem as próprias bocas para não darem a Yun a satisfação de ouvir seu sofrimento.

Com alguns gestos de dominação de terra, Yun afastou os amigos novos de Kyoshi, deixando apenas as pessoas com quem ele convivia em Yokoya. Ela e Rangi. O garoto diminuiu o tremor, direcionando-o apenas para o ponto em que elas estavam, mas o intensificando cada vez que ambas tentavam ficar de pé. Com isso, Yun intencionalmente estava colocando suas amigas nas posturas mais ridículas e humilhantes. Não era coincidência que a única maneira de permanecerem estáveis sobre o chão trêmulo fosse manterem-se em quatro apoios, curvadas diante dele.

Yun apontou para um dos cantos do pátio dizimado. Os discos de dominação de terra quebrados voaram ao seu comando e se chocaram contra Kyoshi e Rangi. As ferramentas para treinamento foram projetadas para se desfazerem com o impacto, mas também para deixarem hematomas duradouros, sob a crença de que o melhor e mais rápido professor era a dor.

Yun as atingiu nos ombros, na barriga e nas costas. Kyoshi sabia que ele não queria nocauteá-las. Apenas castigá-las. Aquela era uma punição condizente com aqueles que tinham ultrapassado os limites.

Para dar o toque final em seu castigo, Yun atingiu-as no queixo com os últimos discos. O impacto as derrubou para trás, de costas, deixando-as ofegantes e fazendo as duas se engasgarem com a poeira suspensa.

— Kyoshi. — Rangi tossiu. — Você se lembra do que eu tentei lhe ensinar várias vezes desde a invasão ao palácio do Governador Te? E que você nunca conseguiu fazer? Acho que você precisa fazer aquilo agora.

— Eu posso fazer. Mas não por muito tempo.

Yun permitiu que elas cambaleassem de volta aos seus pés, muito provavelmente com a intenção de derrubá-las outra vez. Kyoshi e Rangi olharam de uma para a outra, a poeira branca endurecida em suas feições. A menção do ataque ao luar da Companhia Ópera Voadora pairava no ar. E, em um instante, as duas tiveram a mesma ideia.

Claro que estavam perdendo: o grupo não tinha colocado suas maquiagens.

Rangi pressionou a palma da mão nos lábios sangrentos e pintou uma faixa vermelha no queixo. Era a marca mais característica de um espírito benevolente adorado em Jang Hui, o mesmo sinal que ela havia escolhido na primeira e única vez em que usara as cores da Companhia Ópera Voadora.

Kyoshi passou a mão sobre o sangue que escorria de seu nariz. Ela fechou os olhos e traçou sobre eles listras vermelhas grosseiras, que iam se estreitando até as orelhas. Não chegava nem perto de sua maquiagem de batalha, feita de um material fino à base de óleo de Ba Sing Se, mas serviria.

Juntas, as duas usavam as cores branca e vermelha novamente. Como um *daofei*.

— Lembro-me de Qinchao — disse Yun. — Você usou uma maquiagem assim para Jianzhu, daquela vez.

— E agora estou usando para você — rebateu Kyoshi. Antes que ele pudesse responder, um brilho se acendeu sob os pés dela.

Uma chama disparou de suas solas, levantando-a do chão traiçoeiro e impulsionando seu corpo para frente. Ela jogou para trás as mãos, de onde também saíram chamas, incendiando sua própria saia e ganhando ainda mais velocidade. Kyoshi estava pisando no fogo, usando uma técnica da Companhia Ópera Voadora que Rangi havia inovado.

Surpreso, Yun tentou produzir outro terremoto para desequilibrá-la, mas, como ela estava usando o fogo, aquilo não surtiu efeito. Ele não podia mais tirar o chão debaixo dos pés dela.

Kyoshi o acertou com força no abdome utilizando o ombro. Ao cair rolando pelo pátio, Yun moveu o chão abaixo de si para frear a queda. Quando parou, ele ergueu outra parede de terra para protegê-lo das rajadas de fogo que Rangi disparava de cima, sendo sustentada por nada além da força da própria dominação.

Esta era a única chance delas, e ambas sabiam que não duraria muito. Pairar sobre o fogo por um longo tempo era impossível, mesmo para uma dominadora tão talentosa quanto Rangi. Kyoshi juntou as mãos e disparou uma enorme bola de fogo em Yun, esperando que seu tamanho e poder avassalador lhe causasse algum dano.

No entanto, ela errou o alvo. Yun sorriu enquanto se esquivava da esfera. O garoto apenas não contava que Rangi agiria mais rápido do que os dois. Do ponto alto em que estava, ela girou os braços em um círculo, tal qual um dominador de água, redirecionando a chama que Kyoshi havia lançado. A Avatar viu sua bola de fogo mudar de rumo e ir direto para Yun, como a órbita de um cometa dando a volta para fazer uma segunda passagem.

Pego de surpresa outra vez, a barreira que Yun levantou no último segundo não era grossa o suficiente, então explodiu sob a força da chama. Houve uma rajada de luz ofuscante. Fumaça e poeira se espalhavam por toda parte.

Com o grande poder das chamas da Avatar, guiadas pela habilidade refinada de sua Sifu de dominação de fogo, talvez as duas tivessem conseguido.

Porém, quando a fumaça se dissipou, Yun não estava lá. Não havia onde ele pudesse se esconder, senão sob a própria terra.

— Kyoshi! — gritou Rangi lá de cima. — Ele consegue cavar túneis...

De repente, Yun apareceu atrás dela, erguido sobre um monte de terra como uma tromba d'água, e cravou a mão nas costas de Rangi.

Os lábios de Rangi se separaram. Suas chamas se extinguiram. Yun deixou a garota, que um dia o defendera com seu corpo e sua mente, cair no chão com sua honra e seu espírito.

Kyoshi conseguiu alcançá-la a tempo, antes que ela se chocasse contra a terra. Segurando Rangi nos braços, ela sentiu que as costas dela estavam molhadas de sangue. Yun a esfaqueara com uma adaga de pedra, como a que ele usara na mãe dela, perfurando sua armadura.

Kyoshi fechou os olhos. Ela sabia que se os abrisse, a luz ofuscaria a todos, os elementos fluiriam com fúria através dela, e sua dominação se descontrolaria até que ela saísse vitoriosa, sendo a única sobrevivente. Mil vozes lhe diziam isso. Havia sido decidido, muito antes de seu nascimento, que o poder era uma compensação adequada por perder o que ela mais amava.

Mas qual era o sentido disso? O que as gerações tinham a oferecer ao Avatar além de tristeza e dor? Tudo o que ela sabia enquanto balançava para a frente e para trás, embalando a garota que amava com uma canção de ninar sofrida, era que se Rangi fosse tirada dela, ela não seria mais Kyoshi. Não seria mais humana. Ela estaria para sempre do outro lado, perdida entre as cores rodopiantes do vazio que tinha vislumbrado no Mundo Espiritual, observando as pessoas de longe, como uma presença sombria e estranha.

— Kyoshi.

A voz de Rangi era o único som que podia fazê-la voltar a si agora. Sua dominadora de fogo tentou alcançar seu rosto.

— Fique aqui comigo — sussurrou Rangi, com um leve sorriso nos lábios. Ela estremeceu, e sua mão caiu antes que pudesse tocar a Avatar uma última vez.

Kyoshi olhou para Yun. A adaga de terra ensanguentada estava se desfazendo na mão dele.

— Não deveria ter sido assim — disse ele. — Mas é assim que *vai* ser, de novo e de novo, se você continuar tentando me impedir.

Ela se perguntou por que Kuruk quase a deixara destruir os arredores no Mundo Espiritual, e por que ele a levara a um local que tinha sido dizimado por Yun. Aparentemente, o garoto tinha falhado em sua parte do teste. Ele preferira destruir o mundo a lidar com a rejeição.

Kyoshi sabia o que Yun queria ouvir, apesar de ele ter dito que ela era inocente. Só havia uma coisa que o acalmaria.

— Sinto muito — sussurrou, baixinho. — Sinto muito por ter roubado seu lugar como Avatar.

— O que disse? — Yun se aproximou. — Você vai ter de falar mais alto.

— Era seu, e eu tirei de você. — Kyoshi não levantou a voz, continuou sussurrando para que ele mal pudesse ouvi-la. — Sinto muito por ter roubado tudo de você, Yun. Lamento ter roubado o seu futuro.

Ele se ajoelhou ao lado dela para poder saborear sua confissão. Yun precisava ouvir aquilo de Kyoshi. Mas ela só precisava que o garoto ficasse mais perto. Ao alcance de seu braço.

— Eu me arrependo de tudo — continuou Kyoshi, tremendo. — Eu me arrependo tanto do que fiz com você.

— Bom. — Yun assentiu. — É bom ouvir isso. O que mais você lamenta, Kyoshi? Talvez devesse se desculpar pelo que me disse agora há pouco. Quando falou que eu deveria esquecer o que aconteceu. Aquilo foi algo terrível para se dizer.

— Eu lamento por ter dito que você deveria conviver com sua dor. — Kyoshi colocou a palma da mão no peito dele, em um gesto de conforto. — Porque você não vai.

Um ar congelante atravessou o corpo de Yun, formando um túnel de gelo entre suas costelas. Aconteceu tão rápido e com tanta força que o ar atrás dele também congelou. De suas costas brotaram asas de cristal que desapareceram com a mesma rapidez.

Com o coração e os pulmões congelados, Yun caiu para o lado.

Kyoshi retirou a mão com a qual havia matado uma das duas pessoas que amava e a colocou sobre a ferida da outra. Água. Ela precisava de mais água. Suas lágrimas não eram suficientes.

— Por favor — implorou aos seus ancestrais.

Bem longe. A distância. Ela sentia uma resposta. Conseguia ouvir as vozes dentro dela a ajudando, guiando-a para a direção que deveria olhar. Kuruk não bloqueava sua conexão com as outras vidas. O Avatar da Água tinha aberto a porta e lhe mostrado o caminho.

O chão quebrado na frente dela retumbou e rachou. Um pequeno fio de água vazou do poço que abastecia a mansão. Era a mesma água que ela carregava em seu balde durante seus dias de serviçal.

Kyoshi quase riu ao constatar que aquele seria, talvez, o uso mais decepcionante do Estado Avatar na história. Uma vez, ela havia puxado a terra das profundezas do oceano. Só que, para ela, o que estava fazendo agora era melhor. A cura era melhor do que a destruição. A água cobriu sua mão e começou a brilhar.

Ela teve de reduzir seu poder o máximo que pôde, para não machucar ainda mais sua amiga. Mas já não havia medo no coração de Kyoshi. Desta vez ela seria seu próprio milagre.

Kyoshi observou os olhos de Rangi se abrirem, lentamente. A dominadora de fogo observou o quarto simples onde estava, percebendo um amplo baú de madeira com incontáveis pequenas gavetas e, nas paredes, mapas dos centros de energia do corpo. Ela se ergueu na cama com os cotovelos.

— Como eu cheguei até a enfermaria? — bufou.

Era uma das poucas partes da mansão que ainda estava em pé.

— Eu trouxe você para cá depois de estabilizá-la — respondeu Kyoshi. — Tenho cuidado de você desde então.

— Pois é — retrucou Kirima. — E *nos* deixando sofrer. — Ela apontou para sua perna e depois para a de Wong, ambas imobilizadas por talas. Os dois estavam sentados em cadeiras perto da parede oposta. — Você nem sequer nos deu algo para a dor!

— Jinpa precisava do remédio mais do que vocês! — bradou Kyoshi. O monge repousava na outra cama, enrolado em bandagens. Ele tinha tomado uma boa dose de misturas de ervas para aliviar a dor no ombro, o que o fizera delirar. Por causa do efeito, ficava balançando seu braço bom no ar, como se estivesse desenhando, e cantando baixinho canções de taverna que um monge não deveria saber. Talvez Kyoshi tivesse lhe dado remédio demais.

— Esse cara não é membro do nosso grupo! — protestou Wong. — Você fez um juramento de irmandade para ele também? Porque você não tem permissão para fazer! Só pode fazer o juramento para um grupo!

— Calem a boca e parem de choramingar! — Kyoshi sentia tanta falta dos dois que até doía. — A melhor curandeira do mundo está vindo para cá agora. Ela poderá cuidar de vocês melhor do que eu.

Então se virou para Rangi.

— Você não está devidamente curada. Consegui estancar o sangue, mas é bem provável que tenha febre por causa de alguma infecção ou de um intestino perfurado, e eu não tenho experiência para fazer nada a respeito. Você pode até ter sequelas. — O treinamento apressado e emergencial de Atuat não garantira a Kyoshi tantas técnicas de cura, o que deixava evidente que havia muitas habilidades para ser aprimoradas.

Rangi percebeu sua aflição.

— Kyoshi, eu não me importo.

— Mas eu sim! — Toda a confiança de Kyoshi havia desaparecido enquanto ela lidava com a lesão de Rangi. Elas tiveram muita sorte. Talvez Rangi tivesse se inclinado levemente no último segundo, ou sua armadura tivesse desviado o golpe. Mas, por apenas dois centímetros, a fina lâmina de pedra não tinha atingido seu pulmão. Se tivesse, não haveria como salvá-la.

Kyoshi já podia se considerar o Avatar mais afortunado que já existira.

— Você vai piorar antes de melhorar, mas Sifu Atuat já deverá estar aqui quando isso acontecer. Sua mãe também.

Rangi ficou imóvel.

— Isso significa que Yun está... Acabou?

Os outros, notando uma mudança em sua postura, ficaram em silêncio. Kyoshi tinha se feito essa mesma pergunta há muito tempo, após a última vez que ela vira Jianzhu e Yun sob o mesmo teto. Um era seu maior medo, o outro, seu maior arrependimento. Agora, ambos tinham partido para sempre.

Mas o vazio que ficou para trás lhe assegurou a resposta desta vez.

— Acabou — respondeu ela.

Rangi escondeu o rosto nas mãos e fungou, abafando ruídos agudos. Kyoshi pressionou sua testa na de Rangi.

Juntas, as duas choraram pelo amigo.

O ENCONTRO

KYOSHI SE AJOELHOU diante da pedra.

Usando seus leques, ela tentou esculpir informações que normalmente se escreve sobre o falecido para a posteridade. Porém, cada vez que tentava, a dor era demais para suportar.

O ano de seu nascimento – era o mesmo que o dela, o ano em que Kuruk morrera. Nome da família – assim como ela, Yun não tinha uma. A facilidade com que o garoto se integrara à alta sociedade fez com que muitas pessoas se convencessem de que ele vinha de uma família nobre e de posição proeminente, mas a verdade era que Yun era um plebeu, assim como Kyoshi. A data de sua morte...

Às vezes, as pessoas usavam o calendário Avatar para marcar precisamente quando seus entes queridos haviam falecido. Mas se fizesse isso, Kyoshi teria de escrever o próprio nome na lápide de Yun. Ela preferiu não preencher essa informação.

Assim, a pedra sobre o túmulo dele ficou com pouquíssimos dados. *Yun. De Makapu.* Restou um grande espaço vazio, como se a lápide pudesse ser preenchida com um destino que ainda não fora escrito. Kyoshi enterrou o amigo em uma colina, de onde ele poderia observar a vila banhada pelas ondas abaixo, assim como as nuvens flutuando no céu acima.

Todos foram embora, exceto Rangi, que permaneceu ao lado de Kyoshi. Estavam os três juntos, como tinha sido no começo.

— Eu agi certo? — perguntou a Rangi e a quaisquer espíritos que estivessem por ali. Seu peito estava cansado e dolorido. — Eu estava certa em algum aspecto? O que vão dizer sobre mim? Avatar Kyoshi, aquela que matou o amigo em vez de salvá-lo?

— Não sei — disse Rangi. — Não posso lhe dizer nada sobre o futuro. A não ser que eu estarei lá com você. — Ela se inclinou, apoiando-se na muleta que havia pegado na enfermaria, e beijou o cabelo de Kyoshi. Depois, desceu a colina mancando, deixando a Avatar sozinha com seus pensamentos.

Kyoshi esperou até que finalmente conseguiu pensar na despedida certa.

— Eu gostaria que tivesse sido você, Yun. Em vez de mim... — disse com sinceridade.

Uma rajada de vento balançou seu cabelo. Ela ouviu um som de chilros, como se um pássaro estivesse sendo incomodado em seu ninho. Então, olhou para trás.

De um arbusto próximo, um focinho apareceu. Seu dono emergiu na clareira. Era um animal quadrúpede parecido com uma raposa-falcão, só que sem o bico, sem as penas, e todo peludo.

A fera de olhos verdes brilhantes encarou Kyoshi e caminhou até ela, farejando ao longo do caminho até estar perto o suficiente para cheirá-la.

Kyoshi não sabia o que fazer, exceto oferecer sua mão. A raposa a lambeu, a aspereza da língua do animal fazendo cócegas na pele. Ela arriscou acariciá-la atrás das orelhas. Não havia criaturas como aquela em Yokoya.

O estranho animal se inclinou ao seu toque, apreciando o carinho, até que de repente decidiu que já era o bastante. Ele chilrou para Kyoshi novamente, abrindo suas mandíbulas largas e mostrando dentes pequenos e pontiagudos, antes de correr de volta para o mato.

Passados alguns segundos, o animal voltou. De alguma forma, parecia irritado com ela. A raposa ficou andando em círculos.

— Você... quer que eu a siga? — Kyoshi perguntou.

A raposa arranhou impacientemente a grama até que Kyoshi se levantou.

Ela seguiu a estranha criatura pela floresta, descendo e subindo morros. Não havia nenhuma trilha, então Kyoshi quase caiu várias vezes, pisando em pedras escorregadias e atravessando pontes de troncos apodrecidos. Ela não sabia para onde estavam indo. Ainda que tivesse passado quase uma década na aldeia, não podia se gabar de conhecer cada centímetro da montanha. Vagar sem saber o caminho era perigoso e gastava muita energia. Além disso, mesmo quando criança, ela nunca foi de se aventurar em lugares assim.

Perder-se agora, ainda que já fosse adulta, também não era uma boa ideia.

— Fomos longe demais — disse ela à raposa, logo percebendo que estava falando com um animal. Pois é, ela estava mesmo indo longe demais.

A raposa saltou entre duas árvores grossas. Kyoshi suspirou e se espremeu para passar pelo espaço apertado. Ela tinha chegado a uma clareira.

No meio do local havia uma fonte, uma pequena lagoa com água limpa e fresca borbulhando da terra. Estava cercada de pedras cobertas de musgo e se projetava até a encosta da montanha. Era lindo.

Kyoshi entendeu o motivo de estar ali assim que viu a água. Certamente Kuruk havia enviado a raposa para guiá-la a um local espiritual, onde ambos pudessem se comunicar. Sua conexão com o Avatar da Água, como já tinha ficado óbvio para ela, era mais forte perto do elemento nativo dele.

Havia também um banco plano de pedra, perfeito para meditar. A raposa viu Kyoshi se sentar nele e cruzar as pernas. Ela posicionou suas mãos, fazendo os polegares se tocarem e formando um círculo, diferentemente da posição usada pelos dominadores do ar, que juntavam os punhos fechados para deixar as tatuagens alinhadas.

Como Nyahitha já havia observado em sua primeira sessão juntos, não demorou muito para Kyoshi se desprender do corpo e do mundo físico assim que fechou os olhos. Talvez porque o reino dos humanos não se importasse muito com ela, tornando fácil deixá-lo para trás. Ou talvez porque ela simplesmente tivesse ficado mais habilidosa com a prática. Para Kyoshi era difícil admitir, mas, à custa de muito esforço, às vezes heroico, às vezes desumano, as coisas poderiam melhorar com o tempo.

Ela sorriu quando sentiu uma presença à sua frente.

— Não quero reviver suas lembranças nadando nesta piscina — disse ela para Kuruk.

— Tem certeza? — respondeu uma mulher, confusa.

Os olhos de Kyoshi se abriram. Não era Kuruk sentado diante dela.

— Não — sussurrou. Seu coração batia forte, e sua boca ficou com um gosto amargo. — Não, não, não, *NÃO*!

Kyoshi não estava preparada. Ela não estava preparada para ver o fantasma de sua mãe. Que tipo cruel de truque da morte era aquele? Como Jesa do Templo do Ar do Leste tinha voltado para assombrá-la? Kyoshi recuou sobre a pedra áspera. Depois, agitou os braços tentando afastar a imagem da alta e bela Nômade do Ar, aquela que a havia abandonado em Yokoya para nunca mais voltar. — Você não está aqui! Você deveria estar morta!

O espírito separou os lábios e ergueu as sobrancelhas castanhas, parecendo confuso. O gesto enrugou a tatuagem de seta azul sobre sua testa raspada.

— Eu... sei? Kyoshi, quem você pensa que eu sou?

Kyoshi prendeu a respiração e envolveu seu corpo com os braços para acalmar o tremor. Ela parou para pensar racionalmente em vez de entrar em pânico por ver, no espírito diante dela, as mesmas rugas suaves que Jesa tinha ao redor dos olhos, assim como os profundos olhos cinzentos que as estátuas nos Templos do Ar não conseguiam capturar. Como podiam ser tão parecidas? Pelo visto, ninguém tinha um rosto tão único quanto se pensava.

— Yangchen — falou Kyoshi. — É você.

O Avatar do Ar lhe deu um sorriso levemente envergonhado. Até esse traço ela compartilhava com Jesa. Aquilo foi demais para suportar, então Kyoshi começou a chorar.

— Você se parece muito com ela — soluçou Kyoshi. — Você se parece muito com a minha mãe.

Yangchen ficou surpresa. Mas sendo uma mulher de compaixão lendária, sabia exatamente o que fazer. Abriu os braços e Kyoshi se aconchegou neles. A sensação das vestes da Nômade do Ar contra seu rosto a lembrou de Kelsang, o que a fez chorar ainda mais.

— Ah, minha criança — murmurou Yangchen. Ela apertou Kyoshi contra o peito e acariciou seus cabelos. — Eu sinto muito. Sinto muito por não ter estado com você antes. Mas estou aqui agora. Tudo vai ficar bem.

Se havia um Avatar que entenderia e respeitaria esse momento vergonhoso, com certeza seria Yangchen. Szeto, ou um dos outros Avatares conhecidos por sua rígida disciplina, provavelmente não a teria deixado chorar em seus braços. Eles não permitiriam que ela mostrasse fraqueza, nem ao menos uma vez. Yangchen, por outro lado, não apenas acalmou Kyoshi com um toque gentil, como esperou o tempo necessário para ela se recompor.

— Eu tenho tantas perguntas — disse Kyoshi, uma vez que conseguiu se sentar novamente. — Você é a primeira pessoa com quem posso falar sobre como é ser um Avatar de verdade.

Yangchen inclinou a cabeça.

— Kuruk não conseguiu guiá-la? Você não poderia ter chegado a mim sem se conectar com ele primeiro.

— Kuruk se dedicou a lutar contra espíritos sombrios apenas e... — Kyoshi ia terminar a frase com *nada mais*, porém, receou ferir a imagem do Avatar da Água. O mundo dela poderia ter sido muito diferente se Kuruk não tivesse feito as escolhas que fez.

Yangchen leu seus pensamentos, uma vantagem de serem a mesma pessoa.

— Deixe-me fazer uma pergunta, Kyoshi. Você já se perguntou por que havia tantos espíritos furiosos durante a época de Kuruk?

— Eu perguntei, mas ele não quis me dizer. Kuruk os provocou? Ou os tornou cruéis de alguma maneira?

— Não, Kyoshi. — A Avatar do Ar não hesitou em responder, demonstrando uma tristeza profunda. — Eu fiz isso.

Yangchen aproveitou o momento de surpresa de Kyoshi para explicar.

— Eu dei o meu melhor para proteger e ajudar a população das Quatro Nações a se desenvolver — disse. — Quando as pessoas inevitavelmente se confrontavam com os espíritos, eu ficava do lado delas na maioria das vezes. O Andarilho da Montanha Yaoping, as enguias-fênix que viviam nas cavernas subterrâneas de Ma'inka, o General Ferro Velho. Muitos espíritos vieram até mim se queixando das transgressões humanas contra seus territórios.

Yangchen continuou:

— Eu disse a eles que deveriam deixar o mundo físico em paz e prometi que suas terras e águas seriam respeitadas pelas pessoas que viviam nas proximidades. Confiei que as pessoas respeitariam esse equilíbrio. Algumas pessoas cumpriram a sua parte no acordo. Mas muitas não.

O suspiro que ela soltou estava carregado de culpa.

— Kyoshi, todo Avatar comete erros, e eu fui bastante consistente nos meus. Depois de os humanos violarem tantas vezes as promessas que fiz em nome deles, os espíritos ficaram sombrios e furiosos. Esses foram os que Kuruk foi forçado a caçar.

— Mas nada disso foi culpa sua! — respondeu Kyoshi.

Yangchen fez uma careta, mostrando que discordava. Kyoshi não imaginava que aquela encarnação da serenidade conseguia fazer tal expressão.

— Eu dei a cada nação tudo o que ela queria, mas percebi meu erro tarde demais. As pessoas não devem ter tudo o que querem. Ninguém deve ter todos os seus desejos atendidos. Para viver em equilíbrio, nós devemos decidir voluntariamente *não* aproveitar tudo o que podemos dos outros e do mundo.

Ela olhou para a lagoa.

— Minhas escolhas acabaram levando sofrimento a Kuruk. O pobre rapaz achou que era seu dever cuidar do meu legado e da minha reputação. Então, ele fez o que fez sozinho, sem compartilhar seu fardo. Eu teria feito as coisas de maneira diferente se soubesse a dor que causaria ao meu sucessor.

Kyoshi não sabia o que falar.

— Posso sentir que está um pouco desapontada — disse Yangchen.

Desapontada, não. Apenas confusa. Kyoshi queria mais que tudo conhecer Yangchen, a mulher que supostamente sabia o que fazer em qualquer situação. Ela esperava obter algumas informações sobre o que seu futuro como Avatar reservava e como deveria enfrentar os desafios que viriam.

Encontrar Yangchen deveria ser o desfecho de sua jornada, e não o começo de uma nova incerteza. Kyoshi aceitava com orgulho sua posição como Avatar. Mas como ela poderia cumprir seu dever corretamente sem saber pelo que lutar?

— Que este seja meu primeiro conselho para você, Kyoshi — falou Yangchen. — Há mil gerações de vidas no ciclo Avatar. Você poderia passar mil anos conversando conosco, e ainda assim não saberia a melhor forma de guiar o mundo. Isso é o que você deve evitar, Kyoshi, as respostas fáceis. Você deve prescindir do desejo por aprovação de suas escolhas.

Kyoshi mordeu o lábio.

— Não sei se entendo, mas...

Lendo seus pensamentos novamente, Yangchen sorriu.

— ... você vai continuar tentando de qualquer maneira. Esse é o espírito, Kyoshi.

De repente, o entorno começou a se agitar, o mundo físico querendo predominar mais uma vez. Sua vida passada decidiu que aquela conversa havia acabado, por enquanto. As duas sempre poderiam se falar outra vez, no futuro. A Avatar do Ar tentou transmitir a Kyoshi a importância da autoconfiança, mas saber que não estava sozinha nessa jornada já trazia um conforto imensurável para Kyoshi.

— Mais uma coisa — disse Yangchen.

— Sim?

— Você quebrou uma das relíquias sagradas do Templo do Ar. Uma tartaruga de barro. — Yangchen olhou para Kyoshi com uma carranca condizente com a poderosa dama de aço que trouxera uma grande paz ao mundo. — Certifique-se de substituí-la. Há apenas mais uma reencarnação após a sua antes que ela seja necessária novamente.

Antes que Kyoshi pudesse se desculpar, Yangchen desapareceu.

Ela piscou. A partida da Avatar do Ar foi tão simples e direta quanto a própria mulher. Yangchen chegou e partiu como o vento.

Kyoshi se perguntou se o encontro a havia mudado de alguma forma. Ela não conseguia perceber qualquer diferença dentro de si, mas quem sabe isso se tornasse mais evidente com o tempo. Ela se lembrou do que Nyahitha lhe disse certa vez, quando estavam em frente a uma chama oscilante: que um fogo nunca era o mesmo fogo. Kyoshi não era a mesma Avatar que Kuruk ou Yangchen. Ela nem sequer era a mesma Avatar de um dia atrás.

No futuro, talvez, ela estivesse lapidada, tal como uma joia. Seria mais fácil lidar com o mundo, então. Kyoshi só podia confiar.

Enquanto se levantava, suas pernas formigavam com o sangue voltando a correr por suas veias. Era um bom sinal... Sinal de que ainda era humana. Ela viu a raposa se aquecendo em uma pedra que havia ali por perto. A criatura abriu um único olho verde e se espreguiçou antes de se levantar.

— Você é um espírito, não é? — perguntou. Ela achou que o animal desapareceria após cumprir sua missão de levá-la a Yangchen. Mas ele ainda estava ali, esperando por ela. — Bom, se você vai ficar por aqui, o que acha de me guiar de volta aos meus amigos?

A raposa bocejou em resposta. Ela escolheu uma rota para fora da clareira e desceu a perigosa encosta, andando devagar o suficiente para Kyoshi poder segui-la.

Era preciso tomar cuidado para não perder o equilíbrio e cair, então Kyoshi manteve os olhos atentos ao longo do difícil caminho, às vezes tropeçando, mas seguindo em frente, com um passo de cada vez.

EPÍLOGO

DEPOIS DE um longo dia em seu escritório, cercado por relíquias de seus ancestrais e pelos diários de Toz, o Forte, o Senhor do Fogo Zoryu dispensou o Chanceler Caoli, ex-aluno e sucessor do falecido Dairin. Os dois haviam passado bastante tempo juntos, definindo como aquele período da história seria visto pelas gerações futuras. Caoli tinha sugerido, criativamente, chamá-lo de "Guerra das Camélias-Peônias". Apesar de a guerra ter sido evitada por Zoryu, ele gostou de como soou. Era bonito e poético.

Do lado de fora de sua janela, podia-se ver o céu cinzento, o que era raro para esta época do ano. Zoryu se sentou em sua cadeira, um móvel de respaldo alto esculpido por um artesão Sei'naka, e observou o entardecer se transformar em escuridão.

O recado que ele recebeu da Avatar avisava que ela tinha arrumado aquela confusão que ultrapassara as fronteiras do Reino da Terra. Ele não achou que Kyoshi estivesse mentindo. Yun não seria mais um problema.

Sua fraude se sustentaria. O falso Yun ainda permanecia preso, embora não em más condições. Huazo, Chaejin e os outros Saowon da capital estavam em prisão domiciliar. Seus parentes em Ma'inka não podiam agir contra o Senhor do Fogo sem arriscar suas vidas, então permaneceram enclausurados em sua ilha natal. Qualquer um que olhasse de fora pensaria que a Nação do Fogo tinha sido realmente salva.

Mas Zoryu era esperto. Só os tolos acreditavam estar seguros. Suas lutas estavam apenas começando.

Os planos de Huazo e Chaejin para conquistar o trono eram o sintoma de uma doença mais profunda em seu país. Enquanto os clãs detivessem poder e fossem dominados pela ganância e pelo ódio de suas famílias, a Nação do Fogo entraria constantemente nesses conflitos civis. Já havia ocorrido no passado. Se não houvesse mudanças, o futuro não seria diferente.

Ele sonhava com o dia em que os cidadãos da Nação do Fogo deixariam de usar as tolas insígnias de seus clãs como uma razão para começar conflitos. Ele ansiava pela possibilidade de alimentar os famintos de uma ilha com os alimentos abundantes que havia em outra. Ele queria que seu país parasse de se incendiar em nome da honra.

Para tornar seu sonho realidade, Zoryu teria de acabar com os clãs. Todos eles, incluindo o Keohso. A verdadeira força da Nação do Fogo somente seria conquistada se a lealdade de seus cidadãos fosse reservada apenas ao Senhor do Fogo.

Seria um projeto que levaria gerações. Modificar o país tomaria décadas, séculos. Zoryu não viveria para ver o resultado de seu grande trabalho. Mas ele tinha plantado a semente ao arruinar os Saowon, uma das famílias mais poderosas da época. Ele provou que aquilo era possível. Seus filhos, e os filhos deles, teriam de continuar seus esforços para enfraquecer os clãs, destruí-los, torná-los irrelevantes.

E então, um dia, um Senhor do Fogo da sua linhagem olharia para seu país forte e unido e se sentaria em seu trono completamente em paz.

Mas, por enquanto, Zoryu precisava se preocupar com o dia de amanhã.

Ele refletiu sobre o ultimato da Avatar. Poupar os Saowon podia parecer simples. Mas não era. Não havia nada que o Senhor do Fogo pudesse fazer com eles. O clã estava desonrado, sem rumo, em total desordem. No dia anterior, Zoryu tinha cogitado incorporá-los ao Exército do Fogo permanente, mas duvidava que eles aceitassem se submeter a isso. E pior, o fardo de sustentá-los cairia sobre os cofres do Senhor do Fogo.

Zoryu acabou escolhendo uma solução mais simples, a primeira que havia lhe ocorrido. Não seria preciso pagar salário a um cadáver. Ele abateria os Saowon, assim como os fazendeiros da nação haviam feito com seus frangos-porco durante um surto de doença.

Para isso, o Senhor do Fogo teria de voltar atrás em sua palavra. Desafiar a Avatar era a opção mais simples e barata. As ilhas seriam regadas pelo sangue do clã de seu irmão.

Zoryu ouviu um trovão do lado de fora de sua janela. O céu escuro se abriu, trazendo a chuva.

Ele observou as cortinas d'água caindo por um bom tempo para poder acreditar que eram reais. Chuva, no fim da estação? Aquilo quase nunca acontecia.

A tensão deixou seu corpo, mediante um riso incontrolável. A chuva chegando depois do Festival de Szeto era um grande sinal de boa sorte. Ela se acumularia no topo das montanhas, encheria os reservatórios e garantiria um início produtivo na próxima estação. Agitaria os mares e atrairia peixes migratórios para mais perto das ilhas, diretamente para as redes de seus pescadores. Nessa mesma época, no ano seguinte, a Nação do Fogo desfrutaria de uma recompensa inimaginável.

Nem mesmo o Lorde Chaeryu, seu pai, poderia se gabar de tal bênção durante seu reinado. Aquele era um sinal dos espíritos. As ilhas aprovavam os planos de Zoryu. Pela primeira vez em toda a sua vida, ele se sentiu com sorte.

Fazia tempo que não ficava tão feliz. Foi por isso que demorou a notar a presença de um homem agachado em sua janela, revelado por um relâmpago.

Zoryu gritou e caiu da cadeira. O homem entrou na sala, encharcando o chão. À luz das velas no escritório, Zoryu via que o intruso era velho. Muito velho. Mas ele se movia com uma graça habilidosa e mortal, como se suas vestes esfarrapadas cobrissem os músculos e as escamas de um dragão.

— Olá! — cumprimentou o homem, com entusiasmo. Ele não parecia incomodado com a chuva que o havia encharcado. — Você deve ser Zoryu.

O velho sorriu, e então franziu a testa.

— Você *é* Zoryu, certo? Ouvi dizer que tem havido muita confusão por aí envolvendo pessoas que se parecem umas com as outras. Você não mentiria para mim sobre ser o Senhor do Fogo, mentiria?

Algo na expressão do velho fez Zoryu ter certeza de que, ainda que tivesse o melhor sósia do mundo, alguém completamente idêntico a ele, o homem ainda seria capaz de diferenciá-los.

— Eu sou Zoryu — respondeu. Sua voz soava baixa e amedrontada, como se ele tivesse se encolhido e voltado aos tempos de infância, quando Chaejin costumava mandar nele. — Quem é você?

— Pode me chamar de Lao Ge. Ou Tieguai. Eu não me importo. Ouça aqui, jovem Zoryu. Normalmente eu *vreck* as pessoas que visito. — Ele passou o dedo pela garganta enquanto fazia o som. — Mas hoje estou apenas trazendo uma mensagem em nome de uma amiga. Considere-se sortudo.

— Qual é a mensagem? — perguntou Zoryu, trêmulo. Ele já fazia uma boa ideia de quem era a amiga.

— Que pessoas poderosas como você ainda estão em dívida — disse o velho. — Que você não foi esquecido. Minha amiga suspeitou que você poderia estar inclinado a voltar atrás em sua promessa e derramar um pouco de sangue. Disposto a esconder algumas atrocidades. Este é um lembrete para que você seja o benevolente Senhor do Fogo que ela sabe que você sempre quis ser.

Lao Ge apontou para si mesmo.

— No que diz respeito a mim, *eu* aprovo seu tipo de crueldade. Mas minha amiga tem um coração mole. Não tão mole assim, não se engane, mas ela prefere que as pessoas fiquem *vivas* — disse, dando de ombros como se aquela fosse a ideia mais ridícula que ele já tinha ouvido.

— Então ela mandou um assassino para me ameaçar? — Zoryu se levantou de sua cadeira, indignado. — Eu sou o Senhor do Fogo! Eu sou o chefe deste país! É assim que a Avatar conduz a diplomacia agora?

O velho colocou um dedo no peito de Zoryu e o empurrou. O Senhor do Fogo caiu em sua cadeira com força, quase derrubando-a. Uma dor latejou no local onde Lao Ge o tinha empurrado. Ele teve de verificar se não estava sangrando.

— Você não entendeu — explicou o velho. — Ela me pediu para lhe dizer que sabe que foi um erro tentar se envolver em política com você.

Sua voz assumiu um timbre mais mortal.

— Minha amiga não é diplomata. Na verdade, ela é um fracasso no que diz respeito à diplomacia. É uma tragédia em negociações. Ninguém multiplica hostilidades como ela.

Ele se afastou, mais uma vez mantendo um sorriso fraternal no rosto. Percebendo que a mensagem havia sido entregue, subiu no parapeito da janela, pronto para partir. Zoryu não sabia como. Daquela altura, a queda seria de pelo menos trinta metros.

O homem olhou por cima do ombro para se despedir.

— Algumas pessoas no meu país gostam de acreditar que a Avatar Yangchen olha por elas. Mas posso lhe garantir, Senhor do Fogo, que é a Avatar Kyoshi quem o está vigiando.

Zoryu cerrou os punhos. A sensação de impotência o enfureceu, fazendo-o reagir com infantilidade.

— Ela não pode me vigiar para sempre! — esbravejou.

O velho virou a cabeça para fora da janela e riu, sua gargalhada disputando com os ecos do trovão.

AGRADECIMENTOS

Gostaria de agradecer a Michael Dante DiMartino e a todos que contribuíram para a criação do universo Avatar. Também gostaria de agradecer a Anne Heltzel, Andrew Smith, Joan Hilty, Stephen Barr, bem como meus amigos e familiares, por todo apoio. E a Karen, eu acho.

LEIA TAMBÉM, DA SÉRIE
AVATAR: A LENDA DE AANG

A ASCENSÃO DE KYOSHI,
*Primeiro romance young adult da franquia,
escrito pelos autores F.C. Yee e Michael Dante DiMartino,
este último cocriador de Avatar: A lenda de Aang*

    A ascensão de Kyoshi mergulha no passado de Kyoshi, a Avatar do Reino da Terra. Mais longeva Avatar na história desse universo tão amado, Kyoshi estabeleceu a corajosa e respeitada ordem das Guerreiras de Kyoshi, mas também fundou o misterioso Dai Li, que levou à corrupção, ao declínio e à queda de sua nação. Este romance, o primeiro de dois baseado em Kyoshi, mapeia sua jornada – das origens humildes à justiceira implacável ainda amada e temida mesmo séculos após ter se tornado Avatar.

**Acreditamos
nos livros**

Este livro foi composto em Excelsior LT STD, FT
Brush e Burford e impresso pela Geográfica para
a Editora Planeta do Brasil em março de 2024.